이세계 미궁의 최심부료 향하자 7

와라나이 타리사 지음　우카이 사키 일러스트

박용국 옮김

와
이
스

"소년, 너는 혼자가 아냐.
무슨 일이 있어도, 이제 너는 혼자가 아냐."

CONTENTS

이세계 미궁의 최심부로 향하자
7

와리나이 타리사 지음 | **우카이 사키** 일러스트 | **박용국** 옮김

커버 그림, 본문 일러스트 | **우카이 사키**

1. 훈훈하며 즐겁고도 신나는 배 여행

배의 갑판에서 허파가 가득해지도록 공기를 들이마셨다. 콧구멍을 간질이는 바다 내음이 상쾌했다. 앞머리를 흩뜨리며 스쳐 가는 바닷바람이 산뜻했다.

위를 올려다보니 푸르른 하늘이 끝없이 펼쳐져 있었다.

그 쾌청한 공기 한가운데에서는, 새하얀 태양이 방사선상으로 빛의 레이스를 펼치며 빛나고 있었다. 하늘에는 그렇게 둥근 태양이 하나 빛나고——그 태양이 바다에 반사되어 물결에 잘게 쪼개진 열 개 남짓의 태양이 눈부시게 빛나고 있었다.

수평선까지 이어진 드넓은 바다는 하늘보다 약간 더 짙은 파랑이었다. 물색보다는 짙고 청색보다는 옅은……, 하늘색과는 좀 다른 아름다운 바다색. 그 바다의 캔버스 속 곳곳에, 불규칙한 남색의 무늬들이 흩어져 있다. 아마 바다의 깊이에 따라 색깔이 달라지는 것이리라. 자연계에만 존재하는, 예술을 초월하는 색조였다.

은색 물고기가 해면 위로 튀어 올랐다.

아득한 하늘에서 하얀 새가 날갯짓했다.

잔잔한 물결 소리와 함께, 해상의 음악이 울려 퍼졌다.

나는 눈을 감고, 느긋하게 그 아름다운 음악에 귀를 기울였다.

아아, 정말로 평온한 음악이야.

진심으로 그런 생각이 들었다.

그런 생각이 들었지만……, 그와는 딴판으로, 내 마음속은 평온하지 못했다.

이 쾌청한 하늘과는 정반대의 먹구름이 가슴속을 채우고 있었다.

"하아……. 아아……."

나도 모르게 한숨과 신음이 절로 흘러나왔을 정도였다.

심장은 이상이 있는 게 아닐까 싶을 만큼 거세게 맥을 뛰었다.

숨이 막히고, 구내염에 걸린 부위가 쓰라렸다.

어쩐지 피부도 상한 것 같은 느낌이었다.

눈 밑의 다크서클은 한층 더 짙어지고, 피로를 감출 수가 없었다.

"속쓰려……."

나는 푸르르고 아름다운 하늘을 향해, 진심에서 우러나온 한 마디를 뇌까렸다.

그리고 비틀거리면서, 갑판 가장자리의 목제 난간에 몸을 기댔다. 잠다운 잠을 못 잔 탓에 몸이 휘청거리고 있었다.

물론 연합국에서 본토로 향하는 항해는 순조로웠다.

『무투대회』에서 승리하고, 30층의 가디언이었던 로웬을 보내 주고, 마석선(魔石船)『리빙 레전드호』를 입수하고, 추격자들을 뿌리치고, 바다에서 조난을 당하지도 않은 채, 곧바로 서쪽을 향해 나아가고 있었다.

말 그대로 순풍에 돛을 단 기세라 할 수 있을 것이다.

하지만 순조로운 항해와는 딴판으로, 나는 끔찍하게 초췌해진 상태였다.

진심으로 피곤했다.

지금 당장 난간을 넘어서 바다에 뛰어들고 싶을 만큼 우울했다.

──지금 내가 왜 이렇게까지 초췌해졌는가.

그것을 설명하자면 항해 첫날로 거슬러 올라가야 한다.

먼저 동료들과의 약속에 대한 청산이라는 절차가 있었다. 더불어 배라는 폐쇄적 공간 안에 남자는 나 혼자라는 답답함. 동료들의 과도한 스킨십. 조여드는 죽음의 포위망. 미궁 탐색의 난항. 좀처럼 도달할 수 없는 40층. 그리고 나는──

결정적으로, 가장 큰 고민의 원흉인 『소녀』와 만나고 말았다.

어딘가 낯이 익은, 흰 머리에 흰 피부를 가진 처연한 『소녀』.

얼굴생김이 낯익게 느껴지는 건 당연한 일이었다.

왜냐하면, 그녀의 재료가 된 것은 바로 『그』였으니까.

『무투대회』 이튿날.

연합국에 있는 글리어드항을 떠난 우리는 드디어 그 누구에게도 쫓기지 않는 자유로운 시간을 손에 넣었다.

　나와 리퍼가 힘을 모아 배의 항로를 안정시킨 후, 라스티아라의 주도 하에 배의 방 배정을 정했다. 그리고 각자 주어진 방으로 들어가서, 『무투대회』로 인해 쌓인 피로를 풀려 했다.

　곧장 방으로 향한 나는, 방으로 들어가자마자 방 안의 침대 위에 엎어졌다. 방의 상태를 살펴볼 여유조차 없었다.

　『무투대회』가 끝나고 나서 글리어드항까지 이동하는 것만 해도 엄청나게 고된 여정이었건만, 라스티아라 때문에 도박판에 끌려가 자금 조달까지 해야만 했다. 그 덕분에 마음 편히 잠들 수 있는 『리빙 레전드호』라는 공간을 얻는 데 성공하긴 했지만, 정말 피곤했다.

　오늘은 푹 쉬어야겠다는 생각에, 나는 눈을 감으려 했다.

　그러나 바로 그 때, 방문을 두드리는 노크 소리가 나의 취침을 방해했다.

　"카나미 씨……. 계세요?"

　마리아의 목소리였다.

　"응. 들어와도 돼."

　나는 예상치 못한 방문에 놀라며, 침대에서 나와 방문을 열고 마리아를 방안으로 맞아들였다.

　나와 같은 흑발을 가진 소녀 마리아.

　처음 만났을 때는 깡마르다시피 한 가냘픈 체격이었지만, 지금은 여성스러움이 물씬 묻어나는 부드러운 몸매로 변해

가고 있다. 최근에 안정된 식생활을 해 왔던 덕분이겠지. 항상 어딘가 그늘져 있던 표정도 조금씩 밝아져 가고 있었다. 긍정적인 변화였다. 다만, 잊어서는 안 되는 것이 하나 있었다. 그녀의 검은 눈동자는 두 개 모두 의안이라는 것.

나와의 싸움 끝에, 마리아는 눈을 잃고 말았다.

"죄송해요. 많이 피곤하신 줄은 알지만, 저에게 시간을 좀 내 주시면 안 될까요?"

"아니, 그렇게 신경 쓸 것 없어. 난 괜찮으니까."

마리아는 진지한 표정으로 얘기를 꺼냈다.

나는 마리아가 걱정하지 않도록 활기 있는 모습을 어필했다.

거짓말은 아니었다. 체력적으로 한계에 달한 건 사실이지만, 그건 전투가 불가능한 상황이라는 의미에서의 한계였다. 대화도 못 할 정도는 아니었다.

그렇다.

대화하는 것 정도는 별문제 없었다.

여기서 마리아가 예전 같은 표정으로 돌아가서 전투라도 벌이지 않는 한은……. 아르티 뺨치는 화염마법으로 배를 불살라 버리기라도 하지 않는 이상은……. 디아와 라스티아라가 끼어들어서 난투라도 벌이지 않는 이상은……, 문제 될 것 없었다.

지금 우리의 파티는 일치단결해 있다. 새벽에 출항하면서, 다 함께 그렇게 맹세했다. 그러니까 그런 일은 일어나지 않을 것이다. 일어날 리가 없었다.

분명 괜찮을 거야, 괜찮고말고……. 그렇게 스스로를 타이르면서, 허리춤에 차고 있는 『아레이스 가문의 보검 로웬』을 확인하고 스킬 『감응』을 전개시켜서 마리아의 얘기를 들을 준비를 마쳤다.

좋아.

이제 얘기를 들어 보자.

"그래서, 뭔가 할 얘기라도 있어, 마리아?"

"네. 중요한 얘기에요……."

중요한 얘기라는 모양이다. 마리아의 중요한 얘기…….

나는 트라우마 때문에 떨리는 몸을 애써 진정시키고, 미소를 유지한 채 대답했다.

"마침 나도 중요한 얘기가 있었는데. 이 배 안에서는 괜찮으니까, 찬찬히 얘기해 보자."

나는 마리아의 태도를 통해 이야기의 내용을 직감했다.

아마, 내가 하고자 하는 얘기와 마리아가 하려는 얘기는 똑같을 것이다. 연합국에 있을 때는 너무 바빠서 좀처럼 할 수 없는 그 얘기도, 이제는 할 수 있다.

"저기……, 그 성탄제날 밤, 아르티와 함께 카나미 씨를 상대로 싸웠던 때 얘기에요."

마리아는 고개를 숙인 채 얘기를 시작했다.

"그래."

나도 마찬가지로 고개를 숙였다.

그 날의 싸움은 서로의 마음에 깊은 상처를 남겼다. 나도 마리아도, 마음속 깊은 곳에서는 말끔히 잊고 싶다 생각하고 있을 터였다.

하지만 우리는, 그렇기에 더더욱 애써 고개를 들고 그 날의 일을 떠올렸다.

"그 날, 저는 카나미 씨를 배신했어요. 그동안 입은 은혜를 저버리고, 카나미 씨의 목숨까지 빼앗으려 했어요⋯⋯."

마리아는 주저주저 말을 꺼냈다.

그 얼굴은 후회에 일그러져 있고, 온몸이 바들바들 떨리고 있었다. 아마 나도 같은 표정으로 바들바들 떨고 있겠지. 그 연옥의 불길은, 생각만 해도 절로 몸이 움츠러들 정도였다.

"아니, 마리아는 미안해 할 것 없어. 잘못한 건 나였어. 그 날 얘기했었잖아? 마리아는 단 하나뿐인 내 가족과 닮았다고. 그래서 나는 마리아의 목숨을 사고, 곁에 두고, 편을 들면서, 자기만족의 도구로 삼았어. 마리아 입장에서는 생각해 본 적도 없이, 연심에 대한 얘기는 못 들은 척 해서 마리아의 마음에 상처를 입혔어. 그 날의 불길은, 그 죄에 대한 대가야."

"아뇨, 카나미 씨는 정말 아무런 잘못도 없어요. 카나미 씨는 노예이던 저를 구해주시고, 곁에 두어 주시고, 우대해 주셨어요. 누가 들어도 잘못했다고 생각하는 사람은 없을 거예요. 잘못은커녕, 미담이라 할 만한 선행에 해당될 거예요. 노예의 입장에서 생각해 본 적이 없고, 연심에 대한 애기를 못 들은 척 한 게 잘못이라고 하셨지만……, 그건 일반적인 거예요."

"응? 일반적……?"

내 혼신의 주장을, 마리아는 단칼에 부정했다.

"카나미 씨는 사람이 너무 좋아서 탈이에요. 다른 사람이 자신에게 호의를 보내면 당연히 받아들여야 한다고 생각하시는 것 같지만, 실제로는 오히려 반대예요. 그냥 모른 척하거나, 아예 이용하려고 드는 사람이 세상에는 더 많아요. 귀찮아하며 무시하는 것도 흔히 있는 일이죠. 상대가 노예라면 더더욱 그렇고요."

담담한 얼굴로, 나와는 정반대의 가치관을 얘기해 나갔다. 이세계에서는 그게 일반적인 가치관인지도 모른다. 이세계에 있어서 이세계인에 불과한 나는 아무런 대꾸도 하지 못한 채 입을 다물었다.

"그런데도 카나미 씨는 굳이 느낄 필요도 없는 죄책감 때문에 '내 것이 되어도 좋아' '죽어도 상관없어'라고 말씀하셨어요. 카나미 씨는 바보예요. 정말 바보 천치예요……."

아르티에 의한 『제10층의 시련』 때문에 궁지에 내몰린 나는, 마리아에게 모든 것을 다 걸려고 했다. 죽음까지도 각오하고 있었다. 나는 그 기억을 떠올리며 말했다.

"그러고 보니 멍청한 소리를 잔뜩 해댔었던 것 같네. 하지만……, 난 어차피 궁지에 몰리면 그 정도밖에 못 하는 놈이야. 이제 와서 그게 다 거짓말이었다는 소리는 안 할 거야. 만약 마리아가 정말로 함께 최심부로 가 준다면——."

"안 돼요, 카나미 씨. 카나미 씨를 제 걸로 만들 수는 없어요."

예전에 했던 약속을 되풀이하려 했지만, 마리아는 그런 내 말을 가로막았다.

"왜냐하면, 이제 제 걸로 만들 필요가 없으니까요. 카나미 씨가 말씀해 주셨잖아요. '다시는 혼자 두지 않겠다'라고, '두고 가지 않겠다'라고……. 저는 그 말을 믿어요. 이제 제게는 '눈'이 없어요. 카나미 씨가 거짓말을 하는지 어떤지 알 수도 없어요. 그래도 저는, 앞으로도 계속 카나미 씨를 믿을 거예요. 앞으로도, 계속……."

마리아는 내 몸을 정면에서 끌어안았다. 양손을 내 허리에 두르고, 머리를 가슴에 기대었다.

나도 마리아의 말에 화답해 주었다. 그 검은 머리칼을 쓰다듬어 주며.

"그래, 이제 마리아를 혼자 두지 않을 거야……. 걱정 마……."

성탄제 날, 마리아는 계약을 거부했다.

나를 믿을 수 없어서 거부한 것이 아니라, 나를 믿기에 거부했던 것이다.

그 덕분에, 나도 마리아도 조금이나마 몸의 떨림이 잦아들었다. 지난날의 트라우마를 넘어, 한 발짝 더 내딛을 수 있게 되었다.

그리고 충분히 마음을 나눈 후에, 마리아는 내 곁에서 떨어졌다.

우리 둘의 표정에 어두운 기색은 조금도 없었다.

"후훗, 이제야 마음이 놓였어요. 한 번 했던 말을 되풀이하는 것 같지만, 카나미 씨는 그 누구의 것도 아니니까요."

마리아의 평소 모습 그대로였다.

예전의 공허한 얼굴도 아니었다. 절망에 물든 얼굴도 아니었다.

둘이서 함께 미궁을 탐색하던 시절의 마리아로 돌아와 있었다.

"그래, 그 말이 맞아. 난 그 누구의 것도 아냐."

"후후훗, 맞아요. 오히려 그 반대에요. 굳이 말하자면, **제가 카나미 씨 것이니까요.**"

산뜻한 미소와 함께 이야기의 분위기가 뒤집혔다.

아무리 평소의 마리아로 돌아왔다고 해도, 이 말만은 간과할 수 없었다.

"자, 잠깐, 마리아. 지금 말이야, 아주 말끔하게 얘기가 매듭지어지려는 분위기였잖아? 그러니까, 사람은 누구나 다른 사람의 소유가 될 수 없다는 식으로. 그러니까 나는 그 누구의 것도 아니고, 마리아도 그 누구의 것도 아냐. 그런 식으로 얘기를 매듭짓는 게 최선 아닐까?"

"아뇨아뇨, 그것과 이건 별개의 문제에요. 카나미 씨는 아무 죄도 없었지만, 저는 많은 죄를 저질렀어요. 실제로 전

아주 작정하고 카나미 씨를 죽이려고 들었는걸요."

"응, 그건 알아. 하지만 이제 다 용서했으니까 신경 쓸 것 없——."

"네, 그건 절대로 용서받을 수 없는 중죄였어요. 그러니까 저는 이제 그 죗값을 치러야만 해요. 집을 불사르고, 중요한 상황에서 배신하고, 죽이려고 들기까지 하다니, 어지간한 사죄로는 용서받을 수 없겠죠. 아아, 어쩌면 좋을까요? 어쩔 수 없이 제 모든 걸 다 바치는 수밖에 없겠네요. 그렇게라도 안 하면 도저히 죗값을 치를 수 없을 것 같으니까, 그렇게 하는 수밖에 없어요. 노예라는 지위를 넘어서, 아예 완전하게 카나미 씨의 소유물이 되는 수밖에 없어요."

"방금 내가 분명히 용서한다고 했을 텐데……."

신이 나서 술술 말을 늘어놓는 마리아의 모습을, 나는 떨떠름하게 지켜보았다.

"으-음, 어디 보자……. 이제 '주인님'이라고 부르면 안 될 것 같으니까, '소유자님'이라고 부를까요? 그것도 나쁘지 않겠네요."

"말을 하면 좀 들어……! 마리아는 아무 죄도 없어. 그러니까 누군가의 소유가 되겠다는 소리는 그만 좀 해……!"

"제가 아무 죄도 없다고요? 카나미 씨……, 서로의 죄를 냉정하게 비교해 보세요. 누가 봐도 제가 더 중죄예요. 애초에 불탄 집부터가 카나미 씨 집이었잖아요? 그리고 카나미 씨도 그때 자기 몸을 팔려고 하기까지 했었잖아요? 여동생 분을 구하기 위해서라면 제 것이 돼도 상관없다고. 자기는 괜찮고 저는 안 된다는 건가요? 아아, 또 동정을 베풀어주시는 거군요. 앞으로도 저와 대등한 사이가 될 생각은 없는 건가요?"

"아, 알았어. 동정 안 할게. 대등하게 대할게. 그러니까 제발 그만 좀 해……."

나는 결국 항복할 수밖에 없었다.

그 모습을 본 마리아는, 조금 전의 태도와는 딴판으로 온화하게 말했다.

"아셨으니 됐어요. 다짜고짜 '당신 것이 되겠다'라느니 하는 소리를 하면 상대방은 곤란하기만 할 뿐이에요. 그 점 잊지 마세요. 카나미 씨 성격상, 그냥 뒀다가는 며칠 후에 또 똑같은 소리를 할 것 같아서 말씀드린 거예요."

"알았어. 경솔한 소리 안 하도록 조심할게."

보아하니, 뜬금없이 과격한 이 얘기는 내 행동을 나무라기 위한 것이었나 보다.

"네, 조심하세요. 안 그러면 제가 좋아하는 사람이 저도 모르는 사이에 다른 사람 게 돼 버리는 사태가 벌어질 수도 있으니까요. 그렇게 되면, 아마 전 죽고 말 거예요."

"주……, 죽어? 농담이지?"

"아뇨, 농담이 아니에요. 참고로 아까 한 얘기도 99퍼센트 정도는 진심이었어요. 비록 '소유물'이 되는 한이 있더라도 곁에 있고 싶으니까요. 다시는 한시도 떨어져 지내기 싫은걸요. ……솔직히 말해서, 저는 카나미 씨를 정말 좋아해요. 어차피 이제 다 까발려져 있으니까 몇 번이든 말할 수 있어요. 아시겠어요? 저 마리아는, 아이카와 카나미를 정말 좋아해요. 죽을 만큼 좋아해요."

"아, 네……."

너무나도 거침없는 그 고백에, 나는 저도 모르게 정중한 말투로 대답했다.

전부터 알고 있던 사실이었지만, 이렇게 평상시에 새삼스럽게 들으니 영 쑥스러웠다.

다만, 그건 마리아 역시 마찬가지였다.

동요 없는 미소를 유지하고는 있지만, 귀가 빨개지는 것까지는 숨기지 못하고 있었다.

예전 같았으면, 나는 그 빨개진 얼굴을 알아채지도 못했으리라.

하지만 이제는 알 수 있다.

대화의 분위기를 뒤집어서 계속 내 태도를 비꼬았던 건, 모두 쑥스러움을 감추기 위한 행동이었다. 다른 사람에게 약한 모습을 보이고 싶지 않아서 허세를 부리는 버릇이 있는 것이다.

불안해지면 불안해질수록 불손한 태도를 취한다. 호감을 사고 싶은 상대 앞에 나서면 귀염성 없는 소리만 늘어놓는다. 타인에 대한 응석이 치명적으로 왜곡되어 있는 것이다.

그것이 마리아.

──그 모습이 내 마음에 조금 상처를 냈다.

마리아가 그렇다면, 아르티라는 여자아이 역시 그랬었을 것이다. 로웬 때와는 달리, 아르티와 나는 끝까지 서로를 이해하지 못했다. 『인간』이 아니라 『몬스터』로서 싸우고, 승리한 것이다.

그 일은 이제 커다란 후회로 마음속에 남아있다.

끝까지 불손하던 그 아이도, 아마 줄곧…….

내 얼굴이 나도 모르게 일그러졌다 그것을 본 마리아가 허겁지겁 말을 보탰다.

"저, 저기, 그런데……, 사실 제 본론은 이제부터 시작하려던 참인데……."

"아, 그래……. 알았어. 나도 그 본론을 얘기하려던 참이었어."

마리아가 그때 그 싸움을 넘어서 솔직해지려 하고 있다는 걸 알 수 있었다.

나도 마리아도, 더 이상은 숨기지 않겠다고 다짐했기 때문이다.

그래서 마리아는 거듭해서 직구를 던졌다.

"카나미 씨는 저를 어떻게 생각하고 계세요? 동정심이나 죄책감은 빼고 솔직하게 말씀해 주세요. 그런 지독한 짓을 저지른 저를, 카나미 씨는 정말 곁에 두어 주실 건가요……?"

마리아의 그 질문을 받고, 나는 감회에 잠겼다.

예전에 미궁 안에서 아르티와 라스티아라도 비슷한 질문

을 했었다. 하지만 그때는 바로 대답해 주지 못했다. 대충 얼버무리고 말았다.

그 실수를 되풀이하지 않도록, 나는 마리아에게 대답했다.

"물론, 곁에 있어 주면 기쁠 거야. 나도 마리아를……, 조, 좋아하니까. 단, 이성으로서 사랑한다는 말까지는 못할 것 같아. 아무래도 마음속 한 구석에는 마리아를 여동생과 동일시하는 면이 남아있어서……."

내가 생각하기에도 비겁한 대답이었다.

상식적으로 보면 고백을 거절하는 거나 다름없는 대답인 것이다.

하지만 그 대답을 들은 마리아는 흡족한 미소를 지었다.

"아뇨, 그거면 됐어요. 저에게 있어서는 충분한 대답이에요."

그 고백에 맞추어 방 안의 온도가 올라간 것 같은 느낌이었다.

뺨이 그을려 버릴 것만 같은 마력이 마리아에게서 흘러나왔다. 그리고 약간 붉어진 얼굴로 웃으며 감사인사를 건넸다.

"카나미 씨, 고맙습니다."

"아니, 고맙긴 내가 더 고맙지."

나도 미소 띤 얼굴로 대답하고, 마리아의 머리에 손을 얹었다.

그녀는 그 손길을 순순히 받아들여 주었다. 기분 좋은 표정으로 손의 감촉을 곱씹으며, 마치 고양이처럼 몸을 꼬았다.

이제 우리의 관계는 원래대로……, 아니, 예전 이상의 인연으로 엮인 게 아닐까 싶었다.

그것은 『사죄』나 『트라우마』 같은 부정적인 의미의 유대감일지도 모른다. 하지만 혈연의 유대와도 같은 굳건한 인연이 느껴진 건 틀림없는 사실이었다.

나는 마리아를 쓰다듬으며 차후의 계획에 대해 얘기했다.

"마리아……, 당장 내일이라도 내 모든 걸 다 털어놓을게."

앞으로 함께 싸워 나가려면, 상호 간의 이해가 그 무엇보다 중요했다.

특히 심리적 빈틈을 파고들 게 분명한 적──팰린크론을 상대할 때는 필수적인 요소라 해도 과언이 아니었다.

나는 내가 안고 있는 모든 것들을 동료들 전원에게 털어놓기로 마음먹었다.

『이세계』에서 왔다는 것, 정체불명의 『스킬』을 갖고 있는 것. 그 모든 것들을.

"카나미 씨의 전부……. 이세계 분이라는 얘기 말이군요……."

결의가 담긴 내 선언을 듣고, 마리아도 진지한 얼굴로 고개를 끄덕였다.

"그래. 내일 모두를 다 불러서 전부 다 얘기할 생각이야. 이건 마리아 혼자한테만 얘기해 줄 수는 없는 거니까, 모두가 모인 자리에서."

"네, 알았어요."

마리아는 후련한 표정으로 승낙했다.

지금까지 볼 수 없었던 표정이었다. 지금까지 계속 쌓여 왔던 응어리를 모조리 토해 낸 것처럼, 마리아는 모두 함께 있는 자리에서 얘기하는 것을 받아들여 주었다.

줄곧 잘못 채워 왔던 단추를 바로 채운 것 같은 안도감이 느껴졌다. 그 표정을 보니, 이제 마리아 홀로 고민에 전전 긍긍할 일은 없을 것 같았다.

그리고 그 약속을 끝으로, 마리아는 방을 나서려 했다.

다만 방문을 열고 나가기 직전에, 이런 한 마디 말을 남겼다.

"카나미 씨. 솔직히 말해서 제가 저지른 죄는『카나미 씨의 것』이 되는 정도로는 갚을 수 없을 거라고 생각해요. 그러니까, 남은 빚은 앞으로 조금씩 갚아 나갈 생각이에요. 이제부터 계속⋯⋯."

"그렇구나⋯⋯. 미리 말해 두지만, 나도 마리아와 같은 생각을 하고 있으니까."

"그렇군요. 같은 생각을⋯⋯."

둘 다 서로에게 사과하고 싶은 마음을 갖고 있었다.

그 점을 확인한 후, 예전에 늘 그랬던 것처럼 작별의 말을 나누었다.

"그럼, 안녕히 주무세요. ⋯⋯**저의 소유자님.**"

"그래, 잘 자. ⋯⋯성격 꼬인 건 여전하구나."

하지만 예전과는 달리, 우리 사이에 답답한 감정은 하나
도 없었다. 허물없는 친구를 상대하는 것처럼 농담을 주고
받으며 헤어졌다.

　나는 마리아가 떠나가는 문을 쳐다보았다.

　몸의 떨림은 언제부턴가 멎어 있었다.

　나와 마리아가 진정한 동료가 되었음을 느끼는 순간이
었다.

　성탄제 때의 싸움과 『무투대회』 대의 싸움——오늘까지
벌여 온 모든 싸움에 대한 보상을 받는 느낌이었다. 몸속 깊
은 곳부터 손발의 끝까지, 충족감이 내 몸을 채워 나갔다.
그런 느낌이 들었다.

　……그러나, 그 충족감은 오래 가지 않았다.

　대략 수십 초가량의 충족에 지나지 않았다.

　마리아와 교대하듯이, 다음 방문객이 곧바로 나타난 것
이다.

◆ ◆ ◆ ◆ ◆

　가벼운 노크소리에 이어, 이제 막 닫혔던 문이 다시 열렸다.

　어쩐지 안절부절못하는 스노우였다.

　청량하고 긴 푸른색 머리칼에 민족의상 차림의 스노우가
드래고뉴트(용인, 龍人)의 특징인 꼬리를 좌우로 움직였다. 그
리고 그 움직임에 맞추어 시선도 정신없이 움직이면서, 양

손의 검지를 서로 쿡쿡 찌르며 우물우물 말을 꺼냈다.

"저기, 카나미랑 얘기를 좀 하려고 와 봤더니……, 우연히……."

그 태도로 보아, 아무래도 마리아와 나의 대화를 다 듣고 있었던 모양이었다.

내가 그 점을 알아챘다는 걸 깨달은 스노우도 고분고분 고개를 숙였다.

"미안, 카나미……. 마리아랑 하던 얘기, 들었어."

"아니, 꽤 큰 목소리로 얘기했으니까, 들리는 건 어쩔 수 없지."

다만, 목소리가 커서 우연히 귀에 들어간 건지, 아니면 그녀의 주특기인 진동마법을 통해서 들은 건지에 따라서 얘기가 좀 많이 달라지긴 한다. 단정 지을 근거는 없지만, 진동마법을 통해서 들은 것 같다는 느낌이 들었다.

스노우는 도청쯤은 하고도 남을 것이다. 그렇게 생각할 만큼의 전과가 있었다.

그런 내 의심을 아는지 모르는지, 스노우는 마리아와 내 대화를 되뇌었다.

"있잖아, 카나미는 마리아 게 돼도 괜찮아……? 내 때는 내가 아무리 졸라도 안 된다고 그랬으면서……."

말을 꾸미지 않는 단도직입적인 질문이었다.

아마도 내가 마리아 것이 되겠다고 한 얘기에 충격을 받은 모양이었다. 그 의문에, 나 역시 꾸밈없이 대답했다.

"그야, 네 때와 마리아 때는 사정이 전혀 달랐으니까……. 마리아 때는 정말 파란만장한 사정이 있었어. 수많은 사정이……."

"그, 그렇구나. 다르구나……. 그렇겠지……. 그래서 카나미는 내 것이 되어주지 않은 거구나……. 에, 에헤헤. 괜찮아. 알고 있었어. 역시 카나미는 내가 싫어서……."

마리아 편을 들어주자, 스노우의 눈동자에서 점점 광택이 사라져 갔다.

"──스노우! 잠깐, 좀 진정해! 얘기를 들었다면 알 거 아냐? 마리아 때는 깊은 사정이 있었어. 나는 마리아에게 너무 많은 상처를 줬어. 그래서 마리아 게 된다 해도 어쩔 수 없는 상황이 된 거야. 스노우 것이 되는 것만 딱히 더 싫어서 그랬던 게 아니었다고!"

스노우의 어깨를 붙들고 필사적으로 설득했다.

이렇게 된 마당에 스노우가 원래 상태로 돌아가는 건 생각만 해도 무시무시했다. 만약『무투대회』수준의 시합이 배에서 벌어지기라도 한다면,『리빙 레전드호』는 불바다가 될 것이다.

그런 내 애절한 얼굴을 보고, 스노우도 조금씩 이성을 되찾았다.

"으, 응……. 응, 알았어. 역시, 카나미는 예전에 꽤 큰 실수를 저질렀나 보네. 그렇다면 괜찮아……."

"다행이다. 그저께 했던 얘기를 또 해야 하게 될 줄 알았어."

"앗, 참고로 만약에 내 것이 돼 준다면 언제든 환영이야. 나는 마리아랑은 달리, 그런 말을 들어도 전혀 안 곤란해. 곤란하기는커녕 무지 기쁠 거야!"

"그래, 알았어……. 스노우는 참 대단하다니까. 그저께 그렇게나 설득했는데도……."

"에헤헤."

스노우는 쑥스러운 듯 웃었다.

내 야유를 알아채지 못한 채 얼빠진 표정으로 머리만 긁적거리고 있었다.

스노우는 워커 가문과 결별하고, 오랜 속박에서 벗어나고, 추격자들을 따돌리고 연합국을 떠난 이후로 완전히 긴장이 풀어져 있었다.

그 심정은 충분히 이해하지만, 그래도 어느 정도는 좀 긴장해 줬으면 좋겠다. 내 입장에서는 앞으로 벌어지게 될 팰린크론과의 직접 대결이 진정한 승부인 것이다.

하지만 스노우는 내 기대와는 딴판으로 히죽히죽 웃으며 고개를 끄덕일 뿐이었다.

"그나저나, 이제 카나미도 내가 좀 좋아졌어?"

"아니, 그럴 리가 없잖아. 스노우는 그렇게 될 거라고 생각하는 거야? 고작 하루만에……?"

이 발언에서도 알 수 있듯이, 스노우는 연애에 있어서는 무서우리만치 숙맥이었다.

팰린크론이 기억을 잃은 나의 결혼상대로 설정한 게 스노우여서 다행이었다. 팰린크론이 선정한 결혼상대가 좀 더 남자 마음을 아는 여자였더라면, 나는 그 달콤한 세계에 패배했을지도 모른다.

그렇게 생각하며, 나는 황당함에 한숨을 지었다.

그러자 스노우는 소스라치게 놀라더니, 어리둥절한 얼굴로 식은땀을 흘렸다.

"어라……? 뭐지? 분위기가 영 시원찮잖아? 아, 역시 호칭이 문제였나? 마리아처럼, 나도 카나미를 부를 때는 나만의 호칭 같은 걸 쓰는 게 아는 건가?"

스노우는 엉뚱하기 짝이 없는 소리를 했다.

"으—음……. 서, '서방님' 같은 건 어때? 카나미, '서방님'이라고 불러도 돼?"

"아니. 안 돼. 절대 불가."

마리아도 그렇고 스노우도 그렇고, 왜달 이렇게 무거운 호칭을 선택하는 건지 모르겠다. 더 가볍고 호감적인 호칭도 얼마든지 있을 텐데. 이 정도면 아예 내 미음을 사고 싶어서 이러는 게 아닐까 하는 생각밖에 안 든다. 정말 내 호감을 사려는 노력을 하고 있기는 한 건가?

나도 스노우의 호감을 무턱대고 거부하고 있는 건 아니다. 하지만 스노우가 이렇게 나오니 도대체 어떻게 스노우를 좋아해야 할지 알 수가 없을 지경이다.

"어, 안 돼? 그게, 이래 봬도 나는 카나미의 약혼자니까,

29

그런 호칭도 나쁘지 않은 것 같다고 생각했던 건데."

"참고로 스노우의 약혼자라는 거, 난 한 번도 승인한 적 없어."

"하지만 알미라드 싯다르크와 결투하면서, 그거나 마찬 가지인 얘기를 했었잖아? 어찌나 멋지게 나를 구해주던지! 내 서방님이!"

"이, 있긴 했었지……, 그런 일도. 내 의식이 가장 몽롱하 던 시기에 벌어진 일이라, 반쯤 잊어버리고 있었어……. 아 니, 잊어버리고 싶었어."

"카나미는 그 일에 대해 책임져야 돼. 만약에 나한테 구혼 하는 사람이 나타나면, 나한테는 카나미라는 서방님이 있 으니까 안 된다는 식으로 얘기할 생각이니까."

"『무투대회』 때 대놓고 결투의 맹세를 했으니까. 그건 회 피하기 힘들겠네. 젠장……."

나는 진심 어린 탄식을 내뱉었다.

"에헤헤. 그러니까 포기해, 서방님."

"죄송합니다, 스노우 씨. 서방님이라는 호칭만은 좀 봐주 세요……."

그리고 주저 없이 고개를 숙였다.

이것만은 도저히 받아들일 수 없었다. 나 혼자를 위해서 가 아니다. 평화를 위해서였다.

한번 가정해 보자. 내일, 나를 서방님이라고 부르는 스노 우의 모습을 다른 동료들이 보면 어떻게 될까?

보나마나 선상의 온도가 급강하할 게 뻔하다. 당연히 이런저런 것들에 불이 붙을 것이다. 우선 마리아가 맞서듯이 나를 계속 소유자님이라고 불러대겠지. 그 모습을 본 라스티아라는 신이 나서 "더 몰아붙여! 더 몰아붙여!"라는 식으로 부채질을 해댈 것이다. 그렇게 되면 디아도 덩달아서 뭔가 일을 저지를지도 모른다. 라스티아라의 기사인 세라 씨가 내 편을 들어줄 일은 없을 것이다. 그런 참담한 배여행이 되면, 친구인 리퍼는 넌덜머리를 내며 떠나 버릴지도 모른다. 유일한 정상인인 리퍼마저 사라지면, 배는 안전장치 없는 화약고로 변하리라. ──결국, 배가 가라앉는 건 식은 죽 먹기다. 불타서 바다의 티끌이 되어 버린다.

　"어……, 그렇게까지 싫어?"

　"안 돼. 부탁이야, 스노우. 배가 위험해져. 진짜 위험해진다고. 향년 1일로 끝나 버릴 거야."

　그런 나의 애절함이 전해졌는지, 스노우는 마지못해 고개를 끄덕여 주었다.

　"으─음, 그럼 어쩔 수 없지. 내가 계속 우기면 카나미가 정말로 곤란해지는 것 같으니까. 알았어, 그만둘게. 나는 카나미의 호감을 사고 싶으니까."

　"그 점 말인데……. 이건 혹시나 해서 물어보는 거야, 스노우. 거짓말 하는 거 아니지? 정말 내 호감을 사고 싶은 것 맞지? 나는 이런 것에는 워낙 잘 속아 넘어가니까, 너무 농락하지는 말아 줘."

"거짓말일 리가 있나! 나도 마리아랑 마찬가지로, 카나미를 죽도록 사랑하는걸! 카나미는 나의 '좋아하는 사람'이야!!"

"고, 고마워……."

스노우는 본인을 눈앞에 두고도 쑥스러운 기색 하나 없이 "사랑한다"고 말했다.

그래도 마리아는 수줍음을 타는 성격이라 대놓고 말하지는 않았다.

그리고 느닷없는 고백을 한 스노우는, 뭔가 기대가 담긴 눈초리로 나를 쳐다보았다.

어쩌면 스노우도 고백에 대한 답변을 원하는 건지도 모른다. 아까 나와 마리아 사이의 대화를 듣고, 지금이라면 자신의 응석도 통할 거라 생각할 것 같다.

나는 신중하게 표현을 골라 가며 천천히 대답했다.

"미안, 스노우. 미안하지만 내 가장 큰 목적을 달성시킬 때까지는 그 마음을 받아들일 수 없을 것 같아. 지금 나는 그럴 만한 여유가 없으니까."

"가장 큰 목적……. 진짜 여동생 말이지? 카나미가 '나는 죽어도 상관없어'라고 말할 만큼 소중하게 생각하는 존재……."

"그래. 나는 동생을 위해 미궁 최심부로 가려 하고 있어. 자세한 얘기는 내일 하겠지만, 그 목표를 달성하기 전에는……, 연애 같은 건 도저히 못할 것 같아."

"응, 알았어."

성심성의껏 내 본심을 털어놓으니, 스노우는 순순히 고개를 끄덕여 주었다.

내 설명 기술이 향상되었다는 걸 나 스스로도 실감할 수 있었다. 그동안 겪어 왔던 실패들도 헛된 것은 아니었던 모양이었다.

이 분위기 그대로 얘기를 마무리 지으려 했을 때, 스노우는 해바라기처럼 환한 미소를 지으며 말했다.

"——그건 다시 말해, 카나미보다 먼저 미궁 최심부에 도착하면, 카나미는 내 것이 돼 주겠다는 거지? 마리아랑 하던 얘기로 미루어보면, 그런 뜻 맞지?"

"아니, 그건 그렇지만, 정말 그러지는 말아 줘. ——그나저나, 스노우는 아직도 그걸 노리고 있는 거야?! 바로 그저께 했던 결심이나 맹세 같은 건 다 어디로 간 건데?! 변한 게 없어도 너무 없잖아, 스노우!"

"아니, 조금 성장하긴 했는데? 한 요 정도?"

스노우는 엄지와 검지로 1센티미터 정도의 거리를 나타냈다.

놀랍게도, 그저께의 필사적인 설득은 1센티미터 정도의 가치밖에 없었던 모양이다.

"정말이지, 사람이란 그렇게 쉽게 변하지 않는 존재라니까……."

"맞아. 그러니까 좀 느긋하게 생각하자, 카나미……."

어깨를 축 늘어뜨리는 나에게, 스노우는 자상하게 웃어 보였다.

그것은 자기중심적이던 과거의 그녀와는 약간 다른 표정이었다.

"내가 보기에, 카나미는 너무 조바심을 내는 것 같아. 그러니까 이제부터는 어깨의 힘을 좀 뺐으면 좋겠어……. 안 그러면, 내가 더 불안해지는걸……."

스노우는 내 상태를 그 누구보다 더 정확하게 간파하고 있었다.

그녀는 기억을 잃었던 시절의 나와 오랫동안 함께했었다. 그 시절의 나에게는 여유가 있었다. 그 때에 비하면 지금의 나는 조바심에 가득 차 있는 것처럼 보일지도 모른다.

나는 기억을 되찾는 동시에 수많은 사명들도 떠올렸다.

하지만 조바심에 떠밀린 행동이 좋은 결과로 이어질 리가 없었다.

"그래……. 이제 조금 힘을 빼기로 할게. 고마워, 스노우."

『무투대회』가 끝난 뒤로 줄곧 팰린크론 생각만 하고 있었다. 이러다가는 시야가 좁아질 테고, 결국 또 다시 실패를 겪게 되겠지.

나만 깨닫지 못하고 있던 점이었다.

"응, 힘 좀 빼자. 내 입장에서는 1년쯤 느긋하게 배여행이나 하고 싶은 심정이라니까. 팰린크론 따위 그냥 무시해 버리고, 느긋-하게."

"아니, 그건 느긋한 게 아니라 게으른 거야."

내가 감사를 표하자, 스노우는 기다렸다는 듯 자기 욕망을 채우려 들었다.

어떤 상황에서도 게으름 피울 틈을 노리고 있는 스노우를 보고, 나는 황당해 하며 웃었다.

"그렇지만 팰린크론은 적으로 삼으면 귀찮은 녀석이야. 재수 없는 녀석이라구. 그냥 내버려두고 세계여행이나 하는 게 어때?"

"참고로 팰린크론은 가디언 티다의 마력과 동화한 상태라서, 이제 엄청나게 강해졌을 거야. 그러니까 그 녀석과 싸울 때는 너희들도 강제 참가야."

"으……, 응? 나는 배를 지키고 있을게. 최선을 다해서 배웅해 줄게."

"배를 지키는 건 그냥 돈 주고 사람을 쓰면 돼. 그렇게 뺄 것 없어."

"아니, 가디언을 상대하는 건 될 수 있으면 빼고 싶은데……."

보아하니 스노우는 가디언들을 껄끄럽게 느끼는 모양이었다.

생각해 보면 마리아 때도 비슷한 소리를 했었다.

"가디언이 그렇게 무서워?"

"응. 예전에 가디언 티다 때문에 좀 험한 꼴을 당한 적이 있어서——."

원인은 그 전투광이었던 모양이다.

스노우도 한때는 미궁 탐색을 하던 시절이 있었다. 어쩌면 나 때도 그랬던 것처럼, 티다가 중간에 싸움을 걸었을지도 모른다.

"──아니, 역시 한번 열심히 해 볼게. 가디언 티다가 얽혀 있다면 더더욱 도망치면 안 될 것 같다는 생각이 들어. 도망쳤다가는, 아마 앞으로 나아갈 수 없을 테니까."

스노우는 겁에 질렸으면서도, 입을 꾹 다물고 선언했다.

예전의 스노우에게는 찾아볼 수 없었던 힘이었다.

조금씩이나마 분명히 앞으로 나아가고 있는 그녀의 모습에, 나는 안도했다.

"그럼 그때는 부탁할게, 스노우."

"나만 믿어, 카나미. 이제 우리는 대등한 동료 관계니까."

스노우는『무투대회』때 한 약속을 거론하며 손을 내밀었다.

나는 그 손을 마주 잡으며 안도했다.

지금 내 곁에 믿음직한 파트너가 있다는 사실이, 그 무엇보다도 기뻤다.

그리고 그 말을 끝으로 우리는 취침 인사를 마쳤다.

"응, 어쩐지 마음이 놓여! 고마워, 카나미. 이제 그만 난 자러 갈게."

"그래, 잘 자."

스노우와 함께 방 밖으로 나와서, 웃는 얼굴로 손을 흔들어 작별했다.

내 방 앞에서, 떠나가는 스노우의 뒷모습을 배웅했다.

그리고 〈디멘션〉을 이용해서, 스노우가 자기 방으로 돌아가서 잠자리에 드는 순간까지 지켜본 후에, 방으로 돌아가는 대신 홀로 배 안을 거닐었다.

생각하고 싶은 게 있었다.

두 명의 방문자 때문에 잠이 다 깼다는 것도 한 이유였다.

배 안의 어두운 목조 복도를 걸으며 생각에 잠겼다. 오랜만에 미궁에 대한 것도 아닌, 팰린크론에 대한 것도 아닌 생각에 잠겼다. 스노우의 조언 덕분에, 여유를 갖고 오락성 짙은 생각을 할 수 있게 된 것이다.

그렇다. 나는 한 가지 사실을 깨닫게 된 것이다.

이세계라는 특수한 상황 때문에 지금까지 생각이 미치지 못했지만, 아주 중요한 일이었다.

그것은 내 짧은 인생――16년쯤 되는 시간 속에서, 여자에게 고백 받은 것은 이번이 처음이라는 진실이었다.

눈앞에서 대놓고, 또렷하게 "죽도록 좋아한다" "사랑한다"라는 말을 들은 것이다.

심장 박동이 빨라지고, 얼굴의 홍조가 도무지 사라지질 않았다.

이래봬도 나는 아슬아슬하게나마 사춘기의 범주에 들어가는 나이였다. 여자에 대한 관심도 남들만큼 있고, 예쁜 여자가 말을 걸면 들뜨기도 한다. 그런 마당에 고백까지 들었으니, 아무리 몸이 피곤하다고 해도 잠이 안 오는 게 당연했다.

나는 여자에 대해 어렴풋한 꿈을 갖고 있었다.

신기하게도 원래 세계에서는 또래 여자애들을 접할 기회가 적었다. **어째선지** 나에게 있어서 이성이라고는 여동생 히타키밖에 없었던 것 같다.

그랬던 내가, 이세계에 온 지 단 몇 주 만에 두 명이나 되는 예쁜 여자아이에게서 고백을 받았다.

솔직히 고백 같은 건 도시전설이라고 생각했었다. 게임이나 드라마에만 존재하는 것이라고 생각해 왔다. 적어도 내 학교생활에서는 그럴 기미도 찾아볼 수 없었다.

스스로의 걸음이 빨라진 걸 나 스스로도 느낄 수 있었다.

하지만 한편으로는, 막중한 책임이 발생했다는 것 역시 냉정하게 느꼈다.

드라마나 게임 속에서 본 경험일 뿐이지만, 누군가가 행복해진다는 건 다른 누군가가 눈물을 흘린다는 뜻이라는 걸 나는 알고 있었다. 누군가 한 명을 선택한다는 건, 다른 누군가를 선택하지 않는다는 뜻인 것이다.

그렇다고 해서 끝까지 선택을 미루기만 하는 선택지도 옳다고는 할 수 없었다.

나는 지금까지 많은 창작물을 접해 온 경험을 통해, 여기저기 갈팡질팡하는 주인공 앞에는 좋지 못한 엔딩이 기다리고 있다는 걸 알고 있었다. 결정을 오래 미루면 미룰수록,

축적된 애정이 사태를 더더욱 악화시킬 것이다. 그렇기에 지금 중요한 것은, 이 연애 소동 같은 무언가를 시급히 수습하는 것이다.

나는 그렇게 판단했다. 그리고 결단했다.

——두 사람에게 고백에 대한 확실한 대답을 해 주자.

그것이 슬픔의 총량을 최소화할 수 있는 최선의 방책일 것이다. 빠르면 빠를수록 좋다.

바로 나——아이카와 카나미가 좋아하는 게 누구인지, 확실히 해 두어야 한다.

그렇게 하면, 모두에게 새로운 미래를 제시해 줄 수 있게 된다.

아마 마리아도 스노우도 나를 포기하고 새로운 사랑을 찾을 수 있을 것이다. 그러면 상처도 가벼워지고, 그녀들이 시간을 허비하는 일도 없어지리라.

물론 처음에는 그 얘기를 받아들이지 못할지도 모른다. 하지만 진지하고 진중하게, 그리고 끈기 있게 설명하면 결국에는 이해해 줄 것이다. 마리아도 스노우도 처음 만났을 때와는 많이 달라졌다. 그만큼의 힘을 갖고 있다는 걸 아까 분명히 확인했다.

그리고 빨리 결론을 내 버리면 괜한 잡념에 시달리지 않고 미궁에 집중할 수 있다. 팰린크론과 싸울 때, 녀석이 찌르고 들 마음의 빈틈도 줄일 수 있다.

정말 하나부터 열까지 좋은 점들뿐이다. 아아, 이렇게 근사한 일이 또 있을까.

오늘 하루 동안 워낙 많은 일들이 일어나는 바람에 머릿속이 들끓어서 터무니없는 생각을 하고 있는 게 아닌가 하는 생각도 들었지만──, 그래도 나는 최선의 결과를 얻어내기 위해 일사불란하게 고민하기 시작했다.

아이카와 카나미는 누구를 가장 좋아하는가. 배의 복도를 걸으며 심사숙고했다.

배 안에는 조명이 없었다. 깊은 어둠 속으로 나아가며 해답을 이끌어냈다.

"누굴까……. 히타키는 동생이고……. 그러고 보니 원래 세계에 한명쯤 없었던가……? 누군가 한 명쯤……. 어라? 어, 없잖아? 없어……. 그럼 이쪽 세계에서 제일 끌린건……. ──라스티아라?"

가능성이 있다면 라스티아라뿐일 것이다.

나는 라스티아라 후즈야즈를 가장 좋아**했었다.**

성탄제 전야에 있었던 일로 보아 그 점은 분명하다. 그때, 나는 분명 라스티아라를 좋아했었다. 좋아했기에 대성당까지 쳐들어가서, 그녀를 데리고 나왔다.

하지만 스킬 『???』을 통해 분해와 재구성을 거듭한 탓에, 그 연심은 이미 원형을 잃어버린 상태였다. 분노의 감정은 아직 또렷하게 남아있지만, 가슴 뛰는 연심까지는 남아있지 않았다. 감정의 잔해만이 남아있을 뿐이다.

라스티아라를 좋아했다는 걸 이성적으로는 알고 있지만,

감정은 그것을 따르지 못하고 있다. 4차원을 넘나드는 정신을 가진 그 소녀가 도무지 사랑스럽게 느껴지지 않았다.

"크윽……. 생각보다 훨씬 더 중증이잖아……. 큰일 났는데."

생각하고 또 생각해 봐도, 떠오르는 감정은 연심보다는 분노.

감정을 농락하는 스킬에 대한 분노가 가장 먼저 솟구쳐 올랐다.

문제는 그밖에도 더 있었다.

내 가장 큰 목적은 연애문제를 수습하는 것이다. 그 이상적인 수습 방법은 내가 누군가와 연인이 되는 것인데, 정작 라스티아라가 나에게 연애감정을 품고 있는지 어떤지 의심스럽다는 게 문제였다. 들자 하니, 라스티아라의 실제 나이는 세 살에 불과하다고 했다. 상식적으로 생각하면 아직 정서 발달이 충분치 못한 단계일 것이었다.

"으—음……."

고민에 잠겼다.

나 자신의 연심과 라스티아라의 연심. 둘 다 애매모호해서 확실히 알 수가 없었다.

"그럼, 확인해 보는 수밖에 없겠지……."

나는 행동은 빠르면 빠를수록 좋다는 걸 배웠다. 다시는 스스로에게 거짓말을 하지 않겠다는 맹세도 했다. 때로는 동료의 힘을 빌려야 한다는 것도 배웠다.

곧바로 진행방향을 라스티아라의 방 쪽으로 변경했다.

만나고, 얘기하고, 확인해 보자.

후회하기 전에 움직여야겠다는 생각에, 나는 종종걸음으로 라스티아라의 방 앞에 도착했다.

그리고 다섯 번쯤 심호흡을 되풀이한 다음, 문을 노크하고 입을 열었다.

"라스티아라, 나야. 할 얘기가 좀 있어서 왔어."

"음, 우-움? 들어와도 돼-."

방 안에서 졸음에 겨운 목소리가 대답했다.

승낙을 얻고 나서, 나는 주저 없이 방 안에 들어갔다.

여자아이의 방이라 생각하니 좀 두근거렸지만, 생각해 보면 오늘은 방이 배정된 첫날이었다. 들어온 직후에 살짝 방을 둘러보니, 내 방과 마찬가지로 최소한의 가구만이 갖추어져 있을 뿐, 아직 여자아이의 방다운 특징은 하나도 찾아볼 수 없었다.

라스티아라는 그 최소한의 가구들 가운데 하나, 목조 책상 앞에 있는 의자에 앉아서 붓펜으로 뭔가를 쓰고 있었다.

책상 위에 있는 촛대의 불빛이 라스티아라를 비추고 있었다.

지나치리만치 가지런한 그녀의 용모는, 어둠침침한 방 안에서도 돋보였다. 특히 황금색으로 빛나는 그 두 눈과 반짝이는 장발은, 조명보다도 더 찬란한 광채를 내뿜었다. 그저 앉아있기만 해도, 세상 전체를 신비로워 보이게 만드는 힘이 있었다.

　나는 그 모습을 보고 얼굴을 붉혔다. 심장 박동이 빨라졌다.

　이제 라스티아라의 말도 안 되는 미모에는 적응이 된 상태였다. 내가 동요한 것은, 그녀가 늘 입고 다니던 웃옷을 벗어젖힌, 내의 한 장만 걸친 차림이었기 때문이었다.

　그래도 라스티아라 본인은 딱히 의식하고 있지 않은 것 같았기에, 나도 신경 쓰는 내색을 하지 않고 얘기하려 애썼다.

　"뭘 쓰고 있는 거야……?"

　라스티아라가 정신없이 쓰고 있는 게 무엇인지 궁금해서 물어보았다.

　"후후, 마침 잘 물어봤어. 이건 내 수기야. 어느 정도 분량이 정리되면, 언젠가 영웅담으로 만들어 볼 생각이야."

　"호오, 그거 재미있어 보이는데."

　"그러니까 영웅 라스티아라님의 모험 기록을 후세에 남기기 위해서, 이렇게 잘 잘 시간도 아껴 가며 쓰고 있는 거지."

　"나도 뒤에서 좀 봐도 돼? 얘기는 나중에 해도 되니까."

　"그래, 그래."

　흔쾌히 승낙한 다음, 라스티아라는 미간에 주름을 짓고 끙끙거리며 다음 내용을 쓰기 시작했다. 나는 뒤에서 그 모습을 지켜보았다. 라스티아라의 수기는 생각보다 잘 짜여 있어서, 확실히 영웅의 자서전이라 해도 좋을 완성도였다.

수기가 적혀 가는 모습을 지켜보는 가운데, 시간은 천천히 흘러갔다.

라스티아라와 같이 있으면 침묵도 힘들지 않았고, 같이 있기만 해도 즐거웠다.

그리고 짧게도 느껴지고 길게도 느껴지는 그 시간이 지나가고, 라스티아라는 집필을 마쳤다.

"──우하아. 이제야 일단락이 좀 났네!"

"수고했어."

라스티아라는 자리에서 일어나서 어깨를 휘휘 돌리며 몸을 풀었다.

약간 피곤해 보였다. 자세히 보니 눈 밑에는 살짝 다크서클이 드리워져서, 그 찬란한 미모에 약간의 흠집을 내고 있었다.

조금 비틀거리는 것처럼 보이기도 했다. 그 튼튼하던 라스티아라가 말이다.

"라스티아라, 피곤해……?"

"으─음, 뭐, 조금."

대답하는 목소리도 어쩐지 힘이 없어 보였다.

나는 고민했다.

안 그래도 피곤한 라스티아라에게, 한결 더 피곤해질 얘기를 하는 건 좋지 않을지도 모른다.

하지만 최소한의 얘기는 해 두고 싶었다. 지금 라스티아라가 지쳐 있는 건, 성탄제 이후로 줄곧 싸워 왔기 때문이었다.

우선, 그 원인을 제공한 것에 대해 사과하고 싶었다.

"저기, 성탄제 때 일 말인데……."

"성탄제?『무투대회』가 아니라『재탄생』의식 때 얘기야?"

"미안, 라스티아라. 대성당에서 그렇게 큰소리를 쳐 놓고, 결국 나는 아무런 책임도 지지 못했어……. 정말 미안해."

"하핫, 사과할 거 없어. 그렇게 무슨 일이든 척척 해낼 수 있는 인간은 없으니까. 카나미는 영웅이 아니라고 그랬잖아?"

하지만 라스티아라는 웃으면서 '신경 쓸 것 없다'라고 말해 주었다.

나는 약간 감회에 젖었다. 라스티아라의 이런 밝은 면모가 몇 번이나 나를 구원해 주었던가.

"맞아……. 나는 영웅이 아냐."

"카나미는 영웅은 아니지만, 내 이야기 속의『주인공』역할을 충실히 해 주었어. 카나미는 나에게『나답게 사는 법』을 가르쳐줬어. 그것만으로 감사할 따름이라니까!"

"하지만 그 후에 후즈야즈의 추격자들로부터 너를 구해주지 못했어……. 네 적들은 내가 쓸어버리겠다고 약속했으면서, 쓸어버리기는커녕――."

"나랑 카나미의 계약은『나를 즐겁게 해줄 것』. 딱히『영웅』이 돼 주기를 바란 건 아냐. 아니, 그건 애초에 내 역할이니까 빼앗아 버리면 안 돼."

라스티아라는 도무지 사과할 기회를 주지 않았다.

그녀가 내 사과를 원치 않는다는 것을 깨달은 나는, 마음을 가라앉히고 고개를 끄덕였다.

"그렇구나……. 알았어. 이제 그런 말 안 할게. 그래도 감사인사는 해야겠어. 정말 고마워."

나는 이해했다. 동료들 사이에 서로를 돕는 건 당연한 일이니, 사과를 받아 봤자 곤란하기만 할 뿐——라스티아라는 그렇게 생각하고 있는 것이다.

라스티아라는 "고마워"라는 내 말만으로도 만족한 기색이었다.

그리고 나와 라스티아라는 둘이서 고요한 미소를 주고받았다.

말없이 미소를 주고받는 사이에 시간이 흘러갔다.

편안한 시간이었다.

역시, 나는 라스티아라와 함께 있을 때가 가장 마음 편했다.

그렇게 생각한 바로 그 때였다. 라스티아라가 갑자기 장난꾸러기 토끼 같은 표정으로 변하더니, 작위적인 말투로 말했다.

"——앗! 그리고 보니, 기억을 잃었을 때, 내 말을 뭐든 다 들어 주겠다고 약속했었지?! 로웬 녀석이랑 같이 『무투대회』 출전 등록하러 갔을 때!"

"어, 응? 뭐든지 다? 그런 약속을 했던가……?"

그 말을 듣고 기억을 되짚어 나갔다. 그런 끝에, 찾아내고 말았다.

분명히 약속했다. 로웬과 같이 대회에 등록하러 갔을 때,
『무투대회』가 끝난 뒤에 내가 어떤 행동을 취할지를 두고 내
기를 했었다.

"나를 『브아르홀라』 밖으로 데려가줄지 어떨지를 두고 내
기했었지? 헤헤—, 그건 내가 이긴 것 맞지? 지금 나는 여
기에 있으니까."

"그, 그래. 네가 이긴 게 맞긴 한데……. 아무래도 그건 좀
비겁한 거 아냐……?"

"안 돼! 약속은 약속이니까! 좋-아, 뭘 해 달라고 해 볼까
나—?"

그때까지 느껴지던 평온이 순식간에 박살 나 버렸다.

오늘까지 라스티아라가 저질러 온 전과들을 떠올리기만
해도 머리가 지끈거릴 지경이었다.

"으-음, 영 생각이 안 나는데……."

"생각이 안 난다면 그냥 없었던 일로 하는 게 어때?"

"안 돼. 잠깐만 기다려 봐. 금방 생각 날 것 같으니까!"

라스티아라는 허둥대면서 어떻게든 머릿속의 생각을 쥐
어짜려 했다.

나는 식은땀을 주체할 수 없었다. 라스티아라가 고민 끝
에 생각해 낸 아이디어가 멀쩡한 것일 리가 없었다.

"으음……, 그럼 포옹이라도 부탁해 볼까?"

"하, 하아? 포옹……?"

약간 의외였다.

라스티아라답지 않게 귀여운 요구에, 나도 모르게 얼빠진 대답이 튀어나왔다.

"응, 끌어안아 달라는 거야. 꽈아—악 끌어안아 줘. 그러니까……, 이야기 속 주인공이 히로인한테 하는 것처럼 말이야."

"대, 대체 왜?! 왜 하필 포옹인데!"

라스티아라는 진지하게 제스처까지 취해 가며 지도를 시작했다. 그녀답지 않은 그 요구에, 나는 곤혹스러울 따름이었다.

"뭐라고 해야 하나……. 이런 게 영웅담의 정석이니까. 언젠가 영웅담을 쓸 때 참고로 쓸 수 있도록 한 번쯤 해 두고 싶다고나 할까?"

"아아, 영웅담에 침고로 쓰기 위해서란 말이지……."

테이블에 놓여 있는 라스티아라의 수기 쪽을 쳐다보았다.

아마 이 집필은 그녀의 꿈 가운데 하나일 것이다. 거기에 협조하기 위한 일이라 생각하니, 쑥스러움도 조금 경감되는 기분이었다. 단, 그래도 쑥스러운 건 쑥스러운 거였다.

내가 좀처럼 대답하지 못하고 있으려니, 라스티아라는 약간 아쉬운 표정으로 말했다.

"저, 정 안 되겠다면 억지로 강요하진 않겠지만……."

"안 된다고 한 적은 없잖아. 그 정도는 해줄 수 있어. 그래, 그 정도라면, 그 정도라면 괜찮고말고!"

나 스스로도 놀랄 만큼 필사적인 대답이었다.

라스티아라가 슬퍼하는 모습만은 절대로 보기 싫었다. 멀어져 있을 때는 진정됐던 감정이, 막상 눈앞에서 얘기하고 보니 다시 부풀어 오르는 걸 알 수 있었다.

"그, 그렇게까지 진지하게 생각할 건 없어. 시험. 이건 어디까지나 시험이니까."

"그래, 시험. 시험이라고 생각하자……."

나와 라스티아라는 마음을 가라앉히고 서로에게 확인을 취했다.

이건 어디까지나 『시험』. 확인이다.

나는 그렇게 스스로를 타이르면서 손을 뻗었다.

긴장한 기색으로 기다리는 라스티아라의 몸을, 천천히 품에 안았다.

"아……."

정말 작디작은 목소리였지만, 라스티아라의 입에서 목소리가 흘러나왔다.

라스티아라답지 않은 그 목소리에 놀라면서, 나는 왼손을 라스티아라의 뒤통수로 가져가서 끌어당겼다.

서로 마주보는 자세는 너무 쑥스러웠기에, 라스티아라의 머리를 내 머리 옆에 두었다. 그 결과, 우리는 서로의 귀와 귀가 맞닿는 거리에서 서로의 심장소리를 듣는 자세가 되었다.

능숙한 포옹법 같은 건 몰랐다. 하지만 예전에 원래 세계에서 봤던 창작물을 필사적으로 기억해 내서, 라스티아라가 원하는 영웅담 속 한 장면을 내 나름대로 최대한 재현해 본 것이다.

그 손바닥과 몸통을 통해 라스티아라의 몸에 깃든 열기가 전해져 왔다.

라스티아라의 머리카락 내음이 코끝을 간질이고, 두근두 근 맥박 뛰는 소리가 서로의 몸속에 울려 퍼졌다. 둘 다 옷을 얇게 입고 있었기에, 계속 서로의 살갗이 맞닿아서 비 단보다도 부드럽고 마시멜로보다도 부드러운 감촉이 느껴 졌다.

서로 끌어안고 있는 자세이기에, 라스티아라의 가슴이 내 가슴을 꾹 누르는 상태가 되었다. 숨결이 귓가에 닿을 때마 다, 그녀의 아름다운 입술이 뇌리를 스쳤다.

몸속을 맴도는 혈액의 속도가 빨라지고, 고동소리가 끝도 없이 커져 갔다.

서서히, 서서히, 부풀어 오른 가슴속의 고동은——.

——더 이상은 위험하다. 스킬 『???』가 발동될 것 같다.

분위기에 휩쓸려 포옹하긴 했지만, 이제 한계였다.

내가 라스티아라를 떠밀려 했을 때——.

"——이러니까 더 이상은……, 외롭지 않을 것 같아……."

그것은 잔잔한 물결처럼 온화한 목소리였다.

라스티아라는 폭풍우를 이겨낸 사람처럼 완전히 마음을

놓고 있었다. 그 낯선 음색 때문에, 나는 그녀를 떠밀려던 손을 멈출 수밖에 없었다.

그리고 라스티아라가 지금까지 내가 생각하던 것 이상으로 무리하고 있었다는 것을 깨달았다.

웃으며 "사과할 것 없어"라고 했지만, 그녀가 해 온 고생이 사라진 건 아니다.

나는 생각을 고쳐먹고, 라스티아라를 꽈악 끌어안았다.

이 포옹으로 그녀가 안심할 수 있기를 바라며, 잔뜩 힘을 주어 껴안았다.

그러자 라스티아라는 천천히 숨을 토해낸 다음, 조용히 중얼거렸다.

"하아……. 이제야 드디어……, 내 이야기의 제1장이 해피엔딩으로 끝난 것 같아……."

그리고 그 몸의 모든 체중을 나에게 기대었다.

드디어 그녀의 기다긴 싸움이 끝을 맺는 순간이었다. 그 싸움이 얼마나 가혹한 것이었는지를 깨닫고, 나는 그냥 있기로 결의했다.

이렇게 마주 안은 상태로, 시간이 새겨져 갔다.

그윽하고도 정취 가득한 그 시간은, 평온하게 흘러갔다.

"……고마워, 카나미."

"그래, 이 정도는 괜찮아."

충분히 마음을 가라앉힌 라스티아라는 조그만 목소리로 감사를 표하고, 나에게서 살짝 몸을 떼었다. 밀착되어 있던 몸이 떨어지고, 그녀의 심장 소리가 아쉽게도 멀어져 갔다.

말 그대로, 엎드리면 코 닿을 거리에 서로의 얼굴이 있었다.

우리는 고동소리가 아닌 시선으로 서로를 확인하고——퍼뜩 정신을 차렸다.

"…………!"

"…………!"

별것 아닌 구두약속의 연장선상에서 가벼운 시험으로 끝낼 생각이었다.

하지만 막상 끝나고 보니 마치 연인처럼 서로를 끌어안고 있었다는 걸, 우리 둘 다 깨달았다.

라스티아라의 눈이 휘둥그레지고, 귀가 빨갛게 물들어 갔다. 아마 나도 마찬가지였을 것이다.

"——으, 으음……, 아니, 저기, 뭐랄까? 이런 건 보기에는 좋은데 직접 하니까 영 못 해 먹겠네!"

라스티아라는 내게서 시선을 돌리고, 변명이라도 하듯 방금 한 행위를 부정하기 시작했다. 물론 나도 그녀의 변명에 변명을 더해서 협조해 주었다.

"그, 그러게! 이야기 속에서는 자주들 하던데, 정작 끝나고 보니까 느낌이 영 이상하네! 역시 『시험』으로 하면 이 정도가 고작인가 봐! 『시험』은!"

"응, 이건 『시험』이었으니까! 아니, 『시험』이라도 못 해 먹을 짓인 거 같아, 이건!"

"그러게 말이야!"

『시험』이라는 단어를 몇 번씩이고 반복한 다음, 우리는 침묵에 빠지고 말았다.

참고로 지금 우리는 둘 다 얼굴이 새빨개진 채, 서로의 어깨를 붙들고 있는 상태였다.

냉정을 되찾으려면 떨어져야 한다는 건 알고 있었다. 하지만 지금 움직였다가는 폭발하고 말 것만 같았다.

무슨 말을 하고 떨어지면 좋을지 알 수가 없었다. 이제 뭘해야 하는 건지 알 수가 없었다. 뭐가 뭔지 하나도 알 수가 없었다. 아마 라스티아라 역시 마찬가지일 터였다.

방금 전의 헤아릴 수 없이 신비하던 시간과는 다른 의미로, 헤아릴 수 없이 어색한 시간이 흐르기 시작했다.

기나긴 시간이 흐르고, 방 안 테이블에 놓여있는 촛불이 일렁거렸다.

이제 조금만 더 있으면 초가 다 타 버리겠다 싶었을 때, 결국 참다못한 라스티아라가 절규했다.

"──뭐, 뭐야 이거! 뭐야 이거! 뭐야이거뭐야이거?!"

얼굴을 사과처럼 새빨갛게 물들인 채, 내 어깨를 붙잡고 마구 흔들어댔다.

나도 라스티아라처럼 절규하고 싶은 심정이었다. 하지만 그럴 수 없었다.

스킬 『???』가 바로 코앞까지 다가와 있었다.

조금이라도 긴장을 늦추면 발동하고 말 것이다. 그런 확신이 들 만큼 아슬아슬한 상태였다.

간신히 되찾은 감정의 불씨를 지키기 위해, 몰아치는 감정을 제어하는 데에 정신을 집중했다. 하지만 그것만으로도 버거워서, 한 발짝도 움직이지 못하고, 한 마디도 할 수 없는 지경이 되었다.

그러는 동안에도 라스티아라는 내 몸을 마구 흔들어대고……, 결국은 고개를 푹 숙였다.

"**아냐**……, 아냐아냐아냐! 이건 아냐……! **이건 안 돼**……!!"

뱃속 깊은 곳에 있는 것을 토해내듯이 모든 것을 부정했다.

나는 폭주하는 라스티아라를 차마 두고 볼 수 없어서, 녹슨 기계처럼 뻣뻣한 동작으로 그녀를 향해 손을 뻗었다. 그러나 라스티아라는 그런 내 팔을 뿌리쳐서, 내 손길이 닿는 것을 거부했다.

"보, 보지 마! 카나미, 이쪽 쳐다보지 마!!"

내가 떠밀려서 둘 사이의 거리가 벌어졌다. 그곳은 서로의 얼굴이 아주 잘 보이는 거리였다.

라스티아라는 웃는 것 같기도 하고 우는 것 같기도 한 심란한 표정이었다.

"아아아아아아——! 아아, 미치겠네!!"

이내 라스티아라는 새빨갛게 물든 얼굴을 양손으로 싸쥐고 등을 돌려 내달렸다.

그리고 그대로 방의 창문을 통해 뛰쳐나가서, 놀랍게도 배의 측면을 타고 올라갔다. 중간까지 〈디멘션〉을 통해 그 모습을 추적했지만, 라스티아라가 도망친 의도를 존중해서 곧 마법을 해제했다

동시에 방 안의 촛불이 훅 하고 꺼졌다.

방의 열기를 라스티아라가 모조리 가져가 버린 것만 같은 정적이 찾아왔다.

홀로 방에 남겨진 나는 어찌 할 줄을 모르고 있었다.

그리고 혼자서 천천히 방문의 성과를 확인해 보았다.

당초의 목적인 『서로의 마음』은 이 정도면 분명히 확인된 것 같았다.

더할 나위 없이 완벽한 성과라 해도 과언이 아닐 것이었다.

하지만, 감당할 수 없을 만큼 과도한 범위까지 확인하고 만 것도 사실이었다.

스킬 『???』에 의해 소실되었던 감정의 불길이, 불과 몇 분 동안의 대화로 재점화되었다.

"뭐, 뭐야 이거……! 뭐야 이거?!"

나는 방에서 홀로, 라스티아라와 같은 대사를 되풀이했다.

심장 소리가 요란했다. 싱숭생숭해서 안절부절못하는 심정이었다.

조금 전까지만 해도 정신이 이상하다고 생각했었던 라스티아라가, 지금은 그저 귀여운 여자아이로만 느껴졌다.

야금야금, 찔끔찔끔, 어떤 예감이 확신으로 변해 나갔다.

새빨개진 얼굴로 도망쳐 버린 라스티아라를 떠올렸다. 그건 부끄러워서 그런 거라고 해석해도 되는 걸까. 아니, 그것 말고 다른 해석의 여지 따위는 없을 것이다. 그렇게 해석할 수밖에 없다.

그리고 나도 그녀와 마찬가지로 부끄러워하고 있다. 호의를 갖고 있기에 이렇게까지 혼란에 빠진 것이다. 나 자신에 대한 일인 만큼, 그 정도는 알 수 있다.

그러니까 이건 결국, 나는 라스티아라를 좋아하고 라스티아라도 나를 좋아한다고 생각해도 되는 걸까……?

즉, 서로가 서로를 좋아하는 관계라고 생각할 수밖에 없다.

그 사실을 확인한 순간, 내 몸이 부르르 떨렸다.

지금까지 살아온 내 짧은 인생. 16년 남짓한 시간. 여자애와 서로 좋아하는 사이가 된 건 처음 겪는 일이었다.

"──아, 아니. 아니, 잠깐. 너무 조바심 내면 안 돼!"

기고만장해져 가는 나 자신을 나무랐다.

지난 날, 원래 세계에서 살던 시절에, 섣부른 판단을 했다가 쓰라린 경험을 한 적이 있었다.

러브레터처럼 생긴 편지를 받고 편지에 적힌 장소로 가 봤더니 약속장소에는 아무도 없더라, 하는 식의 흔해 빠진 패턴이었다. 마음에 두고 있던 여자애가 나를 좋아한다는 소문을 듣고 다음 날 말을 걸었더니, 진저리를 치며 질색을 한 적도 있었다. 밸런타인데이에 초콜릿을 받은 거라고는 여동생에게 받은 게 전부였다. 물론, 크리스마스도 항상 여동생과 함께 지냈다.

세상에 달콤한 일이란 그리 많지 않았다.

……분명, 착각일 가능성도 충분히 있을 것이다.

라스티아라의 아까 그 반응에 대해 뭔가 오해한 건지도 모른다. 정확히 확인해 보기 전에는, 정말 서로를 좋아하는 건지 어떤지 단정 지을 수 없다.

문제는 그뿐만이 아니었다.

먼저 라스티아라는 지금 세 살이라는 점이었다. 동년배라느니 연하라느니 하는 차원의 문제가 아닌 것이다.

내 세계의 법으로 보면, 세 살짜리 애한테 손을 대는 건 명백한 범죄다. 불순 이성교제 수준이 아니라, 신문에 실릴 정도의 중범죄다.

만약에 라스티아라와 연애를 하게 된다 해도, 나중에 원래 세계로 돌아갈 때 당당할 수 없게 될 것이다. 가련한 소녀를 속여서 농락한 쓰레기로 취급받게 될 가능성이 있다.

정말 문제가 한둘이 아니었다.

문제가 한둘이 아니지만……, 그럼에도 심장의 고동은 멈출 줄을 몰랐다.

서로가 서로를 좋아하고 있을지도 모른다는 가능성이, 불안감을 모조리 지워 버렸다.

그리고 문득, 나는 이 감정을 다른 누군가와 공유하고 싶다고 생각했다.

수학여행 때의 취침 전 같은 감정이 솟구쳐 올랐다. 사랑에 대해 다른 사람과 얘기하고 싶다는 충동이 치밀었다. 라스티아라는 나를 어떻게 생각하고 있는 것인가, 앞으로 나는 어떻게 해야 하는가, 그런 조언을 듣고 싶었다. 상담을 받고 싶었다.

나 혼자서 해결하려 드는 게 얼마나 어리석은 짓인지, 바로 얼마 전에 배우지 않았던가.

그래, 상담이라는 발상은 참 훌륭한 발상이다.

다만, 애석하게도 상담을 받아 줄 사람이 없었다. 수학여행 때 취침 전처럼 얘기를 들어줄 수 있는 동성이 이 배에는 한 명도 없는 것이다.

"큭……, 아무도 없잖아……! ──아니지!"

어쩌면, 디아라면 괜찮을지도 모른다.

항상 남자를 자처하고 다니는 디아라면 스스럼없이 얘기할 수 있을지도 모른다.

그리고 디아에게는 분명한 실적이 있었다. 성탄제 때 라스티티아라 탈환 작전이 잘 풀린 것도, 그 전날 밤에 디아와 의논한 덕분이었다.

"좋아, 디아와 의논해 보자!"

나는 확신을 갖고 디아의 방으로 향하려 했다.

하지만 내 몸은 뜻대로 움직이지 않았다.

"어, 어라……?"

허리춤에 차고 있던 『아레이스 가문의 보검 로웬』이 빛나고 있었다.

자동 스킬 『감응』이 발동해서 미래의 광경을 예측하기 시작했다.

그 비전 속에 보인 것은 『피범벅이 된 내가, 불타오르는 배와 함께 가라앉는 광경』이었다.

친구에게서 물려받은 스킬 『감응』은 "의논하러 갔다가는 죽을 거다"라 말하고 있었다.

세계의 『이치』를 감지하는 검사의 직감이, 평상시임에도 죽음을 감지하고 있었던 것이다.

"…………."

응?

의논하기만 해도 죽는다고……?

지난번처럼 애둘러서 말할 건데? 그런데도?

스킬 『감응』에게 그렇게 변명해 봤지만, 불길에 휩싸인 이미지는 머릿속에서 떠날 줄을 몰랐다.

싸악 하고 얼굴에서 핏기가 가셨다.

스킬 『감응』이 그릇된 판단을 내릴 리는 없었다. 죽는다는 건 좀 과장된 표현일지도 모르지만, 나에게 있어 좋지 못한 일이 일어나리라는 건 틀림없을 것이다. 이 스킬에는 그만큼의 신뢰성이 있었다.

"그, 그만두는 게 좋을 것 같네……."

나는 디아와 의논하려는 생각을 거두었다.

그 순간, 어째선지 식은땀을 흘리는 로웬의 모습이 뇌리에 떠올랐다.

　스킬에 깃들어 있는 친구의 의지에 내심 감사를 표하면서, 나는 생각을 재개했다.

　계획이 어그러져 가는 것이 느껴졌다.

　이상적인 계획은──디아와 의논한 다음, 라스티아라에게 무사히 내 마음을 전하고, 우리는 행복한 커플이 되고, 마리아와 스노우의 축복을 받고, 고민은 모두 해결──이런 식으로 전개되었어야 했었다. 여러모로 조잡한 구석이 엿보이긴 했지만, 대강은 이런 흐름으로 끌고 갈 생각이었다.

　하지만 그 계획은 시작부터 자빠지고 말았다.

　할 수 없이 나는 차선책으로 이행했다.

　의논하는 게 안 된다면, 남자답게 정면으로 고백하는 수밖에 없다.

　이런 상황에서는 끙끙 앓고 고민하면서 질질 끄는 게 가장 안 좋은 것이다.

　솔직히 지금의 내 연애감정에 대한 자신이 있는 건 아니었다. 예전에 비해 연심이 애매모호해졌다는 건 나도 잘 알고 있다. 하지만 그 상황까지 포함해서 라스티아라에게 다 털어놓는 것도 나쁘지는 않을 터였다. 라스티아라라면 모든 걸 다 이해하고 받아들여 줄지도 모른다. 지금 내게는 그런 기대를 가지기에 충분한 확신이 있었다.

　라스티아라와 연인 사이가 된 내 모습을 떠올려 보았다.

단지 그것뿐이었는데도 내 가슴의 고동이 한없이 커져 가는 것이 느껴졌다.

　──하지만 그와 동시에, 스킬 『???』가 어마어마한 속도로 접근해 오고 있었다.

　나는 타오르는 감정에 황급히 얼음을 집어넣어서, 가까스로 스킬 발동을 저지했다.

　지금까지 번번이 내 목숨을 구해주는 실적을 올렸던 스킬 『???』이, 그쪽 길을 선택해도 죽을 테니까 그만두라고 충고하는 것만 같은 느낌이었다.

　"…………."

　고, 고백해도 죽는 거야……?

　아무래도 이 이상의 감정 격화는 스킬 『???』 발동 범위 안에 들어갈 것 같다.

　연애에 대한 스킬 『???』의 경계선을 이제 어느 정도는 알 것 같았다. 고백이라는 행위까지 다다를 만큼의 감정은 걸리는 모양이었다.

　결국 어느 쪽으로 걸어가도 죽을 거라는 선고를 받은 나는, 어중간한 자세로 얼어붙어서 움쭉달싹 못 하는 신세가 되고 말았다. 적이라고는 한 명도 없는 배 안에 이렇게 수많은 위험이 도사리고 있을 줄은 몰랐다. 물론 어느 정도는 예측했었지만, 이건 예상을 아득히 뛰어넘은 수준이었다.

　하지만 이렇게 얼어붙어 있기만 하면 아무것도 해결할 수 없다.

내일부터 마리아와 스노우의 격렬한 감정이 잠복해 있는 상황에서 여정을 보내야 한다.

내 감각은 일반인보다 훨씬 예리하다. 〈디멘션〉과 『감응』이 결합해서 그녀들의 호감을 민감하게 감지하게 될 것이다. 그 호의에 응답하지 않은 채 두 사람과 같이 생활할 것인가?

계속 그런 생활을 하다가는 언젠가 위장에 구멍이 나고 말 것이다.

스킬 『병렬사고』를 이용해서 예측을 좀 해 보자.

현재 상황은 마치 삼류 연애 드라마와도 같다. 이대로 가면 나는 미궁 탐색을 위해 여자아이를 이용하는 악당 등장인물 그 자체가 될 것이다. 애증이 뒤섞인 아침드라마였다면 나는 마지막에 칼에 찔려 죽는 신세가 되겠지.

아침드라마가 아니라고 해도, 양다리를 걸친 녀석의 말로가 곱게 끝날 리가 없다.

그때, 등골이 찌릿 얼어붙는 것 같은 새빨간 광경이 머릿속에 떠올랐다.

지금까지 겪어 온 싸움의 집대성인 스킬 『병렬사고』는, 이대로 가도 죽을 테니까 조심하라고 내게 경고하고 있었다.

……움직여도 안 움직여도, 결국 죽는 건 마찬가지인 모양이었다.

"나, 나 보고 어쩌라는 거야……?"

나는 식은땀을 흘렸다.

유능한 스킬들 덕분에 최악의 결과는 피할 수 있었지만, 이대로 가면 야금야금 목숨을 좀먹는 것 같은 죽음이 기다리고 있으리라는 걸 알게 된 것이다.

 하지만, 타개할 방법이 없었다.

 나는 방 안에서 넋이 나가 있었다. 기괴한 포즈로 얼어붙은 채.

 그때 구원의 천사 하나가 나타났다.

 "──오빠, 잘 참았어. 지금 가벼운 마음으로 움직였다가는 정말로 죽게 될걸? 이렇게 등을 푹 찔려서──. 아니, 그렇게 곱게 죽을 리가 없겠지. 살점 하나 안 남을지도 몰라."

 쓴웃음을 머금은 사신 리퍼가 방으로 들어온 것이다.

 "리퍼!"

 눈가에 눈물이 그렁그렁한 채, 전에 없이 반가운 미소로 그녀를 맞이했다.

 "우선, 디아 언니한테 가는 건 절대로 안 돼. 디아 언니는 잠꼬대로 오빠 이름을 계속 불러대곤 할 정도인걸. 그럴 때면 얼굴에 웃음이 가득할 정도라고. 그런 디아 언니에게 다른 여자애 얘기를 하러 가겠다는 거야? 아니, 오빠, 그러다가 진짜로 죽는 수가 있어. 농담이 아니라 진짜로 죽을 거야."

 리퍼가 〈디멘션〉을 전개시킨 채 얘기하고 있다는 것을 나의 〈디멘션〉이 감지했다. 보아하니 현재진행형으로 잠자는 디아의 모습을 관찰하고 한 발언인 것 같았다.

 "리퍼, 죽는다는 소리 좀 그만 해……. 지금 이런 상황에

서는 장난처럼 안 들린다고……."

"응, 장난으로 하는 소리 아냐. 오빠, 똑똑히 들어. 디아 언니는 오빠를 좋아하니까, 의논하러 가면 절대로 안 돼!"

"어, 어어……! 너, 어떻게 그렇게! 그런 소리를 딱 잘라서!"

리퍼가 무자비하게 나의 퇴로를 틀어막았다.

또 하나의 고민거리가 투하되고, 죽음의 포위망이 한층 더 좁혀든 것이 느껴졌다.

"오빠도 실은 알고 있었잖아? 난 그렇게 자기 자신을 속이는 거 정말 싫어해. 내가 싫어하니까, 오빠도 싫어할 거 아냐?"

리퍼는 끙끙대는 나를 다그쳤다.

"우……. 미안. 정말 리퍼는 나에 대해 모르는 게 없네……."

알고 있었다. 『지크』를 잃은 디아는 정신적 균형이 무너졌었다. 환각까지 볼 정도였던 걸 보면, 디아는 내가 상상하는 것 이상으로 『지크』에게 의존하고 있었던 게 분명하다.

『무투대회』 때, 기억을 잃은 나는 디아와 데이트를 한 적이 있었다.

그때 디아는 예쁜 옷을 입고, 한 사람의 여자로서 웃고 있었다. 같이 극을 보고, 식사를 하고, 그러는 동안에도 그녀는 내 손을 놓으려 하지 않았다.

『감응』에 의한 직감이나 『병렬사고』에 의한 추측. 그런 스킬 없이도 알 수 있었다.

디아는 나를 좋아할 것이다. 그것도 상당히 왜곡된 형태로 호의를 보내고 있다.

그걸 인정하면, 디아에게 의논한다는 선택지는 더 이상 취할 수 없게 된다.

내 안에 남아있던 『순진하고 믿음직한 남자 디아』가 사라져 갔다.

더불어 또 하나의 진실을 직시하게 되었다.

여차하면 살의를 드러내곤 하던 그 디아가, 다른 누군가와 이어진 나를 축복해 줄 거라고는 기대할 수 없었다. 디아 못지않게 일그러진 감정을 품고 있을 마리아와 스노우도 역시 마찬가지였다.

그 녀석들이 그렇게 쉽게 인정할 만한 사람들이었다면 **그런 일들**이 벌어지지도 않았을 것이다.

내가 가진 스킬들도 그 점에 동의했다. 그런 안이한 가정은 '있을 수 없다'라고.

"오빠. 좋아한다느니 싫어한다느니 하는 소리는 절대로 하면 안 돼. 지금 이 균형을 무너뜨리면 끔찍한 일이 벌어질 거라는 건 어린애라도 알 수 있을걸?"

"역시, 너도 그렇게 생각해……?"

객관적인 시점으로 보아도 명백한 사실인 모양이었다.

"어찌 됐건 나는 언니들이랑 연결됐던 적이 있었으니까. 어지간한 사정쯤은 다 알고 있어. 그 점까지 염두에 두고 분명히 말해 둘게. 오빠가 다른 사람과 이어진다는 건, 아무도 못 받아들일 거야. 틀림없이."

"하지만 다들 분명히 시련을 이겨내고 한층 더 강해졌을 텐데……. 강한 마음으로 현실과 싸워 줄 거야……. 나는 그렇게 믿고 싶어……!!"

나는 애원하듯 하소연했다.

"정말 그렇게 생각해?"

그 질문에, 내 안의 『병렬사고』와 『감응』은 가만히 고개를 가로저었다.

정체불명의 스킬 『???』 역시, 이번에는 친근하게 고개를 가로저어 주었다.

"그렇게 믿고 싶다……, 고 생각해. 새, 생각하고 싶어……!"

말로 표현하면 할수록 자신이 없어져 갔다.

활활 타오르는 **화재**의 트라우마가 재발해서, 내 다리는 아예 바들바들 떨리고 있었다.

"오빠. 스노우 언니도 얘기했지만, 사람이란 고작 며칠 만에 강해질 수는 없어. 모두 표면상으로는 강해진 것처럼 보이지만, 내면에는 격렬한 열정을 감춰두고 있어. ……그건 나도 마찬가지야. 아직 로웬과의 작별에 대한 심정 정리가 안 됐으니까."

딱 한 번 잘 설득했다고 해서 사람이 통째로 바뀔 리는 없다. 그런 가혹한 현실을, 리퍼는 자기 자신을 예로 들어 설명했다.

"리퍼……."

실질적으로 로웬을 없앤 것은 바로 나였기에, 아무런 대꾸도 할 수 없었다.

　"하여간! 이 배는 오빠가 생각하는 것보다 훨씬 더 아슬아슬하게 균형을 유지하고 있으니까, 조심하는 게 좋을걸? 그렇게 있는 대로 폼을 잡아 가면서 결승에서 작별했는데, 고작 며칠 만에 여자에게 찔려서 죽은 친구와 저승에서 재회하게 되면 로웬이 너무 불쌍하잖아."

　"그래. 아무한테도 말 안 할게……. 아니, 말 못 해……."

　"응, 잘 생각했어. ……아니면 전부 다 신부로 맞아들여도 돼. 둘 중에 하나만 선택해."

　"잠깐."

　간과할 수 없는 단어가 귀에 들어왔기에, 나는 리퍼의 말을 끊었다. 한 발짝도 못 움직이는 상태에서 오버액션을 하는 바람에, 또 괴상한 포즈로 굳어 버렸다.

　"올 오어 낫씽(All or Nothing)……! 이러면 문제없을 거야, 오빠!"

　"아니, 잠깐잠깐, 잠깐잠깐잠깐, 전부 다 신부로 맞아들인다니 무슨 소릴 하는 거야?"

　"말 그대로야. 언니들 전원을 오빠가 맡아 주는 거지. 좋겠네, 오빠. 하렘이잖아."

　딸처럼 여겨 왔던 어린 벗이, 순진한 눈으로 터무니없는 얘기를 언급했다.

　어떤 놈이냐. 우리 리퍼에게 하렘 같은 단어를 가르쳐준

69

녀석이……!

나와 로웬(짐)이 가서 걸레짝을 만들어 주마!

"아니, 그런 걸 누가 받아들인다는 거야……?! 그리고 맡아 준다는 건 또 뭐야?"

"으―음, 내 생각엔 괜찮을 것 같은데? 스노우 언니랑 마리아 언니는 독점욕이 높은 편이지만, 오빠가 최대한 응석을 받아 주면 납득해 줄 거야. 아마."

"마, 말도 안 돼……. 연합국에서는 일부다처제가 일반적인 거야……?"

"연합국 중에는 일부다처제를 허용하는 나라들도 꽤 있어. 특히 거상이나 귀족들 중에 그런 사람들이 많다나 봐."

정말이냐. 이세계란 곳 참 대단하네…….

나는 이세계의 문화에 압도 당했다.

한편에서는 스킬 『병렬사고』가 리퍼의 말을 분석해서, 아주 허황된 얘기는 아니라는 판단을 도출해 냈다.

그녀들은 버려지는 것이나 외톨이가 되는 것에 대해 과잉 반응을 보인다.

그렇다면, 절대로 버리지 않기로 맹세하고 모두를 공평하게 대하면, 모두가 행복해질 수 있을지도 모른다. 리퍼의 말대로 임기응변을 발휘해서, 표정이 그늘이 보이는 녀석부터 응석을 받아 주면 어떻게든――.

……그런 생각을 하면 할수록 쓰레기 같은 인간이 되어가는 기분이었다. 인간으로서 타락해서는 안 될 지경으로

타락해 같은 느낌에 휩싸였다.

아까부터, 아침드라마에 나올 법한 배드엔딩이 뇌리에 반복되는 것만 같았다.

아직 포기하긴 이르다.

아직, 그런 엔딩을 피할 방법이 남아있을 게 틀림없다……!

"젠장. 나란 놈은 왜 이런 쓰레기 같은 고민을 하고 있는 거야……!"

"오빠 잘못이야. 난봉꾼의 말로란 원래 이런 거지."

"아까부터 하렘이라느니 난봉꾼이니 하는 소리나 해 대고! 너, 그런 말은 어디서 배워 온 거야……?! 좀 얘기해 줘. 가서 담판을 짓고 올 테니까!"

"가, 갑자기 왜 그렇게 무서운 표정을 짓고 그래, 오빠……? 특정한 사람에게서 배운 건 아냐. 라우라비아 국민들이랑 연결했을 때, 이런저런 지식들이 들어오는 바람에, 머릿속이 완전 도떼기시장이 돼 버렸어."

"아아, 그랬구나……. 그래서……."

분풀이할 곳이 사라지는 바람에, 나는 약간 애석한 심정이었다.

"그리고 그 지식들이 말하고 있어. 오빠는 난봉꾼. 그것도 곱게 죽기는 완전히 글러먹은 구제불능의 난봉꾼이라고……! 죽음을 피하는 방법은 하렘밖에 없다고……!"

"명예훼손으로 고소하고 싶은 심정이지만, 찔리는 구석

이 있어서 반론을 못 하겠어……!!"

"조심해. 까놓고 말해서, 이제부터의 여로는 항상 죽음의 위기가 함께하고 있으니까. 팰린크론이나 몬스터 때문이 아니라, 언니들 때문에 죽을 위험이 한가득이라구!"

"그렇구나. 팰린크론보다 더 큰 위험이……. 그것도 앞으로 계속……."

"그렇지만 오빠는 죽음의 위기를 사전에 감지할 수 있는 스킬을 수두룩하게 갖고 있으니까. 아마 어떻게든 이겨낼 수 있을 거야. 아마!"

토할 것 같은 기분이었다. 상상만 해도 트라우마가 악화되는 기분이었다.

요즘 들어, 트라우마를 이겨내기는커녕 오히려 더 악화되어 가는 것 같았다.

그 녀석들이 마음만 먹으면 얼마든지 지옥을 형성할 수 있는 힘을 갖고 있다는 게 문제였다. 그 사실이 내 불길한 예감에 박차를 가했다. 불바다의 이미지가 한층 더 격해졌다.

"모두를 가족처럼 좋아한다고 얘기하면 해결될 수도 있지 않을까……?"

"으-음, 글쎄? 아마 다들 얼굴이 엄청 흐려질걸. 그리고 서서히 욕구불만이 쌓이다가 폭발하겠지?"

"가족처럼 좋아한다는 건 내 입장에서는 최고의 애정표현인데……."

"오빠 생각에서는 그렇겠지……. 그렇지만 안 돼. 다들 가족이 아니라 이성으로서 연인관계가 되기를 원하고 있으니까."

"그러니까 리퍼 얘기는, 날 보고 일부다처제를 실현하라는 거야……?"

"응, 추천할게. 모두 행복해질 수 있으니까."

"척 봐도 괴롭고 힘겨운 길처럼 보이는데."

"응, 오빠는 그렇겠지. 그렇지만 모두 행복해질 수 있어."

"그 '모두'에 나도 끼워줄 생각은 없는 거야?"

"안 돼. 이 지경이 되도록 일을 크게 벌인 오빠 잘못이니까. 순순히 모두를 맡는 게 좋을걸."

"그 맡는다는 표현 좀 쓰지 말라니까. 너, 그 녀석들을 뭐라고 생각하는 거야……."

"나는 오빠의 기억과 감정을 먹고 자랐으니까. 아마 오빠랑 똑같이 생각하고 있을 거야. 그래도 말해도 돼?"

"아뇨, 역시 안 듣는 걸로 할게요."

그걸 들었다간 마음이 견뎌내질 못했다. 그래서 정중히 거절했다.

그리고 죽음의 위기를 똑똑히 이해한 나는, 리퍼가 추천하는 일부다처제에 대해 심각하게 고민하기 시작했다. 살아남기 위해서.

내 세계에서도 역사를 뒤져 보면 빈번하게 등장하곤 한다. 현대사회를 살아가는 남자 입장에서 보면 꿈같은 얘기겠지.

하지만 여기서 중요한 건 일부다처제의 존재 이유다. 그 이유에 따라서 의미가 천지차이로 달라질 테니까.

이건 나를 위한 일부다처제가 아니라 그녀들을 위한 일부다처제인 것이다.

그것은 하렘이라는 근사한 것이 아니다. 그와는 전혀 다른 무시무시한 무언가다.

"아, 안 돼. 역시 안 되겠어⋯⋯."

애초에 나는 원래 세계로 돌아갈 생각이다. 돌아가서 동생에게 뭐라고 변명하면 좋단 말인가.

이세계에서는 일부다처제가 일반적이라 아내를 잔뜩 들였습니다⋯⋯, 라는 식으로 얘기할 수는 없지 않은가.

현대 일본에서 일부다처제는 불법이고, 나는 일본인이다. 단호히 거부할 만한 충분한 이유가 있는 것이다.

무엇보다, 나는 평범한 연애에 대한 동경을 갖고 있다.

일류 드라마 속에 나올 법한 연애가 나의 이상이다.

그랬건만, 제대로 된 연애는 한 번도 경험해 보지 못한 채, 하렘의 껍질을 뒤집어쓴, 무덤보다도 더 무시무시한 나락으로 곤두박질치고 싶지는 않았다.

나는 마치 **누군가에게 조종당하는 것처럼** 말을 자아냈다.

"나는 기필코 순애를 고수하고 말겠어⋯⋯. 인간은, **단 한 명뿐인 운명의 사람과** 결혼해야 하는 법이야⋯⋯."

"헤에."

성의 없는 대꾸였다.

리퍼는 나무에 오르려는 돼지를 보는 것 같은 눈길로 나를 쳐다보고 있었다.

이 녀석, 내가 못 할 거라고 생각하고 있군.

"일부다처제 같은 건 절대 인정 못해! 절대로!"

"아, 알았다니까. ……그래서, 하렘을 안 할 거면, 이제 어떻게 할 건데?"

리퍼는 지나칠 만큼 필사적인 내 모습에 살짝 기가 질린 기색이었다.

리퍼의 질문에, 나는 앞으로 내가 나아가야 할 또 다른 길에 대해 생각하기 시작했다.

라스티아라에게 내 마음을 있는 그대로 들이대는 건 이제 글렀다고 봐도 좋으리라.

생각해 보면, 고백 같은 건 애초부터 무리였다.

만약 고백에 성공했다고 해도, 그 뒤에 기다리고 있는 것은 파멸뿐이다.

서로의 마음을 확인하고 사귀는 사이가 된다면, 서로의 애정은 날이 갈수록 부풀어 오르게 되리라. 그리고 함께 지내면 지날수록 더더욱 서로가 좋아지고, 결국은……, 스킬 『???』에 의해 나만 애정을 잃게 되는 것이다. 라스티아라의 애정은 멀쩡한 채로.

평소에 하는 것처럼 감정을 컨트롤해도 결과는 똑같다.

결국은 라스티아라와의 감정적 괴리를 피할 길이 없는 것이다.

그런 관계는 정상적인 연애와는 거리가 멀다. 입이 찢어져도 순애라 부를 수는 없다.

잘 될 리가 없다.

"하여튼 고백하겠다는 생각은 접어둘게. 생각해 보면, 라스티아라와 나의 관계는 이제 고작 1주일 정도밖에 안 되니까. 차분하게 생각해 보면, 서둘러 봤자 좋은 결과가 나올 리가 없다는 것쯤은 충분히 알 수 있어. 이것저것 생각할 일들이 너무 많아서 좀 혼란에 빠져 있었던 모양이야."

마리아, 스노우, 라스티아라, 이렇게 연속으로 심각한 얘기를 했던 것이다. 극한상황에 내몰려서 머릿속이 달아올라 있었음을 자각할 수 있었다.

나는 메마른 목소리로 웃었다. 리퍼도 씁쓸하게 웃었다.

"응. 오빠가 냉정을 되찾아 줘서 나도 기뻐."

"최소한 내 자신의 감정에 대한 확신이 설 때까지는 상황을 지켜볼까 해."

"잘 생각했어. 조금 더 기다려 보자. 오빠가 여동생과 재회하거나……, 아니면, 최소한 팰린크론 레거시를 물리칠 때까지는."

"그렇게 할게……."

──스킬『???』이 사라질 때까지 기다리자.

"내일부터는, 지금까지 했던 것처럼 행동해야 돼. 알았어?"

"그래, 그렇게 하는 수밖에 없으니까."

이렇게 해서, 나는 나 자신의 문제에 대한 정리를 마쳤다.

냉정을 되찾고 나니, 이제 어떤 스킬도 나를 막으려 들지 않았다.

나는 새로운 생활을 향한 첫걸음을 내디뎠다.

그때 리퍼가 고양이처럼 움찔 놀랐다. 보아하니, 전개시켜 둔 〈디멘션〉에 뭔가가 보인 모양이었다.

"왜 그래?"

"으─음, 라스티아라 언니가 이쪽으로 오고 있어."

격해지는 심장 박동을 억누르고 라스티아라의 분위기를 물었다.

"아까까지는 뱃머리에서 안절부절못하고 있었는데, 지금은 멀쩡해 보여. 아마 라스티아라 언니도 마음이 안정됐나 봐."

"그렇구나. 다행이다."

사태가 더 악화되기 전에 라스티아라와 차분하게 대화해 볼 수 있을 것 같았다.

"그럼, 나는 나가 볼게."

리퍼는 눈치껏 자리를 비켜주기 위해 방에서 나가려 했다. 나는 그 배려에 감사를 표했다.

"리퍼……. 저기, 수고 끼쳐서 미안해. 덕분에 살았어……."

"신경 쓸 것 없어. 오빠랑 나는 친구잖아?"

친구는 그렇게 사과할 필요 없다며 멋들어지게 말했다. 늘 그렇지만, 한 살짜리답지 않은 녀석이었다.

"그래, 친구지. 고마워."

"히힛, 나는 그거면 충분해. 그 말만 들어도 무지 기쁘니까."

리퍼는 티 없이 맑은 미소를 지으며 기뻐했다.

그리고 "그럼 잘 해봐!"라는 힘찬 인사를 남긴 채 창밖으로 떠나갔다.

입구로 들어올 라스티아라와 마주치는 사태를 피하기 위한 행동이었겠지만, 내 입장에서는 창문을 출입구로 사용하는 건 썩 바람직하지 못하게 느껴졌다. 보호자 대리인 내 상식이 의심받게 될 테니까.

그렇게 자식 교육에 고민하는 부모 같은 생각을 하고 있으려니, 라스티아라가 나타났다.

"저기, 카나미……, 아직 있어……?"

라스티아라는 문 밖에서 말을 걸었다.

나는 평정심을 유지하려 애쓰며 그녀를 맞이했다.

뻣뻣한 동작으로 방에 들어온 라스티아라는, 안절부절못하며 어물어물 입을 움직였다.

"저기, 그러니까, 카나미……."

바람을 쐬어 머리를 식힌 덕분에, 얼굴의 홍조는 이제 사라져 있었다.

나도 마찬가지다. 리퍼의 갖가지 협박 때문에 머리가 식었다.

"아, 아까는 좀 놀라서 그런 것뿐이니까 착각하면 안 돼!!"

결국, 라스티아라는 신중한 표현을 포기하고 고함을 통해

밀어붙이려고 들었다.

그 갑작스러운 고함에 내가 반사적으로 고개를 끄덕이자, 라스티아라는 자기 자신을 타이르듯이 덧붙였다.

"영웅담 속의 한 장면을 좀 연출해 보려다가 상황에 이끌려서 그렇게 된 것뿐이었으니까! 그건 상황이 비겁했어! 비겁해도 너무 비겁했어! 그러니까 그건 없었던 일이야! 없었던 걸로 쳐!!"

아니, 자기 자신을 타이르려는 게 아니었는지도 모른다. 친한 사이인 마리아에게 변명하는 것 같은 느낌도 들었다.

"응, 나도 알아⋯⋯. 나도 없었던 일로 치자고 하려던 참이었어⋯⋯."

나는 라스티아라의 의견에 동의했다. 동의할 수밖에 없었다.

"응, 없었던 일이야! 뭐, 영웅담 창작에 도움이 된 건 사실이지만⋯⋯. 그냥 가벼운 마음으로 그런 짓을 해서는 안 된다는 것도 깨달았어⋯⋯."

"조금이라도 도움이 됐다면 다행이네⋯⋯."

힘없이 고개를 푹 숙이는 라스티아라의 말에, 나도 힘없이 대답했다.

"역시, 기억이 없던 카나미를 속여서 요구한 게 잘못이었어. 후회돼 미치겠다니까⋯⋯."

"그렇게 생각한다면, 앞으로는 조심하도록 할까?"

"응, 다시는 안 할 거야. 이번이 마지막. 마지막마지막마지막!"

라스티아라는 소리 내어 강조함으로서 마음을 정리하려 했다.

나도 거기에 협조해서, 아까 있었던 일을 없었던 일로 하려 했다.

……이렇게 우리는 더더욱 가혹한 길을 선택했다.

완전히 마음을 정리한 나는, 전혀 무관한 얘기로 말머리를 돌렸다.

"있잖아, 라스티아라."

"응? 왜 그래?"

"지금까지는 내 정체를 아는 게 너밖에 없었잖아. 내가 이세계에서 왔다는 거. 그거, 이제 다른 사람들에게도 솔직하게 털어놓을까 해."

원래는 내가 용기를 내서 마리아에게 내 정체를 얘기하면 라스티아라의 비밀을 얘기해 주기로 약속했었다. 하지만 순서가 잘못돼서, 내가 먼저 라스티아라의 비밀을 알아내고 말았다. 당장이라도 약속을 지키고 싶었다.

"아아, 그거 말이지? 그러고 보니 그걸 아는 게 나뿐이었구나……. 우와, 또 죄책감이……."

"실은 그것 말고도 숨기고 있는 것들이 많아. 스킬이나 마법 같은 거."

"앗, 역시 그랬어? 카나미는 좀 수상한 능력을 많이 갖고 있으니까. 그럴 거라고 생각하기는 했어."

"이번 기회에 그것들을 동료들에게 전부 다 털어놓을 생각이야."

"오, 그거 괜찮은데. 나도 찬찬히 들어 보고 싶어."

"내일 아침에 동료들이 모두 모인 자리에서 얘기할 테니까, 다른 동료들을 만나거든 얘기 좀 전해 주지 않을래?"

"응, 알았어. 나만 믿어."

우리는 평소처럼 동료지간으로서 얘기했다.

표면상으로는 원래대로 돌아간 것처럼 보였다. 표면상으로는.

"그럼, 내일 봐."

"응, 내일 봐."

후련한 표정의 라스티아라와 작별하고, 나는 내 방으로 돌아갔다.

방에 들어간 나는, 곧바로 침대에 엎어져 잠이 들었다.

이렇게 해서 새로운 출발의 첫날이 끝났다. 약간의 균열을 남긴 채.

2. 파티의 성장

항해 이틀째.

나는 가위에 눌렸다가 가까스로 정신을 차리고, 침대에서 벌떡 일어났다.

꿈의 내용은 기억나지 않았다. 하지만 몸에 달라붙어 있는 진득한 땀으로 보아, 그리 좋은 꿈은 아니었음을 알 수 있었다.

무언가를 뒤쫓고, 무언가에 쫓기고 있었던 것 같은…….

누군가와 얘기하고, 누군가에게 질책 받고 있었던 것 같은…….

그런 꿈이었던 것 같았다.

세차게 고개를 가로저어서 쓸데없는 생각을 털어냈다. 꿈은 꿈일 뿐이다. 현실과는 무관한 것이다.

방의 커튼을 열어서 온몸으로 아침 햇볕을 쬐었다.

그때 나는 뭔가 이상을 감지했다. 스킬『감응』이 위험을 포착해서 내게 최적의 행동을 취할 수 있도록 유도했다. 〈디멘션〉을 전개해서 그 위험의 근원을 추적했다.

그 결과 알고 싶지도 않았던 것을 알게 된 나는, 얼굴을 찌푸리며 방 밖으로 나갔다.

조금 걸어가니, 처연하게 웃는 스노우와 마주쳤다.

"에헤, 에헤헤헤헤……."

억지스런 웃음이 애처로웠다. 그 모습을 보고 모든 것을 알아챘다.

"아, 아……. 어제 그 얘기 들었어……?"

"응……. 좀 궁금해서, 진동마법으로 얘기를 들었어……."

보아하니 라스티아라와 내가 나눈 대화도 들은 모양이었다.

〈디멘션〉을 써서 주의를 기울이지 않으면, 스노우의 마법이 근처에 도사리고 있어도 알아채지 못하는 모양이다. 새로운 사실을 하나 더 알게 됐다.

"끝까지 들었다면 이해하겠지? 그건 흥분에 의한 실수였을 뿐이야."

나는 목소리를 쥐어짜서 나 자신과 스노우를 타일렀다.

"그, 그렇지만, 적어도 나보다는 라스티아라 님이 한 발짝 앞서 가고 있는 거잖아……?"

솔직히 한 발짝 수준이 아니었지만, 부드럽고 완곡하게 대답했다.

"별로 큰 차이는 없어. 다 같은 동료잖아. 어제 일은 상황이 안 좋았던 것뿐이고, 라스티아라에 대해 특별한 감정이 있어서 그런 건 아냐."

특별한 감정을 가질 수 있었다면 이런 고생을 할 일도 없었겠지.

내 생각을 거짓 없이 얘기하자, 스노우는 분해 보이기도 하고 슬퍼 보이기도 하는 표정을 보이고는, 약간 풀 죽은 얼굴로 말했다.

"만약에 카나미가 라스티아라 님을 좋아한다고 해도, 내 마음은 안 변해. ······절대 포기 안 할 거야."

살짝 입술을 뾰로통하게 내민 채, 어린애처럼 대답했다.

동료들 중 저연령 멤버보다도 더 어린애 같은 반응을 보이는 스노우의 태도는 나를 곤혹스럽게 만들었다.

하지만 한편으로는, "포기하지 않겠다"라고 말하는 스노우를 보니 전보다 성장한 게 느껴지기도 했다. 멈춰 있던 그녀의 시간이 이제야 움직이기 시작했고, 그녀가 앞으로 나아가고 있는 것 같은 느낌이었다.

"응······. 고마워······."

나는 2중의 감사를 담아서, 스노우의 머리 위에 툭 하고 손을 얹었다.

스노우가 어린애 같아서 그런지, 내 몸이 멋대로 그렇게 움직였다.

스노우는 순간적으로 어리둥절한 표정을 지었지만, 이내 입매가 누그러졌다. 내 행동의 의미는 이해하지 못해도, 그저 내가 자신을 쓰다듬어 주는 게 기쁜 모양이었다.

굳어있지 않고 자연스러운 그 미소가 귀엽게 느껴졌지만······, 한편으로는 죄책감도 더해졌다.

어제 리퍼가 했던 말, "난봉꾼"이라느니 "곱게 죽지 못할 것"이라느니 하는 단어가 머릿속에 떠올라서, 나는 바로 스노우의 머리에서 손을 뗐다.

아쉬운 기색이 역력한 스노우의 얼굴을 의식하지 않으려고, 나는 다른 화제를 꺼냈다.

"저기, 스노우……. 그렇게 진동마법으로 도청하는 것 좀 그만 해 주면 안 될까? 썩 올바른 일은 아닌 것 같으니까."

"응? 왜……?"

"왜긴, 그야 다른 동료들도 지키고 싶은 비밀이 있지 않겠어? 나와 리퍼도 차원마법은 최소한으로 쓰고 있으니까……."

"그, 그렇구나……. 뭐, 긍정적으로 검토해 볼까……?"

"그래, 부탁할게."

시선을 외면하며 단조롭게 웃는 스노우를 보고, 나는 확신했다.

이 녀석, 그만둘 생각 따윈 눈곱만큼도 없군…….

의심어린 눈길로 스노우를 빤히 노려보았다. 그러자 스노우는 당황한 듯 내뺐다.

"그럼, 난 이만!"

"아, 잠깐! 지금 갑판에서 할 얘기가 있어! 혹시 누구든 만나면 갑판으로 오라고 전해줘!"

멀어져 가는 스노우에게 외쳤다.

"응, 알았어!"

스노우는 떠나가면서 대답했다.

그녀의 모습이 시야에서 사라질 때까지 지켜본 다음, 나는 갑판으로 올라가기 위해 복도를 걸었다.

그러다가 이제 막 잠에서 깨어 방에서 나오던 디아와 딱 마주쳤다.

디아는 살짝 놀라는가 싶더니, 눈을 비비며 활기차게 인사했다.

"안녕, 카나미! 좋은 아침!"

"안녕, 디아."

꾸밈없이 순진한 미소였다.

간밤에 제 시간에 취침한 디아의 얼굴에는 구름 한 점 없었다. 수면부족 때문에 눈 밑에 다크서클이 생겨 있는 나와는 달리, 활기가 넘쳤다.

"어제 워낙 많은 일들을 겪어서 그런지 무지 배고프네! 어제 마리아 녀석이 아침식사를 만들겠다고 했으니까, 좀 기대되는걸. 그래도, 조금이라도 이상한 맛이 나면 따끔하게 한 마디 해 줄 거지만!"

그 표정이 너무나도 눈부셔서, 하마터면 눈을 감을 뻔했다.

처음 만났을 때의 천사 같은 디아의 모습 그대로였다.

"미안, 디아. 아침식사 전에 다 함께 하고 싶은 얘기가 있어. 미안하지만 일단 갑판에 좀 보여 줄 수 있어?"

"응? 알았어. 카나미가 그러고 싶다면 그래야지!"

나를 신뢰하고 있는 디아는 꼬치꼬치 캐묻지 않고 흔쾌히 고개를 끄덕였다.

그리고 힘차게 복도를 달려서 갑판으로 향했다.

그 뒷모습을 보고 있자니, 살짝 눈물이 날 것만 같았다.

단 한두 마디 대화였지만——별일 없이 끝났다.

골치가 아파지기는커녕, 마음속이 깨끗이 씻기는 기분이었다.

왜 다른 동료들은 디아처럼 할 수 없는 걸까.

물론 나까지 포함해서, 하나같이 너무나 복잡했다.

단, 그런 디아 역시 조금의 계기만 있으면 레일 씨의 집을 황무지로 만들어 놓을 만큼의 난폭성을 지니고 있긴 하지만……. 그 사실은 잊어 두기로 하고, 지금은 감동에 젖어 있도록 하자.

그리고 그 후, 나는 배 안에 있는 다른 동료들을 찾아가서 전원을 갑판에 소집했다. 일하는 속도가 빠른 마리아가 갑판 중앙에 커다란 테이블을 설치하고 아침식사 준비를 마쳐 둔 상태였기에, 여섯 명 전원이서 사이좋게 테이블 주위에 둘러앉았다.

테이블 앞에 앉은 나는, 동료들과 얼굴을 맞이하고 얘기를 시작했다.

"너희들 모두에게 할 얘기가 있어. 아주 중요한 일이니까, 지금 들어 줬으면 해."

이제 두 번 다시 엇갈리지 않기를 바라는 염원을 담아, 내 모든 것을 털어놓기 시작했다.

◆ ◆ ◆ ◆ ◆

──모든 이야기를 마쳤다.

내 정체에 대해, 숨김없이 모두 털어놓았다.

자신이 이 세계 사람이 아니라는 사실을 분명히 얘기하고, 최심부로 가고자 하는 목적이 여동생을 위해서라는 것도 얘기했다.

그 얘기를 듣고 가장 크게 놀란 것은 디아였다.

"그랬구나……. 카나미는『이방인』이었구나. 어쩐지……."

"참고로 저는 알고 있었어요. 디아와는 달리, 여동생에 대한 것까지 다."

"이걸 그냥……!"

어째선지 마리아는 디아 옆에 앉아있었다. 그리고 그런 마리아가 자랑하듯 말참견을 하자, 두 사람 사이에서 무시무시한 밀도의 마력이 뒤엉키고, 눈에 띄게 공간이 일그러지기 시작했다.

이미 적응이 된 나는 그 광경을 못 본 척 하고 각자의 반응을 살폈다.

라스티아라는 딱히 놀란 기색을 보이지 않았다.

스노우는 별 관심을 보이지 않고, 혼자서 아침식사를 마친 상태였다.

리퍼는 어린아이처럼 흥분해서 눈이 초롱초롱 빛나고 있었다.

그리고——어째선지, 세라 씨는 메이드복 차림으로 이쪽을 쏘아보고 있었다.

만화 속에 나오는 날라리처럼 눈에 핏발을 잔뜩 세우고 있었기에, 나는 그 눈을 마주칠 수조차 없었다. 시야 한쪽 구석으로 관찰해 보니, 지금 이 복장은 그녀 자신이 원해서 입은 게 아닌 것 같았다.

그런 복장을 하고 있는 이유는 짐작이 갔다.

어디서 마련한 건지는 모르지만, 라스티아라가 재미삼아 입힌 거겠지.

나는 스킬 『감응』의 직감에 따라, 세라 씨를 건드리지 않고 얘기를 진행시켰다.

아마, 건드리면 위험할 게 틀림없었다.

어제부터 수도 없이 스킬 『감응』의 도움을 받고 있는 것 같았다.

로웬, 진짜 고마워.

그리고 미안. 이런 상황에 쓰라고 가르쳐준 스킬이 아니었을 텐데…….

친구에게 사죄하면서, 나는 먼저 모두의 시원찮은 반응에 대해 물었다.

"아니, 잠깐. 내 이세계 얘기를 그냥 곧이곧대로 믿는 것 같은데……. 이세계라는 게 그렇게 쉽게 받아들일 수 있는 문제야……?"

그런 나의 순수한 의문에, 마리아가 순수하게 대답했다.

"응······? 나는 마법을 쓰면 그런 일도 충분히 있을 수 있다고 생각했는데······."

마법이라는 편리한 존재가 있는 한, 불가능한 일은 없다고 생각하는 모양이었다.

과학이 발달한 세계가 아니라 마법이 발달한 세계에서 자라다 보면 그런 사고방식을 갖게 되는 건지도 모른다. 하지만 라스티아라는 다른 것을 근거로 들었다.

"으-응, 내 경우는 카나미의 스테이터스에 『이방인』이라는 글자가 보였으니까 처음부터 의문의 여지가 없었어. 무엇보다, 레반교에 대해 잘 아는 사람이라면 이세계의 존재를 어렴풋이 알고 있는 셈이니까."

그 얘기에, 레반교에 대해 잘 아는 디아가 동의했다.

"그래. 레반교의 전승 중에는 이세계의 존재를 암시하는 글이 등장하니까."

"어쩌면 레반교의 성인 티아라님은 이세계와 연관이 있는지도 몰라. 지금의 나와 카나미처럼 말야."

처음 듣는 얘기였다. 후즈야즈의 도서관에서도 얻지 못했던 정보다. 그리고 이 둘이 레반교에서 중요한 인물이라는 점을 생각하면, 그 정보의 신빙성은 충분히 높다고 봐도 좋았다.

드디어 이세계에 대한 실마리에 가까운 것을 손에 넣은 기분이었다. 당장이라도 사라져 버릴 것처럼 미약한 희망이지만, 분명한 진전이 있었던 건 사실이었다.

레반교의 전승에 대해 잘 아는 두 사람에게 이세계 전이의 가능성에 대해 물었다.

"있잖아, 너희 둘이 생각하기에 내가 원래 세계로 돌아가려면 어떻게 해야 할 것 같아?"

라스티아라는 이렇다 할 고민 없이 가볍게 대답했다.

"그냥 지금처럼 『최심부』로 가는 방침을 유지하면 될 것 같은데. 그것 말고 다른 방법은 생각도 안 나고."

디아 역시 그 대답에 고개를 끄덕였다. 두 사람에게 있어서, 미궁의 『최심부』에 기적적인 『무언가』가 있다는 건 당연한 명제인 모양이었다.

그리고 마리아가 아마추어적이나마 다른 방안을 내놓았다.

"그밖에 다른 가능성이 있다면, 카나미 씨의 차원마법을 연구하는 것 정도일까요?"

마리아의 말마따나 내 〈디멘션〉이나 〈커넥션〉의 힘에는 그런 가능성이 느껴지긴 했다.

현재로서는 전승을 믿고 미궁을 탐색하고, 동시에 내 마법을 갈고닦는 게 최선일 것 같았다.

물론 그러면서도 다른 수단에 대한 정보도 수집할 생각이었다. 대륙 본토에 도착하거든 대국의 도서관이나 현인들을 찾아가 볼 생각이었다.

내가 내심 그렇게 생각을 정리하고 있을 때, 스노우의 독특한 제안이 끼어들었다.

"있잖아, 카나미. 이대로 그냥 이쪽 세계에서 살면 안 돼……?"

쭈뼛쭈뼛 어색한 웃음을 지으며 그렇게 제안해 온 것이다.

전원의 시선이 스노우에게로 집중되었다. 순간적으로 정적에 휩싸였다. 아무도 입을 열지 않았지만, 지극히 호의적인 시선이었다. 말하기 껄끄러웠던 자신들의 속내를 대변해 준 스노우에게 감사하고 있다는 걸 알 수 있었다. 그러나 나는 고개를 가로저었다. 그 점은 절대로 양보할 수 없었다.

"안 돼. 내 여동생 히타키를 내버려둘 수는 없어."

"으, 응. 알았어……. 그냥 한 번 얘기해 본 것뿐이니까, 화내지는 마……."

어색하게 웃고 있던 얼굴이 굳어지고, 스노우는 조심스레 내 눈치를 살피며 부탁했다.

스노우가 왜 갑자기 겁에 질린 건지 어리둥절해 하면서, 나는 웃는 얼굴로 대답했다.

"아니, 화는 하나도 안 났어."

"아뇨, 카나미 씨. 지금 표정이 장난 아니었는걸요."

스노우 옆에 앉아있던 마리아의 표정도 스노우와 마찬가지로 굳어 있었다.

"그, 그래?"

"저도 직접 겪어서 알고 있었지만, 새삼 이렇게 보니 참 대단한 남매애네요……."

"그래, 남매간의 사이는 좋은 편이긴 해. 그러니까 빨리 돌아가고 싶어."

"아니, 그 정도 수준이 아닌 것 같은데……. 카나미 씨가 그렇게 생각하신다면 상관없지만……."

마리아는 뭔가 할 말이 있는 것 같은 표정이었지만, 곧 단념했다.

어쩌면 마리아는 예전에 가족 관계가 썩 원만치 못했던 건지도 모른다.

이렇게 이세계에 대한 이야기가 대강 매듭지어졌기에, 우리는 다음 화제로 넘어갔다.

"──그리고 카나미의 능력에 대한 얘기 말인데……. 카나미의 『눈』은 내 것보다 더 능력이 뛰어났지, 아마? 너무 자세히 보여서, 좀 겁나기까지 할 정도였다니까."

"그래, 내 눈이 좀 더 뛰어났지. 솔직히 반대일 줄 알았는데."

비슷한 능력을 갖고 있는 라스티아라와 비교해 보니, 파악할 수 있는 범위 면에서 엄청난 차이가 났다.

우선 내 경우에는 스테이터스 수치가 0.00, 즉 소수점 두 자리까지 표시된다. 하지만 라스티아라는 소수점 이하 단위까지는 볼 수 없다. 장비나 아이템의 상세 정보도 알 수 없다. 생물인 몬스터에 대한 정보는 어느 정도 보이지만, 무기물에 대한 정보는 얻을 수 없다고 했다.

"카나미의 분석마법인『주시』도 대단하지만, 이공간마법인『소지품』은 훨씬 더 무섭다니까."

"분석마법과 이공간마법이라면……, 역시 그것들도 마법에 해당하는 거야?"

"아마 차원마법과 고대마법을 응용한 거겠지. 불가능하지는 않을 거야."

나는 라스티아라의 얘기에 약간 안심했다.

처음에는 두뇌나 망막에 누가 손을 댄 것 아닐까 싶어서 두려웠었는데, 마법이란 얘기를 들으니 마음이 놓인 것이다.

"불가능하지는 않지만……. 하지만 이건……."

말을 이어가는 라스티아라의 안색이 어쩐지 편치 않게 느껴졌다. 자세히 보니 그 옆에 있는 마리아도 비슷한 얼굴이었다. 레반교 관계자 입장에서 보면 뭔가 심상치 않게 느껴지는 면이 있는 모양이었다.

"라스티아라, 왜 그래……?"

"아, 아니, 괜찮아……. 특수한 마법인 건 사실이지만, 그것뿐이야. 지금은 그보다 고유 스킬 쪽이 더 문제야. 정체불명의 스킬 때문에 감정이 사라져 버린다고 그랬던가?"라스티아라가 노골적으로 화제를 돌리려 하고 있다는 걸 알 수 있었다.

하지만 그 행동에서 악의는 느껴지지 않았다. 나를 배려해서 일부러 그렇게 한 것 같았기에, 굳이 추궁하지 않고 스킬『???』에 대해 얘기해 나갔다.

95

"그래, 그것 때문에 이런저런……, 소중한 것들을 잃어버렸어."

"무슨 방법이든 써서 빨리 없애 버리는 게 좋겠는데. 딱 잘라 말해서 그건 최악의 스킬이야."

라스티아라는 스킬 『???』을 최악의 스킬이라 평가했다. 내가 잃어버린 것에 대해서는 아직 자세히 얘기하지도 않았는데, 그럼에도 진심 어린 분노를 드러내고 있었다.

"라스티아라나 디아의 마법으로 봉인할 수는 없어? 팰린크론 녀석이 했던 것처럼."

"힘들 거야. 팰린크론은 아마 『어둠의 이치를 훔치는 자』 티다의 힘을 빌려서 한 것이었을 테니까, 아무리 우리라고 해도 따라할 순 없어."

"그렇구나……. 그럼 발동되지 않도록 최대한 노력하는 수밖에 없겠네."

일이 그렇게 쉽게 풀릴 리는 없는 모양이었다.

나는 이를 갈면서 스킬 『???』 소거를 일단 단념했다. 하지만 곧바로 마음을 가다듬고, 오늘의 본론으로 들어갔다.

"내 신상에 대한 얘기는 이제 다 끝났어. ……그럼, 마리아가 차려 준 아침식사도 다들 마친 것 같고 하니, 이제 슬슬 다음 얘기──미궁 탐색에 대한 얘기로 넘어가 볼까?"

테이블 위에 남아있던 마지막 샐러드까지 다 바닥난 걸 보고, 나는 약간 흥분한 기색으로 몸을 쑥 내밀었다. 방금 전까지의 심각하던 얘기에서 벗어나서, 갑판의 분위기도 약간 밝아졌다.

"오, 드디어 시작이구나! 미궁 탐색!"

"헤헷, 되게 오랜만이네!"

자신들이 좋아하는 얘기가 나오자 라스티아라와 디아는 눈에 띄게 반가운 기색을 드러냈다.

"얘기가 좀 길어질 것 같지만, 우선 내 제안을 좀 찬찬히 들어봐 줘."

오래 전부터 혼자 생각해 온 계획이 있었다.

성탄제 날에 대성당을 탈출할 때도 생각했는데, 여러 동료들이 함께 파티를 편성하는 건 생각만 해도 즐거운 일이었다. 게임을 플레이할 때처럼 마음이 들뜨는 것이다.

나는 그동안 생각하고 또 생각해서 고안해 낸 계획을 자신만만하게 선보였다.

"미궁 탐색의 기본 방침부터 얘기하자면, 기본적으로 4인 파티로 들어가는 게 어떨까 싶어. 로테이션을 짜서 탐색 효율을 높이는 게 제일 나은 방법인 것 같아."

초롱초롱 빛나는 눈으로 프레젠테이션을 시작하는 나.

한때 게임의 파고들기 플레이나 타임어택을 되풀이하면서 얻은 사고 루틴을 바탕으로, 그것이 미궁 탐색에 있어서 가장 효율적인 해답임을 주장했다. 동료들의 동의를 얻기 위해, 『병렬사고』를 풀가동시켰다.

"우선, 잠정적으로 A팀은 스노우, 디아, 세라 씨. B팀은 라스티아라, 디아, 리퍼. 이렇게 짜는 게 어떨까? 내 생각에는 이게 제일 균형 잡힌 조합인 것 같은데."

이러면 경험치 분배도 평등해지고, 예전의 마리아 때처럼 실력차가 월등하게 벌어지는 사태도 피할 수 있다. 세라 씨의 소질이 좀 낮은 편이긴 하지만, 그녀에게는 후위의 방어와 이동수단 역할을 중점적으로 맡길 생각이었다.

"오전 중에는 나와 A팀이 탐색하고, MP가 부족해지면 〈커넥션〉을 통해서 B팀과 교대하는 거야. 교대할 때쯤이면 내 MP도 꽤 많이 줄어 있을 테니까, 리퍼를 통해서 MP를 나눠받는 거야. 그리고 오후 시간을 이용해서 나와 B팀이 공략을 재개하는 거지."

참고로 리퍼의 『연결고리』 능력은 사라지지 않았다. 로웬과 헤어지면서 『거기에 존재하지 않는다』 등의 저주는 사라졌지만, 다른 마법들은 여전히 사용할 수 있다. 다만 과도한 기억 유입은 위험하다고 판단했기에, 이제 필요한 최소한의 『연결고리』만을 유지하기로 했다. 리퍼 스스로가 사신의 능력을 싫어한다는 것도 한 이유였다.

지금 리퍼와 이어져 있는 것은 합리적으로 맺고 끊을 수 있는 나뿐이었다. 다른 동료들은 사생활에 대한 걱정 때문에 『연결고리』를 피하고 있다.

내 꼼꼼한 작전을 들은 동료들 가운데, 디아가 먼저 고개를 갸웃거리며 말했다.

"음, 으음? 잘 이해가 안 되는데……."

다른 동료들 역시 비슷한 반응이었다. 그런 가운데, 라스티아라만은 단호하게 부정적인 반응을 나타냈다.

"카나미가 하는 얘기는 여전히 너무 세세하고 재미가 없다니까. 그리고 왜 하필이면 네 명인데? 굳이 네 명씩 나눠야 하는 이유라도 있어?"

"배가 텅 비는 걸 막기 위해서야. 반씩 가는 게 딱 좋아."

엄밀히 말하자면 그건 틀린 얘기였다.

진짜 이유는 내 『병렬사고』로 항상 파악할 수 있는 인원이 네 명이라는 것이었다.

그리고 더 단순하게, 파티 편성이라는 행위를 해 보고 싶었다는 점, 그리고 게임적으로 4인 파티가 가장 정석이라는 이유도 있었다. 어쩌면 실제로는 이게 이유의 절반 이상을 차지할지도 모른다.

"그리고 카나미만 연속으로 참가하는 건 좀 비겁한 거 아냐?"

"음……. 그야 꼭 미궁 최심부에 가기를 원하는 건 나뿐이니까, 부담이 가는 일은 내가 맡아야 할 것 같아서……."

"나는 연속으로 싸워도 상관없어! 아니, 그냥 상관없는 정도가 아니라, 나를 제외하면 혼자서라도 들어가고 싶을 정도야!"

"그건 안 돼! 혼자 멋대로 가지 마! 나 없이 혼자서는 절대 안 보낼 거야!"

"뭐, 동반 필수?! ……왜 그래야 되는데?"

"그야, 상식적으로 생각해서 〈커넥션〉으로 언제든지 철

수할 수 없는 상황이 아니면 불안할 거 아냐? 예측할 수 없는 사태에도 대비해야지. 그게 던전 공략의 기본이야."

"너무해……. 아, 그리고 불만은 그것뿐만이 아냐. 설마, 이 팀 편성은 계속 이렇게 고정되는 거야?"

"계속 똑같은 편성이면 재미없잖아. 제비뽑기라도 해서 섞는 게 어때?"

"뭐라고?! 그렇게 대충 하면 안 돼. 전원이 전위 멤버만 걸리거나 후위 멤버만 걸리면 어쩔 건데?"

"그것도 나름대로 재미있잖아!"

"네 재미라는 게 위험이랑 너무 직결된다는 게 문제야!!"

우리의 입씨름은 멈출 줄을 몰랐다.

하지만 이건 관례적인 일이었다. 이렇게 둘 사이의 거리를 재면서 지내는 게 가장 좋은 것이다. 다른 멤버들을 제쳐두고 둘이서 격론을 주고받고 있으려니, 스노우가 머뭇머뭇 손을 들었다.

"저, 저기……."

"무슨 일 있어, 스노우? 하고 싶은 말 있으면 얼마든지 얘기해도 돼."

"으─음, 나는 배에서 기다리면 안 될까?"

"……혹시, 미궁에 들어갈 생각이 없는 거야?"

"으음……, 굳이 들어가고 싶은 생각은 없다고나 할까? 들어갈 사람이 나밖에 없다면 들어가야겠지만, 이렇게 사람이 많으면 굳이 나까지 들어갈 필요는 없을 것 같은데……?"

스노우는 기다렸다는 듯이 나약한 목소리로 불참의사를 표했다.

"그럴지도 모르지만, 그러면 아예 아무 일도 안 하는 꼴이 될 텐데?"

"바, 바느질은 좀 할 줄 아니까, 동료들 옷을 만들게! 요리도 할 줄 알고! 나는 원래 신부가 되고 싶었으니까! 신부!"

"아, 알았어. 알았으니까 더 이상은 말 안 해도 돼……. 하지만 말이야, 여기서 미궁 탐색 경력이 제일 긴 건 바로 너잖아. 집안일보다 탐색에 참가해 주는 게 더 도움이 될 텐데……."

분위기가 얼어붙을 수 있는 발언이었지만, '신부' 발언은 못 들은 걸로 치고, 어떻게든 스노우를 미궁 탐색 멤버로 끌어들이기 위해 설득하려 했다.

그런데 스노우 옆에 앉아있던 리퍼까지 고개를 가로젓고 들었다.

"으―음, 나도 미궁 탐색에는 별 관심 없는데. 기분 내키면 도와주긴 할게."

리퍼는 그렇게 말하고 바로 자리에서 일어섰다.

"아, 리퍼! 잠깐!"

"얘기가 너무 어려우니까, 난 가서 좀 놀다 올게! 아까 낚시를 한번 해 보니까 의외로 재미있더라니까!"

그렇게 말하고는 냉큼 배 안으로 달려갔다.

예상 밖의 사태는 그것으로 끝이 아니었다. 퉁명스럽게

앉아있던 세라 씨가 짤막하게 발언했다.

"미리 말해 두겠는데, 나는 네 명령에 따라 미궁에 들어가진 않을 거다."

"뭐, 뭐라고?!"

"나는 아가씨의 기사다. 애초에 미궁 탐색에 대해서는 별 관심이 없기도 하고."

듣고 보니 일리 있는 말이었다. 그녀는 기사이지 탐색가가 아니었다. 그리고 나에게 의리를 지키느라 미궁 탐색에 나설 이유도 없었다.

나의 계획이 서서히 어그러져 가는 것을 느낄 수 있었다.

나는 이를 갈면서 그 현실을 받아들일 수밖에 없었고, 라스티아라는 신이 나서 환영했다.

"우후훗! 미궁에 들어가기도 전에 파티가 반파돼 버렸네. 역시 예정대로 안 풀리는구나! 모험이란 무슨 일이 일어날지 알 수가 없는 법! 그래서 끝내주게 재미있다니까!"

"그, 그렇게 기고만장할 거 없어. 처음에 얘기한 건 그냥 이상론으로 얘기한 거였으니까…… 아직 차선책이 있으니까……! 그러니까 난 하나도 안 분하다고……!"

라스티아라는 영문을 알 수 없는 환희를 토해내고, 나는 영문을 알 수 없는 변명을 속사포처럼 쏟아냈다.

처음부터 계획이 수포로 돌아가 버렸기에, 할 수 없이 남은 멤버를 활용한 공략을 제안했다.

"그럼, 기본은 나, 라스티아라, 디아, 마리아, 이렇게 넷이서 탐색! 경우에 따라 다양하게 교대! 이상!"

"그거 괜찮네! 이렇게 아무 계획 없이 움직이는 게 더 신나잖아!!"

"그리고 첫 번째 목적지는 39층. 40층의 가디언은 팰린크론을 처치할 때까지 깨우지 않기로 하는 거야!"

"아핫! 혹시 무심코 40층에 들어갈지도 모르니까 미리 사과해 둘게, 카나미!"

"그럼 너를 미끼로 미궁에 남겨두고 나오면 되니까 미안해할 것 없어. 〈커넥션〉을 전부 없애 버리면, 제아무리 가디언이라도 배까지 쫓아오지는 못할 테지."

"리더……. 그건 우스갯소리로 넘어가기 힘들 것 같은데……."

"고의로 40층에 들어가면 그 정도는 해야지 뭐, 너 정도면 그래도 살아남을 수 있겠지. 로웬 같은 가디언이라면 대화로 해결할 수도 있을 테고."

"카나미는 참 솔직하지를 못하다니까. 만약 그렇게 되더라도 어차피 자기가 남을 거면서."

"……생존력이라는 점에서는 라스티아라가 최고야. 나는 그렇게 믿어."

"저, 정말 진지하게 하는 말인가 보네……. 응, 실수로도 40층에 안 들어가도록 조심할게."

"제발 그렇게 해 줘."

남에게 의지하는 방법을 익힌 나의 진심을 깨닫고, 라스티아라는 얌전히 물러섰다.

말다툼할 상대가 사라져서 조용해졌기에, 나는 마음을 가다듬고 출발을 선언했다.

"좋아, 그럼 슬슬 가 볼까. 일단 미궁에 들어가 보고, 세세한 건 그때그때 생각하자!"

더 이상 배에서 고민해 봤자 소용없는 일이다. 쓸데없는 고민 때문에 시간을 낭비하는 건 좋지 못한 버릇이다.

이번에는 라스티아라를 본받아서 공격적으로 나아가 볼 생각이었다. 나, 라스티아라, 디아, 마리아, 이 4인 파티라면 베스트멤버이니 여유도 충분했다.

그러나, 타협에 타협을 거듭한 그 출발조차 시작부터 기세가 꺾이고 말았다.

"아, 카나미 씨. 저기……, 빨래가 아직 남아있는데요……."

마리아가 면목 없는 표정으로 끼어들었다.

집안일을 좋아하는 그녀는, 아침부터 솔선해서 배 안의 잡무를 맡아 하고 있었다. 그리고 그 일을 방치하기 싫은 모양이었다. 할 수 없이, 나는 도망치려 하던 스노우의 뒷덜미를 붙잡았다.

"그런 건 스노우한테 시켜."

"뭐, 뭐어?! 나?"

스노우는 고개를 획획 저었다.

"뭐야, 아까는 자기가 하겠다고 했었잖아……? 이쪽 세계 신부는 집안일 같은 건 전혀 안 하는 거야……?"

"아니, 그건 할 사람이 아무도 없으면 내가 할 수도 있다는 거였지, 마리아가 하겠다면 굳이 내가 그 일을 빼앗을 필요는 없지 않을까 싶어서……."

"너, 정말 이 배에서 먹고 자기만 하려는 거야……?"

"아, 바느질은 할 건데……?"

"그건 네 취미잖아."

"낚시도 할 건데……?"

"보나마나 낚시 하는 척 하면서 잠이나 자려는 거겠지. 그리고 식량은 충분하니까 낚시는 필요 없어."

스노우는 "에헤헤—" 하고 웃으며 얼버무리려 했지만, 뒷덜미를 붙잡은 손을 놓아 줄 생각은 추호도 없었다.

"낚시 준비 다 됐어-! 여기야-!"

하지만 배 안에서 낚시 도구를 가지고 나타난 리퍼 때문에 쟤 주의력이 흐트러졌다. 스노우가 그 틈을 찔러서 내 손을 뿌리치고 내뺐다.

"아, 리퍼가 부르네! 좀 다녀올게!"

보아하니, 처음부터 짜고 이러는 것 같았다.

리퍼와 스노우는 낚시 도구를 들고 선미 쪽으로 도망쳐 버렸다.

"빨래, 어떻게 할까요……."

자초지종을 지켜보고 있던 마리아는 내 지시를 구했다.

하는 수 없이, 나는 마지막까지 웬만하면 안 건드리려던 세라 씨에게 말을 걸었다.

"저기, 세라 씨……. 빨래 좀 해 주면 안 될까……? 아, 복장도 마침 딱 적당하네."

메이드복 차림으로 묵묵히 지켜보고 있던 세라 씨에게 부탁해 보았다.

"똑똑히 말해 두겠는데, 나는 집안일 같은 건 해본 적 없어. 그리고 복장에 대해서 한 번만 더 언급하면 죽여 버리겠다."

"……해 본 적이 없다고? 한 번도?"

"그래, 단 한 번도. ……단, 앞으로 배워 나갈 생각이긴 하지."

탐색에는 비협조적이었지만, 여행에 대해서는 협조해 주겠다는 의사가 느껴졌다.

그 대화에서는 동료의 일원으로서 협조하려 하는 기개가 느껴졌다. 스노우보다 5배는 더 신부답다고 생각했다.

"그럼 오늘은 다 같이 빨래부터 할까……."

"그렇게 하지."

"빨래가 다 끝나거든 미궁에 가자……."

우리는 일시적으로 미궁 탐색을 단념하고 집안일에 매달려야 하는 신세가 되었다.

하지만 빨래의 대부분이 여성용이었기에, 나는 얼마 가지 않아 출입금지를 당하고 말았다. 할 일이 없어진 나는, 배한 구석에서 미궁 탐색에 대한 의욕을 상실해 갔다.

꾸물거려도 너무 꾸물거리는 것 아닌가…….

이렇게 해서, 『리빙 레전드호』 일행의 기념비적인 첫 미궁 탐색은, 조금의 긴장감도 없는 시작을 알렸다.

빨래를 갑판에 너는 작업을 마친 걸 확인하고, 언제부턴가 스노우 등과 함께 신나게 낚시를 즐기고 있던 라스티아라와 디아를 회수했다.

잠시만 눈을 떼면 금방 뿔뿔이 흩어지는 멤버들의 모습에 머리가 지끈거렸다.

애초에 이 멤버들을 완전하게 제어하겠다는 생각 자체가 문제였던 건지도 모른다.

앞으로의 미궁 탐색에 암운이 드리워져 가는 것을 느끼고, 나는 땅이 꺼질 듯 한숨을 지으며 〈커넥션〉 안으로 들어갔다.

〈커넥션〉을 통해, 미리 출구를 설정해 둔 30층으로 이동했다.

30층의 모습은 예전과는 전혀 달라져 있었다. 가득 차 있던 수정밭은 흔적도 없이 사라지고, 무기질적인 돌바닥만이 펼쳐져 있었다.

아르티 때와 같은 쓸쓸함을 느끼면서, 우리는 31층으로 내려갔다.

31층은 29층과 별다른 차이가 없었다.

모래의 질이 다르고, 바닥이 약간 단단하다는 것 정도의
변화가 전부였다.

　모래 바다가 끝없이 펼쳐져 있었다. 그 사막에 골렘이 배
회하고, 물고기 몬스터가 헤엄쳤다. 그 몬스터들은 하나같
이 단단해 보이는 크리스털을 온몸에 휘감고 있어서, 상대
하기가 만만치 않아 보였다.

　나는 〈디멘션〉으로 주위를 경계하면서 최종적으로 스테
이터스를 확인했다.

[스테이터스]

이름 : 아이카와 카나미　HP303/313　MP391/796-400　클래
스 : 탐색가

레벨18

근력10.15　체력11.42　기량14.90　속도17.82

지능15.33　마력40.52　소질7.00

상태 : 혼란6.98

경험치 : 8409/60000

장비 : 아레이스 가문의 보검 로웬　레드 탈리스만　외투

　　　에픽 시커의 제복　불에 그을린 이계의 신발

선천 스킬 : 검술4.89　빙결마법2.58+1.10

후천 스킬 : 체술1.56　차원마법5.25+0.10　감응3.56

　　　　　병렬사고1.47　뜨개질1.07　**속임수1.34**

??? : ???

??? : ???

오랜만에 하는 미궁 탐색인 만큼, 상세하게 『표시』시켰다.

연합국 출발 전에 〈커넥션〉을 여럿 설치해 두고 온 탓에, 최대 MP는 상당히 낮아져 있었다. 그 MP를 보강하기 위해, 레벨업했을 때 얻은 포인트는 모두 마력에 투자해 왔다.

참고로 후천 스킬 가운데 『속임수』는 『리빙 레전드호』를 구입할 자금을 구하느라 도박을 하는 과정에서 익히게 된 것이다. 그냥 좀 도박꾼 같아 보이는 사람을 관찰하기만 했는데도 『표시』가 나타나서 꽤 많이 놀랐었다. 로웬이 했던 "보통 스킬이라면 뭐든지 습득할 수 있다"라는 얘기가 증명된 셈이기도 했다.

[스테이터스]

이름 : 라스티아라 후즈야즈 HP735/735 MP338/338 클래스 : 기사

레벨17

근력12.97 체력12.52 기량7.82 속도9.31 지능13.52 마력9.69

소질4.00

선천 스킬 : 무기전투2.20 검술2.12 의신(擬神)의 눈1.00

　　　　　　마법전투2.27 혈술(血術)5.00 신성마법1.03

후천 스킬 : 독서0.52 소체1.00

라스티아라도 예전에 비해 약간 성장한 상태였다. 참고로 『크레센트 펙트라즐리의 직검』은 그녀에게 주었다. 애용하던 천검(天劍) 『노아』는 후즈야즈의 대성당에 두고 왔다고 한다.

[스테이터스]
이름 : 디아블로 시스 HP220/220 MP941/941 클래스 : 검사
레벨14
근력8.11 체력6.59 기량3.60 속도3.79 지능12.33 마력51.72
소질5.00
선천 스킬 : 신성마법 3.81 신의 가호3.08 단죄2.00
　　　　　집중수속2.05 속성마법2.10 과보호2.45
　　　　　연명2.42 조준2.03
??? : ???

가장 많이 성장한 건 디아였다. 라스티아라와 행동을 함께하는 동안 능력치가 비약적으로 향상되었다. 근력은 『전직 최강』 글렌을 넘어섰고, 체력은 『에픽 시커』의 최고 거구인 보르자크 씨를 넘어섰다. 단, 검술 스킬은 0.01밖에 오르지 않았다.

『과보호』라는 수상쩍은 스킬은 급상승했건만 검술은 그 모양이라니, 좀 씁쓸하다.

본인이 아무리 노력해도 스테이터스는 원하는 대로 되지

않는다는 좋은 예가 되겠다.

[스테이터스]
이름 : 마리아 HP159/159 MP855/855 클래스 : 없음
레벨10
근력7.69 체력7.23 기량5.99 속도4.45 지능7.96 마력41.13
소질4.13
선천 스킬 : 없음
후천 스킬 : 사냥0.68 요리1.08 화염마법3.53

레벨은 변화가 없었다. 하지만 아르티의 마법 덕분에 마법과 소질이 급상승했다. 아니, 급상승이라기보다는 아예 차원이 달라졌다는 표현이 옳을 것 같았다.

마리아는 두 눈을 잃긴 했지만 아르티의 마법 덕분에 시력을 대신할 공간인식능력을 갖게 됐다. 도깨비불 같은 불을 주위에 여러 개 띄워놓고 주변을 경계하고 있는 것이다.

본인은 겸손하게 화염마법이 조금 강해진 것뿐이라고 우리에게 설명했지만, 그 도깨비불만 보아도 '조금'이라고 할 수준이 아니었다. 아르티를 연상케 하는 수준의 불꽃이었다.

역시 파티원 중에서 제일 궁금한 건 마리아의 실력일 것이다.

"좋아, 경계하면서 전진하자. 라스티아라, 뒤에 있는 둘

을 부탁할게."

"알았어—!"

내가 선두에 서서 걷고, 후위의 두 사람을 라스티아라가 보호하는 진형이었다.

〈디멘션〉을 전개하면서 모래 바다를 걸어갔다. 길을 따라 나아간다기보다는 드넓은 사막을 걷는 기분이었다. 시야 어디에도 벽은 보이지 않고, 방향조차 확신할 수 없었다.

일반적으로 탐색하자면 수많은 불안요소를 떠안아야 하는 층일 것이다.

하지만, 지금의 나와는 무관한 얘기다.

길드마스터로 근무할 때, 내 〈디멘션〉의 범위는 도시 하나를 통째로 감쌀 수 있을 정도였다. 오늘은 그 〈디멘션〉을 플로어 전체에 침투시켰다. MP를 너무 허비하는 게 아닐까 싶을 정도지만, 처음에는 이 정도로 신중하게 가는 게 좋을 것이다.

플로어의 구조. 적의 위치. 다음 층으로 가는 계단. 모든 것을 확인하고 기억했다.

모래의 바다 내부에까지 의식을 배분한다——예전보다 마력의 흐름이 원만해졌다.

그 이유는 충분히 예상이 갔다. 가디언과의 전투 경험이 나를 성장시켜 준 것이다. 스테이터스에는 『표시』되지 않는 『수치로 나타나지 않는 수치』인 셈이다.

아르티와 싸우면서 화염에 대한 이해능력이 향상된 것처

럼, 로웬과 싸우면서 광석에 대한 이해능력도 향상되었다.

그 어떤 공격도 튕겨내 버리던 로웬의 수정에 비하면 이층의 광석은 비교적 이해하기 쉬운 편이었다. 우리는 여유롭게 미궁 안쪽으로 전진했다.

그 과정에서 만만해 보이는 몬스터 한 마리가 단독으로 움직이고 있는 걸 발견하고, 일부러 그쪽으로 이동해서 접촉했다. 일찌감치 파티의 움직임과 실력을 확인해 두고 싶었던 것이다.

[몬스터]주얼 피시 : 랭크29

29층에서도 보았던 일곱 빛깔의 거대 물고기가 헤엄치고 있었다. 곧바로 동료들에게 말했다.

"저기 있는 만만한 몬스터와 싸워 보자. 모래 속에서 헤엄치는 물고기 몬스터인데, 단단하고 빠르니까 조심해야 돼."

뒤쪽에 있던 세 동료들은 고개를 끄덕여 동의했다.

그리고 『리빙 레전드 파티(가칭)』의 첫 전투가 시작되었다.

모래 바다 일부가 부풀어 오르더니, 주얼 피시가 상어처럼 등지느러미를 드러내고, 관성에 얽매이지 않는 독특한 움직임과 속도로 파티의 선두인 나를 향해 육박해 왔다.

전에는 속도에 압도되어 마법 〈디 오버 윈터(농밀차원의 한겨울)〉를 사용해야 했었다.

하지만 지금은 달랐다.

이번에 내가 사용할 것은 스킬『감응』과『검술』뿐.

주얼 피시의 돌격은 눈에 보이지도 않을 만큼 빨랐지만, 『제30층의 시련』을 넘어선 내게는 둔하게만 느껴졌다.

로웬의 검속에 비하면 멈춰 있는 거나 마찬가지였다.

손에 쥐고 있던『아레이스 가문의 보검 로웬』이 어렴풋이 번뜩였다.

그 검의 번뜩임에 빨려들기라도 한 것처럼, 주얼 피시와 검이 교차했다.

순간적인 힘 대결이 벌어진 후, 주얼 피시의 등지느러미가 떨어져 나갔다.

치명상은 아니었다. 가까스로 직격을 피해낸 것이다.

멀어져 가는 주얼 피시에 대한 추격을 단념하고, 후방에 있는 라스티아라에게 외쳤다.

"라스티아라! 그리로 갔어!"

"나도 알아!"

부상당한 주얼 피시는 나를 내버려두고 라스티아라 일행에게로 달려들었다.

라스티아라는 그 움직임을 눈으로 빤히 지켜보고 있었다.

마력이 느껴지지 않는 걸 보면, 어떤 마법의 보조도 없는 것 같았다. 아니, 보조는 있을지도 모른다. 그녀의 스킬『무기전투』가 접근전을 유리하게 이끌어가고 있을 가능성도 있었다.

라스티아라의 반격은 화려했다. 검을 뽑는 동시에 번뜩인 칼날이 주얼 피시의 몸 정중앙을 가로질렀다.

주얼 피시는 공중에서 세로로 두 쪽으로 쪼개졌고, 모래 바다에 떨어지기도 전에 빛이 되어 사라졌다.

뒤에 있는 구경꾼들을 의식해서 좀 과하게 폼을 잡은 것 같은 느낌도 들었지만, 완벽한 칼놀림이었다.

라스티아라는 연무라도 선보이듯이 『크레센트 퀵트라즐리의 직검』을 한 번 휘두르고는, 칼집에 검을 집어넣었다.

"내가 있는 한, 동료들에겐 손가락 하나도 댈 수 없다——."

누구 들으라고 하는 소린지는 모르겠지만, 라스티아라는 멋들어진 포즈를 취했다. 동시에 오른손으로 얼굴을 반쯤 가리고 우수에 찬 표정까지 짓고 있었다.

혹시 방금 그건 승리의 대사였던 걸까…….

영웅담을 쓰기 위해서, 유능한 여자 캐릭터 연출이라도 시험해 보려는 건지도 모른다.

"좋아, 이 정도라면 별문제없을 것 같네. 좀 더 전진하자."

신이 나서 마리아와 디아에게 감상을 묻는 라스티아라를 무시하고, 한층 더 안쪽으로 나아갔다.

방금 전의 전투로 보아, 21층에서 당했던 것 같은 인해 전술에 걸려들지 않는 한은 디아와 마리아도 안전할 것 같았다.

그리고 결과적으로 나와 라스티아라 둘이서 적을 처치하긴 했지만, 후위를 맡은 두 사람 역시 마법을 사용할 준비는 제대로 마쳐 둔 상태였다. 멀리서 보기에도 그녀들이 몬스터의 움직임을 충분히 파악하고 있었음을 알 수 있었다. 만에 하나 몬스터가 라스티아라를 따돌렸다 해도, 고화력 마법에 의해 증발되고 말았으리라.

방심은 금물이지만, 아득바득 후위 두 사람을 지키느라 애쓸 필요도 없을 것 같다.

그래서 나는 굳이 몬스터를 회피하지 않고 32층을 향해 최단거리로 전진하기로 했다.

그 길에 처음 보는 몬스터와 조우했다.

괴상하게 변형된 게 모양의 몬스터였다. 그 험악한 모습은 다른 몬스터들과 같이 수정으로 이루어져 있었다. 눈꺼풀 없는 두 눈을 뒤룩뒤룩 움직여서 주위를 경계하는 모습이 제법 징그러웠다.

[몬스터]쿼츠 캔서 : 랭크31

수는 두 마리. 나 혼자서 두 마리 모두를 처치하기는 힘들 것 같다.

나는 한 마리만 상대하기로 하고, 나머지 한 마리는 뒤에 있는 세 사람에게 넘기기로 마음먹었다. 그래도 『병렬사고』의 예측에 따라 마법 〈디 윈터(차원의 겨울) 프로스트(종상, 終霜)〉를 사용할 준비 정도는 해 두었다.

"한 마리는 내가 맡을게! 나머지 한 마리는 너희들이 맡아 줘!"

　뒤쪽의 세 사람은 전투준비를 마치고 고개를 끄덕였다.

　동료들을 신뢰하기로 하고, 나는 나 자신의 싸움에 집중했다.

　그야말로 게답게 옆으로 달려오는 쿼츠 캔서. 하지만 옆으로 달려오는데도 그 움직임은 재빠르고 날카로웠다. 기발함을 넘어 공포까지 느껴지는 움직임이었다.

　덮쳐드는 쿼츠 캔서의 집게발을 검으로 막아내려 했다.

　그러자 쿼츠 캔서는 독특한 움직임을 선보였다. 통상적으로는 꺾일 수 없는 방향으로 관절을 꺾어서, 교묘하게 내 검을 집게발로 움켜쥔 것이다. 그리고 마치 소드 브레이커(무기를 파괴하는 무기)처럼 『아레이스 가문의 보검 로웬』을 꺾어버리려 들었다.

　수정과 수정이 맞물려서 불안한 고음이 미궁에 울려 퍼졌다.

　이 쿼츠 캔서가 상대의 무기를 파괴하는 데 특화된 몬스터라는 것을 깨닫고, 나는 살짝 당황했다. 친구에게서 물려받은 소중한 유품을 고작 하루 만에 망가뜨려 버리는 사태는 피하고 싶었다.

　그리고 대나무가 쪼개지는 것 같은 소리와 함께 수정이 깨져서 흩날렸다.

　깨져나간 것은 쿼츠 캔서의 집게발뿐이었다. 『아레이스 가문의 보검 로웬』에는 흠집 하나도 나지 않았다.

놀라서 비명을 지르는 쿼츠 캔서에게 검을 휘둘렀다. 『아레이스 가문의 보검 로웬』은 별다른 저항 없이 수정으로 된 적의 몸통을 절단했고, 적은 그대로 빛이 되어 사라져 갔다.

그 광경을 지켜보면서, 나는 내 검의 위력을 새삼 재확인했다.

[아레이스 가문의 보검 로웬]
가디언 로웬의 마석을 깃들인 검
공격력17 장착자의 레벨만큼 공격력이 가산
장착자에게 로웬 아레이스의 검술을 상기시킴
형상변화가능 장착자에게 땅마법+2.00

방금 무시무시한 강도를 선보인 『아레이스 가문의 보검 로웬』은 단순히 단단하고 날카롭기만 한 검이 아니었다. 수많은 특수효과를 보유하고 있다.

아직 시험해 보지는 않았지만, 검의 힘을 제대로 끌어내기만 하면 사용할 수 있는 마법의 속성이 하나 더 늘어난다고 한다. 원래 이 세계에서는 자신의 속성을 늘리는 게 근본적으로 불가능하다. 그렇게 생각하면, 이 검이 얼마나 사기적인 물건인지 알 수 있었다.

번쩍이는 수정 검을 쳐다보고 있으려니, 절로 웃음이 나왔다.

지금은 죽고 없는 친구가 힘을 빌려주는 것 같은 기분이었다.

나는 로웬과 힘을 합쳐서 손쉽게 몬스터를 처치하는 데 성공했다. 다음은 후방 팀의 콤비네이션을 확인해 볼 차례다.

대강 살펴보니, 그쪽 역시 완벽한 조화를 이루고 있는 것 같았다.

마리아의 불꽃이 쿼츠 캔서의 시야를 교란하고, 라스티아라가 집게발의 공격을 쳐냈다. 그 순간에 마리아의 〈플레임 애로우〉가 휘몰아쳐서 적 몬스터를 후려쳤다.

그리고 자세가 무너진 쿼츠 캔서를 향해 전원이 총공격을 퍼부었다.

멋진 연계공격이었다. 각자가 자신의 역할을 충분히 이해하고 있기에 가능한 공격이리라.

라스티아라가 우격다짐으로 최후의 일격을 날리고, 다시 연무를 연출한 후에 포즈를 취했다.

"내가 있는 한, 동료들에겐 손가락 하나도 댈 수 없다──."

……적을 처치할 때마다 말할 작정일까.

지나치게 기계적이라서, 게임 속의 전투 승리 후 포즈처럼 느껴질 지경이었다. 혹시 저걸 앞으로도 계속할 생각이라면 다양한 버전을 만드는 게 좋을 거라고 조언해 줘야겠다.

라스티아라가 동료들에게 하이파이브를 강요하고 있을 때, 내가 끼어들었다.

"좋아, 잘 풀리고 있어. 딱히 문제없는 것 같네."

디아와 마리아의 실력이 30층에서 통할 수 있을지, 실은 좀 불안했었다. 하지만 방금 그 싸움으로 보아 그러기에 충분한 힘이 있음을 알 수 있었기에, 나도 만족할 수 있었다.

"으—음, 화력 조절이 어렵네. 어떨 때는 너무 강하고, 어떨 때는 너무 억제해서……."

하지만 디아는 그런 나와는 대조적으로 불만스런 기색이었다. 마리아 역시 끙끙대고 있었다.

아마 후위에는 후위 나름의 독특한 고민이 있는 모양이었다.

"저는 화력이 아직 부족한 것 같네요……."

"있잖아, 마리아. 어떻게 불꽃을 그렇게 움직인 거야? 나도 그 정도 할 수 있게 되면 좋을 텐데……."

"그야 그냥……, 꼼꼼하게 다룬 것뿐인데요?"

"그러니까, 그 꼼꼼하게라는 걸 모르겠다니까!"

"디아는 너무 우격다짐으로만 마법을 써요. 좀 더 마음을 가라앉히고, 신중하게 마법을 구축해 보세요."

"그렇게 쉽게 말하지 마……! 할 수 있었으면 벌써 했겠지……!"

또 싸움이 시작될 것 같아서, 나는 둘 사이에 끼어들려 했다.

하지만 마리아의 말을 듣고는 그 발걸음을 멈추었다.

"——하지만, 마침 좋은 기회네요. 시험해 보고 싶은 게 좀 있으니까 귀를 좀 빌려주시죠."

"음, 뭔데 그래……?"

마리아는 디아에게 귓속말로 뭔가를 속삭였다.

전투에 있어서는 의외로 사이가 좋은 후위 2인조였다.

마리아의 얘기를 들은 디아는 재미있다는 듯 송곳니를 드러내 보였다.

"헤에, 그거 괜찮은데. 한번 해 보자."

"네, 시험해 볼 가치는 충분히 있어요."

내가 없어도, 이 둘은 둘 나름대로 이것저것 궁리하고 있는 모양이었다.

그 자주성을 존중해 줘야겠다는 생각에, 결국 참견하지 않기로 했다.

하지만 라스티아라는 우쭐해져서 끼어들었다.

"디아, 마리아. 그럴 거 없이 전부 다 나한테 맡기기만 하면 돼! 이 검 덕분에 적을 처치하기가 엄청 쉬워진 거 있지! 이거, 『크레센트 펙트라즐리』라고 그랬나?"

"그래, 내 자랑스러운 검이야."

『아레이스 가문의 보검 로웬』만큼은 아니지만, 『크레센트 펙트라즐리의 직검』도 명검이었다.

"이거 진짜 괜찮은데. 단단하고 빠르고, 날카로워!"

라스티아라는 적도 없는데 검을 휘둘러댔다. 솔직히 위험해 보였다. 하지만 그 표정이 너무 즐거워 보여서 그런지, 아무도 말리려 들지 않았다.

오늘 아침의 대화 덕분에, 마리아와 디아도 라스티아라가 자기들보다 어리다는 사실을 알게 됐다. 상대는 불우한 인생을 살아 온 세 살짜리 아이이니 관대하게 봐 줘야겠다고 생각한 것이리라.

"그래, 그래, 알았으니까 가자. 이제부터는 적이 더 많아질 거야. 너희들만 믿을게."

"걱정 마. 나라는 검이 있는 이상, 누구 하나도 뒤로 흘려보내지 않을 거야. ──그러니까, 마리아와 디아도 안심하라고."

또 쓸데없이 폼을 잡았다.

그 말투는 약간 로웬과 닮은 구석이 있었다. 그가 『검성』『가디언』으로서 했던 선서 같은 걸 보고 따라해 볼 마음이 든 건지도 모르겠다.

세 살쯤 되는 아이에게는 흔히 있을 법한 일이다. 따스하게 지켜봐 줘야겠지.

31층에서 전투를 벌이기에 별 문제가 없다는 걸 확인한 우리는, 더 안쪽으로 나아가기로 했다. 물론 적과의 접촉을 회피하지는 않았다. 이번 탐색은 레벨의 평균화에 주안점을 두고 있는 것이다. 일단 마리아의 레벨을 끌어올리지 않으면 장래에 불안이 남는다.

다행히 31층의 몬스터들은 경험치가 짭짤했다. 한 마리만 처치해도 마리아에게 1000 정도의 경험치가 들어갔다. 레벨 10 이후의 레벨업 필요 경험치는 대개 수만 정도였기에, 레벨업에 그리 오랜 시간이 걸리지는 않았다.

안쪽으로 나아가면서, 기본적으로는 라스티아라와 나 둘이서 몬스터를 처치해 나갔다.

후방에서 마리아와 디아가 이것저것 새로운 마법을 시험해 보려 하고 있었지만, 성과는 시원치 않았다. 가끔 눈이 번쩍 뜨일 만큼 인상적인 마법이 날아들곤 했지만, 아직 안정성이 부족했다.

두 사람은 후방에서 열심히 얘기를 주고받았다.

"디아, 무작정 마력을 압축하기만 하면 되는 게 아니에요. 더 꼼꼼하게 사용해 주세요."

"아까는 압축하라고 그랬잖아."

"적정선을 지키셔야죠. 화염마법에서 중요한 건 이미지의 밸런스니까요."

"그 적정선이라는 게 어렵다니까."

솔직히, 언제 싸움이 벌어질지 몰라 좌불안석이었다.

옆에서 라스티아라가 신이 나서 쳐다보고 있는 모습이 더더욱 불안감을 부채질했다.

"어쩔 수 없네요, 디아. 제가 화염마법으로 조준과 유도를 보조할 테니까, 디아는 위력과 속도에만 집중해 주세요."

"완전히 역할을 분담하자는 거지? 하긴, 그게 더 편할지도 모르지."

보아하니, 두 사람은 자신들의 마법을 서로 조합해 사용하기로 한 모양이었다.

그것에 대해서는 나도 알고는 있었다. 도서관 속 책에서 나 술집에서 사람들이 언급할 때『공명마법』이라 부르던 기술이다.

기사단이나 군대에서 많이 사용되는 마법전술이었다. 이를테면, 대중적으로 사용되는 〈플레임애로우〉를 열 명 정도가 힘을 합쳐서 조합하면 엄청나게 굵은 화염 화살을 생성시킬 수 있다. 상황에 따라서는 열 명이 제각각 쏘는 것보다 효과적일 때도 있다.

물론 공명시키려면 상성과 훈련이 필요하다. 탐색가들 사이에서는, 습득에 들어가는 노력에 비해 성과가 신통치 않은 전술로 인식되고 있었다.

그렇기에, 어지간히 조직적인 집단이 아니면 구경하기 힘들었다.

참고로 나와 리퍼의 마법 〈디 아 레이스(친애하는 일섬, 一閃)〉도 공명마법에 해당된다.

나와 리퍼는 상성이 좋지만, 디아와 마리아의 상성은 의문이 남는다. 하지만 그걸 습득하는 데 성공하기만 하면 여러 모로 도움이 될 것이 틀림없다. 시험해 봐서 손해 될 건 없을 것 같았기에, 참견하지 않고 지켜보기로 했다.

그리고 후위의 두 사람이 그렇게 시행착오를 거듭하며 마법을 연습하는 사이에, 우리는 32층에 다다랐다.

거기서 일단 휴식을 취하기로 했다. 마리아와 디아가 레벨업을 할 수 있게 된 것 같았기에, 주위의 안전을 확인한 후에 레벨업 작업을 마쳤다.

[스테이터스]

이름 : 디아블로 시스 HP220/232 MP869/989 클래스 : 검사

레벨15

근력8.61 체력6.99 기량3.80 속도4.01 지능13.21 마력54.76

소질5.00

[스테이터스]

이름 : 마리아 HP159/203 MP822/945 클래스 : 없음

레벨13

근력8.27 체력8.11 기량6.84 속도4.65 지능9.06 마력48.43

소질4.13

여전히 디아의 마력 상승이 엄청났다. 하지만 마리아 역
시 그 상식을 초월한 마력 향상속도를 따라잡아 가고 있었
다. 이제 라스티아라도 마리아의 소질이 부족하다는 소리
는 하지 않겠지.

오히려 현재 가장 소질이 낮은 건 라스티아라였다.

후위 2인조의 HP가 늘어났다는 점에 안도하면서, 32층에
〈디멘션〉을 침투시켰다.

이번에도 MP를 넉넉히 사용했다. 전투에서 〈디멘션 · 글
래디에이트(결전연산, 決戰演算)〉을 사용하는 대신 스킬『감응』
을 중심으로 싸웠기에 MP가 남은 것이다.

그 마법 사정을 생각하니, 예전에 즐겼던 게임이 떠올랐

다. 상위호환에 해당하는 마법을 습득하면, 하위 마법에 손
이 가지 않는 건 흔히 있는 일이었다.

〈디멘션·글래디에이트〉의 이름을 붙인 장본인으로서
약간 섭섭한 기분에 잠긴 채 32층으로 내려가니, 사막 같은
층은 끝나고, 28층 이전에 보던 통상적인 회랑으로 돌아와
있었다. 벽의 재료가 수정인 건 마찬가지였지만, 사막을 걷
는 것보다는 훨씬 나아가기 편했다.

물론 예전과 다른 점도 있었다. 천장이 놀랍도록 높고, 회
랑에 작은 냇물이 흐르고 있었다.

수정 회랑에 흐르는 냇물의 모습은 신비롭게 느껴졌다.
도원향의 물처럼 아름답고 투명했다. 냇물 바닥에서도 수
정이 반짝여서, 들여다보면 별빛 가득한 밤하늘처럼 눈부
셨다.

벌레와 동물계 몬스터는 줄어들고, 그 대신 하늘을 나는
몬스터들이 늘어났다는 것도 알 수 있었다. 식은땀을 말리
면서, 다 함께 정보를 공유했다.

"비, 비행계 몬스터라……."

라스티아라와 나의 표정은 평소와는 달리 떨떠름해졌다.
22층의 리오 이글에게 속수무책으로 당하던 기억이 떠오른
것이다.

"하지만 이번에는 디아와 마리아가 있으니까……."

이번 파티는 검사로만 이루어져 있는 게 아니다. 마법사
가 있는 덕분에 대응 능력도 한참 상승했다. 그 말을 들은

후위 2인조는 자못 기세등등해졌다.

"네, 저희들만 믿으세요. 레벨이 오른 덕분에 마력도 충만해졌어요. 디아와 함께하는 공명마법도 이제 제법 그럴싸하게 완성돼 가고 있어요. 이제부터는 있는 힘껏 써 볼게요."

"공중에 있는 녀석들은 다 우리한테 맡겨 줘. 지금까지는 좀 자제해 가면서 싸웠지만, 이제 슬슬 진짜 실력을 발휘해 볼 테니까!"

두 사람의 의욕도 유지할 겸, 그 제안을 받아들이기로 했다.

이 층에서는 마리아와 디아를 메인으로 해서 탐색해 보자. 후위 2인조가 메인이 되도록 진형을 변경하고, 우리는 32층 안을 나아가기 시작했다.

하늘에는 수많은 몬스터들이 날갯짓하고 있었다. 그 몬스터들을 전부 다 회피할 수는 없었기에, 단 몇 분 만에 전투가 벌어졌다.

〈디멘션〉으로 적의 접근을 감지한 나는 뒤쪽을 돌아보며 소리쳤다.

"왔어! 마리아, 디아, 앞쪽에서 조류형 몬스터가 오, 고……, 어?"

나는 말문이 막혔다.

뒤를 돌아보니, 무수한 불덩이들이 난무하고 있었던 것이다.

아니, 불덩이와는 좀 달랐다……. 이건, 불의 『눈』……?

"네. **제 눈에도 보여요**. 디아, 예정대로. ──마법 〈플레

127

임 · 글래디에이트〈결전염역(決戰炎域)〉, 〈파이어플라이〉."

"그래, 말 안 해도 할 거야!"

불꽃놀이라도 하는 것처럼, 비좁은 회랑에 크고 작은 불꽃들이 난무했다. 아르티가 있던 층이 재현된 것 같은 그 광경에, 나는 압도당해서 말문이 막혀 버렸다.

그리고 불덩이들은 마치 살아있는 것처럼 움직여서, 내가 감지한 몬스터에게로 날아들었다.

한편 디아 역시 옆에서 마력을 구축하기 시작했다.

마력의 밀도가 지나치게 높아서 그런지, 디아의 온몸에서 빛이 나는 것처럼 보였다. 그 막대한 마력의 파동을 보니, 지금부터 펼쳐질 마법의 장대함을 예측할 수 있었다.

마리아는 내 지시를 끝까지 듣지도 않은 채 불꽃을 조작했다.

그 불덩이 하나하나가 〈디멘션〉과 같은 효과를 갖고 있는 것이리라. 그렇게 확신할 수 있을 만큼, 불덩이의 움직임은 거침없고 정확했다.

불덩이는 고리형으로 변화해서 회전하기 시작했다. 무수한 불의 고리가 생성되어, 공중에 정렬해 나갔다. 불의 고리들은 몬스터가 있는 곳을 향해 늘어서서, 점점 불의 원통으로 변해 갔다. 그리고 디아의 마법이 지나가는 〈레일(길)〉——아니, 배럴(총신)이 되었다.

그 마법의 총구는 마리아의 정밀한 마법조작에 의해, 항상 몬스터를 겨누고 있었다. 그리고 마지막으로 디아의 마력 구축이 끝났다.

"——〈플레임애로우〉!"

디아의 온몸에서 빛나고 있던 빛이 응축되고, 손바닥에서 혼신의 마법이 발사되었다.

레이저(광선)를 연상케 하는 그 마법은, 마리아가 만든 화염 배럴 안을 지나서——멀리 있는 몬스터를 관통했다. 적의 단단한 수정 몸통도 그 압도적인 열량에는 당해내지 못하고, 녹아서 구멍이 나 버렸다.

조류형 몬스터는 우리를 확인조차 하지 못한 채, 이름조차 하지 못한 채, 처참하게 추락했다.

그 전법은 처음에 나와 디아 둘이서 미궁을 탐색하던 무렵을 떠오르게 했다.

하지만 나와 디아 둘이서 하던 마법보다 훨씬 더 흉악했다.

"나이스에요, 디아. ……하지만 바로 근처에 한 마리가 더 있네요. 겸사겸사 같이 격추시켜 버릴까요?"

"그래, 알았어. 간다——!"

마리아는 아르티에게서 전승받은 화염마법의 전문가가 되어 있었다.

다시 말해, 나와 동등한 적 탐지 능력을 보유한 데다, 디아의 〈플레임애로우〉를 **조작할 수도 있는 것이다.**

"——〈플레임애로우〉!"

화염 원통 안을 지나며 **광선이 휘어졌다.**

그리고 하늘을 나는 몬스터의 급소를 정확히 꿰뚫었다.

내가 알고 있던 『공명마법』과는 전혀 딴판이었다.

아니, 애초에 〈파이어플라이〉도 〈플레임애로우〉도 이런 마법이 아니었다. 완전히 별개의 마법으로 승화해 버린 두 개의 마법이 완벽하게 결합되어, 또 하나의 '별개의 마법'으로 진화한 것이다. 그 결과, 이렇게 흉악한 마법이 탄생하게 되었다.

라스티아라의 감상도 나와 다르지 않은 모양이었다.

멍하니 입을 벌린 채 그 모습을 지켜보고 있었다.

"카나미 씨, 처치했어요. 하지만 단말마의 비명을 들은 다른 몬스터들이 몰려오고 있는 것 같아요. ……죄송합니다."

불꽃을 통해 감각기관을 확장시키고 있는 마리아는 멀리 있는 적들의 움직임까지 감지했다.

내 〈디멘션〉도 같은 판단을 내린 것으로 미루어보아, 마리아의 적 탐지 능력이 〈디멘션〉의 수준에 육박했음을 알 수 있었다.

"어……. 아, 그런 것 같네. 이 녀석들도 동료들을 불러 모으는 타입의 몬스터인가 봐. 그렇다면——."

"좋았어, 나랑 마리아가 둘이서 모조리 불살라 버릴게!"

이동을 제안하려 했던 나를 제쳐두고, 디아가 호전적인 제안을 꺼냈다.

그 말을 들은 마리아 역시 디아의 제안을 긍정적으로 생각하는 기색이었다.

"그러는 게 좋겠네요. 한번 섬멸해 버리고 나서 천천히 나아가는 게 어떨까요?"

태연자약하게 섬멸이라 말했다. 나는 머뭇머뭇 재확인했다.

"마리아……. 섬멸할 수 있겠어……?"

"당연한 말씀을. 바로 보여드리죠."

마리아는 걱정 말라는 듯 미소를 지어 보였다.

하지만 그 뒤에 떠 있는 무시무시한 열량의 화염 때문에, 나는 차마 미소로 대답할 수 없었다.

디아는 또 다시 영창을 시작했고, 마리아는 또 다시 불꽃을 생성해 냈다.

이번 불꽃은 말끔한 사각형이며 삼각형의 형태를 띠고 있었다. 그 불꽃들은 곧 압축되어, 특유의 거친 면모를 상실했다. 그리고 마치 반사판처럼 매끄러운 표면을 만들어냈다.

"디아, 그냥 쏘기만 하세요. 그럼 다음부터는 제가 유도할게요."

"알았어. 간다……!"

이번에는 디아 주위에 무수한 불꽃 화살들이 떠올랐다.

그것은 마리아의 불꽃과는 달리 하얗게 번쩍였다. 어느 틈엔가, 마리아가 만들어낸 화염 원통의 숫자가 늘어나 있었다. 이번 화염 총신은 짧았다. 그 대신 총신 끝에 마법의 반사판이 설치되어 있었다.

"——플레임애로우 · 펄 플라워(산화, 散花)!"

그리고 정체되어 있던 하얀 불꽃들이 모조리 발사되었다.

무시무시한 속도와 열량이었다. 단발로 쏘는 〈플레임애로우〉보다는 약했지만, 그럼에도 레이저라 부르기에 모자람이 없을 만큼 흉악한 마법이 섬광처럼 튀어나갔다.

무수한 레이저들은 마리아가 정제한 화염 원통에 의해 휘었다. 때로는 마법 반사판에 반사되어, 궤도를 크게 **꺾었다.**

하얀 불꽃은 붉은 불꽃에 이끌려서, 모여들고 있던 몬스터들을 향해 잇따라 달려들었다. 이쪽을 향해 접근하던 몬스터들은 열 마리 이상이었다.

그러나 그 모든 몬스터들은 찰나의 섬광에 꿰뚫려서 빛이 되어 사라져 갔다.

말 그대로, 섬멸이었다.

순식간에 우리의 주위 반경 1킬로미터 범위가 몬스터 한 마리 없는 공간으로 변했다.

"……이제 끝났습니다. 그럼 갈까요, 카나미 씨."

"후—, 성공해서 다행이라니까—."

그 공간을 만들어낸 두 사람은 느긋하게 발걸음을 내딛었다.

나와 라스티아라는 넋이 나가 버릴 수밖에 없었다. 스테이터스를 확인해 보니 두 사람의 MP 소모량은 한 자릿수에 불과했다. 그녀들에게 있어서, 방금 그 싸움은 가벼운 운동 정도에 지나지 않았다는 뜻이었다.

"그, 그래…… 가자……."

경험치도 대량으로 취득했다. 나와 라스티아라가 죽도록 뛰어 다녀도 따라잡기 힘들 만큼의 경험치 효율이었다.

그 압도적인 섬멸 능력에, 나는 머릿속이 새하얘지는 기분이었다.

조금 전까지만 해도 검으로 두 사람을 보호하고 있었는데, 실제로는 그럴 필요도 없었다는 사실이 너무나도 충격적이었다.

라스티아라 역시 조금 전까지 보이던 의기양양한 태도가 사라져 있었다. 머뭇거리면서 얌전히 두 사람의 뒤를 따라 걷고 있었다.

하지만 충격에만 휩싸여 있을 틈이 없었다.

몇 분 후면 또 다른 몬스터가 나타나서 우리에게 접근해 오리라는 것을 〈디멘션〉이 포착한 것이다.

"모, 몬스터가 왔어! 이번엔 세 방향에서 동시에——."

"아까와 같은 몬스터군요. 그럼 문제없어요."

하지만 내가 적을 포착한 순간.

"나만 믿어! ——〈플레임애로우〉!"

화염의 총신을 따라 섬광이 용솟음쳤다.

몬스터들은 육안으로 확인되기도 전에 사라져 버렸다.

"세, 세 방향에서 적들이 왔는데, 전부 떨어졌네. 응. ……그래도 마석은 줍고 가자."

눈 깜짝할 사이에 전투가 종료된 것이다.

마리아는 항상 불꽃을 주위에 전개시켜 두고 있었다. 아마 그게 〈플레임·글래디에이트〉에 해당하는 마법일 것이다. 그 영역 안에 들어간 몬스터는 디아의 〈플레임애로우〉에 의해 즉사하게 된다.

완벽한 『공명마법』이었다.

너무 완벽해서, 내 적 탐지 능력이나 라스티아라의 공격력도 필요가 없어졌다.

요격 속도가 너무 빨라서, 라스티아라는 아예 적을 구경도 못 할 정도였다.

이렇게 해서, 우리는 여유만만하게 33층을 향해 나아갔다.

그 도중에 몬스터의 습격이 거듭되었지만, 결국 육안으로 확인할 수 있는 범위까지 접근한 몬스터는 한 마리도 없었다. 수정으로 이루어진 조류형 몬스터의 이름조차 알지 못한 채, 우리는 무사히 33층에 도달했다.

◆ ◆ ◆ ◆ ◆

"라스티아라 씨, 레벨업 좀 부탁드릴게요."

"아, 네."

라스티아라는 부탁받은 대로 마리아와 디아의 레벨업 작업을 실행해 주었다.

레벨이 높은 몬스터들을 섬멸한 덕분에, 경험치는 남아돌 만큼 쌓여 있었다.

135

[스테이터스]

이름 : 디아블로 시스   HP220/244   MP629/1030   클래스 :
검사

레벨16

근력8.81   체력7.19   기량4.01   속도4.21   지능14.11   마력58.16

소질5.00

[스테이터스]

이름 : 마리아   HP159/233   MP601/1005   클래스 : 없음

레벨15

근력8.87   체력8.73   기량7.40   속도4.81   지능9.89   마력53.22

소질4.13

무서운 점은, 우리 마법사들이 적정 레벨의 절반 이하밖
에 안 되는 레벨로 적들을 섬멸해 버렸다는 것이었다.

"레벨업을 하니 마력이 더 향상됐네요. 불꽃의 수를 더 늘
릴 수 있겠군요."

"나도 지금보다 더 출력이 올라갈 것 같아."

한층 더 강해진 두 사람이 그런 소리를 하니, 몬스터들이
불쌍해질 지경이었다.

시행착오를 거듭한 끝에 완성한 공명마법은 두 사람의 힘
을 완벽하게 반석에 올려놓았다.

"디아, 이 공명마법의 이름은 어떻게 할까요?"

"이름? 하긴, 이름이 있는 편이 편리하긴 하겠지. 으—음,

카나미한테 정해달라고 할까? 카나미는 지금까지 이런저런 마법을 만들어 온 것 같으니까."

"그게 좋겠네요. 카나미 씨, 좀 정해주시겠어요?"

나는 그 갑작스런 부탁에 정신을 차렸다. 참고로 라스티아라는 아직 넋이 나간 상태였다.

"이름이라……. 으음, 『이지스』라고 하는 건 어떨까? 내 세계에서는, 누군가를 지키는 방어구 같은 뜻으로 쓰이거든."

"그거 괜찮겠네요. 이 마법은 카나미 씨를 지키기 위한 화염마법이니까요. ──공명마법 〈플레임 · 이지스(수호염, 守護炎)〉이라고 부르도록 할까요."

사기적인 화염마법의 이름이 정해지고, 우리는 탐색을 재개했다.

33층은 냇물이며 얕은 여울 등 수분이 풍부한 구조로 이루어져 있었고, 적들의 종류도 그 변화에 맞추어 달라졌다.

단단한 광물계 몬스터가 줄어들고, 수생계 몬스터들이 늘어난 것이다.

내 얼굴이 환해졌다.

수생 몬스터라면 화염마법에 대한 내성이 높을 터였다.

나와 라스티아라가 활약할 기회가 돌아왔다고 생각하며 길을 나아갔지만──

"──공명마법 〈플레임 · 이지스〉!"

"──공명마법 〈플레임 · 이지스〉!"

그런 일은 전혀 일어나지 않았다.

디아의 마법은 냇물 속에 숨어 있던 몬스터까지도 손쉽게 꿰뚫었다.

어지간한 물 따위는 압도적인 열량 앞에서 무용지물이었다. 닿는 순간에 증발해 버리니, 수생마물이든 광물이든 아무 상관도 없었다.

나와 라스티아라는 수생 몬스터를 경계하느라 검을 뽑아 들고 있었다.

하지만 그 검을 휘두를 일은 없었다. 검을 움켜쥔 채 멍하니 서 있는 동안에 모든 싸움이 다 끝나 버리는 이 상황 앞에서, 우리는 조바심에 휩싸였다.

"모, 몬스터가 접근하기도 전에 증발돼 버리잖아……."

"우리는 할 일이 없네, 카나미……. 아니, 만약의 사태가 벌어졌을 때 저 둘을 호위하는 건 중요한 임무긴 하지만……, 그게 좀, 그렇지?"

라스티아라가 "그렇지?"라고 한 의미를, 나는 뼈저리게 잘 알 수 있었다.

까놓고 말해, 우리는 같이 다니는 의미가 없다.

몬스터가 〈플레임 · 이지스〉를 돌파해서 여기까지 접근할 수 있을 것 같지가 않았다.

솔직히, 디아와 마리아 둘만 있으면 충분했다.

이건 마치 그 둘에게 기생하고 있는 것 같은 상황이었다.

하지만 나와 라스티아라는 그런 현실을 직접적으로 입에 담을 수는 없었다. 그걸 인정하면, 지금껏 우리가 쌓아 왔던 긍지와 자부심이 무너져 버릴 것만 같았다.

그런 우리 전위 2인조를 향해, 후위 2인조는 부드러운 미소를 지어 보였다.

"카나미 씨와 라스티아라 씨가 계신 덕분에, 저희들도 마음 놓고 마법을 쓸 수 있는 거랍니다."

그 말은 다정했다. 다정했지만……

"그래, 맞아. 라스티아라와 카나미는 뒤에서 느긋하게 거드름 피우고 있으면 돼."

"네. 이건 저희들이 좋아서 하는 일이에요. 싸움은 저희들에게 맡기고, 카나미 씨는 느긋하게 계시면 된답니다."

마치 기둥서방 노릇을 하는 무능한 남자를 다독이는 것 같은 말이 들려왔다.

당연히 나와 라스티아라는 초조함을 감출 수 없었다.

어떻게든 활약할 방법이 없을지 고민했다. 하지만 현실은 혹독했다. 두 사람의 공명마법 〈플레임 · 이지스〉보다 앞서는 전법을 제안하지 못하는 이상, 우리가 활약할 기회는 영영 찾아오지 않을 것이었다.

몬스터가 습격하는 타이밍에 맞추어 뽑았던 검을 조용히 칼집에 집어넣었다. 그 행동을 되풀이하는 게 처량하기 그지없었다. 여유가 생겨나면서 게임적 사고의 비율이 증가한 나에게 있어서, 아무런 활약도 하지 못하는 건 정말로 씁쓸한 일이었다. 라스티아라 역시 나와 비슷한 표정이었다.

"——공명마법 〈플레임 · 이지스〉!"

"——공명마법 〈플레임 · 이지스〉!"

미궁 회랑 안 사방팔방에 화염의 정보들이 난무하고, 몬스터들은 영역 내에 들어오는 즉시 증발해 나갔다.

이건 이쯤 되면 전투라고 부를 수도 없었다. 완전히 작업으로 변질되어 가고 있었다.

나는 떨어진 마석들을 주워 모으면서 게임 속 던전 공략을 떠올렸다.

플레이어가 지나치게 강해지면, 어떤 적을 상대하건 선택버튼을 누르기만 해도 압승을 거둘 수 있는 상태가 된다. 지금이 바로 그런 상황이었다.

그저 마리아와 디아를 데리고 걸어가는 것.

그렇게만 해도 몬스터들과의 전투는 모조리 스킵되었다.

결국, 우리는 이번에도 적의 그림자조차 못 본 채로 다음층에 다다르고 말았다.

그 동안 나와 라스티아라가 한 일이라고는 마석 줍기뿐이었다.

어두운 표정으로 고개만 푹 숙이고 있는 나와 라스티아라.

그리고 34층에서 35층으로 향하는 길에, 상처 받은 우리에게 마리아가 말을 걸었다.

"이제 슬슬 MP가 바닥날 것 같아요. 〈커넥션〉 좀 부탁드릴게요. 카나미 씨."

"아, 네."

나는 부탁받은 대로 〈커넥션〉을 만들어냈다. 이제 그냥 마리아가 시키는 대로 하기만 하면 아무 문제없다. 아무 문제도 없긴 한데…….

터벅터벅 힘없는 발걸음으로 〈커넥션〉을 통과했다. 스스로의 존재 의의를 상실해 가고 있는 라스티아라도 그런 내 뒤를 따랐다.

그리고 문 너머에 펼쳐진 것은 푸르른 하늘.

우리는 『리빙 레전드호』에 돌아왔다.

첫 번째 미궁 탐색을 마치고, 갑판에서 전원의 성과를 확인해 보았다.

[스테이터스]

이름 : 아이카와 카나미　HP303/351　MP366/899-400　클래스 : 탐색가

레벨19

근력11.05　체력12.52　기량16.32　속도19.84

지능16.53　마력44.52　소질7.00

[스테이터스]

이름 : 라스티아라 후즈야즈　HP735/783　MP338/353　클래스 : 기사

레벨19

근력14.99　체력14.12　기량8.59　속도10.44

지능14.21　마력10.57　소질4.00

[스테이터스]

이름 : 디아블로 시스 HP220/269 MP182/1007 클래스 : 검사

레벨18

근력9.19 체력7.54 기량4.41 속도4.62 지능15.80 마력65.26

소질5.00

[스테이터스]

이름 : 마리아 HP159/264 MP23/1065 클래스 : 없음

레벨17

근력9.50 체력9.31 기량8.00 속도4.98 지능10.23 마력58.12

소질4.13

단 몇 시간 만에 목표의 절반 가까이까지 전진하고, 더불어 대량의 경험치까지 취득했다. 레벨의 평균화도 말끔히 성공했고, 게다가 전원이 작은 부상조차 입지 않았다.

그야말로 완벽한 탐색이라 해도 좋을 것이다.

오늘의 탐색은 예전의 내가 원했던 '풀베기 같은 탐색'이었다. 불만의 여지 따위는 없었다.

불만의 여지가 없긴 하지만——!

"그럼, 모두들 수고하셨습니다. 저는 이만 집안일로 복귀할게요."

"나는 방에서 쉴래. 마리아가 어찌나 막 부려먹던지, 피곤해 죽겠다니까."

한바탕 일을 마친 마리아와 디아는 같이 배 안으로 사라

져 갔다.

그 뒷모습은 슈팅게임의 이지모드 한 판을 클리어한 것 같은 성취감에 넘쳐 보였다. 그리고 갑판에 남겨진 나와 라스티아라.

불완전연소 상태라 힘이 남아돌아서 그런지, 몸이 부들부들 떨렸다.

"나, 나나나는 레벨업과 회복 담당으로 필요하잖아……?"

입을 열자마자 자신의 존재가치를 확인하려 드는 라스티아라.

"나, 나도 적 탐지 담당으로 제 역할을 다했다고……!"

그렇게 말하지 않으면, 자신들이 밥벌레였다는 사실을 인정하는 꼴이 될 것만 같았다.

"하지만 적 탐지는 이제 마리아도 할 수 있잖아!"

"그렇게 따지면, 신성마법은 디아도 쓸 줄 알잖아!"

어째선지 우리는 서로의 미약한 존재가치를 깎아내려 들기 시작했다.

우리의 동요는 그만큼 컸다.

좀 자만이었을지도 모르지만, 나는 리더가 되어 동료들을 이끌 생각이었다. 라스티아라도 자신이 서브리더 정도는 될 거라고 생각했을 터였다.

하지만, 이대로 가다가는 리더와 서브리더의 입지가 위태로워질 게 뻔했다.

자신들보다 작은 여자아이들에게 업혀 가고 묻어가는 형

국의 파티가 되고 말 것이다.

　그런 사태는 피하고 싶었다.

　마리아와 디아가 강해진 것에 대해 불만이 있는 건 아니다. 불만은 없지만, 이대로 가면 안 된다.

　그렇기에, 우리는 결단했다.

　"조, 좋아! 특별훈련을 하자!"

　체력과 MP는 충분히 남아있었다. 나는 검을 뽑아 들고 라스티아라에게 제안했다.

　"그래, 좋아! 특별훈련, 특별훈련을 하는 거야! 이것도 영웅담의 정석이니까!!"

　라스티아라도 검을 뽑아 들고 대답했다.

　이렇게 해서, 두 사람은 새파랗게 질린 얼굴로 특별 훈련을 시작했다.

　"마법에는 쓰기 싫다느니 하면서 폼 잡고 있을 때가 아닌 것 같아. 검 따위 이제 구시대의 유물일 뿐이야. 검으로 싸우는 영웅담 따위, 기껏해야 옛날이야기 속에나 나오는 거야……!"

　라스티아라는 주먹을 움켜쥐고 눈물을 흘리며 역설했다.

　"그래, 역시 마법이 제일이야. 생각해 보면, 내 세계의 게임에서도 던전의 잔챙이들은 전체마법으로 쓸어버리는 게 가장 효율적이었어. 단독 공격으로 해쳐나가겠다는 건 진짜 개그나 마찬가지라니까."

"마법……! 우리도 쓸 만한 범위마법을 쓸 수 있어야 돼……!"

"그래, 특별훈련이다! 라스티아라!"

우리는 손바닥을 마주치며 서로의 의지를 확인했다.

"그런데 어떤 특별훈련을 할 거야? 나는 딱히 생각해 놓은 게 없는데."

"으-음, 일단 새로운 마법을 익히는 게 중요할 것 같아."

급격하게 강해질 수 있는 방법은 그것밖에 없었다.

나의 복합마법 〈디 윈터〉나 마리아의 공명마법 〈플레임ㆍ이지스〉처럼, 아이디어만 있으면 기본마법으로도 수십 배의 힘을 발휘할 수 있게 되곤 한다.

"그런데 나는 새로운 마법을 익힐 틈이 없으니까 응용마법이 주가 될 것 같아."

"아니면 나와 라스티아라가 둘이서 공명마법을 익히는 건 어때?"

"오, 그거 괜찮겠는데. 한번 해 볼까?"

"하지만 문제는 라스티아라가 차원마법을 못 쓴다는 점인데……."

"차원마법은 너무 마이너해서 내 피에도 등록이 안 돼 있으니까. 빙결마법이라면 얼마든지 있지만……."

"빙결마법은 반대로 내가 얼마 없어. 〈프리즈〉와 〈아이스〉

가 전부야."

두 사람 모두 공명마법에 대한 의욕은 넘쳤지만, 서로 맞출 수 있는 마법이 얼마 없었다.

"카나미가 쓸 수 있는 마법은 너무 특이해서 탈이라니까……."

"평범한 걸 쓰고 싶어도 습득 자체가 안 되는 걸 어쩌겠어……."

예전에 빙결마법 〈리틀스노우〉의 마석을 삼켜 본 적이 있었지만, 아무 일도 일어나지 않았다. 아마 내가 증가시킬 수 있는 마법은 차원마법밖에 없는 거겠지.

"그럼, 이것저것 시험해 보자."

"일단 간단한 빙결마법부터 조합시켜 보자. 처음에는 마리아랑 디아가 하던 걸 따라해 보는 것도 나쁘지 않겠지."

빙결마법 〈아이스〉〈프리즈〉를 비롯해서 이런저런 마법을 전개해 보았다. 서로의 마법이 섞일 수 있도록 이런저런 시행착오를 거듭해 봤지만, 마리아와 디아의 공명마법인 〈플레임 · 이지스〉를 모방한 것 이외에는 성공하지 못했다.

역시, 마법은 연상력에 의존하는 구석이 많은 모양이었다.

내 마법도 원래는 다 모방에 의해 만들어진 것들이었다.

"——마법 〈아이스애로우〉."

"——마법 〈디 윈터〉〈디 스노우(차원설, 次元雪)〉."

"——공명마법 〈아이스 · 이지스〉."

"——공명마법 〈아이스 · 이지스〉."

갑판에 얼음 결계가 펼쳐지고 〈디 스노우〉가 흩날렸다.

그리고 라스티아라가 내쏜 얼음 화살이, 내가 만든 눈의 길에 유도되어 공중을 꿰뚫었다.

모방은 성공했다. 하지만 정확도도 위력도 형편없이 낮았다. 시험 삼아 움직이는 대상에 써 보았지만, 날아가는 새 한 마리 떨어뜨리지 못했다.

"……틀렸어. 기본적인 면이 부족해."

"카나미는 마력 조작의 정밀도 면에서 마리아보다 못하고, 나는 마법의 위력 면에서 디아보다 못해……. 으─음, 생각대로 잘 안 되네……."

과제가 한둘이 아니었다. 더 많은 마력을 소비해서 숫자를 늘려 봤자 의미 없는 짓이다.

혹시 새에게 명중시킨다고 해 봤자, 30층 이후의 미궁에서 출몰하는 몬스터에게 통할 만큼의 위력은 낼 수 없을 것이었다.

"하는 수 없지. 일단은 내 마력을 더 정교하게 조작할 수 있도록 노력해 봐야겠어."

"나도 마법 구축부터 다시 연구해 봐야 할 것 같아……. 디아처럼 응축시키지 못하면 위력이 형편없이 부족해……."

우리는 각자의 마력을 만지작거리면서 연신 끙끙거리기만 할 따름이었다.

디아와 마리아의 마법을 따라해 본들, 위력 면에서 어마어마한 차이가 난다는 것을 뼈저리게 실감했다. 마법을 연습하면서, 과제를 해결할 방법을 궁리했다.

심심풀이로 둘이서 마법으로 눈사람을 만들고, 눈싸움을 하고, 몸을 눈 범벅으로 만들어 가며 끊임없이 고민했다. 그렇게 실컷 논 끝에 뺨이 발그레해진 채 하얀 입김을 내뿜고 있으려니, 라스티아라가 갑자기 환해진 얼굴로 외쳤다.

"앗!"

"뭐 좀 생각난 거라도 있어?"

"아니, 기억 난 게 있어서 그래. 마법사들끼리 결투할 때 사용하는 규칙인데……. 이렇게 진지를 만들어서……."

빙결마법 연습을 하느라 쌓인 눈에, 라스티아라가 발로 선을 그었다.

"이 선 안에 들어가서 서로 마법을 주고받는 거야. 마법 이외에 다른 공격을 하면 패배. 움직여도 패배."

"호오, 그거 재미있겠는데. 괜찮은 훈련 방법이 될 것 같기도 하고."

나도 라스티아라를 따라서 선을 그었다. 우리는 각자 선 안으로 들어가서, 서로를 마주보았다.

"그럼 가볍게 한번 해 볼까? ──〈아이스애로우〉!"

"──마법 〈디 윈터〉."

마법을 전개해서 라스티아라의 마법구축을 **비껴서** 흩어 버렸다.

"우우, 카나미는 『카운터 매직(마법상쇄)』을 진짜 좋아한다니까."

"그쪽의 마력 구축이 허술한 게 잘못이야. 이 규칙으로 대결하면서 『카운터 매직』을 안 쓰는 게 오히려 더 이상한 거 아냐?"

"그 말은, 구축만 제대로 하면 『카운터 매직』에 당하지도 않는다는 거야?"

"맞아, 빈틈이 없으면 못 해. 그 점을 의식하면서 해 보도록 해."

"그랬구나."

우리는 조언을 주고받으면서 차례차례 마법을 구축해 나갔다.

마법을 다루는 역량이 거의 동등했기에, 싸움은 의외로 오랫동안 이어졌다.

마력의 양은 내가 앞섰다. 하지만 라스티아라의 피에는 각양각색의 마력과 경험이 기록되어 있다.

그 경험을 살려서 마력을 공고하게 구축하고, 때로는 다양한 수단을 동원해 가면서, 『카운터 매직』을 벗어나려 시도했다.

역시 라스티아라의 전투 센스는 차원이 달랐다.

이 짧은 시간 안에 자신의 마력 구축을 근본적으로 뒤집어엎었다. 무영창을 넘어서 마력 구축 과정 자체를 단축시켜 버리고, 마법 발생 위치를 손에서 발로 변경해서 공격의 출발 위치를 숨기는 잔재주까지 동원해 대는 통에, 방심할 틈이 없었다.

라스티아라는 사방팔방에서 다양한 속성의 공격을 동시에 전개했다.

　처음 보는 마법을 〈디 윈터〉로 흘어 버리기는 어려웠다. 게다가 라스티아라는 『카운터 매직』에도 점점 적응해서, 마법 구축 과정에서의 빈틈도 줄어들었다.

　내가 열세임을 부정할 수 없었다.

　움직이지 않는 상태에서의 마법 대결에서는, 내 장점을 활용할 여지가 적었다.

　하는 수 없이, 나는 마력을 최대한 활용한 전법으로 전환했다.

　"——마법 〈미드가르즈 프리즈〉!!"

　"——이럴 줄 알았지! 〈아이스 배터링 램〉!!"

　그러나 라스티아라는 그 큰 기술을 쓰는 타이밍을 노리고 있었다.

　〈카운터 매직〉을 중단하는 순간을 가늠해서, 라스티아라도 큰 기술로 이행했다.

　라스티아라의 거대한 얼음 망치에 의해, 내가 생성한 거대 얼음 뱀이 산산조각 나 버렸다.

　〈아이스 배터링 램〉은 그 기세 그대로 나를 진지로부터 몰아냈다.

　마법사식 결투는 라스티아라의 승리였다.

　"졌어……. 이거 제법 재미있는데. 논리적이어서 마음에 들어."

나는 몸에 달라붙어 있는 얼음을 털어내면서 라스티아라에게 다가갔다.

라스티아라는 손가락으로 V자를 그리면서도, 그 표정과는 상반된 진지한 표정으로 말했다.

"연습 효과가 괜찮은데. 조금이라도 빈틈을 노출하면 카나미가 마법을 상쇄시켜 버린 덕분에 쉽게 이해할 수 있었어. 지금까지 내 마법 구축이 얼마나 조잡하고 군더더기가 많았는지를 똑똑히 이해했어."

"나도 『카운터 매직』을 반복하면서 다양한 마법을 보고 공부할 수 있었어."

한 번 상쇄시켜 본 적이 있는가 없는가 하는 건 엄청난 차이였다.

앞으로 적들의 마법을 상쇄시켜야 하는 상황이 자주 있을 것이다. 그렇게 되기 전에 라스티아라의 마법으로 미리 예습을 해 두는 것도 나쁘지 않다.

우리는 텅 비어 버린 MP를 보며, 일종의 후련함을 느꼈다.

"후우―. 그러고 보니, 강해지려고 이렇게 노력한 건 처음인 것 같아."

"나도 마찬가지야. 처음부터 차원마법이 있었고, 레벨업 덕분에 별도로 트레이닝할 필요도 없었으니까."

"나는 처음부터 검술에 무술에 마법까지 전부 마스터한 상태였어. 그런 상황에서 노력해야겠다는 마음이 들 리 없잖아?"

살짝 흐르는 땀을 훔치며, 서로 마주보고 웃었다.

"신선한 감각이야……."

이세계에 온 뒤로 한 번도 느껴본 적이 없었던 감정이었다.

"응. 땀을 흘린다는 게 이렇게 상쾌한 건 줄 몰랐다니까! 아주 좋아, 청춘이야, 모험담다워!"

훈련 결과를 확인하기 위해, 나는 스테이터스의 스킬 부분만 확인했다.

[스킬]

선천 스킬 : 검술4.89 빙결마법2.58+1.10

후천 스킬 : 체술1.56 차원마법5.25+0.10 감응3.56

　　　　　병렬사고1.47 뜨개질1.07 속임수1.34 **마법전투0.72**

[스킬]

선천 스킬 : 무기전투2.20 검술2.12 의신의 눈1.00

마법전투2.27 혈술5.00 신성마법1.13

후천 스킬 : 독서0.52 소체1.00 **집중응축0.21──**

라스티아라와 나 모두 새로운 스킬을 하나씩 습득한 상태였다. 하지만 아직은 수치가 턱없이 낮은 상태였다. 실마리를 잡은 정도라고 생각해야 할 것이다.

그래도 분명한 전진을 확인하니 절로 웃음이 나왔다.

라스티아라도 스킬 증가를 확인했으리라. 새 옷을 선물

받은 여자아이처럼 해맑은 웃음을 짓고 있었다.

심장의 고동이 가속된다──하지만 나는 곧 감정을 컨트롤했다. 스킬 『???』을 자극하지 않도록 마음을 가라앉혔다.

그리고 나는 늘 하던 것처럼 라스티아라와 하이파이브를 주고받았다.

아직 힘이 남아 있는 라스티아라가 나에게 물었다.

"있잖아, 카나미. 혹시 이것 말고 더 해 볼 만한 특별훈련 없을까?"

지금껏 자신의 노력으로 무언가를 얻어 본 적이 없었던 것이리라.

흥분한 기색으로 내게 바짝 다가섰다. 감정 컨트롤이 힘들어지니 좀 떨어져 줬으면 좋겠다.

"글쎄……. 나머지는……."

『병렬사고』로 생각해서, 『소지품』 속에서 『아레이스 가문의 보검 로웬』을 꺼냈다.

"검……? 아아, 그렇구나. 나에게 로웬 아레이스의 검술을 가르쳐주려고?"

"그래, 이걸 익히면 즉시 전력이 될 거야. 아마 라스티아라라면 충분히 습득할 수 있을 테고."

모든 걸 다 전수해줄 수는 없으리라.

나 자신도 로웬의 검술 전부를 이해하고 있다고 하기는 힘들었다. 다만, 로웬의 검술을 계승한 자로서, 어느 정도의 내용은 가르쳐줄 수 있을 터였다.

로웬도 자신의 검술이 널리 퍼지기를 바라고 있었고, 라스티아라도 로웬의 검술에 대해 흥미진진한 기색이었다.

검술 전수의 이점은 그뿐만이 아니었다.

『아레이스 가문의 보검 로웬』에는 풍부한 특수능력이 깃들어 있다.

그중에는 『장착자에게 로웬 아레이스의 검술을 상기시킴』이라는 것이 있었다. 이걸 적절히 활용하면, 로웬이 다 전하지 못한 세세한 검술 이론까지 이해할 수 있을지도 모른다. 그야말로 최소한 일석삼조 정도는 되는 것이다.

"일단 펜릴 아레이스도 코치로 활용하면 이해가 더 빨라질 수 있으려나? ──선혈마법 〈펜릴 아레이스〉."

라스티아라는 얼마 남지 않은 MP를 쥐어짜며, 눈을 감고 선혈마법을 영창했다.

머리색이 약간 변화하고, 검을 잡은 자세에 빈틈이 없어졌다.

이 마법이 소문 그대로의 성능을 갖고 있다면, 지금 여기에 있는 것은 전직 『검성』이자 아레이스 가문의 현직 문주인 펜릴 아레이스의 전성기 시절 상태라는 얘기가 된다.

"좋아, 우선 가볍게 검을 맞부딪쳐 볼까. 보고, 느끼고, 익혀 봐."

로웬이 나를 가르칠 때도 교육의 대부분은 실전이었다. 그걸 흉내 낸 것이었다.

"응, 알았어. 빨리 하자."

우리는 각자 검을 움켜쥐고, 베기 직전에 검을 멈추는 식으로 대련을 시작했다.

비록 마법 대결에서는 밀렸지만, 검술 대결에서는 내 쪽이 유리했다.

위력은 떨어지지만, 기량 면에서 내 실력이 한참 웃도는 것이다. 그리고 마력의 보조 없는 단순한 싸움이라면 스킬 『감응』을 사용할 수 있는 내가 유리할 수밖에 없었다.

어느 정도 검을 맞부딪친 뒤, 나는 라스티아라에게서 한 점을 빼앗았다.

라스티아라는 거칠게 숨을 몰아쉬며 불만을 토로했다.

"아, 아니 잠깐. 이걸 보고 익히라고?"

"내 입장에서는 그렇게 해 주면 편할 텐데……."

"그건 너무 과도한 기대인 것 같은데……!"

"그럼, 조금 더 천천히 해 볼게."

아무리 선혈마법의 보조가 있다고 해도 그렇게 쉽게 되지는 않는 모양이었다. 교육 속도를 늦추어 보겠다고 얘기해 봤지만, 라스티아라의 표정은 여전히 어두웠다.

"그리고 그 이전에 로웬의 검술 자체가 이상해!"

"뭐, 이상하다고?"

따라 하기 힘들다는 얘기가 아니라, 기술 그 자체에 대한 불만을 늘어놓았다.

"보통 검술이라는 건 인간 크기의 상대를 염두에 두고 검을 휘두르게 돼 있는 법이야. 그런데 로웬의 검술은, 두 배

155

정도의 괴물을 염두에 두고 휘두르게 되어 있잖아."

"오히려 그게 일반적인 거 아냐? 안 그러면 거대한 몬스터가 나왔을 때 상대하기 힘들 거 아냐?"

"아니, 괴물처럼 커다란 적이 나오면 검으로 싸우기를 포기하는 게 보통이라고……. 그런데 이 검술은 철저하게 검 한 자루로만 싸우려 들고 있잖아. 그러니까 이상하다는 거야."

"아아, 그런 얘기였구나. 로웬은 마법을 쓸 줄 모르니까 전부 다 검으로 해결하려고 했던 건지도 모르겠네……."

"이 터무니없는 검술을 이해하고, 터무니없는 특별훈련을 이겨내려면, 조금 더 무리해서 힘을 써야 할 것 같은데……."

라스티아라는 선혈마법의 힘을 한계치까지 강화했다.

머리카락이 컬러풀하게 빛을 내뿜는가 싶더니, 은백색으로 정착되었다. 보아하니 또 다른 사람의 경험을 끌어들인 모양이었다.

"천천히 해야 돼! 천천히!"

"알았다니까……."

우리는 다시 한 번 검을 맞부딪쳤다.

라스티아라의 칼부림이 한층 더 매서워져 있었다. 로웬의 기술을 따라하며, 그 모든 것을 흡수하기 위해 온 신경을 집중시키고 있다는 걸 알 수 있었다.

힘의 균형을 이루는 검과 검. 칼날뿐만이 아니라 라스티아라의 두 눈도 빛을 내뿜었다.

이렇게 해서 우리의 특별훈련은 날이 저물 때까지 계속되었다.

　배 안에 먹음직스러운 향기가 감돌고, 선미 쪽에서 낚시 도구를 든 스노우 일행이 돌아왔을 때쯤, 나와 라스티아라는 기진맥진해서 동시에 쓰러졌다.

　"──하아, 하아, 하아!!"

　"아, 피곤해─! 한바탕 땀 흘리니까 상쾌한데!!"

　나는 피 냄새 섞인 숨을 내쉬며 괴로워하고 있건만, 라스티아라는 여전히 신이 나서 웃고 있었다. 일종의 러너스 하이 상태에 빠진 건지도 모른다.

　땀범벅이 된 우리를 보고 스노우가 말을 걸었다.

　"음, 수고들 많았어. 이렇게 날씨 좋은 날에 특별훈련이라니, 참 별난 괴짜들도 다 있다니까. 카나미도, 라스티아라 님도."

　라스티아라는 몸을 일으키면서 스노우에게 권유했다.

　"이게 얼마나 재미있는데. 스노우도 같이 안 할래?"

　"아, 아뇨, 저는 사양할게요. 피곤한 건 질색이라……. 그럼 전 이만!"

　스노우는 리퍼를 이끌고 갑판에서 도망쳤다.

　그 뒷모습을 지켜보는 라스티아라는 어리둥절한 표정이었다.

　"어라, 도망가잖아. 이상하네. 이렇게 재미있는데."

　"아니, 이걸 재미있다고 하는 건 너밖에 없을걸."

나는 기진맥진한 몸을 움직여서 라스티아라의 말에 태클을 걸었다.

"뭐-, 그야 나도 피곤하긴 하지만 말야, 자기 자신이 강해져 간다는 게 즐겁지 않아? 뭐랄까, 자기 자신이 갈고 닦여져 가는 쾌감이랄까?"

"나는 좋아하지만, 그런 건 사람에 따라 다른 법이야. ……그나저나, 검술 훈련은 여러 모로 얻는 게 많네. 라스티아라의 말마따나, 새삼 살펴보니까 로웬 아레이스류 검술은 특이한 구석이 있는 것 같아."

"앞으로도 정기적으로 훈련하는 게 어때?"

"그러자. 둘이서 검술을 갈고닦는 거야."

로웬에게서 이어받은 검술은 소중하다.

그리고 그 소중한 검술을 평생 동안 고이 모셔 두기만 할 생각은 없었다. 로웬은 자신의 검술을 이어받은 내가 그 검술을 한층 더 강하게 키워 주기를 원할 것이다. 친구를 그 무엇보다 소중히 여기는 로웬이라면, 나에게 더 큰 힘이 되고 싶어 할 거라는 확신이 있었다.

그렇다면 『검술』을 어떻게 진화시켜야 할 것인가.

이 『아레이스 가문의 보검 로웬』을 어떻게 다룰 것인가.

더 실전적이고, 아이카와 카나미의 차원마법과 어울리는 것으로 만들어 나가야만 한다.

그 새로운 『검술』을 생각하며, 나는 배 안으로 돌아갔다.

그 후, 마리아가 손수 만든 저녁식사를 다 함께 먹고, 본

국으로 향하는 배 여행의 둘째 날이 끝났다.

라스티아라와의 특별훈련을 마친 이튿날.

짧은 수면이 습관화된 나는, 이른 아침부터 홀로 갑판에 나와 있었다.

어제의 특별훈련은 참으로 유익했다. 그 점은 의심의 여지가 없었다.

그러나 『아레이스 가문의 보검 로웬』의 힘을 이끌어내는 문제에 있어서는 불충분한 면이 있었다. 검 덕분에 라스티아라에 대한 지도가 순조롭게 풀린 건 사실이었지만.

하지만 내가 생각하기에, 이 검의 진가는 이런 게 아니었다. 가디언의 마석을 흡수한 팰린크론이나 마리아의 격변에 비하면, 내 힘의 향상은 아직 터무니없이 부족했다.

나는 갑판에서 바다로 뛰어들었다.

"——마법 〈프리즈〉."

착지와 동시에, 발밑에 빙결마법을 전개했다.

나는 바다 표면을 얼려가면서 바다 위를 내달렸다.

바로 근처에 작은 섬이 보였다.

그 섬의 해안에 다다른 나는, 『소지품』에서 대량의 보따리를 꺼냈다.

그리고 주위의 모래며 돌들을 긁어모아서 잇따라 『소지

품』속에 집어넣었다.

10킬로그램 이상의 모래를 입수하고 나서 배로 돌아왔다. 필요한 물건을 손에 넣어서 신이 난 얼굴로 갑판에 돌아왔다가, 동료들 중 한 명에게 발각되고 말았다.

"어라, 뭐 하는 거야, 오빠……?"

또 낚시 도구를 걸머지고 선미 쪽으로 가려 하던 리퍼였다.

스노우도 같이 있는 걸 보면, 폼 나게 새벽 낚시라도 즐기려던 건지도 모르겠다.

이 녀석들……. 진짜 일상을 만끽하고 있잖아…….

"모래를 좀 가져왔어."

"응? 모래는 왜?"

"로웬의 검에 담긴 힘을 끌어내기 위한 훈련에 필요해서. 나는 아직 이 검을 제대로 활용하지 못하고 있으니까."

"헤에, 그거 재미있겠는데. ……스노우 언니, 구경 좀 하다 가자."

리퍼는 스노우의 옷소매를 잡아당겨서 걸음을 멈추게 했다.

"로웬의 검……. 그거라면 좀 관심이 가긴 해."

스노우는 낚시 도구를 내려놓고 상황을 지켜보기 시작했다.

"방해는 하지 말라고……."

나는 섬에서 구해 온 모래를 갑판에 펼쳐 놓고,『아레이스 가문의 보검 로웬』을 양손으로 움켜쥐었다.

그리고 눈을 감고 온 신경을 검에 집중시켰다. 그러나 머릿속에 흘러들어오는 것은 『검술』뿐……. 처음부터 끝까지 철두철미하게 『검술』『검술』『검술』.

지나치게 극단적인 친구의 성품에 웃음을 지으며, 마음속으로 "그거 말고 다른 거"라고 부탁했다.

몸속의 마력을 검에 휘두르고, 새로운 속성의 마법을 연상했다.

이미지는 이미 다 완성된 상태였다.

땅속성 기초마법 〈어스〉. 땅을 조종하는 마법이었다.

"——땅마법 〈어스〉."

마법명을 뇌까리고, 『아레이스 가문의 보검 로웬』으로 천천히 모래를 어루만졌다.

그러자 자석에 달라붙는 쇳가루처럼, 모래가 검을 기어오르기 시작했다.

모래는 마치 생물처럼 춤을 추며, 역류에 맞서는 물고기처럼 칼날을 거슬러 올라갔다.

그것은 차원마법도 빙결마법도 아니었다. 본래 나라면 쓸 수 없을 땅속성 마법——

"——끄, 으윽!"

하지만 마력의 소모량이 어마어마했다.

본래는 쓸 수 없는 걸 억지로 사용하는 감각에, 온몸이 비명을 질렀다.

그리고 무엇보다, 검이 『검술』 이외의 특별훈련에 대해 불만을 품고 있다는 것이 가장 큰 원인일 것이다.

"부탁이야, 로웬……. 나에게 힘을 빌려줘……."

직감에 따라서 스킬『감응』을 발동시켰다.

땅속성 마법의 파동에, 이치를 파악하는 새로운 힘의 파동이 보태졌다. 내 앞머리가 두둥실 떠오르고, 두 가지 힘의 파동이 뒤섞이고, 의식이 검에 빨려드는 것 같은 착각에 휩싸였다.

검 안에서 목소리가 들려온 것 같았다. "나도 그런 건 껄끄럽다고"라고.

뺨이 뾰로통하게 부풀어 있는 밤색 머리 청년의 환각이 보이는 것만 같았다. 뒤이어서 "하아, 하는 수 없지"라는 한숨소리가 들려오는가 싶더니……, 그 말을 끝으로 시야가 뒤바뀌었다.

『리빙 레전드호』갑판 위에 모래 입자가 안개처럼 흩날리기 시작했다.

그 중심부에 서 있는 내 마력이 반전되고, 내 입에서는 자연스레 그 마법명이 튀어나왔다.

"――수정마법 〈쿼츠〉."

나에게서 흘러나온 차원마법의 마력이『아레이스 가문의 보검 로웬』을 통해 변환되었다.『땅의 이치를 훔치는 자』특유의 수정을 조종하는 마력으로 변해서, 흩날리는 모래 입자에 침투했다.

세계 자체를 비틀어 버리는『이치를 훔치는』힘의 일환을 얻었다.

모래가 수정으로 변환되어 갔다.

아니, 수정뿐만이 아니었다. 평범한 돌이 보석으로, 모래가 사금으로. 갖가지 광물로 변한 것을 확인하고 나서, 마법을 중단했다.

동시에, 공중에 흩날리던 모래가 갑판에 떨어졌다.

그리고 갑판에는 번쩍이는 보석의 강이 생겨나 있었다.

"오, 오오?! 반짝반짝하잖아! 이거 전부 보석?!"

리퍼는 변화한 모래며 돌들을 집어 들고 흥분했다.

하지만 그보다 더 흥분한 것은 스노우였다.

"평범한 모래가 보석으로 변했잖아……?! 혹시 이건 연금술……? 굉장해, 역시 카나미와 로웬 아레이스는 최강이야! 이 힘만 있으면 천하무적, 돈이 궁해질 일은 없어. 무제한으로 방탕한 생활을 즐길 수 있어. 죽을 때까지 평생토록──!!"

"아니, 잠깐."

나는 마치 춤이라도 출 것 같은 표정의 스노우를 노려보았다.

"벼, 별말 안 했어……."

속물적인 발상에 들떠 있던 스노우는, 겸연쩍은 듯 시선을 외면하며 보석을 집어 들었다.

스노우와 리퍼는 모래 장난이라도 하는 것처럼 갑판 위의 모래를 갖고 놀기 시작했다.

하지만 스노우의 말도 이해가 안 가는 건 아니었다.

보석 하나를 주워들어서 관찰해 보았다.

섬에서 가져온 모래와 돌이, 완전히 다른 광물로 고정화되어 있었다.

아무리 이 세계에서 보석의 가치가 낮다고 해도, 이건 분명 사기적인 능력이었다. 내가 작정하고 연금술에만 시간을 쏟아 부으면, 시장 가치를 붕괴시키는 것쯤은 식은 죽 먹기일 것이다.

변화시킨 광물에 따라서는 한 국가의 물가까지 좌지우지할 수 있을지도 모른다. 사용법에 따라서는 전략적인 공격 수단이 될 수도 있는 마법인 것이다.

이 배의 재정이 국가 수준으로 올라가는 동시에, 불안감도 더해져 갔다.

가디언의 마석과 사용자가 동조된 것만으로도 이만한 힘이 발휘된 것이다.

그렇다면, 같은 조건인 마리아와 팰린크론도 그에 못지않은 일을 해낼 수 있다고 봐도 과언이 아닐 것이다. 그 둘 모두, 세계의 경제를 나락에 빠트릴 수 있는 힘을 갖고 있다는 뜻이었다.

그 둘의 저력을 느낀 나는 전율했다.

"그런데 오빠. 이렇게 많은 수정과 황금을 다 어쩔 건데?"

모래 장난에 싫증이 난 리퍼가 내게 물었다.

"아아, 글쎄…… 이렇게 많이 있어 봤자 우리 선에서는 다 처리하기 힘드니까……. 그러니까 의논을 좀 할까 해. 너희들도 같이 갈래?"

이건 우리로서는 스케일이 너무 큰일이었다.

환금소에 가져가도, 개인 간의 계약으로는 다 환금하지 못할 것이다.

"저기, 그건 한 마디로……, 연합국에 간다는 거야?"

"그래."

이동용 차원마법 〈커넥션〉을 통해 연합국으로 가는 직통 통로를 만들어 둔 상태였다.

실은 마음만 먹으면 언제든지 돌아갈 수 있는 것이다.

"그쪽은 워커가에 가까워서 싫어……."

스노우는 어쩔 줄 몰라 하며 고개를 가로저었다. 모처럼 자유를 만끽하고 있는 마당에 굳이 본가로 돌아가기는 싫은 것이리라.

리퍼는 바들바들 떠는 스노우의 머리를 다정하게 쓰다듬어 주며 낚시 도구를 챙겼다.

"우리는 낚시나 하고 있을게. 언니와의 낚시 대결은 아직 안 끝났으니까!"

보아하니 리퍼는 스노우를 챙기느라 남을 모양이었다. 마음 같아서는 연합국의 상황을 보고 싶어 할 만도 하건만, 다정한 아이다.

"그래? 그럼 나는 냉큼 다녀올게."

갑판에 흩어져 있던 광석들을 최대한 『소지품』 속에 집어넣고 마법을 영창했다.

"──마법 〈커넥션〉."

거리라는 개념을 파괴하는 연보라색 문이 생겨났다.

이 문의 건너편에 있는 것은 미궁이 아닌『에픽 시커』본
거지였다.

가디언의 마석도 사기적이지만 나 자신의 능력도 만만치
않은 수준이라 생각하며, 나는 문을 통과했다.

〈커넥션〉을 통과해 간 곳은, 예전에 내가 쓰던 방의 구석
이었다. 이『에픽 시커』본거지 집무실의 〈커넥션〉은 반영
구적으로 유지할 생각이었다.

이 집무실에는 최소한의 물건밖에 없어서 상당히 휑뎅그
렁한 공간──일 줄 알았는데, 살짝 열기만 했는데도 방의
모습이 완전히 달라졌다는 걸 알 수 있었다.

여기저기에 종이 다발이 쌓여 있어서 발 디딜 공간도 없
었다. 비유가 아니라 실제로 서류의 산맥이 생겨나 있었다.
방 안에 사람이 있는 걸 감지하고, 먼저 인사부터 건넸다.

"안녕하세요……. 아니, 저 돌아왔어요, 라고 해야 할까
요?"

그러자 전에 내가 쓰고 있던 책상에 엎드려 있던 여인이
고개를 들었다.

"──어, 엇? 마스터? 아직 며칠 지나지도 않았을 텐
데……?"

『에픽 시커』의 마법사 테일리 링커 씨였다.

보아하니 내가 떠난 이후로 그녀가 서류업무를 담당하고
있는 모양이었다.

테일리 씨는 살짝 기가 막힌다는 표정이었다. 그렇게 완벽하게 작별인사까지 해 놓고 훌쩍 돌아온 내 정신머리를 의심하고 있는 것 같았다.

하지만 나는 이제 두 번 다시 돌아오지 않겠다는 식으로 얘기한 건 아니었기에 개의치 않고 말을 이었다.

"저는 이제 길드마스터가 아니니까, 그런 식으로 부르지 마세요."

"무슨 소릴 하는 거야. 『에픽 시커』의 마스터 자리는 영구 결번. 계속 카나미 군 거라구."

"네? 대체 왜……?"

"배후의 지배자는 카나미 군이라고 인식되는 편이 우리 입장에서도 일하기 편하거든. 이름은 잘 쓰고 있어."

"그건 상관없지만……. 제 이름을 써 봤자 악영향만 생기는 거 아닌가요? 아마 유괴범으로 취급받고 있을 테니까."

"그건 그렇긴 해. 하지만 범죄자들 중에도 인기 있는 사람은 얼마든지 있으니까. 그리고 너도 범죄자이면서 라우라비아의 스타가 된 거지. 라우라비아 시민들은, 아마 카나미 군이 그런 행동을 한 데에는 뭔가 이유가 있을 거라고 생각할 거야. '아아, 우리 라우라비아의 영웅은 속박 속에서 괴로워하는 공주님들을 구해내기 위해 데려간 게 분명해'라는 식이야. 뭐, 그건 실제로 사실이기도 했고. 우리 『에픽 시커』도 그 소문을 적극적으로 확산시킬 생각이야."

"하, 하아……."

스타라는 소리에 뭐라 반응해야 좋을지 난감했다. 그런 건 장래의 미궁 탐색에 악영향만 끼칠 뿐이다.

"그렇게 맥없이 대답하면 안 돼, 카나미 군. 그런 요란한 일을 벌여 놓고, 아무런 후환도 없을 줄 알았니? 너는 이제 『최강』의 『영웅』. 그뿐만이 아니라 『검성』에 『가디언 살해자』. 모험가들과 탐색가들 사이에서는 동경의 대상이란다. 최소 100년은 이어질 전설이 될 거야. 길드마스터이면서, 단신으로 『무투대회』에 출전──그야말로 신화와도 같은 싸움 끝에, 연합국 최대의 적인 가디언을 정면승부로 격퇴──그 후에, 연합국 최대 종교 신의 현신과 사도를 유혹하고, 나아가 4대 귀족 가문의 영애들을 홀리고, 특유의 4차원적 면모로 많은 여성 관객들과 출전자들을 홀리고, 심지어 동성인 『전직 최강』 『검성』 『대귀족 자제』까지 홀린 끝에, 『무투대회』로부터 멋지게 도망친 『4차원 영웅』──이런 식의 전설이 전해지겠지. 근사하지 않아, 마스터? 참고로 그 일이 있은 후에 극장선 『브아르홀라』에서 네 활약을 극으로 만들어서 상연하기 시작한 덕분에, 전설을 아는 사람들은 날로 급상승 중이란다."

"으, 아아……. 뭐예요, 그게……. 하나부터 열까지 과장과 오해와 편견으로 가득차 있잖아요, 그거……! 별 끔찍한 얘기를 다 듣겠네!"

"아니, 내가 보기엔 과장도 오해도 편견도 없는 것 같은데……. 하여튼, 방랑 음유시인들도 『무투대회』에서 펼쳐진

네 싸움을 노래하며 돌아다니고 있겠지. 연합국에 태어난 새로운 영웅 아이카와 카나미의 전설을! 우후훗!"

"조, 좋아, 이름을 바꿔 버릴까……?"

순간, 나는 동료들에게 사정을 얘기하고 이름을 지크로 되돌리고 싶다는 충동에 휩싸였다.

원치 않는 영광으로부터 발을 뺄 방법을 고민하고 있으려니, 테일리 씨가 화제를 전환했다.

"그나저나 여기에는 뭘 하러 온 거니? 스노우와 결혼할 생각이 든 거야? 아, 둘 사이에 아이가 생기면 이름은 내가 지어주고 싶은데."

"안 해요. 못 해요. ……좀 부탁드리고 싶은 일이 있어서 온 거에요."

"헤에, 카나미 군의 부탁이라니 궁금한걸."

『소지품』 속에서 아까 변환한 광석들을 꺼내, 집무실 중앙 테이블에 늘어놓았다.

"로웬의 마석이 가진 힘으로, 원하는 광물을 양산할 수 있게 된 것 같아요. 이걸 돈으로 바꿀 수 있는 방법이 좀 없을까요? 가능하면 『에픽 시커』가 제 대신 큰 기관을 상대로 환금해 주시면 고맙겠는데……."

눈앞에 펼쳐진 금은보화를 본 테일리 씨는 저도 모르게 입을 틀어막았다.

"와, 와―오. ……이건 너무 스케일이 큰 얘기라, 나 혼자 서는 감당하기 힘들겠는데. 그렇지만 마침 잘 됐어. 스케일

큰 얘기에 대처할 수 있는 사람이 마침 바로 옆방에 있거든."

"대처할 수 있는 사람……?"

테일리 씨는 크게 숨을 한 번 들이쉬었다가, 커다란 목소리로 외쳤다.

"글렌 씨─! 잠깐 이쪽으로 와 주실래요? 보르자크도 일단 한번 와 봐!"

테일리 씨가 부른 이름은 글렌 워커였다.

그 최강의 탐색가가 『에픽 시커』에 있을 줄은 예상 못 했었다.

오래지 않아 집무실 문이 열렸다. 정말 옆방에 있었던 모양이다.

그리고 글렌 씨가 졸린 눈을 비비며 등장했다. 그리고 그 뒤에는 보르자크 씨도 따라오고 있었다.

"이러지 좀 말아 줄래, 테일리? 나는 잠든 지 얼마 되지도 않았, 다, 고……──?!"

내가 시야에 들어온 순간, 반쯤 감겨 있던 글렌 씨의 눈이 커다랗게 벌어졌다. 그 눈을 형형하게 빛내며, 어마어마한 기세로 내게 다가와 손을 움켜쥐었다.

"이, 이거 카나미 군 아냐?! 어떻게 여기 있는 거야?!"

"안녕히 주무셨어요, 글렌 씨? 부탁할 일이 좀 있어서 잠깐 돌아온 거예요."

"카나미 군, 그렇게 서먹서먹하게 굴 것 없어……. 그냥 편하게 형님이라고 불러도 된다고. 그런데 스노우 씨와의 결혼식은 언제 올릴 참이지? 후훗, 후후후훗……!"

"여, 여기 혹시 스노우 팬클럽이에요……?"

말을 붙이기가 무섭게 스노우와 나를 결혼시키려 드는 멤버들의 모습에, 나는 황당할 따름이었다.

내 의문에, 테일리 씨는 당연하다는 듯 고개를 끄덕였다. 아니, 거기서 고개를 끄덕이면 어쩌자는 거야.

"그래, 맞아. 틀린 말은 아냐. 그리고 그 스노우 팬클럽, 즉『에픽 시커』의 회장은 바로 너란다, 카나미 군."

"틀렸다고 해 주길 바랐는데……. 참고로 탈퇴는──."

"안 돼."

"회장인데도……."

아무런 권한도 없는 장식품 포지션이라 눈물이 날 지경이었다.

역시『에픽 시커』멤버들은 하나같이 머리가 좀 이상하다는 사실을 재확인하면서, 방금 얘기는 못 들은 걸로 치고 글렌 씨에게 질문을 던졌다.

"그보다, 왜 글렌 씨가 여기 계신 거예요?"

"스노우 씨가 문제를 일으킨 후의 뒤처리는 기본적으로 내가 하게 돼 있거든.『최강』의 칭호를 잃은 덕분에 시간적인 여유도 좀 생겼고. 당분간은『에픽 시커』본거지에서 신세를 질 생각이야."

"아아, 그렇게 된 거군요. 고맙습니다."

"고맙긴 내가 더 고맙지."

글렌 씨는 한때 『에픽 시커』에 속해 있었다고 했다. 그때부터 그는 오빠로서 스노우를 지켜보고 있었던 것이리라.

"그건 그렇고 용건이라는 건 뭐지? 뭔가 일이 있으니까 왔을 거 아냐?"

"이 광석 말인데요, 돈으로 바꾸고 싶어요."

테이블 위를 보라고 눈짓하며 말했다. 그러자 느슨해져 있던 글렌 씨의 얼굴에 긴장감이 깃들었다.

"이거, 로웬 씨의 마석에 담겨 있던 힘인가?"

"······용케 아셨네요."

"감 하나는 좋은 편이라서."

글렌 씨는 순식간에 광석의 정체를 간파했다.

"어쩐지 본토의 높으신 분들이 혈안이 돼서 얻으려고 들더라고. 이런 힘을 개인이 소유하면, 나라 하나 망치는 것쯤은 식은 죽 먹기겠지."

보석 하나를 집어 들고, 연합국 고위층에서 싸워 온 영웅으로서의 견해를 피력했다.

"아니, 어쩌면 다른 꿍꿍이가 있을지도 몰라. 혹시 이 마석을 이용해서——아니, 설마 그럴 리는 없겠지."

보석을 빤히 응시하면서 연신 혼잣말을 뇌까렸다.

하지만 이내 본론을 떠올리고 내 쪽으로 고개를 돌렸다.

"아아, 광석 환금 말이지? 걱정 마. 나한테 연줄이 있어. 『에픽 시커』에서 맡아 해 주지. 스노우 팬클럽 회장 겸 서방님의 요청이라면, 우리가 거절할 수야 없으니까."

"······그냥 일개 개인으로서 길드에 의뢰하는 형태로 변경해도 될까요?"

부탁했다가는 엉뚱한 지위가 정착돼 버릴 것 같아서 무서웠다.

그래서 길드마스터로서가 아닌, 일반 탐색가로서 부탁해 보았다.

"그렇다면 의뢰비가 필요하겠군. 그럼 이번에 의뢰비는, 스노우 씨와의 사이에서 낳은 아이를 요구해 볼까. 더불어 두 사람 사이에서 나온 아이의 이름을 지을 권리를 얻을 수만 있다면, 나는 무슨 짓이든 할 거야."

역전의 영웅 글렌워커의 눈에는 진심이 담겨 있었다.

진심을 넘어 광기로밖에 느껴지지 않는 진심이었다.

나는 겁에 질려서, 하는 수 없이 고개를 끄덕였다.

"기, 길드마스터로서 부탁할게요······."

"응, 맡아 주지."

묘한 패배감과 함께, 나는 명예 회장이라는 위치를 용인했다.

그리고 『소지품』에 있는 광물류를 모두 꺼내서 숫자를 확인해 나갔다.

셋이서 분담해서 작업했지만, 그럼에도 시간이 제법 걸렸다.

작업하다 보니 자연스레 잡담도 섞이게 되었다. 단, 이야기의 주제는 대부분이 스노우에 관한 것이었다.

"그나저나, 우리 스노우 씨와 진전은 좀 있었고?"

"그래, 무엇보다 그게 제일 궁금한걸."

그런 것 말고도 물어봐야 할 게 많으련만, 두 사람은 진지하게 스노우의 근황을 물었다.

"아뇨, 스노우는 계속 게으름 피우고 있는데요? 낚시하고 또 낚시하고, 햇볕이나 쬐면서 하루를 보내고 있어요. 솔직히 『에픽 시커』에 돌려보내고 싶을 정도예요."

있는 그대로 보고했다. 가능하면 직접 배로 와서 질책해 줬으면 싶었다.

"다행이야……. 스노우 씨가 즐거워 보여서…….."

"그러게 말이야. 스노우의 해이해진 얼굴이 눈에 선하게 떠오르는걸……. 정말 잘 됐어……."

하지만 돌아온 것은 축복뿐. 대체 왜냐.

"대, 대화의 캐치볼에 좀 동참해 주세요……."

나는 진지하게 이 둘의 머릿속이 걱정되기 시작했다.

"후후후, 나도 다 알아. 햇볕 쬐는 스노우 씨는 무지하게 귀엽지? 너무 귀여운 나머지 저도 모르게 덮쳐 버린다고 해도, 오빠인 내가 용서하마."

"그렇게 하라고 추천하고 싶을 정도야. 이제 두 사람 사이에는 아무런 장애물도 없으니까 눈치 볼 필요 없단다. 고락을 함께하는 생활, 약혼자라는 적과의 대결, 『무투대회』에서의 고백, 국외로의 도피, 완벽한 드라마를 펼쳐준 카나미 군이라면, 안심하고 우리의 스노우를 맡길 수 있으니까."

고생을 떠맡은 생활, 약혼자라는 짐의 강요, 『무투대회』에서의 도청, 기억 탈환의 방해 같은 건 기억에 있었다. 그런 걸 보고 완벽한 드라마라고 하는 건가, 이 두 사람은.

"아니아니, 테일리. 드라마는 아직 끝난 게 아냐. 이제 고통의 연쇄로부터 풀려난 스노우 씨는, 앞으로 카나미 군 밑에서 새로운 드라마를 전개하게 될 거야."

역시 글렌 씨도 전직 『에픽 시커』다운 사고방식이었다. 테일리 씨의 망상에 곧잘 어울리고 있다. 나는 이제 틀렸다.

"맞아. 드라마는 이제부터 시작이야. 아아, 가능하면 상황을 보고서로 작성해서 매일 제출해 줬으면 싶은 심정이라니까. 있잖아, 카나미 군 주위에 글 잘 쓰는 애 없니?"

"어, 없어요……."

"그래? 그거 애석한걸……."

라스티아라라면 기꺼이 맡아 할 것 같았지만, 날조가 들어갈 것 같으니 이건 은폐해 둬야만 한다.

그리고 내 얼굴이 굳어져 있는 동안에도, 두 사람 간의 이해 불가능한 대화는 이어졌다.

그 순간, 하늘의 도움이라 해도 과언이 아닌 제3자의 목소리가 끼어들었다.

"──어이, 마스터."

보르자크 씨가 나와 같은 표정으로 한숨을 지으며 말했다.

"글렌의 여동생이 자기 입으로 얘기하지는 않을 것 같아

175

서 내가 말해 두지만……, 어찌 됐건 그 녀석은 계산이나 서류 정리에 능숙해. 능숙하다기보다 익숙하다는 말이 옳을지도 모르겠군. 보나마나 그쪽에서는 땡땡이를 치고 있을 테니, 그 녀석에게는 그런 잡일을 맡겨."

"호오, 그랬군요."

이제야 제대로 대화를 주고받을 수 있을 것 같다는 생각이 들었다.

나머지 두 사람은 캐치볼이라기보다는, 마치 에어하키 같은 대화였다. 무시무시한 각도에서 급소를 노리고 들었다. 나는 '결혼'이라는 탄환이 골대에 들어가지 않도록 방어하는 것만으로도 벅찬 지경이었다.

"주위 사람들이 이 모양이니까. 무제한으로 응석을 부리며 살아 온 거지. 그 녀석을 위해서라도, 어느 정도는 일을 시키도록 해."

"네. 그렇게 할게요……."

보르자크 씨는 바로 곁에 있는 진짜 오빠보다도 더 오빠다운 부탁을 했다.

"보르자크! 너 지금 무슨 소릴 하는 거야?! 스노우 씨는 이제야 워커 가문의 속박에서 벗어났는데, 또다시 책무를 짊어지우려는 건가?!"

"맞아! 스노우가 잡일을 하다가, 그 고운 손이 상하기라도 하면 어쩌려는 거야! 스노우는 카나미 군의 신부가 될 거라고!"

『에픽 시커』밖으로 나온 뒤에야, 나는 깨달았다.

스노우의 성격이 그렇게 된 건 스노우 본인만의 탓이 아니었다. 주위 녀석들 탓도 상당히 컸다.

"더 이상 게으름을 피우도록 내버려 두는 건 그 녀석을 위해서도 안 좋다고⋯⋯. 그리고 그 돌덩이처럼 딱딱한 스노우의 손이 상할 리가 없잖아⋯⋯."

보르자크 씨가 황당해 하면서 반론하자, 스노우 콤플렉스인 두 사람이 따지고 들었다. 보르자크 씨는 그런 공격을 능숙하게 회피하면서, 살짝 내게 귀띔했다.

"부탁한다, 마스터."

감정을 밖으로 잘 드러내지는 않았지만, 보르자크 씨 역시 남들 못지않게 스노우를 걱정하고 있는 모양이었다.

『에픽 시커』사람들의 독특한 애정을 느끼면서, 우리는 확인을 마쳤다.

"──좋아, 다 셌군. 내가 책임지고 전부 다 환금해 두지. 다른 사람도 아니고, 미래의 매부를 위한 일이니까!"

더 이상 무슨 소리를 해도 소용없다는 걸 깨닫고, 나는 어색한 웃음만 지을 수밖에 없었다.

그리고, 나는 마지막으로 글렌 씨에게 물었다.

"글렌 씨, 혹시나 해서 한 번 여쭤볼게요. 제 여행에 동참하실 생각은 없나요?"

『최강』의 이름을 갖고 있던 남자에게 권유했다. 성격은 그렇다 쳐도, 글렌 씨라면 재능 면에서는 더할 나위가 없는 수준이다. 그리고 무엇보다 성별이 최고였다. 남녀 비율의 편향을 조금이라도 완화시키고 싶었다.

"그건 안 돼. 네 파티는, 말하자면 팰린크론 피해자 모임 같은 거잖아? 나는 들어갈 자격이 없어."

전례로 보아 그렇게 보이는 모양이다. 듣고 보니 일리가 있는 말이긴 했다.

말하자면, 팰린크론 덕분에 단단한 결속력을 갖게 된 셈이다.

"레일 씨가 그런 것처럼, 글렌 씨도 팰린크론을 싫어할 수 없는 건가요……?"

"아니, 싫은데? 그런 녀석을 좋아하는 사람은 얼마 없지 않을까?"

글렌 씨는 팰린크론의 인덕을 주저 없이 부정했다.

하지만 뒤이어서, 마찬가지로 주저 없이 팰린크론과의 관계를 긍정했다.

"그렇지만, 팰린크론과는 동료 사이였으니까. 그 의리가 있어. 그래, 의리 말이야……."

그 점만은 부정할 수 없다는 듯, 글렌 씨는 감회에 찬 표정으로 말했다.

그 심정은 나도 조금이나마 추측할 수 있었다.

만약 그 성탄제 날에, 팰린크론이 나를 배반하지 않고 나와 함께 미궁을 공략했더라면── 그리고 그 세월이 오래도록 이어졌다면, 나도 지금의 글렌 씨와 같은 식으로 얘기했을지도 모른다.

팰린크론에게는, 그런 생각이 들게 하는 무언가가 있었다.

정말 쓰레기 같은 놈이지만, 그 녀석이 사람을 끌어당기는 무언가를 갖고 있는 건 사실이었다. 기억을 잃었던 시절의 나는, 그 녀석에 대해 호감을 느끼기까지 했으니까.

그렇다. 분명히 호감을 가졌었던 것이다…….

"그렇군요……."

나는 기묘한 감정에 사로잡혀, 씁쓸한 표정을 지었다.

그러자 글렌 씨는 당황한 듯 이야기를 주워 담기 시작했다.

"하, 하지만! 그렇다고 카나미 군보다 팰린크론이 더 좋다는 애기는 아냐! 나는 언제나 스노우 씨와 카나미 군 러브니까!! 그 점에 대해서는 오해하지 말아 줘! 화, 화난 거 아니지? 그렇지?!"

갑자기 아부를 해대는 게 여동생을 쏙 빼닮았다.

혈연관계는 전혀 없건만, 어쩐지 서로 닮은 일가다.

"아뇨, 걱정 마세요. 화난 거 아니에요. 잠깐 팰린크론 생각이 나서, 기분이 좀 뒤숭숭해졌던 것뿐이에요."

"다행이다……!"

"그럼, 저는 이제 그만 실례할게요. 환금 일, 잘 부탁드릴게요."

감사의 마음을 전하고, 이 자리를 뜨려 했다. 하지만 테일리 씨의 목소리가 그런 내 발목을 붙잡았다.

"앗, 카나미 군……. 혹시 시간 좀 있으면, 이 서류 정리 좀 도와주지 않겠니……? 이거, 네가 『무투대회』에서 우승하고 도망치는 바람에 생긴 일거리들이니까…….”

“네……?”

“네 능력으로 하면 식은 죽 먹기잖니?! 부탁할게!”

서류 더미를 둘러보고, 나는 식은땀을 흘렸다.

하지만 도망칠 수는 없었다. 지금 막 내 쪽에서 부탁을 한 상황인 데다가, 일거리를 만든 원인이 바로 나인 것이다. 여기서 도망치는 건 너무 매정한 짓이다.

“알았어요. 대뜸 마스터의 책임을 내팽개친 제 잘못이 크니까요. 당연히 도와드려야죠.”

“고마워! 역시 스노우의 서방님이라니까!”

“서방님 같은 거 아니라니까요…….”

그 옆에서 글렌 씨가 환호하고 있었다.

단, 그 환희는 서류 정리 속도가 빨라진 것에 대한 기쁨이 아니라, 스노우의 남편 후보인 나와 함께하는 시간이 늘어난 것에 대한 기쁨처럼 보였다.

이런 상황 속에서 일을 해야 한다는 것이 불안하게 느껴졌다.

방금 전까지 그랬던 것처럼, 주구장창 스노우 얘기만 하게 될 게 뻔했다.

툭 하고 누군가가 어깨를 두드렸다. 옆에서 보르자크 씨가 미안해하는 표정으로 나를 보고 있었다.

이런 역경 속이지만, 한 명이나마 내 심정을 헤아려주는 사람이 있다는 것.

그 점만으로도 마음이 정화되는 기분이었다.

동시에, 어떻게든 보르자크 씨를 배로 데려올 수 없을까 하는 생각이 들기 시작했다.

주로 내 마음속의 피로를 위로해 주는 역할로.

몇 시간 후, 환금 계약을 마치고 서류 정리에서도 해방된 나는, 『에픽 시커』 본거지 안을 걷고 있었다.

모처럼 돌아온 김에, 여기서만 할 수 있는 일을 해 두고 싶었다.

당장의 목표는 강해지는 것.

강해지면 미궁 탐색이 편해지고, 다양한 위험에 대처할 수 있게 된다. 언젠가 찾아올 팰린크론과의 싸움에서도 필요한 일이다.

더 강해지기 위해서, 게임적인 사고방식으로 최대한 머리를 굴렸다.

그리고 나는 무기를 모은다는 수단을 선택했다. 이른바 장비 수집이다.

정석이자 기본이리라. 게임 속에서라면, 장비를 갖추지 못하면 클리어할 수 없는 경우도 흔히 있으니까.

지금까지는 돈이 없거나 연줄이 없거나 시간이 없거나 하는 등의 이유로, 제대로 된 장비를 갖추지 못했었다. 그리고 나는 회피를 중심으로 하는 스타일이라, 조악한 걸 장착하느니 차라리 아무것도 없는 게 더 낫다는 이유도 있었다.

하지만 로웰 덕분에 이제 큰돈을 만질 수도 있게 됐다. 배여행을 하느라 지금은 시간도 많다. 장비가 필요한 동료들도 많다.

지금이야말로, 뒷전으로 미뤄 둔 장비 보강에 착수해야할 때일 것이다.

나는 한껏 들떠서 『에픽 시커』의 공방 쪽으로 걸어갔다.

마음속의 여유가 늘어난 덕분에, 자기 안의 게임광적인 부분이 점점 더 겉으로 드러나고 있다는 걸 알 수 있었다. 지금 나는 장비 보강이라는 행위를 즐기고 있다.

의기양양하게 공방을 찾아가서, 문을 열었다.

예전과 마찬가지로, 너저분하게 어질어진 공간이 맞이해 주었다.

그 안쪽에서 장발의 남자가 쇠망치를 휘두르고 있었다. 남자는 공방에 들어온 나를 발견하고는, 딱히 놀라는 기색도 없이 환영해 주었다.

"오? 하하, 마스터잖아. 이것 참 빨리도 돌아왔군 그래."

"가끔씩 상황을 보러 와 볼 생각이에요. 앞으로도 잘 부탁드릴게요."

나는 『에픽 시커』의 전속 대장장이 알리버즈 씨에게 인사를 건넸다.

알리버즈 씨는 장인 기질이 강하고 독특한 감성을 갖고 있어서 그런지, 이 정도 갑작스런 일에는 놀라지도 않는 모양이었다.

"오늘은 장비를 새로 맞추려고 이렇게 찾아온 거예요. 동료들 것도 포함해서, 꽤 많은 장비를 요청하게 될 것 같아요."

공방에 장식되어 있는 갑옷 등을 살펴보면서 얘기를 꺼냈다.

"그렇군. 장비 조달을 진지하게 생각하기 시작한 모양이지? 잘 생각했어, 마스터. 그 장비로 싸우는 마스터를 보면서, 난 항상 생각했었지. 나였다면 더 근사한 걸 마련해 줬을 텐데, 하고."

"저기, 이 상태로 미궁에도 들어가고 있는데, 그러면 안 되는 건가요……?"

"적어도 한 조직의 우두머리로서는 영 폼이 안 나지. 특히 신발과 외투가 너무 넝마쪼가리잖아. 빨리 버리고 새 걸로 바꾸는 게 좋을 거야."

"버리기에는 너무 아까워요. 그리고 이것들에도 이제 제법 애착이 생겨서요."

"뭐, 그런 점이 마스터의 장점이긴 해. ……하지만 이제 그러고만 있을 수도 없는 상황이 됐다는 거지?"

"네, 다시 미궁에 들어가기 시작했는데, 약간 역부족인 면이 느껴져서요. 그래서 일단 기본적인 장비부터 재정비해 볼까 해서 온 거예요."

"잘 생각했어. 지금 당장 필요하다면, 여기 걸어 둔 걸 가져가도 돼. 마스터가 써 준다면 장비들도 다들 좋아할 테니까. 물론 값은 받겠지만."

"고맙습니다."

쇠망치를 휘두르며 작업을 재개하는 알리버즈 씨 옆에서, 나는 공방에 걸려 있는 작품들을 훑어보았다. 공방 안을 돌아다니면서, 안쪽에 있는 장비들을 일일이『주시』해 나갔다.

하지만 내 안목을 만족시키는 장비는 좀처럼 발견할 수 없었다.

애초에 사이즈가 맞는 것조차도 얼마 없었다. 그래도 나는 나은 편이지만, 디아, 마리아, 리퍼 등의 아동용 사이즈는 극단적으로 적었다.

"생각해 보니까, 제 동료들은 절반쯤은 아동용 사이즈라서 말이죠……."

"그러고 보면『무투대회』에서 너를 응원하던 사람들은 어린애들이 많긴 했지."

오늘의 목적은 나 자신에 대한 강화였다. 하지만 더 우선시해야 할 것은 후위를 맡은 디아와 마리아의 장비라는 걸, 나는 이성적으로 이해하고 있었다.

"죄송해요, 알리버즈 씨. 아동용 사이즈 장비를 주문할 수 있을까요?"

"물론이지. 사이즈만 안다면 얼마든지 만들 수 있어. 재료는 마스터 쪽에서 준비할 수 있고?"

참고로 그녀들의 스리 사이즈는 〈디멘션〉을 통해 파악한 상태였다.

일부러 조사한 건 아니었지만, 오랫동안 알고 지내다 보니 자연스럽게 알게 된 것이었다. 세라 씨가 이 사실을 알면 과잉반응 할 것 같으니 절대 비밀이다.

"여기요. 이번에 새로 들어간 층에서 얻은 마석이에요. 될 수 있으면 이 마석을 활용해서 만들어 주세요."

"으음……. 이것 참 희귀한 마석을 가져왔군. 정말 내가 해도 괜찮은 거야?"

"제가 아는 대장장이는 알리버즈 씨밖에 없으니까……."

"하지만 앞으로 마스터가 더 희귀한 마석을 가져온다고 해도, 내 실력으로는 소재를 제대로 활용할 수 없게 될 날이 언젠가는 분명히 올 텐데? 나도 실력에는 어느 정도 자신이 있지만, 그래 봤자 일개 길드의 일개 대장장이일 뿐이야. 더 큰 곳에서 유명한 대장장이에게 부탁하는 게 좋을 것 같은데……."

"하지만 저는 연합국에서는 거의 지명수배자 신세라서 말이죠……. 너무 눈에 띄는 곳에 갔다가 워커 가문에게 들키기라도 하면 일이 성가셔질 테고……."

"흐-음, 세상일이라는 게 참 쉽지 않군……. 가고 싶어도 못 간단 말이지……."

가고 싶어도 갈 수 없다── 그 말을 곱씹으면서, 자신의 스테이터스를 보고 고민에 잠겨 있으려니, 묘안이 떠올랐다.

어제 전투 전문가인 라스티아라와 함께 훈련하면서 스킬 『마법전투』를 얻었던 것을 떠올렸다. 다시 말해, 그것과 같은 일을 또 하면 되지 않을까.

딱히 다른 대장장이를 찾아갈 필요는 없다. 지금부터 여기서 대장장이 일의 전문가들과 기술을 겨루어서, 스킬『대장장이』를 얻으면 된다.

"알리버즈 씨, 제가 뭐 도울 일은 없나요?"

"도울 일? 하지만 마스터는 아마추어잖아? 단순한 육체 노동이라면 맡길 수도 있겠지만……."

알리버즈 씨는 난처한 듯 떨떠름한 표정이었다.

너무 성급하게 굴었던 모양이다. 나 스스로는『병렬사고』를 통해 스킬 습득 계획을 대충 세워 두었지만, 알리버즈 씨 입장에서는 그런 걸 알 수 있을 리가 없다.

우선 내가 최소한의 기술은 갖고 있다는 것부터 증명하는 게 좋겠다.

"──마법 〈디멘션 · 멀티플(다중전개)〉."

대량의 마력을 소비해서, 라우라비아국 전체에 감지마법을 펼쳤다.

『에픽 시커』의 마스터로서 라우라비아를 수호했던 나에게 있어, 이 나라는 내 앞마당이나 다름없었다. 라우라비아 내에 있는 모든 공방들의 위치도, 어디에 우수한 대장장이가 있는지도 알고 있었다.

마음속으로 "실례합니다"라 말하고, 대장장이 일을 하고 있는 모든 사람들의 움직임을 추적하기 시작했다. 그리고 그 모든 동작을 파악해서, 기억해 나갔다.

작업 자체는 검술을 익히는 것과 비슷했다. 로웬의『검술』을 따라하던 것에 비하면, 속도가 느린 만큼 쉬운 편이라고 느껴졌다.

그와 동시에 공방 안을 걸어 다니면서, 적당해 보이는 것을 집어 들었다.

"이게 자료인가 보네요……. 읽어 봐도 될까요?"

"아, 아아……. 마음대로 해."

전직 마법사였던 알리버즈 씨는, 내가 범상치 않은 마력을 내뿜고 있는 것을 알아챘다.

동요하면서도, 나를 믿고 아무것도 추궁하지 않고 고개를 끄덕여 주었다.

나는 대장장이 일에 관한 책들을 전부 꺼내서 공방에 쌓아 나갔다.

그리고 양손으로 책을 펄럭펄럭 고속으로 넘겼다.

세 번째 가디언을 넘어서면서 내 레벨과 스테이터스가 향상된 덕분에, 두뇌의 처리속도는 한층 더 높은 영역까지 다다라 있었다. 마치 자신이 여러 명이 된 것처럼, 다수의 서적을 읽어 나갔다. 물론 대장장이 관련 지식을 잇달아 머릿속에 집어넣으면서도, 동시에 라우라비아에 있는 대장장이들의 기술을 훔쳐보는 작업도 병행하고 있었다.

막대한 정보를 처리하다 보니 몸에서 고열이 나기 시작했다.

　검 한 자루 만드는 데도 엄청난 수의 공정들이 존재한다는 사실에 놀라지 않을 수 없었다.

　주조와 단조의 차이도 모르던 나로서는, 모든 것이 미지의 세계였다. 들어 본 적도 없는 단어의 나열에 머릿속이 어질어질했다. 대장장이의 독특한 움직임은 검술을 단련하는 것과는 전혀 달랐다. 가벼운 기분으로 시작한 스킬 습득이었지만, 조금도 방심할 수 없었다.

　〈디멘션〉과 『병렬사고』를 전력으로 사용하다 보니, MP와 체력이 무시무시한 기세로 깎여 나갔다.

　하지만 그 덕분에 조금씩 이해가 가기 시작했다.

　『대장장이』라는 직업의 근본. 기본적인 사고방식. 공방 내의 기구 및 도구의 사용법. 가마의 사용법. 망치 휘두르는 법. 불 피우는 법. 공정과 기술. 그 모든 것을——

[스테이터스]

선천 스킬 : 검술4.89　빙결마법2.58+1.10

후천 스킬 : 체술1.56　차원마법5.25+0.10　감응3.56

　　　　　　병렬사고1.47　뜨개질1.07　속임수1.34

　　　　　마법전투0.72　대장장이0.69

——몇 시간이 지난 뒤, 내 다리는 휘청거리고 있었다.

　하지만 자신의 스테이터스를 확인하고 스킬『대장장이』가

분명히 나타난 것을 발견할 수 있었다. 나는 입가에 미소를 머금으며 알리버즈 씨에게 부탁했다.

"장난처럼 들릴 거라는 건 알지만 부탁드릴게요. 알리버즈 씨, 조금 도울 기회를 주세요."

"『무투대회』 결승전 때와 같은 마력을 내뿜으면서 그런 소리를 하는데 거절할 수가 있나. 그리고 애초에 마스터의 명령이니까 거절할 생각도 없었다고."

알리버즈 씨는 호기심 어린 얼굴로 승낙해 주었다.

그 즉시, 나는 마치 오래 써 온 공방 안을 걸어 다니는 것처럼 대장장이 도구를 찾아 들고, 알리버즈 씨의 일을 거들기 시작했다.

물론 처음부터 잘 되지는 않았다. 보는 것과 직접 하는 것은 전혀 달랐다. 차원이 다르다고 해도 과언이 아니었다. 하지만, 내가 얻는 경험치 역시 차원이 달랐다.

차원마법 〈디멘션〉을 통해서, 매 초마다 밀리미터 이하 단위의 오차를 수정해 나갔다.

알리버즈 씨의 시선과 근육 사용법을 바로 옆에서 감지하고, 그가 바라는 것을 예측했다. 그렇게 얻어낸 지식을 총동원해서 가장 효율 높은 움직임을 몸에 지시했다. 그와 병행해서 가마의 온도며, 철과 철이 부딪치는 타이밍을 기억해 나갔다. 자신의 피부로 열기를 느끼고, 자신의 팔로 쇠를 두드린다. 라우라비아에 있는 숙련된 대장장이들을 모방해서, 완전히 똑같은 움직임으로——

약 1시간쯤 일을 거들었을 때쯤, 알리버즈 씨의 작업이 일단락되고, 휴식에 들어갔다.

"──이런 거군요. 이제 조금 알 것 같아요. 대장장이 일이란 참 심오한 직업이네요."

나는 솔직한 감상을 뇌까렸다.

"우리 마스터가, 고작 수십 분 만에 중견급 대장장이 같은 손놀림을 선보이던데……."

"으음……, 손재주 하나는 자신이 있어서요."

전율하는 알리버즈 씨 옆에서, 나는 평소에 즐겨 쓰는 변명을 중얼거렸다.

"아니, 손재주가 좋으니 어쩌니 하는 레벨이 아니라고, 이건. 그것보다 무시무시한 무언가야. 아니, 하긴 마스터라면 그럴 만도 해. 테일리 녀석도 그런 소리를 했었지……. 후훗, 후후후, 역시 마스터야. 우리의『영웅』은 뭐가 달라도 다르다니까……!"

황당해 하면서도, 알리버즈 씨는 뺨을 상기시킨 채 웃었다.

역시, 영웅에 대한 이 사람들의 애정은 보통이 아니다.

지금까지 자신이 쌓아 온 기술들을 대놓고 도둑맞으면서도, 알리버즈 씨는 초롱초롱 빛나는 눈으로 내 모습을 쳐다보고 있었다. 우리 마스터는『영웅』이니까 이 정도는 당연한 거라는 것이.

알리버즈 씨가 가진 대장장이로서의 자긍심에 흠집이 나지 않은 것을 확인한 다음, 나는 뻔뻔스럽게 또 다른 부탁을 했다.

"이쯤 되니, 이제 슬슬 뭔가 간단한 물건이라도 만들어 보고 싶어지네요."

"그래, 무시무시한 얘기지만, 아마 마스터라면 그 정도는 식은 죽 먹기겠지. 내 눈치 볼 것 없이, 지금 당장 여기서 물건을 만들어도 돼."

알리버즈 씨는 기쁜 기색이 역력한 얼굴로 "무시무시한 얘기지만"이라 말했다.

"손쉬우면서도 당장 쓸모가 있는 거라면, 역시 작은 매직 아이템 같은 게 좋을까요?"

"아니, 매직 아이템도 손이 많이 간다고. 마법술식을 새겨 넣는데 엄청 많은 시간이 걸리는……, 게 보통이지만, 마스터라면 누워서 떡 먹이려나?"

"저는 자잘한 작업일수록 자신이 있는 편이거든요."

스테이터스가 기술과 속도에 특화되어 있는 덕분이었다. 게다가 이세계에 오기 전부터도 그런 쪽에는 비교적 자신이 있었다.

"내 전문 분야도 매직 아이템 쪽이니까, 그게 가르쳐주기도 제일 쉬울지도 모르지. ──좋아, 한번 해 보겠어? 모양은 어떻게 할 거지? 팔지나 액세서리류라면 뭐든 좋아. 목걸이나 머리핀 같은 것도 가능하고."

"쉽게 금방 만들 수 있는 것부터 해 보죠. 제일 간단한 게 뭔가요?"

"으-음, 반지가 제일 작으니까 빨리 만들 수 있긴 하지. 물건이 작다 보니 세세한 작업도 많이 필요해서 힘들긴 하지만, 마스터라면 할 수 있을 거야."

반지라는 말에, 나는 하인 씨를 떠올렸다. 그 동생인 라이너가 즐겨 사용했던 게 반지였다.

"반지라니 편리할 것 같네요. 한번 해 볼게요."

"그래, 한번 해 보지. 마스터의 빙결마법을 담을 건가?"

"아뇨, 이번에는 다른 마법을 담아 볼까 해요. 최근 들어서, 다른 계통의 마법도 쓸 수 있게 됐거든요."

이렇게 해서, 내 생애 첫 마법도구 제작이 시작되었다.

가장 먼저, 핵이 될 마석을 만들어야 했다.

"그런데, 마스터는 마술식에 대한 지식은 갖고 있나?"

마술식. 그것은 인간이 사용하는 마술의 구조를 문자로 재현한 것이다. 그것에 마력을 불어넣으면 매끄러운 마법 발동이 가능해진다. 물론, 무작정 마력을 불어넣기만 한다고 되는 것은 아니다. 마술식에 대한 사용자의 이해나 상성도 중요하다.

이 마술식을 새겨 넣은 마석의 최상급품이 바로, 예전에 마리아가 삼켰던 〈플라이파이어〉와 〈임펄스〉의 마석에 해당한다.

마법과 마술식은 각기 다른 분야다.

마법을 잘 쓸 줄 안다고 마술식에 대해 잘 아는 건 아니다. 운동을 잘 한다고 해서 스포츠 과학이나 보건체육에 대해 잘 아는 건 아닌 것과 마찬가지다.

하지만, 운 좋게도 나는 뼛속까지 연구자 기질을 타고난 사람이었다.

"네, 그럭저럭 갖고 있어요."

마법에 대한 이해라는 면에서, 차원마법사를 따라잡을 자는 없다.

예를 들어, 내가 만들어낸 마법 〈디 윈터〉 등은, 내가 근본부터 고안해 낸 것이었다. 그 마법 구축의 근원── 마술식을, 나는 빠짐없이 이해하고 있다.

그것을 문자로 변환하는 건 어렵지만, 지금의 나는 〈디멘션〉 덕분에 사전을 머릿속에 갖고 있는 것과 같은 상태다. 시간을 들이면 마술식으로 변환해서 마석에 새겨 넣을 수도 있다.

대장장이 관련 지식을 수집하던 〈디멘션〉의 방향성을 변경해서, 마술식 관련 수집에 나섰다.

"마스터는 준비 다 된 모양이군. 그럼 마석 안에 술식을 새겨 넣을 준비를 하지."

작업용 탁자에 마석과 공구를 펼쳐 놓는다. 거기부터는 아까 했던 대장장이 일과 비슷한 요령이었다.

나는 준비된 마석을 깎고, 그 틈에 다른 마석을 녹여 부어 넣기 시작했다.

무시무시한 집중력을 필요로 하는 작업이었다. 〈디멘션〉 없이 이 작업을 해야 하는 경우를 생각해 보니, 그것만으로도 소름이 돋을 정도였다.

마술식이 들어간 마석이 시중에서 고가에 팔리는 이유를, 이제야 할 것 같았다.

숙련된 장인이 오랜 시간과 기력을 들인 끝에야, 그 마석이 가게에 진열될 수 있는 것이다.

1밀리미터 이하의 오차도 용납되지 않는 작업을, 잠시도 손을 쉬지 않고 수행해야 했다.

굵직한 땀방울을 흘리며 〈디멘션〉을 혹사해서, 힘겹게 술식을 새겨 나갔다.

"역시 마스터. 잘 하고 있어. 링은 내가 준비하지. 마력을 끌어낼 수 있는 트리거 술식이 심어져 있으니까, 바로 완성되는 셈이지."

"고맙습니다."

마술식은 땅속성의 수정마법을 선택했다.

그리고 마법 〈쿼츠〉를 이용해서 광석에 간섭하면서, 〈디멘션〉으로 조금의 실수도 용납지 않은 채 마석과 링을 짜 맞추어, 혼신을 다해 마법도구를 완성시켰다──

[반지 『정순(晶盾)』] 『쿼츠 실드』의 힘이 깃든 반지

"──와, 완성됐어!"

"하하핫! 대단하군, 마스터! 고작 몇 시간 만에, 국가 전체를 통틀어서도 최고 수준에 해당하는 마법도구를 만들어

내다니……. 감동적이야! 대장장이 입장에서는, 그야말로 웃음밖에 안 나온다니까!"

완성된 반지를 본 알리버즈 씨도 흥분했다.

"아뇨, 알리버즈 씨가 도와주신 덕분이에요."

"무엇보다, 생김새가 멋있어! 수정의 깨끗한 이미지는 그대로 유지한 채, 현란한 장식까지 새겨 넣다니!"

"화려하게 안 하면 알리버즈 씨가 슬픈 표정을 지으니까, 그게 싫어서 그런 거예요……."

원래는 과도한 장식 같은 건 하고 싶지 않았다. 하지만 옆에서 빤히 쳐다보고 있던 알리버즈 씨 때문에, 괜한 수고를 더하게 되었다.

디자인 센스 같은 건 없었기에, 기억 속에 있는 부모님의 약혼반지 모양을 그대로 따라한 것뿐이었다. 그런데 그 디자인이 알리버즈 씨의 마음에 쏙 든 모양이었다.

"이걸 뭐라고 표현해야 좋을지……. 청순하면서도, 사람의 이목을 끌어당기는 반지……. 그야말로 『영웅』이 만들어낸 전설의 반지군……."

"그거 다행이네요."

둘이서 완성품의 만듦새를 확인하고 있으려니, 뒤에서 목소리가 들려왔다.

"왜 이렇게 늦어-!!"

리퍼였다.

그녀도 〈커넥션〉을 통해 여기로 온 모양이었다. 그리고 보니, 이미 아침부터 몇 시간이나 지난 상태였다. 내가 걱정돼서 와 준 건지도 모른다.

"오빠가 안 돌아오면 점심도 못 먹잖아─! 그러니까 빨리 돌아오라고─!"

리퍼는 배에 손을 얹고 화를 냈다.

보아하니 그녀가 걱정하는 건 내가 아니라 자기의 공복인 모양이었다.

나와 알리버즈는 얼굴을 마주보고, 서로에게 말했다.

"오늘은 여기까지 하는 게 좋겠네요. 오늘 정말 고마웠어요."

"반지 하나밖에 못 만들었군. 뭔가 필요한 게 있으면 또 오도록 해. 오늘은 공방에 있는 무기를 대충 가져가고. 주문한 녀석은, 다음에 올 때까지 다 만들어 두지."

완성된 반지를 받아 들고, 쓸 만해 보이는 장비들을 대충 챙겨 간다.

물론, 값은 지불했다.

그리고 다시 한 번 알리버즈 씨에게 감사를 전한 다음 공방을 나서서, 배로 돌아가기 위해 서둘러 〈커넥션〉이 설치된 집무실로 발걸음을 서둘렀다──그 도중에, 리퍼는 내가 만든 반지를 보고 고개를 갸웃거렸다.

"──오빠, 그건 뭐야?"

"아아, 마법도구를 만들었어."

반지 『정순』을 손바닥에 얹어 찬찬히 보여주었다.

"오, 오─! 이게 마법반지라구?! 반짝반짝 빛나는 반지잖아ㅡ!"

"만져 봐도 돼. 보고 싶은 만큼 찬찬히 살펴봐."

내가 만든 작품을 칭찬 받으니, 나도 어쩐지 기뻤다.

나는 어엿한 크리에이터로서의 환희를 느끼고 있었다.

"있잖아, 한 번 껴 봐도 돼?"

"당연하지. 아니, 그냥 네가 가져. 원래 다른 동료들에게 주려고 만든 거니까."

"만세ㅡ! 그럼 껴 봐야지ㅡ! ……으음, 우, 으응? 어째 잘 안 들어가네. 아, 이렇게 하니까 딱 들어간다!"

링의 크기는 적당했다.

알리버즈 씨는 내 동료들을 고려해서 비교적 작은 링을 준비해 주었지만, 정확한 수치까지는 얘기한 적 없었다.

그 결과, 리퍼의 손가락 중에서 딱 맞게 들어간 것은——왼손 약지였다.

"음, 으음……?"

그런 관습은 내 세계에만 존재할 터였다.

우연이겠지. 의식하고 있는 건, 그 점을 아는 나뿐일 것이다. 그렇기에, 나는 딱히 지적하지 않고 넘어가기로 했다.

"어때, 오빠? 어울려?"

"그, 그래……. 잘 어울려, 리퍼."

리퍼는 왼손 약지에 낀 수정 반지를 신이 나서 쳐다보았다.

그런 습관이 없다는 걸 알고 있는데도, 엄청난 쑥스러움이 남았다. 하지만 이렇게까지 기뻐해 주는 리퍼의 기분에 찬물을 끼얹고 싶지는 않았기에, 다른 손가락에 바꿔 끼게 하지도 못했다.

그대로 아무 말도 하지 않은 채 집무실의 〈커넥션〉으로 들어가려 했을 때——스킬『감응』이 익숙한 경보를 울렸다.

그 경보 소리는 난폭하게, 이대로 가면 죽음의 위기가 닥칠 거라고 절규하고 있었다.

갑작스런 충고에 몸이 경직되었다.

"——음?!"

"와왓! 가, 갑자기 왜 그래, 오빠?"

걷다가 갑자기 멈춰 서는 바람에, 리퍼가 내 등에 부딪칠 뻔 했다.

뒤를 돌아보고, 스킬『감응』이 발동한 원인을 찾아냈다.

리퍼의 약지에 낀 반지였다. 이것을 낀 채로 돌아가면 위험하다는 걸 아슬아슬하게 깨달았다. 아무래도 대장장이 일에 집중력을 다 써 버리는 바람에 머릿속이 느슨해져 버린 모양이었다. 이런 단순한 방정식의 해답도 알아내지 못하다니.

"리퍼……. 미안하지만, 그 반지는 좀 넣어 두면 안 될까?"

"어? 응, 그야 안 될 건 없는데……."

"다른 동료들 눈에 안 띄도록 조심해 줘. 그건 하나밖에 없으니까……."

"알았어!"

리퍼는 순순히 고개를 끄덕이고, 검은 후드 안쪽 주머니에 반지를 집어넣었다.

그와 동시에, 스킬 『감응』의 요란한 경보도 멎었다.

"후우……."

일단 한숨은 돌렸다. 자칫 잘못했더라면 괜히 성가신 말썽이 늘어날 뻔했다.

심호흡을 거듭해서, 긴장을 풀었다.

그리고 가디언이 있는 층에 도전할 때에 못지않을 만큼의 경계심을 품은 채 〈커넥션〉을 통과해서, 『리빙 레전드호』로 이동했다.

차원을 넘어, 배 갑판으로 돌아왔다.

선상 특유의 출렁임과 바닷바람을 느끼면서, 주위를 둘러보았다.

갑판에는 큼직한 테이블이 놓여있고, 그 위에는 각양각색의 음식들이 배치되어 있었다. 그리고 동료들이 그 테이블 주위에 둘러앉아 있었다. 배가 고픈 채로 담소를 나누고 있는 걸 보면, 전원 다 내가 오기를 기다리고 있었던 모양이었다.

"앗, 어서 오세요, 카나미 씨. 그쪽에 앉으세요. 점심 먹어요."

내가 늦었다고 화내는 기색도 없이, 마리아가 다정하게 나를 불렀다.

라스티아라는 거침없이 불만을 토로하고 있었기에, "늦어서 미안"이라고 사과하면서 자리에 앉았다. 그리고 모두 함께 동시에 식사를 하기 시작했다.

신선한 생선 요리가 중심이 된 호화로운 점심이었다. 아마 스노우와 리퍼가 낚은 것으로 보이는 생선을 활용해서, 회부터 생선구이까지 다양한 음식들이 마련되어 있었다.

간장 같은 세련된 조미료는 없었으므로, 유자 비슷한 과일의 즙으로 간을 해서 생선을 입에 집어넣었다. 다만, 난생 처음 보는 이세계 특유의 음식에는 좀처럼 손이 가지 않았다.

파이로 재료를 싼 음식이 있었지만, 먹는 법을 몰라서 다른 사람들이 먹는 걸 지켜보았다. 속마음까지 다 아는 동료 지간이라고는 해도, 예의 없다는 이미지를 주고 싶지는 않았다.

그 모습을 이상하게 느낀 마리아가 불안한 표정으로 물었다.

"저, 카나미 씨가 싫어하는 음식이라도 있나요……?"

"아니, 나는 못 먹는 것 없이 다 잘 먹어. 그냥 처음 보는 음식이다 보니까, 다른 사람들이 먹는 걸 따라하려고 기다리고 있는 것뿐인데……."

"아아, 그랬군요. 그렇게 신경 안 쓰셔도 됐는데……. 그럼, 제가 잘라 드릴게요."

"고마워. 부탁할게."

마리아는 앞접시를 이용해서, 파이로 싼 음식을 잘라 배분하기 시작했다.

그 헌신적인 모습은, 마치 신혼의 배우자 같은 싹싹함이었다. 바로 얼마 전에 신부가 되겠다느니 하는 선언을 했던 용인──드래고뉴트도 좀 본받아 줬으면 좋겠다.

마리아가 음식을 나누어주는 모습을 보고, 갑자기 리퍼가 몸을 쑥 내밀었다.

"앗, 마리아 언니! 내 것도!"

리퍼는 자기 앞에 있던 앞접시를, 맞은편에 있는 마리아에게 건네주려 했다.

그러다 보니, 자연스럽게 자세를 앞쪽으로 뻗게 되었다.

──스킬『감응』의 경보가 울렸다.

여기서 중요한 점은, 지금 리퍼가 상당히 헐렁한 옷을 입고 있다는 것이었다.

평소에 자주 보던, 마력으로 생성한 검은 외투였다. 리퍼는 이 옷에 강한 애착을 갖고 있는 듯, 즐겨 입곤 했다. 다소 무방비한 면이 있는 옷이었지만, 옷 안에 어둠마법이 고여 있어서, 보여서는 안 되는 부분은 절대로 안 보이게 되어 있으니 안심이라고 했다(솔직히, 그래도 나와 로웬은 끝까지 반대했었지만……).

리퍼가 몸을 쑥 내미는 바람에, 그 큼직한 사이의 옷이 쭉 늘어났다.

그 결과, 아까 대충 안주머니에 집어넣어 두었던 리퍼의 반지가 품속에서 떨어지려 하고 있었다. 가디언을 상대할 때와 맞먹는 수준으로 펼치고 있었던 〈디멘션〉이 그 기적을 감지한 것이었다.

수많은 격전을 이겨낸 내 몸이 재빨리 움직였다. 그것은 생각이 아니라 반사의 영역이었다.

나는 리퍼와 같이 몸을 쭉 내밀어서, 그녀의 품속에 있는 반지 쪽으로 손을 내뻗었다.

"리퍼!!"

"어, 어엇, 어?!"

무영창으로 〈디멘션·글래디에이트〉를 발동시켰다.

몸속의 마력이 급속도로 끓어올라서 머릿속에 전류가 흘렀다. 뒤이어, 온몸을 뒤흔든 전류가 몸속 세포들을 모조리 깨웠다. 각성한 의식 덕분에, 세계의 움직임이 슬로모션처럼 보였다. 찰나의 세계 속에서, 내 오른팔이 천천히 리퍼의 품속으로 뻗어 갔다. 그리고 반지가 떨어지기 전에 내 손이 그것을 가까스로 붙잡아서 품속에 되돌려놓는 데 성공했다.

"──좋았어!"

"어, 뭐야?! 뭐가 좋았는데?!"

리퍼는 갑작스런 사태에 당황했다.

나는 『병렬사고』로 상황을 확인하고, 최적의 변명을 도출해냈다.

"아─, 으─음, 리퍼의 옷이 음식에 닿을 뻔했거든."

"고, 고마워……, 오빠."

리퍼는 얼굴이 빨개져서 감사를 표했다.

내가 감사인사는 필요 없다고 말하려 했을 때, 마리아의 황당해 하는 목소리가 끼어들었다.

"카나미 씨, 언제까지 손 집어넣고 계시려는 거예요⋯⋯. 리퍼는 옷 속에 아무것도 안 입고 있으니까, 그 이상은, 저기⋯⋯."

그 말의 이해하는 데에는 약간 시간이 걸렸다.

그리고 그것을 이해한 순간, 몸이 얼어붙었다.

동시에 스킬『감응』이 다시 귀가 찢어질 듯 울려댔다.

안심하는 순간에 경보의 굉음이 두뇌 속에 울려 퍼지는 바람에, 나는 전율하면서 놀랐다.

하지만 이대로 굳어 있을 수만은 없었다. 빨리 리퍼의 옷 속에서 손을 빼지 않으면 성희롱이라는 오해를 살 수도 있다. 다만, 스킬『감응』의 경보가 울려 퍼지고 있는 상황에서 아무 생각도 없이 움직여도 되는 걸까, 하는 의문이 들었다. 하지만 아무리 그래도 여자아이의 맨살을 계속 만지고 있는 건 곤란하다. 무엇보다 빨리 손을 빼야 한다. 안 그러면, 항상 나를 괴롭혀 왔던 악몽이 이 자리에서 실현되고 말 것이다. 배가 불타오르며 침몰, 지금 이 식탁에 그 정도의 위험이 소용돌이 치고 있다는 것이, 모든 스킬들의 판단이었다.

그런 결론에 다다른 나는——황급히 손을 빼려다가, 주머니 속에 들어있던 것을 떨어뜨리고 말았다. 테이블 위에, 수정 반지가 땡그랑 떨어졌다.

약혼반지와 같은 장식이 새겨진 반지가 태양광을 반사해서 반짝였다.

지금까지의 고생이 물거품으로 돌아갔음을 알리는 매정한 광채였다.

"으음, 리퍼. 그건 뭐야……?"

옆자리에 앉아있던 스노우가 눈썰미 좋게 그것을 포착해냈다.

"응, 이거? 아까 오빠가 준 거야."

"뭐, 카나미가……, 반지를……?"

"――?!"

그 즉시 『병렬사고』를 한계치까지 전개시켰다.

두뇌는 그야말로 연산에 가까운 수준으로 급회전하고 있었다. 오늘의 이 계산 속도는, 틀림없이 과거 최고 속도를 기록할 게 분명했다.

"반지래!"

"반지?!"

"반지?!"

라스티아라는 신이 난 목소리로 외쳤고, 디아와 마리아가 호응했다.

전원이 반지를 빤히 응시하고 있었다.

스킬 『감응』 『병렬사고』, 마법 〈디멘션〉――뿐만 아니라, 내가 가진 모든 것들이 동원되고 있음을 알 수 있었다. 이 정도의 절박함이라면 〈디 윈터 · 니블헤임(왜빙세계, 歪氷世界)〉를 넘어서는 마법도 만들어낼 수 있을 것 같았다.

나는 그 동요를 얼굴에 드러내지 않은 채, 술술 변명을 늘어놓았다.

"──아, 아아, 그거 말이지? 그건 **알리버즈 씨한테** 배워서, **알리버즈 씨와** 같이 만든 거야. 미궁 탐색을 위한 무기라니까, 무기. 그래, 반지가 아니라 무기. 무기 이상도 이하도 아냐. 반지 안에 로웬의 마법을 넣었으니까, 로웬과 친했던 리퍼한테 준 거지. 좋아, 다음에는 옷 같은 걸 만들 테니까, 그건 다른 모두에게 선물할게. 그러니까 다른 뜻은 하나도 없어. 정말 하나도 없다니까."

막힘없이 단언했다.

내 능력을 총동원한 변명으로, 뒤가 켕기는 일은 하나도 없음을 호소해 보였다.

"그, 그렇게 된 거였군요…….『에픽 시커』의 알리버즈 씨가……."

필사적일 만큼 절박한 그 기세에 눌려, 마리아가 가장 먼저 납득해 주었다.

그리고 다른 동료들도 마리아와 마찬가지로 고개를 끄덕여 주었다.

……후우, 다행이야.

신속한 대처 덕분에 최악의 사태는 면한 모양이었다.

"으, 으음……. 나는 옷보다 반지가 좋은데. 뭐랄까, 계약의 증표 같은 게 될 법한 반지……! 응, 나도 반지가 좋겠어……!!"

스노우가 뭔가 말하고 있는 것 같지만 무시하기로 했다.

205

이제 위기를 극복한 걸로 해 달라고……

쓴웃음을 계속 얼굴에 머금은 채로, 나는 모든 것을 얼버무리려 했다.

하지만, 비록 얘기는 끝났을지언정, 모두의 시선이 리퍼의 반지를 힐끔힐끔 쳐다보고 있다는 걸 알 수 있었다.

정말 심각한 방심이었다.

왼손 약지에 끼는 반지의 의미는 내 세계에만 존재하는 것이었지만, 반지 자체는 이 세계에서도 결혼식에 사용된다. 그것을 여자아이에게 선물했으니 다른 동료들의 과잉 반발을 불러오는 건 당연한 일이었다.

하다못해 팔찌 같은 걸로 했으면 좋았을 것을.

이 작은 방심 때문에, 모두에게 옷을 선물해야 하는 지경이 되고 말았다.

우울한 한숨이 절로 새어 나왔다.

아마 누군가에게 장비를 줄 때마다 오늘처럼 변명을 해야 하겠지. 나는 파티 강화를 위해 한 일이라고 해도, 그녀들은 이성이 준 선물로 받아들일 것이기 때문이다.

앞날을 생각하기만 해도, 내 위장이 욱신욱신 쓰려 왔다.

괜히 스킬 때문에 최악의 사태를 감지하고 회피할 수 있다는 것도 참 괴로운 일이었다.

은근한 압박감에 위벽이 점점 넝마쪼가리가 되어 가는 상황을, 나는 아무런 손도 쓰지 못한 채 견디고만 있을 수밖에 없었다.

──그 후, 나는 파티 멤버 전원이 원하는 걸 물어봐야 했고, 언젠가 그걸 선물해 주겠다고 약속했다. 마음 같아서는 튼튼하고 기능적인 장비를 나눠주고 싶었지만, 그런 생각이 실현되려면 한참을 더 기다려야 하리라.

◆ ◆ ◆ ◆ ◆

점심식사를 마친 우리들은, 미궁 탐색 준비를 시작했다.

알리버즈 씨에게 받아서 『소지품』속에 집어넣어 두었던 장비를 확인하고 있으려니, 라스티아라가 배의 벽에 기대어 선 채 말을 걸었다.

"훗, 이제 슬슬 미궁탐색 시간인가 보네……?"

자신만만한 기색이었다.

단, 점심식사 후 설거지도 거들지 않고 계속 거기서 기다리고 있었다는 걸 알고 있었기에, 이제 와서 폼 잡아 봤자 헛수고였다. 빨리 소풍 가고 싶어 안달이 난 어린애처럼 보일 뿐이었다.

라스티아라의 정신 상태는 여전히 좀 이상하다니까……, 하지만 그 심정은 이해가 갔다.

"자신 있어 보이네, 라스티아라."

"진화한 나를 기대하도록 해. 오늘이야말로, 선혈마법의 진가를 똑똑히 보여줄 테니까……!"

라스티아라는 발치에서 빨간 안개를 발생시키며 히죽 웃

었다.

보기에는 좀 멋있긴 하지만, 실질적으로는 그저 MP 낭비일 뿐이었다.

하지만 그래도 특별훈련을 함께한 사이이기에, 할 수 없이 나도 호응해 주었다.

『아레이스 가문의 보검 로웬』을 뽑아 들고, 공기 중에 수정 입자를 살포했다.

"나도 마찬가지야. 친구 로웬과의 우정 파워를, 오늘이야말로 선보여 주지……."

반짝이며 흩날리는 점들 속에서 히죽 웃어 보였다. 물론이것도 MP의 낭비였다.

"후후후."

"후후후."

우리는 마주보며 악역처럼 웃었다.

나도 향상된 자신의 힘을 과시하는 것에 대한 기대에 차있는 건 사실이었다.

그리고 재수 없게 계속 시시덕거리는 우리에 대한 태클이들어왔다.

"카나미 씨, 라스티아라 씨……. 지금 뭐 하시는 거예요……."

조타실 위에 빨래를 널고 있던 마리아가 황당해하고 있었다.

점심식사 후 설거지를 마치자마자, 바로 다음 일에 착수한 모양이었다. 정말 일 솜씨가 빠른 아이다. 누구라고 딱 짚어 말하지는 않겠지만, 신부 지망생이라는 망언을 떠벌리고 다니는 어떤 잉여인간과는 달라도 한참 다른 여자아이다.

"뭘 하긴, 그야 미궁 탐색 준비지! 자, 마리아도 같이 가자! 이 언니가 얼마나 믿음직한 사람인지 똑똑히 보여줄 테니까!"

라스티아라는 거친 콧김을 내뿜으며 마리아를 아래로 불렀다.

거기에 응해서, 나도 마리아에게 손짓했다.

"가자, 마리아. 지난번과는 다를 테니까, 기대해도 좋아."

하지만 마리아는 약간 곤혹스러운 기색이었다.

"저기, 죄송하지만, 저는 오늘 못 가는데요? 그리고 디아도."

"아니, 어어, 어라? 왜? 마리아, 왜에?!"

라스티아라는 특별훈련의 성과를 선보이지 못하게 된 것에 대해 불만이 가득한 기색이었다.

"그야, 빨랫감이 잔뜩 쌓여 있으니까……."

"그런 건 스노우한테 시켜!!"

나도 라스티아라와 같은 심정이었기에 마리아의 참가를 요구했다.

"스노우 씨가 해 준다면 저도 시키고야 싶지만……."

마리아는 씁쓸한 얼굴로 대답했다.

그 말인즉슨, 제안은 해 보았으나 스노우가 거절했다는

뜻이다.

"그 자식······! ──마법 〈디멘션〉!"

선내에 있는 스노우를 찾기 시작했다.

혼자 방에 있던 스노우는 흠칫 놀라 어깨를 부르르 떨더니, 갑작스레 고개를 가로저었다. 그리고 허공을 향해 "에헤헤─"라고 웃으며 얼버무리기 시작했다.

아마 진동마법 〈비브레이션〉을 통해서 내 〈디멘션〉 발동 선언을 들은 것이리라. 그래 놓고 책무로부터 벗어나기 위해 선수를 친 것이었다.

그나저나 저 자식······! 일상생활에서의 도청을 중단할 생각이 전혀 없어 보이잖아······!!

"잔말 말고 이리 와, 스노우······!"

아마 이쪽 얘기를 듣고 있을 스노우를 불러댄다.

그러자 스노우는 얼굴이 새파랗게 질려서 내달렸다.

"앗, 어딜 도망쳐?!"

스노우는 잠들어 있는 디아에게로 곧바로 달려갔다.

또 남에게 아부해서 어떻게든 위기를 헤쳐 나가겠다는 꿍꿍이가 뻔히 보였다.

나는 웃으며 마리아에게 말했다.

"응, 마리아. 스노우 녀석을 붙잡으러 좀 다녀올 테니까, 잠깐만 기다려."

"아뇨, 그렇게까지 하실 필요 없어요. 이미 리퍼와 세라 씨에게, 미궁 탐색에 대신 가 달라고 부탁드렸으니까······."

갑판 한쪽에 있던 리퍼와 세라가 이쪽으로 합류했다.

"그러니까, 기분 내키면 같이 갈게!!"

"디아 님과 마리아 님의 부탁이니까. 나도 참가하지."

어째선지, 메이드복 차림의 세라 씨가 기분 좋게 리퍼를 목말 태우고 있었다.

내가 모르는 곳에서 파티원 간의 교류가 점점 깊어져 가고 있는 모양이었다. 더불어 세라 씨가 나 이외의 다른 멤버들과는 대체적으로 원만한 관계를 구축하고 있다는 것도 알 수 있었다. 잘 된 일이었다.

아마 내가 부탁했더라면 세라 씨는 참가해 주지 않았으리라.

"그럼……, 오늘은 나, 라스티아라, 리퍼, 세라 씨?"

"그렇게 되겠네요."

마리아는 빨래를 팡팡 털어서 재빠르게 널어 나갔다. 얘기하는 동안에도 손은 잠시도 멈추지 않다니, 참 대단한 일이다.

"이거 완전히 전위밖에 없잖아……."

게임적 사고방식을 가진 나로서는, 파티의 밸런스 악화 때문에 기분이 영 떨떠름했다.

그걸 알아챈 라스티아라가 거들었다.

"잠깐, 카나미! 기왕 마법 특별훈련도 했으니까, 오늘은 우리가 후위를 맡으면 되지 않을까?!"

"그, 그래……. 가끔은 그런 일이 있어도 나쁠 건 없겠지……."

나쁜 방향으로만 생각하면 안 된다.

라스티아라의 긍정적인 사고방식을 본받아서, 오늘 탐색은 새로운 전술에 도전해 보는 거다. 그런 경험이 생각지 못한 상황에서 도움이 될지도 모른다.

단, 스노우는 나중에 따끔하게 혼내 줄 것이다.

우선, 보르자크 씨가 부탁한 대로, 입출금 계산 장부 정리부터 시켜야겠다. 솔직히 나는 숫자를 잊어버리지 않으니 딱히 필요한 건 아니지만, 그래도 시켜야겠다.

스오누는 얘기가 매듭지어진 것을 훔쳐듣고, 이마의 땀을 훔치며 흡족한 얼굴로 배 안을 산책하고 있었다.

오늘도 자유를 얻어 행복한 모양이었다. 언젠가, 강제로라도 미궁에 끌고 가 주고 말 것이다.

그렇게 다짐하고, 나는 두 번째 미궁 탐색에 나섰다.

3. 삐걱거림

[스테이터스]
이름 : 세라 레이디언트 HP269/269 MP109/109 클래스 :
기사
레벨22
근력6.61 체력8.24 기량9.54 속도11.02 지능5.74 마력8.00
소질1.57
선천 스킬 : 직감1.77
후천 스킬 : 검술2.14 신성마법0.90

세라 씨의 스테이터스 확인을 마치고, 나는 전원에게 오
늘의 방침을 통고했다.

"우선 나와 라스티아라한테 좀 맡겨주면 안 될까? 어제
훈련한 성과를 이것저것 확인해 보고 싶거든."

리퍼와 세라 씨는 미궁 탐색에 대해서는 이렇다 할 주체
성을 보이지 않았다. 딱히 반대하지도 않고 의견을 받아들
였다.

"그럼, 나는 구경하고 있을게."

"나는 아가씨와 리퍼를 지키는 일에만 전념하지."

나와 라스티아라를 선두로 해서 31층을 걸으며, 만만해
보이는 몬스터를 찾았다.

그리고 무리에서 떨어진 소형 몬스터 한 마리를 발견했다.

[몬스터]크리스털 앤트 : 랭크26

위쪽 층에서 자주 보았던 수정 개미였다.

〈디멘션〉 덕분에 선제공격 기회를 가진 우리는, 약간 떨어진 곳에서 마법을 영창했다.

"——화염마법 〈플레임애로우〉!"

"——수정마법 〈쿼츠패럴랙스〉!"

먼저 라스티아라의 몸에서 타오르는 화염이 분출되고, 그것이 불새로 변화해서 덮쳐들었다. 불꽃은 통상적인 〈플레임애로우〉와는 달리, 마치 살아 있는 것처럼 미궁 안을 활공했다. 회랑 안에서 걷다가 날아드는 불꽃을 발견한 크리스털 앤트는, 자세를 한층 더 낮추어 공격을 회피하려 했다.

의도했던 상황이었기에, 라스티아라는 회심의 미소를 지었다.

그리고 오른손 검지를 세워서 지휘봉처럼 휘둘렀다. 그러자 불꽃은 훈련된 애완용 새처럼 크리스털 앤트를 뒤쫓기 시작했다.

완벽한 마법 조작이었다. 나도 질 수는 없었다.

『아레이스 가문의 보검 로웬』으로 땅바닥의 모래를 푹 찍으며, 땅 속성의 마력을 침투시켰다. 그 과정에서 흩날리는 모래를 수정으로 변환시키고, 그 형태를 말뚝처럼 날카롭게 다듬었다.

마치 산탄과도 같이, 도망치는 크리스틸 앤트를 수정이 덮쳐들었다.

하지만 두 가지 마법에 쫓기면서도, 크리스틸 앤트는 경이적인 신체능력을 활약해서 버텨냈다. 불새를 피하고, 수정 탄환을 간파해서 바쁘게 다리를 놀려 도망쳤다.

훌륭한 움직임이다……, 하지만, 그보다 우리의 마법 조작이 허술한 것도 컸다.

나와 라스티아라는 신음하면서, 마법에 한층 더 강한 힘을 불어넣었다.

나는 수정 탄환의 수를 늘리고, 라스티아라는 불새를 두 마리로 분열시켜서 크리스틸 앤트의 퇴로를 틀어막았다. 그제야 우리 둘의 마법은 크리스틸 앤트에게 적중할 수 있었다.

하지만, 그럼에도 크리스틸 앤트의 단단한 몸을 돌파할 수는 없었다. 표면이 약간 그을리고, 가느다란 말뚝이 살짝 박혔을 뿐이었다.

"이 자식——〈플레임커터〉!"

"수, 숨통을 끊어 주마——〈쿼츠배럿〉!"

마력을 어마어마하게 퍼부어서, 한층 더 마력을 더했다. 유치한 행동이었지만, 그렇게라도 하지 않으면 적을 물리칠 수 없을 것 같았다.

이번에는 공력력을 중시한 마법이었다.

날카로운 칼날 같은 화염과, 관통성 높은 삼각뿔 모양의 수정이 공중을 내달렸다.

새로운 마법들은, 대미지를 입고 움직임이 둔해져 있던 크래스틸 앤트에게 적중했다.

하지만, 아직도 부족했다.

마법 조작도 허술하고, 위력도 허술했다.

어제의 특별 훈련 덕분에 우리가 성장한 건 사실이었다. 대륙의 일반적인 마법사들이 보면, 그 완성도에 기절초풍할 것이다.

하지만 상대는 전인미답의 미궁 32층 이하에 등장하는 몬스터. 그렇게 간단히 죽지는 않았다.

그 결과──

"──〈플레임커터〉〈플레임커터〉〈플레임커터〉!!"

"──〈쿼츠배럿〉〈쿼츠배럿〉〈쿼츠배럿〉!!"

우리는 연사로 해결하려 들었다.

물량작전 때문에 생명력이 완전히 바닥난 크리스털 앤트는 빛이 되어 사라져 갔다.

우리는 땀범벅이 되어 그 모습을 지켜보고, 말없이 마석을 주워서 미궁 탐색을 재개하려 했다.

그 때 리퍼가, 해서는 안 될 말을 툭 내뱉었다.

"으─응, 그냥 베는 게 빠른 거 아냐?"

전법의 근본적인 잘못에 대해 지적받고 만 것이다.

우리는 울분에 찬 표정으로 한동안 머뭇거린 끝에, 결국 고개를 끄덕이는 수밖에 없었다.

라스티아라는 고개를 끄덕이며, 눈물이 그렁그렁해져서 어린애가 떼쓰듯이 말했다.

"그건 그렇지만! 오늘은 마법사를 하고 싶었다고! 나도 마법사답게 파파팍—! 하고 적을 섬멸하고 싶었단 말이야!"

"으, 응, 알았어……. 라스티아라 언니는 마법으로 싸우고 싶었던 거구나. ……그럼 나랑 세라 언니가 적을 유인할 테니까, 뒤에서 천천히 시간을 들여서 마법을 구축해 보는 건 어때?"

"응, 그렇게 할게……."

리퍼는 라스티아라를 다독이면서, 아무것도 없는 허공에서 검은 큰 낫을 꺼냈다.

"좋아, 세라 언니, 협조해 줘."

"알았어, 이 언니가 도와줄게. 어이, 카나미, 잠깐 저쪽 보고 있어."

세라 씨는 다정한 눈으로……아니, 욕망에 점철된 눈으로 리퍼의 요구를 받아들였다. 예전부터 생각했던 건데, 세라 씨는 귀여운 여자아이에게 약하다. 너무 약해서 범죄적인 냄새가 풍길 지경이었다.

세라 씨의 명령대로, 나는 고개를 돌렸다. 그리고 세라 씨가 메이드복을 벗고 있는 것을 〈디멘션〉으로 파악하고, 황급히 마법을 중단했다.

남자가 듣기에는 좀 민망한, 옷자락 스치는 소리가 귀에 들려왔다.

뒤이어 살점과 뼈가 변형되는 우둑우둑 소리가 울려 퍼졌고, 리퍼가 세라 씨를 대신해서 말했다.

"이제 괜찮아, 오빠. 세라 언니 옷이랑 무기를 좀 보관해 줘."

뒤를 돌아보니, 거기에는 『짐승화』해서 늑대 모습으로 변한 세라 씨가 있었다.

보아하니, 제대로 마음먹고 싸우려는 모양이었다.

갓 벗은 메이드복을 『소지품』속에 집어넣고, 우리는 진형을 변경했다.

"그럼, 이번에는 나랑 세라 언니가 선두에 설게. 〈디멘션〉을 통한 적 탐색도 내가 맡을 테니까, 후위에 있는 두 사람은 마법에 집중해."

쓸데없이 경험이 풍부한 리퍼는, 막힘없이 전원에게 지시를 내렸다.

미궁 탐색이 재개되었다.

모래 바다인 31층을 걷고 있으려니, 또 금방 새로운 몬스터와 재회하게 되었다.

이번에 나타난 것은 거미 모양을 한 대형 몬스터였다.

하지만 그 호리호리한 몸통과 매끄러운 이동 방법으로 보아 거미와는 다른 종이라는 것을 추측할 수 있었다. 이 몬스터는 모래 바다를 달리는 소금쟁이 같았다. 아마, 바다의 불안정성에 구애받지 않고 덮쳐 들 것이다.

[몬스터]샌드 서페이스 : 랭크32

"세라 언니랑 같이 가서 교란시키고 올게. ──어둠마법 〈다크〉."

리퍼가 세라의 등에 올라타서 머법의 어둠을 분출시켰다. 어둠은 검은 옷을 뒤집어쓴 것처럼, 세라 씨의 거구까지 모조리 감싸 버렸다.

그리고 어둠이 내달렸다. 짐승의 네 다리가 모래를 박차고, 악조건에 아랑곳하지 않고 엄청난 속도를 발산했다.

스테이터스 상의 속도 면에서, 나와 라스티아라는 세라 씨를 압도적으로 웃돌고 있다. 하지만 지금 눈앞에 보이는 광경은 그 수치와는 반대였다. 어둠을 휘감은 늑대는 모래의 바다를 누구보다도 빨리 내달리고 있었다.

적 샌드 서페이스도 지지 않고 달렸다. 스케이트라도 타듯 모래 위를 매끄럽게 나아가서, 영화 속 자동차 추격 신을 방불케 하는 대결이 시작되었다.

모래먼지가 흩날리고, 수정 소금쟁이와 어둠의 늑대가 연신 교차했다.

승부는 오래지 않아 한쪽으로 기울였다.

세라 씨는 혼자가 아니었다. 어둠과 차원의 마법사인 리퍼를 등에 태우고 있는 상황인 만큼, 훨씬 유리했다.

달려간 자리에는 검은 안개가 남고, 차원이 일그러지고, 회랑에 먹구름이 퍼지고, 시야가 가려졌다.

세라 씨의 고속 이동과 맞물려서, 드디어 두 사람은 샌드 서페이스의 시야를 완전히 차단하고 배후를 차지했다.

"뒤를 제압했다!"

세라 씨의 거구에 의한 몸통박치기에 이어, 리퍼가 낫을 휘둘렀다. 샌드 서페이스의 여러 다리 중 하나가 잘려 나갔다.

다리를 잃은 상태에서도, 샌드 서페이스는 남은 다리들을 움직여 반격에 나섰다.

"돌아보는 게 너무 느려! 이 정도는 가소로운 수준이라고!"

하지만 허무하게도, 반격은 내용물 없는 어둠을 베었을 뿐이었다.

리퍼와 세라는 이미 그 어둠 속에 없었다. 두 사람은 샌드 서페이스의 사각만을 골라 움직여서, 상대가 자신들의 위치를 포착할 기회를 주지 않았다.

그건 단순히 적을 교란시키는 수준이 아니었다. 압도라 해도 과언이 아니었다. 그냥 이대로 둬도 이길 수 있을 것 같았다. 그럼에도 우리는 지시대로 마법을 가다듬고 있었다. 그 마법의 완성을 리퍼가 〈디멘션〉으로 감지했다.

"슬슬 다 됐나 보네."

리퍼는 세라 씨와 한 몸이 된 것 같은 움직임을 선보이며, 우리가 마법을 쏘기 편한 위치로 적을 유인해 두었다. 그리고는, 딱 하고 손가락을 튕겼다.

"──그리고, 밤이 걷힌다──."

회랑에 충만해 있던 어둠이 모조리 갇혀 나갔다.

갑작스레 시야가 트이는 바람에, 샌드 서페이스는 당황했다.

"에잇."

그 등을 리퍼가 가볍게 걷어찼다.

샌드 서페이스는 자세가 무너져서 모래 바다에 고꾸라졌다.

완벽했다. 마법을 적중시키기 딱 좋은 조건이 갖추어진 순간이었다.

"──〈플레임애로우〉!"

"──〈쿼츠밸럿〉!"

우리 후위 2인조의 혼신을 다한 마법이 발사되었다.

최고 화력의 불꽃과 최대 출력의 수정탄이 샌드 서페이스에게 박혔다.

시뻘건 불길이 타오르고, 회전하는 총탄이 그 중심을 꿰뚫었다.

"해, 해냈나?!"

라스티아라가 외쳤다. 나도 기대를 담아 호응했다.

"해낸 건가?!"

하지만 불이 꺼지고 난 자리에 남아있는 것은, 가슴에 수정탄이 박힌 상태에서도 움직이려 버둥거리는 샌드 서페이스였다.

중상을 입힌 건 사실이었지만, 처치하는 데에는 이르지 못한 모양이었다.

그런 샌드 서페이스에게 리퍼가 무자비하게 낫을 휘둘렀다.

"……역시, 그냥 베어 버리는 게 빠른 거 아냐?"

리퍼는 쓴웃음을 지었다. 비꼬려는 말이 아니라, 진심 어린 조언이었다.

역시 하루아침에 모든 게 확 달라질 수는 없는 법이다. 그 점을 인정하지 않을 수 없었다.

"모처럼 다 같이 왔으니까, 다들 각자가 제일 잘 하는 분야를 최대한 살리는 게 좋을 것 같아. 조바심 때문에 벼락치기로 어떻게 해 보려고 해 봤자, 사고의 원흉밖에 안 되니까."

리퍼의 정론에, 나와 라스티아라는 이번에도 조그맣게 "응" 하고 대답하며 고개를 끄덕일 수밖에 없었다.

반론할 기력조차 나지 않았다.

의기양양하게 어제의 훈련 성과를 보여주려 했건만, 너무나도 처참한 결과로 끝나고 말았다.

우리는 어두운 얼굴로 걸었다. 그것을 본 리퍼가 기운을 북돋아주었다.

"그, 그렇지만, 잘 못하는 걸 조금씩 없애 가는 것도 좋은 일이긴 해! 앞으로 계속 꾸준하게 훈련하면, 언젠가 강한 무기가 될 수 있을지도 모르잖아……?!"

쭈뼛쭈뼛 손을 움직여 가며, 필사적으로 우리를 격려하려 하는 리퍼.

이런 조그만 아이의 걱정을 사고 있다는 사실만으로도 죽고 싶은 심정이었다.

그렇기에, 우리는 또 조그맣게 "응" 하고 대답하며 고개를 끄덕일 수밖에 없다. 한 번 떨어질 대로 떨어진 의욕은, 좀처럼 다시 올라가지 않았다.

리퍼는 한숨을 짓고, 하는 수 없이 우리를 선도하기 시작했다.

이렇게 해서, 우리는 새로운 리더 리퍼의 지휘 하에 미궁을 나아가게 되었다.

◆ ◆ ◆ ◆ ◆

지난번과는 달리, 이번 미궁 탐색은 단순명료한 형태로 이루어졌다.

리퍼가 선두에서 적을 탐지하고, 접촉할 것 같은 몬스터를 발견하면 베었다. 그 작업을 끊임없이 되풀이했다. 기본적으로는 세라 씨가 적을 교란시키고, 리퍼가 숨통을 끊는 식이었다.

참고로 라스티아라와 나는 충격을 극복하지 못하고 뒤쪽에 물러서 있었다. 그럼에도 전투는 별 문제없이 끝났기에, 그 충격에서 좀처럼 헤어날 수가 없었다. 리퍼와 세라 씨가 고전하고 있으면 "하는 수 없지"라는 식으로 도와주는 장면을 마음속 한 구석에서 기대하고 있었지만, 우리가 나설 기회는 찾아올 분위기조차 없었다.

분위기가 축 처질대로 처진 후방과는 달리, 전방은 신나게 수다를 떨고 있었다. 참고로, 몇 번씩 메이드복을 입었다 벗었다 할 수는 없는 노릇이었기에, 지금 세라 씨는 큼직한 외투 한 벌만 걸치고 있을 뿐이었다.

그녀의 변신능력은 지나치게 자극적이었으므로, 변신한 상태에서도 그대로 싸울 수 있는 외투를 『소지품』에서 꺼내 준비해 준 것이었다. 덕분에 지금은 리퍼와 살짝 커플룩 비슷한 상태였다. 알몸에 외투만 걸친 여자아이 둘이서 싸우고 있는 건 제법 범죄적인 풍경이었지만, 말릴 기력조차 나지 않았다.

"──굉장한데, 리퍼. 네 낫은 어떤 구조로 되어 있지?"

전방에서 친근한 대화 소리가 들려왔다.

"이 낫은 나 그 자체니까. 마력만 있으면 얼마든지 마음대로 꺼냈다 집어넣었다 할 수 있어! 낫에만 한정된 거지만 오빠의 『소지품』 같은 거야!"

"그거 부러운데. 나도 너처럼 특수한 능력이 많이 있었으면 좋았을 텐데……."

"멍멍이가 될 수 있잖아! 그거, 무지 부러워!"

"멍멍이……? 아니, 그건 개가 아니라 늑대인데……."

"어, 그거 늑대였어……? 늑대 치고는 좀 작은 늑대구나…….”

“아니, 그래 봬도 일족 중에서는 꽤 큰 편에 속하는데.”

“어, 어라? 그래?”

“될 수 있으면 늑대라고 불러 줘. 멍멍이는 좀……, 민망하니까. 어울리지도 않고.”

“안 어울린다니, 전혀 안 그래! 귀여운 언니한테 딱 어울리는걸. 멍멍!”

“아니, 아무래도 그건 좀 아닌 것 같은데. 거짓말이라도 쑥스러우니까. 귀엽다는 말은 너나 아가씨 같은 사람들에게 쓰는 말이야.”

“전혀 안 그렇다니까 그러네! 그렇지, 오빠?!”

대화 없이 걷는 뒤쪽 2인조를 배려한 건지, 리퍼가 우리 쪽으로 말을 걸었다. 하지만 내용은 최악이었다.

“리퍼, 왜 나한테 말을 돌리는 건데……? 거 봐, 세라 씨가 날 노려보잖아!”

세라 씨가 사람 잡아먹을 것 같은 눈길로 쏘아보았다. 그녀는 담담하게 나를 위협했다.

“솔직히 말해라, 카나미. 너는 이 아이의 보호자 같은 존재 아닌가? 세상일의 진위를 있는 그대로 전하는 게 네 역할일 텐데.”

“으, 으–음, 귀여움이라…….”

솔직히 말하면, 세라 씨는 귀여운 부류에 속한다고 생각한다.

다른 멤버들과는 달리, 여성스럽고 귀여운 걸 좋아한다. 그러면서도 그런 감정을 솔직하게 드러내지 못하는 점도 좀 어린애 같고 귀엽게 느껴졌다. 좀 결벽증적인 면은 있지만, 일반적인 상식은 충분히 갖추고 있다.

솔직히, 내 마음속에서는 디아와 1위를 다툴 만큼의 귀여움이었다.

참고로 라스티아라와 리퍼는 귀여움과는 정반대였다.

정신적으로 너무 남자다워서, 귀엽다고 표현하기 힘들었다.

하지만 그런 생각들을 전부 곧이곧대로 얘기할 수는 없는 노릇이었다.

"굳이 따지자면 세라 씨는 멋있는 여성에 속하는 것 같아. 하지만 리퍼가 하는 말도 알 것 같긴 해. 세라 씨는 멋있는 면과 귀여운 면, 양쪽 모두를 겸비한 여성이라고 생각해."

일단, 어느 한 쪽에 치우치지 않는 무난한 말로 얼버무려 보았다.

"이, 이 자식……! 네놈은 그렇게 순진한 소녀들을 농락해 온 거군……! 이 사악한 놈……!!"

그러나 세라 씨는 그런 사교적인 발언이 마음에 안 들었던 모양이다. 딱 잘라 부정해 주기를 바랐던 건지도 모른다. 그렇다고 여자에 대해서 대놓고 안 귀엽다고 하는 건 너무 무례한 것 같았다. 한 마디로, 이건 처음부터 어떻게 해 볼 수 없는 문제였다는 것이다.

세라 씨는 고개를 획 돌리고, 앞으로 나아갔다.

분노가 반, 쑥스러움이 반 뒤섞인 느낌이랄까.

솔직히, 어떻게 대답했어도 그녀의 기분에 거슬리는 건 마찬가지였을 테니, 그나마 나은 대답이었다고 믿는 수밖에 없다.

리퍼의 손을 끌고 앞으로, 앞으로 나아가는 세라 씨 뒤를, 나는 계속 따라 걸었다.

이쯤 되니 나와 라스티아라의 침울했던 기분도 조금씩 회복되어서, 전투에도 참가하기 시작했다. 아니, 억지로라도 기분을 끌어올리지 복귀하지 않으면, 우리가 여기 있는 이유를 잃어버릴 것만 같았다.

전위 네 명이서 힘으로 몰아붙이며 미궁을 헤쳐 나갔다.

단, 길 자체는 어제와는 달랐다.

리퍼는 계단을 향해 곧바로 내려가는 대신, 미궁 안을 졸랑졸랑 돌아다니고 있었다.

"리퍼, 어디로 가려는 거야? 계단은 저쪽이라고."

나의 〈디멘션〉은 이미 아래층과 이어지는 계단의 위치를 알고 있었다.

거리로 보아 리퍼도 알고 있을 터였다.

"응, 알고 있어. 그런데, 저쪽에 재미있어 보이는 게 있어서."

"재미있어 보이는 거?"

리퍼의 〈디멘션〉에 맞추어, 나도 감각을 확장시켰다.

그리고 그녀가 얘기한 '재미있어 보이는 것'을 발견했다.

모래 바다에 제단이 세워져 있었다. 나는 그것과 비슷한 걸 전에도 본 적이 있었다.

스노우와 미궁을 탐색하다가 마침 『루프 브링어』를 발견했던 24층의 제단과 똑같이 생긴 제단이었다.

그 제단에는 봉헌된 듯 검이 꽂혀 있었다.

"어때, 재미있어 보이지? 미궁에서 물건을 모으는 것도 나쁘지 않을 것 같지 않아?"

리퍼는 장난감 코너를 발견한 어린아이처럼 앞장서서 달려갔다.

하는 수 없이, 우리도 그 뒤를 따랐다.

제단의 모양은, 사막의 피라미드를 상단 절반을 잘라낸 것 같은 사다리꼴이었다.

제단에 꽂혀 있는 검 앞에서, 리퍼는 뺨이 발그레해진 채 검을 쳐다보고 있었다.

리퍼가 움직이기 전에, 나는 검을 『주시』했다.

[레이크드 블레이드] 공격력5 정신오염+1.50

"자, 잠깐! 건드리지 마!"

"응? 왜?"

리퍼의 손이 검에 닿기 직전에 제지했다.

"지난번에 미궁에서 저주받은 검을 주운 적이 있었어.

······아마, 이것도 위험할 것 같은데."

『표시』된 문자가 흉흉하기 그지없었다.

나는 경계를 게을리 하지 않은 채, 〈디멘션〉으로 세부사항까지 조사해 보려 했다.

그러자 화학반응이라도 일어난 것처럼, 검에서 음산한 안개 같은 것이 뿜어져 나오기 시작했다.

"오! 갑자기 마력이 흘러나왔어! 이 녀석, 지금까지는 내숭 부리고 있었던 거네!"

리퍼는 동물처럼 펄쩍 뛰어서 거리를 벌렸다.

"배드 아이템(불량품)이야. 부수자."

검을 움켜쥐고, 아이템을 파괴할 의사를 동료들에게 전달했다.

리퍼는 아쉬워하면서도 내 말에 고개를 끄덕였다. 그러나 라스티아라는 납득하지 않았다.

"잠깐! 있잖아, 저주 받은 무기를 쓸 수 있다면, 어쩐지 좀 멋질 것 같지 않아?"

이번에는 라스티아라의 눈이 장난감 코너 안 어린아이처럼 초롱초롱해졌다.

"관둬, 라스티아라. 농담이라도 안 되니까 그런 줄 알아."

"영웅담의 단골 소재잖아, 저주받은 무기. 실수로 그 무기를 장비한 동료를 필사적으로 구출하는 주인공 같은 거, 멋지잖아. 있잖아, 누가 한 번 들어보지 않을래? 걱정 마, 내가 무사히 구해줄 테니까."

"무슨 원맨쇼도 아니고……. 안 돼. 이건 부술 거야."

"아니, 예를 들어서 말이야, 만약에 그 무기를 들었다가 저주를 뛰어넘거나 하면, 엄청나게 강한 무기로 진화할 것 같지 않아?"

"……아니, 그냥 전과 있는 검일 뿐이야."

살짝 그런 생각도 들기 시작했다. 라스티아라가 말하는 로망을 조금이나마 이해할 수 있는 나 자신이 싫었다.

필사적으로 고개를 가로젓고, 나는 검을 옆으로 휘둘렀다.

검으로서의 등급은 『아레이스 가문의 보검 로웬』쪽이 훨씬 더 높았다.

『레이크드 블레이드』는 맥없이 쪼개져 버렸다.

라스티아라는 미련 가득한 얼굴로 뇌까렸다.

"아, 아아……. 큭, 카나미의 『주시』 능력만 없었더라면……!"

"없었더라면 큰일 날 뻔했어."

"그나저나, 물건에 걸린 『저주』까지 알아보다니, 카나미의 물품 감정 능력은 무지 편리하다니까. 다른 능력은 차원 마법으로 설명이 되지만, 이건 구조를 짐작조차 할 수 없다니까. 어떤 식으로 마법이 구축되는 건지…….."

라스티아라는 내 얼굴 표면을 치덕치덕 만졌다.

안구에 '뭔가'가 없는지 확인하고 있는 모양이었다.

그건 나도 줄곧 궁금해 하던 점이었다.

나는 어째서 『주시』라는 편리한 능력을 갖고 있는 걸까.

왜 처음부터 차원마법과 빙결마법을 쓸 수 있었고, 소질까지 뛰어났던 걸까.

그 구조, 그 이유. 그것을 해명할 수만 있으면 많은 의문의 근본적인 해답을 얻을 수 있을 것 같은 느낌이 들었다.

그리고 **나는 그 해답에 다가가고 있는 중이다.**

오늘까지 이세계 생활을 해 오다 보니, 그 해답에 다다를 수 있을 만큼의 정보가 갖추어졌다. 내게는 그 정보를 정확하게 처리할 수 있는 능력이 있다.

하지만, 내가 다다라 가고 있는 그 해답은 너무나도──

"그래도 리퍼의 말마따나 물건을 수집하는 것도 나쁘지 않겠는데! 이런 식으로 하나둘씩 찾아 보는 거야!"

"오-오!"

"무기를 모아서 파워업하는 거다!"

아직 미궁 안이다. 엉뚱한 곳에 주의를 빼앗기는 건 좋지 않다.

현재까지 갖추어진 정보만으로는, 추측은 할 수 있을지언정 확신은 할 수 없다. 섣불리 잡생각에 사로잡혀서 이도저도 못하게 되는 것보다는, 착실하게 미궁 탐색을 진행하는 게 낫다.

즐겁게 앞서 가는 동료들 뒤에서, 휘휘 고개를 가로저었다.

리퍼와 세라 씨는 제단 찾기를 우선시하는 쪽으로 방침을 변경한 것 같았다.

착실히 레벨업을 할 수 있으니 내 입장에서도 이견은 없었다.

동료들이 하고 싶은 대로 하게 해 줄 생각이었다.

이렇게 해서 일행은 제단을 찾으면서 31층, 32층, 33층을 나아갔다.

31층에 출현하는 비행형 몬스터는 기본적으로 무시하기로 했다. 몬스터들이 다른 몬스터를 불러 모으는 경우도 있었지만, 리퍼의 어둠마법 덕분에 쉽게 따돌릴 수 있었다.

리퍼의 마력은 도주할 때 진가를 발휘했다.

어둠으로 몸을 휘감으면서 차원마법으로 최적의 도주 루트를 산출해 내는 마법 〈디 나이트(차원의 밤)〉를 몬스터들은 절대로 따라잡을 수 없었다.

싸우기 편한 상대들만 골라 싸우고, 싸우기 까다로운 상대는 싸우지 않고 도망치는 식이었다.

리퍼는 미궁 탐색에 가장 필수적인 능력을 갖고 있었다.

전투와 도주를 되풀이하며, 여러 개의 재단을 발견했다.

단, 제단의 아이템 중에 쓸 만한 물건은 찾아볼 수 없었다.

[콜 아우터]
방어력6　정신오염+1.20
[아를레콘 페이스]
방어력4　마력내성1　정신오염+0.50　혼란+1.00
[블러드 소드]
공격력4　피를 먹이면 일시적으로 공격력이 강화됨

정신오염+0.50 흥분+1.00

검과 갑옷 등등······.

"으–음, 다 저주가 걸려 있잖아."

"카나미, 그냥 저주받은 것도 장착해 보자! 괜찮아, 괜찮아! 영웅담 속 같으면, 주인공인 나는 저주를 이겨내는 것쯤은 식은 죽 먹기니까!!"

기본적으로 다들 저주 받은 물건이라서,『정신오염』이라는 게 꼭 붙어 있었다.

떼쓰는 라스티아라 옆에서, 나는 저주받은 아이템들을 묵묵히 파괴해 나갔다. 저주를 풀기 전에는 만지기만 해도 위험하니 어쩔 수 없었다. 그래도 정신오염의 위험이 사라진 파편은 얼려서『소지품』속에 집어넣었다. 어쩌면 재활용할 수 있을지도 모른다.

가끔 저주받지 않은 장비가 발견되기도 했지만, 그런 것들은 이렇다 할 효과가 없었다. 아무런 마력도 없는 평범한 장식품일 뿐이었다.

유용한 무기는 열 개 중에 하나만 나와도 많은 편이었다.

그리고 미궁 탐색을 몇 시간쯤 진행했을 때쯤, 드디어 쓸 만한 무기를 하나 발견했다. 날개 장식이 새겨진 유백색 검이었다.

[헤르빌샤인 가문의 성쌍검(聖雙劍)·편익(片翼)]
공격력2 한쪽 날개를 잃어서, 본래의 힘은 소실되어 있음

『주시』의 결과를 동료들에게 전했다.

"이건 저주받은 물건이 아니네. 헤르빌샤인 가문이 예전에 갖고 있었던 물건인가 봐."

중간에 찾은 장식품 왕관을 머리에 얹은 라스티아라가 환호했다.

"해, 해냈어! 드디어 나타났어-!!"

"하지만 쌍검 중에 한쪽뿐이니까. 둘 다 있으면 강한 모양이지만, 그냥 이대로는 의미가 없을 것 같은데."

"찾아! 나머지 하나도 찾아!"

라스티아라는 그렇게 명령해서 리퍼에게 〈디멘션〉을 전개시켰다.

"바로 근처에 제단 하나가 더 있어, 언니!"

"좋아, 가자!"

두 사람이 전력질주로 달려갔고, 나와 세라 씨가 그 뒤를 따랐다.

이제 벌써 몇 개째인지 모를 제단에 도착하니, 라스티아라는 멍하니 제단 앞에 서 있었다.

그 시선이 향한 곳은 제단 중앙. 검이 꽂혀 있었던 흔적으로 보이는 것을 눈물이 그렁그렁한 눈으로 쳐다보고 있었다.

"아, 아무것도 없잖아……!!"

"응, 없네. 그러니까 다른 한 쪽은 여기 있었던 거 아닐까?"

"그럼 미리 말했어야지! 엄청 기대했는데!"

"말했어도 어차피 언니는 보기 전까지는 안 믿었을 테니까. 끝까지 꿈을 꿀 수 있는 기회를 준 거라구!"

"그래, 꿈 많이 꿨다! 리퍼, 고맙다! 빌어먹을!"

인생을 즐기고 있는 두 사람 옆에서, 나는 식은땀을 흘렸다.

제단이 비어있는 것 자체는 괜찮았다. 아무 흔적도 없었더라면 문제 될 것 없었을 것이다.

하지만, 검이 꽂혀 있었던 흔적이 남아있는 건 이상했다.

지금 우리가 있는 곳은 33층이다. 30층 이하는, 연합국의 어떤 탐색가도 도달하지 못한 영역이다. 그렇기에 아까부터 아무도 손대지 않은 제단들을 헤집고 다닐 수 있었다. 그런데 이 제단에는 사람이 찾아온 흔적이 있는 것이다.

다시 말해, 지금 이 미궁 안에는 누군가 다른 사람이 있다는 뜻이다. 우리보다 먼저 33층을 찾아와서 제단의 검을 뽑아 간 누군가가——

"없는 거야?! 정말 없는 거야?!"

제단 주위를 찾아다니는 라스티아라를 다독였다.

"라스티아라, 그만 포기해. 애초에 미궁 안에서 무기 수집을 한다는 것부터가 무리가 있었어. 그런 걸 하느니, 차라리 꾸준히 몬스터를 사냥하는 게 나아."

"우우……. 트레저 헌팅으로 일발역전하는 게 더 좋은

데…….”

　“일발역전은 이제 노릴 만큼 노렸잖아. 이제 슬슬 차근차근 안쪽으로 들어가자.”

　앞으로 나아갈 것을 제안했다. 미궁 안쪽에 있을 누군가의 정체에 대해 『병렬사고』를 통해 추측하고, 나는 온몸으로 전의를 내뿜었다.

　가능성을 추려 보자면, 먼저 연합국 최강인 글렌 씨. 하지만 지난번에 얘기했을 때의 느낌으로 보아, 아마 그럴 리는 없을 것이었다. 다른 가능성을 꼽아 보자면 검성 펜릴 씨나 『셀레스티얼 나이츠(천상의 칠기사)』의 파티.

　그리고 가디언의 힘을 얻은 팰린크론 레거시.

　지금의 팰린크론이라면 단독으로 30층 너머를 나아가고 있다 해도 이상할 게 없다. 팰린크론이 지금 발트 본국에 있다는 레일 씨의 얘기를 의심하는 건 아니지만, 그래도 그 자일 가능성은 여전히 존재했다.

　차오르는 전의가 내 몸을 앞으로 떠밀었다.

　“자, 34층으로 가자. 리퍼, 귀찮은 적이 있으면 못 오게 방해해 줘.”

　“응, 알았어. 쓰레기만 모으는 물건 수집도 이제 질렸으니까. 이제 슬슬 앞으로 가 보자.”

　토라져 있는 라스티아라의 손을 잡아끌고, 우리는 계단을 향해 나아갔다.

　접근해 오는 몬스터들은 리퍼의 어둠마법을 통해 일찌감

치 따돌린 덕분에, 곧장 34층으로 내려갈 수 있었다.

줄곧 "트레저 헌팅……. 저주의 검이 성검으로 진화……를 통한 일발역전……" 운운하는 소리를 뇌까리며 풀이 죽어 있던 라스티아라는, 리퍼가 사근사근하게 격려해 준 덕분에 완전히 회복되었다.

"이제 제단 찾기 같은 건 두 번 다시 안 해! 쭉쭉 안으로 들어가자! 역시 미궁 탐색의 묘미는 강적이지! 그러니까 보스몬스터를 처치하는 거야!"

부활하고 나니 그건 그것대로 성가시기 짝이 없었다.

라스티아라는 늑대로 변신한 세라 씨의 등에 올라탄 채 떠들면서 앞쪽을 가리켰다.

하지만 나는 조금의 여유도 없었다.

"잠깐! 나 혼자 두고 가지 마!"

34층으로 내려오니 미궁 내부의 구조가 확 달라졌다.

수정 회랑이 돌 회랑으로 돌아오고, 로웬을 연상케 하는 요소도 격감했다.

그 대신, 회랑 전체가 물에 잠겨 있었다. 물이 무릎 아래까지 차올라 있어서, 걸어 다니기 여간 불편한 게 아니었다. 라스티아라와 리퍼는 세라 씨 등에 올라타고 있어서 편해 보였지만, 도보로 이동하는 나의 체력은 대폭 소모되었다.

"세라 씨 너무 빨라! 조금만 천천히 가 줘!"

"들었지, 세라? 카나미가 너무 느리니까 조금만 걸음을 늦춰 줘."

세라 씨는 주인의 명령을 듣고서야 겨우 속도를 늦추었다.

그리고 이쪽을 힐끔 쳐다보며 "한심한 녀석 같으니"라는 듯 코웃음을 쳤다.

덩치도 크고 사족보행인 짐승과는 달리, 이쪽은 두 다리로 달리는 인간이다. 아무래도 달리는 속도에 차이가 날 수밖에 없다. 그런데도 세라 씨는 개의치 않고 쑥쑥 앞으로 나아가 버리니, 내 부담만 점점 커져 갔다.

애초에 두 명밖에 못 태운다는 세라 씨의 말부터가 의심스러웠다. 실은 귀여운 여자만 등에 태우고 싶어 하는 게 아닌가 싶었다. 그녀에게는 그런 의심을 갖게 하는 요소가 있었다.

"세라 씨, 실은 세 명도 태울 수 있는 거 아냐……?"

내 물음에, 늑대는 서슴없이 고개를 끄덕였다. 그 눈에서, 나는 절대로 태우지 않겠다는 의지가 느껴졌다. 사적인 감정이 들어가 있는 것 같은 느낌도 들었지만, 억지로 강요했다가 전투에 지장이 생기면 곤란한 노릇이었다.

하는 수 없이 다리에 힘을 주어서 얕은 물속을 나아가는 수밖에 없었다.

"자, 카나미. 속도를 늦춰 줬으니까, 보스부터 찾아봐."

"보스를……? 될 수 있으면 좀 착실하게 차근차근 나아가고 싶은데……."

"흑……. 나는 디아와 마리아에게 하이라이트를 빼앗기고, 수련의 성과도 뽐내지 못하고, 미궁의 아이템에 속기만 했어……. 사람 하나 살린다고 생각하고, 제발 좀 부탁할 게……."

라스티아라는 심지어 맥없는 목소리로 애원하기까지 했다. 어제부터 이어진 일련의 흐름 때문에, 어지간히도 울분이 쌓여 있었던 모양이다.

그리고 앞으로 마리아나 디아가 참가하면 강적과 제대로 붙는 싸움은 발생하지 않을 가능성이 있었다. 기회는 지금뿐이라는 생각 때문에 애절하게 매달리고 있는 것이리라.

"하는 수 없지. 좀 찾아볼게."

이득과 손해를 비교해 보고, 마지못해 고개를 끄덕였다.

보스전은 분명 위험한 싸움이다. 하지만 얻을 수 있는 대가도 크다.

가장 큰 목적은 마석이었다. 보스몬스터가 떨어뜨린 마석이 일반적인 몬스터의 마석보다 순도가 높다는 것은 이미 확인된 사실이었다.

마침 『대장장이』 스킬도 손에 넣었기에, 장비 조달을 염두에 두기 시작한 참이었다. 좋은 마석을 구하면 『크레센트 펙트라즐리의 직검』 같은 무기를 만들 수 있을지도 모른다.

그리고 파티 체제로 보스전을 경험하는 것 자체도 나쁘지 않은 일이다. 속도와 교란에 능한 파티 구성이라 도주하기 쉽다는 것도 강점이었다.

"앗! 방금 분명히 찾겠다고 한 거다?! 한 번 말한 건 절대 취소 못 해!!"

무엇보다, 라스티아라의 웃는 얼굴이 좋다는 것도 큰 이유였다.

그녀의 풀 죽은 표정은 될 수 있으면 보고 싶지 않았다.

"그래, 말했어. 보스를 찾아볼 테니까 좀 기다려 봐. ——〈디멘션 · 멀티플〉."

차원마법을 펼쳐서, 가장 가까이 있는 보스몬스터를 찾았다.

지금 내 〈디멘션〉의 범위가 범위이다 보니 쉽게 찾을 수 있었다. 길이 3미터가량의 짙은 회색 해파리가, 100가닥 가까이 되는 촉수를 휘두르고 있는 것이 보였다.

[몬스터]갤프래드 젤리 : 랭크35

주위에는 권속으로 보이는 작은 물고기들이 얕은 물속을 노닐고 있었다.

적당한 상대라 판단하고, 동료들에게 말했다.

"저쪽에 해파리 같은 녀석이 있으니까, 그 녀석과 싸워 보자. 물론, 성가신 상대라고 판단되면 곧바로 후퇴할 거야."

"그래, 가자, 당장 가자! 이번에야말로 내 진짜 실력을 보여주고 말겠어!"

들떠 있는 라스티아라를 무시한 채, 리퍼와 세라 씨에게 눈짓을 보냈다.

"세라 씨, 혹시 무슨 일 생기면 라스티아라의 목덜미를 끌고 가서라도 후퇴시켜 줘…….”

“말 안 해도 알아. 나는 아가씨의 목숨을── 아니, 모두의 안전을 최우선으로 삼을 거다. 『짐승화』의 힘은 그것을 위해 존재하는 거니까.”

미궁 탐색 경험을 어느 정도 쌓는 사이에, 세라 씨는 자신이 가진 탐색가로서의 역할을 또렷하게 인식하고 있었다. 힘차게 고개를 끄덕이는 세라 씨와 리퍼를 보고, 나는 보스 몬스터 갤프래드 젤리와 싸우기로 마음먹었다.

“좋아, 우리의 진짜 실력을 보여주자, 라스티아라. 이 기회에 신마법을 때려 박아 주겠어.”

“응? 신마법?”

라스티아라는 흥분상태에 빠져 있느라, 지금 이 상황이 얼마나 좋은 건지 모르고 있었다.

“어제 연습한 〈아이스 · 이지스〉로 원거리에서 선수를 치는 거야. 이번에는 〈디 윈터 · 프로스트〉와 〈프리즈〉를 합쳐 봐야지. 얼리고 싶은 곳에 내가 마법으로 표시를 해 둘 테니까, 거기에 라스티아라가 〈프리즈〉를 담도록 해.”

“아아, 그런 얘기구나……. 좋아, 그렇게 하자!”

라스티아라가 찬성한 것을 확인하고 나서, 바로 이번 작전에 대해 설명했다.

최종적으로는 전원이 다 함께 적을 베는 수밖에 없지만, 그래도 이런저런 수를 써 볼 여지는 있었다.

갤프래드 젤리와의 거리를 좁혀서, 기습에 가장 적당한

위치로 이동했다.

나와 라스티아라의 마법은 적에게 닿을 수 있지만 적은 우리를 발견할 수 없는 거리를 유지하면서, 마법을 구축하기 시작했다. 마력은 미궁의 물에는 잘 전도되지 않았지만, 전혀 안 되는 건 아니었다.

옷소매를 걷어붙이고, 라스티아라와 둘이서 바닥의 물에 손을 담갔다. 서로의 빙결속성 마력을 공명시키면서, 야금야금 보스 쪽으로 마력을 보냈다.

마력이 충분히 전해진 것을 확인하는 동시에, 마법을 읊었다.

"——마법 〈디 윈터 · 프로스트〉."

"——마법 〈프리즈〉."

라스티아라의 마법이 내 마법을 뒤따라, 하나의 마법을 완성했다.

"——공명마법 〈아이스 · 이지스〉."

"——공명마법 〈아이스 · 이지스〉."

원래는 상대의 자세를 무너뜨리는 정도가 고작인 〈디 윈터 · 프로스트〉가, 라스티아라의 후원에 힘입어 또 다른 마법으로 승화되었다.

먼저 표적이 된 것은 권속 물고기들이었다.

얕은 물속을 헤엄치고 있던 물고기들의 움직임이 멈추었다. 물론 물을 전부 다 얼린 것은 아니었다. 다만, 몬스터들을 찬찬히 관찰해서, 그 모습을 원래 세계의 지식과 대조해 보고, 헤엄치기 위해 필요한 부위를 얼려서 움직임을 방해한 것뿐이었다. 몸이 경직된 물고기들은 수면까지 떠올라서, 더 이상은 움직이지 못했다.

아무런 저항도 없이 무력화된 물고기들을 보고, 운이 좋았음을 확인했다. 상대는 몬스터이니만큼, 어류의 구조를 무시하고 움직일 법도 하건만, 이 권속들은 그런 부류는 아닌 모양이었다. 어쩌면 속도에 특화된 몬스터, 혹은 마법공격에 약한 몬스터인지도 모른다.

뒤이어 보스인 갤프래드 젤리에게도 마력을 흘려 넣었지만, 당연하게도 그 거구를 얼리지는 못했다. 역시 보스쯤 되면 마법 저항력의 차원이 달라지는 모양이었다.

이제 남은 일은 필드를 갖추는 것뿐이었다.

발판을 정돈하기 위해 얕은 물 표면을 잇달아 얼려 나갔다. 될 수 있으면 스케이트장처럼 만들고 싶었지만, 마력이 생각처럼 수월하게 통하지 않았다. 둥근 얼음 발판 몇 개를 만드는 게 고작이었다. 징검다리 같은 얼음길을 만듦으로서 준비가 완료되었다.

"좋아, 가자!"

"공겨—억!"

"가자, 세라 언니! 멍멍!"

나와 라스티아라는 얼음 징검다리를 달렸다.

그 뒤를 세라 씨에 올라탄 리퍼가 따랐다. 참고로, 세라 씨는 성실하게도 리퍼의 호령에 답하듯 변신 전에 조그맣게

"멍"이라고 대답했다. 약간 부끄러워하는 기색이 엿보였던 걸로 보아, 내가 잘못 들은 것은 아닐 것이다. 이 사람은 대체 여자아이에게 얼마나 약한 건가.

파티 일행의 돌격속도는 물고기가 헤엄치는 속도보다도 빨랐다.

눈 깜짝할 사이에 거리를 좁혀서, 갤프래드 젤리에게로 덮쳐들었다.

〈아이스·이지스〉를 통해 선수는 쳐 둔 상태다.

권속들은 움직이지 못하고, 보스는 당황해서 굳어 있었다.

"——선혈마법 〈가상 로웬 아레이스〉!"

라스티아라는 어제 특별훈련에서 얻은 성과를 마법으로 영창했다.

"——마법 『퀴츠 플랑베르주(수정검)』!"

나도 새로운 마법을 실전에 투입했다.

〈아이스 플랑베르주〉처럼 수정이 검을 뒤덮었다. 수정 마법 〈퀴츠〉를 자유자재로 다루기 위한 연습이었다.

먼저 라스티아라의 검이 갤프래드 젤리의 몸을 찢어발겼다.

일도양단까지 하지는 못했지만 꽤 깊이 베인 것을 확인했다. 상당한 대미지가 들어갔을 터였지만, 갤프래드 젤리는 주저 없이 필사의 반격에 나섰다.

헤아릴 수 없을 만큼의 촉수들이 라스티아라를 덮쳤고, 내가 그 촉수들을 수정 검으로 잘라 버렸다. 무시무시한 숫자였지만 막아내지 못할 만큼은 아니었다.

그리고 한 발 뒤에 온 리퍼가 배후로 파고들어 낫을 휘둘렀다.

갤프래드 젤리는 촉수를 다발로 만들어 막으려 했지만, 낫은 인정사정없이 그 방어를 찢어발겼다.

이 몬스터, 방어력이 약해도 너무 약했다. 하지만 잘려나간 몸과 촉수의 단면이 꿈틀거리더니, 순식간에 회복되는 것이 보였다. 갤프래드 젤리는 결점을 만회할 만큼 강력한 재생능력을 갖추고 있었던 것이다.

"아주 다져 버리자! 코어(핵)가 있을지도 몰라!!"

과거에 비슷한 능력을 가진 보스와 싸워 본 적이 있었다. 그 경험 덕분에 신속한 지시를 내릴 수 있었다.

전원이 고개를 끄덕이고, 짓뭉개 버리듯이 갤프래드 젤리의 몸을 다지기 시작했다.

그렇게 촉수를 피하면서 연신 갤프래드 젤리에게 검을 꽂아 넣다 보니, 어느덧 몸속에서 빛나는 돌이 나타났다.

참 만만한 적이라고 생각하면서, 나는 그 핵을 향해 검을 뻗으려 했다.

그 때, 갤프래드 젤리의 마력이 부풀어 올랐다. 죽음의 위기를 감지한 건지, 모든 촉수를 방어로 전환해서, 꽃봉오리처럼 핵을 감싸기 시작했다. 하지만 반격이 없으면 얼마든지 계속 벨 수 있다. 이대로 일방적으로 공격을 계속하면, 핵을 베는 건 시간문제일 것이다.

그러나 갤프래드 젤리는 방어에 집중함으로서 번 약간의 시간을 활용해서, 특수한 반격에 나섰다. 그것은 지금껏 한 번도 경험해 본 적이 없는 반격방법이었다.

갤프래드 젤리의 몸이 진동하더니, 하부에 있는 입에서 폭음이 해방되었다.

막대한 마력을 동반한 포효였다. 반사적으로 양손으로 귀를 틀어막을 수밖에 없었다.

동료들도 마찬가지였다. 하지만 우리가 양손을 쓸 수 없게 되면서 생긴 커다란 빈틈에도 불구하고, 갤프래드 젤리는 아무런 행동도 하지 않았다. 아직도 촉수 속에만 틀어박혀 있었다.

나는 방금 그 포효의 목적을 이내 이해할 수 있었다.

멀리에서 지축을 울리는 굉음이 들려온 것이다.

〈디멘션〉의 인식능력이, 멀리 있는 회랑에서 홍수가 발생했음을 감지했다.

포효의 목적. 그 해답은 주위의 물을 모조리 여기로 끌어모으는 것이었다.

갤프래드 젤리의 울부짖음에는 물을 부르는 마력이 깃들어 있다는 것을 이해할 수 있었다.

"이런──! 위, 위험해!"

새파랗게 질린 얼굴로 전원의 위치를 확인했다.

같은 차원마법사인 리퍼만이 상황을 이해한 상태였다.

그녀는 나와 같은 표정으로 절박하게 고개를 가로젓고 있었다. 그리고 곧바로 낫을 없애고는, 세라 씨의 목덜미에 매달렸다.

그 모습을 보고 알아챘다.

……저 한 살짜리 꼬마, 헤엄 칠 줄 모르는 게 분명하다!

"라스티아라! 세라 씨! 후퇴하자!"

"어? 그렇지만 이제 처치하기 직전인데——."

전원에게 외쳤을 때, 홍수가 전장에 몰려왔다. 전 방향으로부터, 그야말로 벽과도 같은 대량의 물이 들이닥쳐서 모든 것을 집어삼키기 직전이었다.

도망칠 공간이 없었다.

——결과적으로, 별 수 없이 나도 동료들도 갤프래드 젤리도 그 권속들도, 모두가 물에 휩쓸려 버리고 말았다.

강제적으로, 필드가 물속으로 변경되었다.

격류에 의해 몸의 움직임이 봉쇄되었다. 마치 믹서 손에 내던져진 것처럼, 상하좌우를 판단할 수가 없었다.

그런 가운데서도 『감응』과 〈디멘션〉만은 유지해서 상황을 파악했다.

밀려든 홍수의 힘에 의해 권속 물고기들에 대한 얼음 결박이 풀려 있음을 알 수 있었다.

갤프래드 젤리는 물속에 잠기면서 생기를 되찾아 몸의 회복을 재개한 상태였다.

물은 회랑 천장까지 가득 차올라서, 도저히 공기를 얻을 수 없는 공간이 되어 있었다. 이 보스의 구역에서 빠져나가지 못하면 호흡도 제대로 할 수 없으리라는 걸 알 수 있었다.

틀림없이, 인간과 수생식물이 싸우기에는 최악의 필드였다.

아까는 일이 성가셔지면 후퇴할 거라고 했지만, 이 상황은 성가신 정도의 수준이 아니었다. 너무 위험했다.

물의 흐름이 약간 잠잠해지고 나서, 나는 먼저 리퍼 쪽으로 눈길을 돌렸다.

그녀는 뺨을 부풀려서 숨을 참으며 필사적으로 세라 씨에게 매달려 있었다. 그녀가 헤엄칠 줄 모른다는 건 명백했다. 다행히 세라 씨는 내 호령을 듣고 꽤 멀리까지 물러나 있었다. 개헤엄과 비슷한 어설픈 움직임으로, 가까스로 물속을 헤엄치고 있었다. 나보다 먼저 적이 공격을 받을 일은 없을 것이다.

다음으로 라스티아라 쪽을 살펴보았다. 그러나 라스티아라에게서는 평소의 자신만만한 풍모는 찾아볼 수 없었다. 팔다리가 뜻대로 움직이지 않아 버둥거리기만 하는, 여유 없는 그녀의 모습만이 있었다.

슬프게도, 또 다시 확신할 수밖에 없었다.

……이쪽 세 살짜리도 헤엄 칠 줄 모르는 거냐!

상황의 악화가 그칠 줄을 몰랐다.

제대로 움직일 수 있는 건 나뿐이었다. 그리고 무자비하게도 적 몬스터들의 공격이 재개되었다. 그 선봉으로, 권속 물고기들이 탄환처럼 돌진해 왔다. 뾰족한 모양의 머리는 흉기로 변해서, 마치 투척용 나이프의 폭풍우를 연상케 했다.

황급히 라스티아라에게 다가가서, 검을 움켜쥐었다.

버둥거리는 그녀를 왼팔에 안고, 오른손에 든 검으로 권속들을 베어냈다.

권속들은 똑바로 돌진하는 재주밖에 없었다. 하지만 그 머릿수가 워낙 위협적이었다. 어딘가에 숨어 있었던 게 아닐까 하는 생각이 들만큼 많은 수의 물고기들이, 사방에서 튀어나왔다.

그리고 그 너머에서 갤프래드 젤리까지 덮쳐왔다.

싸움의 난이도가 급격히 상승한 것을 감지하고, 온몸이 위기감에 휩싸였다.

자칫 잘못하다가는 목숨을 잃게 될 가능성까지 있다. 그런 생각이 들 만큼, 전황은 열악했다.

그리고 죽음을 연상하는 바람에 스킬『???』이 기어오기 시작했다.

고개를 가로저어서 스킬『???』를 몰아냈다.

그런 스킬에 의존하지 않아도 내게는 강력한 스킬들이 잔뜩 있다고 마음속으로 외쳤다.

닥쳐드는 위험들을 『병렬사고』『감응』『차원마법』으로 파악해 나갔다. 물속이라 이쪽의 움직임이 둔해지긴 했지만, 그래도 대응이 불가능한 건 아니었다. 모조리 다 베어버릴 수 있다는 자신이 있었다.

단, 그건 어디까지나 시간이 충분할 때의 얘기다. 왼팔에 안고 있는 라스티아라의 입에서 꼬르륵 하고 공기가 새어 나왔다.

그녀의 표정을 보니 오한이 일었다. 자칫 잘못했으면 내 입에서까지 숨이 새어나갈 뻔했다.

차원마법을 통해 홍수를 예측하고 있던 나는, 직전에 숨을 크게 들이쉬었던 덕분에 아직 호흡에 여유가 있었다.

하지만 라스티아라는 달랐다. 허를 찔린 상태였기에, 숨이 더 이상은 버티기 힘들 것 같았따.

원래 세계에서 갖고 있던 지식이, 내게 사태의 심각성을 가르쳐주었다. 이대로 라스티아라를 방치해 뒀다가는, 그녀의 뇌에 후유증이 남게 될지도 모른다. 적을 섬멸하는 데 성공하더라도, 라스티아라가 그렇게 되면 의미가 없다.

──나에게 있어서 라스티아라는 소녀는 앞으로도 계속 필요한 존재니까.

찰나의 순간에 『병렬사고』가 풀회전하는 걸 알 수 있었다. 그리고 나는, 그 사고 끝에 다다른 해답에 매달릴 수밖에 없었다.

망설일 시간도, 심사숙고할 시간도 없었다.

라스티아라의 이마에 내 이마를 갖다 댔다.

콩 하고 머리를 부딪쳐서, 라스티아라가 눈을 떴다. 대화를 나눌 수는 없었다. 그래도 나는 나를 믿어 주기를 바라는 마음을 시선에 담아서, 라스티아라와 시선을 마주했다.

　라스티아라도 망설이지 않았다. 그녀의 몸에서 순식간에 힘이 빠져나갔다. 동료를 신뢰하고, 모든 것을 나에게 맡기기로 한 것이다.

　망설이지 않고, 내 입술을 라스티아라의 입술에 갖다 댔다. 그리고 곧바로 내가 가진 공기를 모조리 불어 넣었다. 이것이 바로 『병렬사고』가 도출해 낸 합리적인 최선의 방법이었다.

　쑥스러움에 얼굴이 뜨겁게 달아오르는 게 느껴졌다. 이건 어디까지나 인공호흡일 뿐, 이상한 뜻은 전혀 없다고 나 자신을 타일러 봐도, 열기를 억누를 수는 없었다.

　라스티아라도 마찬가지였으리라. 산소를 주고받기 위한 일이라는 걸 알고 있으련만, 얼굴의 홍조는 감추지 못했다.

　새빨개진 두 개의 얼굴이 맞붙어 있는 이 상황에, 심장의 고동이 가속했다.

　원래는 감정을 컨트롤해서 곧바로 전투를 재개할 예정이었다. 하지만 그것은 너무나도 안이한 생각이었다. 터무니없는 발상이었다.

　두 사람의 동요는 예상 이상으로 심해서, 마치 시간이 얼어붙은 것만 같은 감각까지 느껴졌다. 두뇌 속 물질들이 봇물 터진 듯 쏟아져 나왔다. 입맞춤을 나누고 나서, 겨우 깨달았다.

　──결국, 아무리 억눌러 본들 스킬 『???』의 발동은 시간

문제라는 것을.

이미 한참 전부터 한계였던 것이다.

며칠 전, 배에서 라스티아라와 껴안고, 같이 모험하고, 같이 특별훈련을 하고, 같이 놀고—— 아니, 그런 최근의 일뿐만이 아니다. 대성당에서 라스티아라를 되찾았을 때부터였다. 그 날 이후로 서로 떨어지게 되었고, 그럼에도 그녀는 나를 위해 목숨을 걸고 싸워 주었다. 함께『무투대회』를 이겨내고, 드디어 약속대로 함께 있을 수 있게 되고, 이렇게 또 같이 미궁을 탐색하고 있다. 그런 일들이 쌓여 온 결과였다.

당연한 일이었다. 그 대성당 사건 전날에 스킬『???』때문에 감정을 잃긴 했지만, 내 마음이 라스티아라에게 이끌린 요인까지 사라진 것은 아니었다. 내가 그녀에게 이끌리는 것은 필연적이면서도 불가피한 일이었던 것이다. 그렇기에 나는 몇 번이고 라스티아라에 대한 사랑을 품고, 몇 번이고 라스티아라에 대한 마음을 잃게 되리라.

그것은 처음부터 정해져 있던 일이었다.

그렇다, **처음부터**——

애써 얼버무려 왔던 것이, 입 밖으로 흘러나오고 있는 것 같은 느낌이었다. 모든 게 다 무너지고, 구멍투성이가 되어 버리는 것 같은……, 모든 걸 물거품으로 만들어 버리는 편안한 감각에 휩싸였다. 그리고 그 빈틈으로, 스킬『???』가 쑤욱 하고 파고들었다.

결국 나는 저항하지 못해서 사고 처리에 실패하고, 스킬 『???』가 발동했다.

[스킬 『???』가 폭주했습니다]
일정량의 감정을 대가로 신경을 안정시킵니다.
혼란에 +1.00의 보정이 붙습니다.

라스티아라에 대한 감정을 상실하는 것은 이번이 두 번째. 두 번째였기에, 첫 번째 때와는 달리, 잡아먹히는 감각이 또렷이 느껴졌다.

마치 의지를 갖고 있기라도 한 것처럼, 스킬 『???』는 초조함, 두려움, 조급함, 슬픔 등 내 감정을 앗아갔다. 죽음의 위기에서 발동할 때의 스킬 『???』는 차가운 기계 같았지만, 연심을 빼앗을 때의 스킬 『???』에서는 묘한 인간미가 느껴졌다.

그 인간미는 거품처럼 순간적으로만 존재했다가, 곧바로 생각의 밑바닥으로 숨어 버렸다.

머릿속이 말끔히 씻겨 나가서, 티 하나 없이 새하얗게 변했다.

죽음에 대한 조바심, 연심의 열기. 살아남는 데 방해가 될 법한 것들을 모두 잃고, 이 수중전을 타개할 수 있는 방안들이 잇달아 머릿속에 떠올랐다.

한참 동안 잊고 있었던 감각이었다.

....

아아, 결국 저지르고 말았구나……

얼굴에서 표정이 사라진 나는, 라스티아라에게서 입술을 떼었다.

그리고 스킬 『???』에 의해 다져진 사고능력이 명확한 조언을 속삭여 주었다.

최고의 마력으로 최고의 마법을 구축하면 상황을 타개할 수 있다. 지금 당장 생명력을 깎아. 죽지만 않으면 생명력의 손실 정도로 끝난다. 그 정도면 싸게 먹히는 거다── 이런 식의 합리적인 제안을 건네 왔다.

그 말마따나 최대 HP를 깎아서 〈디 윈터 · 프로스트〉를 사용하면 혼자 힘으로도 확실하게 도망칠 수 있을 것이다.

그건 알고 있다. 그게 정답이다. 나 자신의 목숨만 생각한다면, 그게 제일 안전한 방법이다.

하지만 나는 고개를 가로저었다. 더 이상 나 자신의 길을 오인하지 않겠다고 다짐했다. 누구에게도 농락당하지 않는다. 연합국에서의 싸움을 겪으며, 그렇게 맹세했다.

스킬 『???』에 의한 해답이 아닌, 나 자신의 해답을 찾아냈다.

혼자서 싸우고 혼자서 도망치는 짓은 하지 않을 것이다. 다 함께 싸워서, 다 함께 살아남아야만 한다.

라스티아라의 손을 꼭 붙잡고, 그녀의 빨개진 뺨에 냉기를 보냈다.

그 냉기에 놀란 라스티아라는 휘둥그레진 눈으로 이쪽을 쳐다보았다.

뒤이어 나는 라스티아라의 협조를 구하듯이, 하나만 가지고는 아무런 의미도 없는 약한 마법을 발동시켰다. 바로 옆에서 혼란에 빠져 있던 그녀의 눈에 이해의 빛이 들어왔다.

라스티아라는 고양되었던 감정을 재빨리 억누르고, 내 빙결마법에 자신의 빙결마법을 공명시켜 주었다.

물속이라 마법명을 말로 외칠 수 없었지만, 마법 〈아이스 · 이지스〉는 정확히 발동되었다.

마법 구축이 성공하는 동시에, 권속 무리와 갤프래드 젤리의 촉수가 덮쳐들었다. 나와 라스티아라 사이에는, 리퍼의 『연결고리』 같은 것은 없다. 하지만 우리는 서로가 원하는 것을 잘 알고 있었다.

라스티아라는 적을 앞둔 상태에서 온몸의 힘을 빼고 눈을 감았다. 그녀는 나를 믿고 빙결마법에 모든 의식을 기울여 준 것이다.

그 신뢰에 보답하기 위해, 나는 라스티아라의 몸을 안은 채 물속에서 검을 휘둘렀다.

덮쳐드는 권속 물고기들을 검으로 베어 넘기면서, 〈아이스 · 이지스〉로 얼려 나갔다.

잔챙이들은 그렇게 처리할 수 있었지만, 갤프래드 젤리는 경우가 달랐다.

물속에서도 기세가 죽지 않는 촉수들이 덮쳐들었다.

그런 상황에서 내가 가장 먼저 한 일은, 리퍼와의 의사소통이었다.

모든 정보를 실어서, 마음속으로 절박하게 외쳤다.

리퍼는 그 소리 없는 외침을 바로 알아들어 주었다.

세라 씨의 등에 매달린 채, 서둘러 세라 씨와의 『연결고리』를 만들었다. 그리고 두 사람 분의 마력을 담아서 내게 보내주었다.

일시적이나마 나의 마력량이 대폭 뛰어올랐다.

파티 4인분의 마력을 아낌없이 소비해서 〈아이스 · 이지스〉를 강화시켰다.

일대의 물 전부에 마력을 침투시켜서, 물속에 수많은 고드름들을 만들어냈다. 그리고 고드름에서 얼음 가지가 뻗어 나와서, 물속을 자유자재로 움직이는 데 필요한 발판을 늘려 주었다. 물론 그 고드름들은 적의 촉수에 맥없이 깨져 나갈 것이다. 하지만 상관없다. 고드름이 깨지면 얼음 조각들이 물속에 살포될 테니까.

갤프래드 젤리가 만든 물의 필드를 우리의 얼음 조각이 침식해 가는 것이 중요한 것이다. 물속은 서서히 눈보라 속처럼 하얗게 물들어 갔다.

나는 그 물속에서 고드름을 박차며 이동했다. 때로는 물속 바닥을 달렸다. 물론 수생 몬스터에 비하면 움직임은 둔했다. 하지만 갤프래드 젤리 역시 둔해진 상태였다. 물속을 떠다니는 얼음 조각들이 〈디 오버 윈터〉와 같은 효과를 발휘해서 적의 움직임을 방해하고 있는 것이다. 이것으로 필드의 이점은 동등해졌다.

나는 갤프래드 젤리와 맞섰다.

그리고 가디언과 싸울 때와 같은 심정으로 사력을 다했다.

물속 전체가 셔벗처럼 굳어져 가고, 스킬 『마력빙결화』로 칼날을 연장시켜서 검이 필드 전체를 베었다. 닥쳐드는 촉수들은 단번에 모조리 잘려 나가고, 그 잘려나간 부분이 얼어붙었다. 동상 때문에, 갤프래드 젤리는 부상을 회복시킬 수 없게 되었다.

로웬의 『검술』이 갤프래드 젤리의 거구를 효율적으로 깎아내는 순서를 가르쳐주었다. 한 호흡 안에 검을 몇 번씩 왕복시켜서 촉수를 찢어발겨 그 수를 줄이고, 본체의 살점을 깎아 나갔다.

3미터쯤이나 되던 갤프래드 젤리의 몸은 10분의 1 이하로 줄어들었다.

촉수도 몸도 모조리 다져지다시피 한 데다, 그 전체가 빙결마법에 침식당해서, 갤프래드 젤리의 핵을 보호할 수단은 이제 아무것도 남아있지 않았다.

그 처참한 모습을 보면서, 나는 무감정하게 검을 휘둘렀다.

얼음 칼날이 무방비한 핵을 두 동강으로 쪼개 버렸다.

[칭호 『지나가는 수군』을 획득했습니다]
속도에 +0.05의 보정이 붙습니다

『표시』의 등장과 함께, 갤프래드 젤리는 빛이 되어 사라져 갔다.

보스의 소실과 동시에, 천장까지 차올라 있던 수위가 쭉 쭉 내려갔다. 나는 곧장 위쪽으로 헤엄쳐서, 수면 밖으로 고개를 내밀었다. 그리고 품에 안고 있던 라스티아라도 숨 쉴 수 있게 해 주었다.

"——하악! 쿨럭, 쿨럭!!"

라스티아라는 거칠게 기침을 하고는 한껏 숨을 들이쉬었다.

멀리서 세라 씨와 리퍼가 물 위로 떠오르는 것을 확인하고, 나는 안도와 함께 숨을 몰아쉬었다.

"하악, 하악……."

위험했다…….

자칫 잘못했으면 생명력이 깎여나갈 수도 있었을 만큼의 고전이었다. 하지만 완벽하게 극복해 내는 데 성공했다.

무엇보다도, 스킬『???』가 추천한 방법보다 더 나은 성과를 얻었다는 것이, 나로서는 더할 나위 없이 기뻤다. 승리 선언이라도 하듯, 진절머리 나는 스킬을 매도했다.

"생명력을 소모하라니 헛소리 마……! 나는 더 이상 너 따위에 의존하지 않아……!!"

마치 스킬『???』가 인간이라도 되는 것처럼 부정했다.

나는 이내 정신을 차렸다. 스킬『???』에서 인간미가 느껴졌던 건 사실이다. 하지만 그렇다고 해서 그것을 한 인간으로서 취급하다니, 그건 너무나 어리석은 짓이다.

호흡을 가다듬고 이성을 되찾으며, 파티원 네 명의 스테이터스를 확인했다.

전력을 다해 마법을 사용한 건 단 몇 초에 불과했지만, 전원의 MP가 절반 이상 소모되어 있었다. 기껏 리퍼 덕분에 보존해 둘 수 있었던 마력을 거의 다 소비하고 말았다.

넷이서 발동시킨 공명마법은 강력했지만, 효율이 너무나도 형편없었다.

주위 상황을 확인하는 사이에 수위는 완전히 내려가서, 원래의 얕은 물로 돌아갔다.

그리고 그제야 호흡의 안정을 되찾은 라스티아라가, 면목 없는 표정으로 말했다.

"미, 미안, 카나미……. 내가 너무 들떠서 설치는 바람에……."

아마도 방금 내 고함소리를 듣고, 내가 화난 거라 생각한 모양이었다.

나는 고개를 가로저으며 대답했다.

"아니, 그런 거 아냐. 방금 그건 라스티아라한테 화낸 게 아냐. 감정을 없애는 스킬이 발동하는 바람에……, 좀 짜증이 나서 그런 것뿐이었어. 라스티아라는 그런 상황에서도 훌륭하게 공명마법에 호응해 줬어. 정말 고마워."

"응? 그 스킬이……? 정말이네, 혼란이 올라가 있어."

라스티아라는『의신의 눈』으로 내 스테이터스를 확인하고

수긍했다.

"이런 곳에서 그 스킬을 쓴 건 좀 타격이지만……. 뭐, 그렇게 큰 영향은 없으니까 걱정 안 해도 돼."

"그렇다면 다행이지만……. 그보다, 저기……, 아까, 숨을 못 쉬게 됐을 때──."

라스티아라는 뺨을 붉힌 채 말끝을 흐렸다.

눈치 빠른 『감응』과 『차원마법』 덕분에, 그녀가 무슨 생각을 하고 있는지 알 수 있었다.

그 미묘한 감정까지 알 수 있었다.

동시에, 쓸쓸한 감정이 내 마음을 가득 채웠다. 우려했던 사태가 현실이 되고 만 것이다.

불의의 사고로 입맞춤을 하게 되는 바람에, 라스티아라의 감정이 고양되어 있었다. 하지만 나는 그 감정을 라스티아라와 공유할 수 없었다.

라스티아라는 지금 당장이라도 도망쳐 버리는 게 아닐까 싶을 만큼 부끄러워하고 있는 데 반해, 나는 마치 수십 년 전의 일을 회상하는 것처럼 차분하기만 했다.

스킬 『???』의 감정 소실은 절대적인 온도차를 빚어내고 있었다.

그리고 더더욱 끔찍하게도, 지금 나는 이 일을 어떻게 요령껏 마무리 지을지에 대해서만 냉정하게 생각하고 있었다. 사랑을 해도 같은 길을 걸을 수는 없을 거라고 생각은 했었지만, 실제로 그런 상황이 발생하게 되니, 그것은 상상

이상으로 비참한 일이었다.

합리적인 사고방식으로 솔직하게 얘기하자면, 아까 그 입맞춤을 엎던 일로 하고 싶었다. 지난번 포옹 때 그랬던 것처럼 "이번에도 상황 때문에 어쩔 수 없었던 거였어"라는 식으로 대충 둘러대서 끝맺고 싶은 심정이었다.

하지만 그런 매정한 행동은 절대로 할 수 없었다.

이번에는 포옹이 아니라 입맞춤이었다. 허그가 아니라 키스였다. 아무리 인공호흡이었다고 변명을 해 보려 해도, 그걸 얼렁뚱땅 넘어갈 수는 없었다.

여자아이인 라스티아라의 입술을 빼앗은 이상, 응분의 책임을 져야만 한다. 원래 세계의 가치관이, 그렇게 나를 비난해 대고 있었다.

생각이 빙글빙글 헛돌기만 해서 대꾸할 말을 찾지 못하고 있을 때, 구원의 목소리가 끼어들었다.

"카나미, 이 자식! 난 똑똑히 다 봤어! 전투 중에, 아, 아가씨와──!!"

흥분한 세라 씨가 얕은 물속을 첨벙첨벙 걸어서 이쪽으로 다가오고 있었다.

그 정당한 분노가, 지금은 더없이 고맙게 느껴졌다.

"세라 씨, 그건 어디까지나 인명구조일 뿐이었어요. 뒤가 켕길 만한 감정은 조금도 없었어요. **정말로.**"

당장이라도 멱살을 잡을 기세인 세라 씨에게, 더없이 냉랭한 목소리로 대답했다. 나 스스로도 놀랄 만큼 냉담한 대답이었다. 그것이 슬퍼서, 나는 미간을 찌푸렸다.

그리고 그런 내 대답과 표정을 보고, 라스티아라도 상황을 깨달았다.

"……아아. **그랬구나.**"

스킬 『???』가 어떤 감정을 가져갔는지를 이해하고, 붉게 물든 얼굴을 숙였다.

그러는 동안에도 세라 씨의 노성은 이어졌다. 그냥 이대로 한 대 후려쳐 주기를 바랐지만, 그렇게까지는 해 주지 않았다.

"인명구조라는 이유로 입맞춤을 해도 좋다면 내가 했을 거다! 네놈에게 뒤가 켕길 만한 감정이 없었다니, 지금 그딴 소리를 믿으라는 거냐?!"

"세라! 그건 전투에 필요한 일이었으니까 신경 쓰면 안 돼."

스킬 『???』 없이도 성공적으로 감정을 죽인 라스티아라가 중재에 나섰다.

나 자신이 한심했다. 라스티아라에게 부담만 주고 있지 않은가.

"그건 안 돼요, 아가씨! 방금 그런 일을 그냥 넘어가는 건 너무나도——."

"이번에도 없었던 일로 치자. 그건 그냥 인공호흡이었을 뿐이야. 전투에 필요한 일이었어. 그 이상도 이하도 아냐. 알겠어?"

"그걸 없었던 일로 칠 수는 없어요! 그런 불성실한 행동은 제가 절대 용서 못합니다!"

"자아, 세라. 좀 진정해 봐. 이런 건 그냥 인사 같은 거라니까―."

모든 것을 알아챈 라스티아라는 세라 씨의 뺨에 가볍게 키스해서, 얘기를 억지로 매듭지었다.

"이, 이게 무웃?! 아가씨?!"

마음에 두고 있는 아가씨의 키스에 세라 씨는 대혼란에 빠졌다.

그러는 동안에도 라스티아라는 세라 씨에게 과도한 스킨십을 해 대며, 모든 것을 얼버무려 버리려 했다.

"이 정도는 별 대단한 것도 아니라니까. 자, 괜찮아, 괜찮아."

"아니, 그런 말씀이 아니라, 아가씨, 저기, 그게 그러니까……."

"괜찮아, 괜찮다니까 그러네. 아니면 혹시 세라도 나한테 인공호흡 해 주고 싶어서 그래?"

"아, 아뇨, 그런 말씀이 아니라!"

이번에 라스티아라에게 진 빚은 스킬 『???』가 사라진 후에 꼭 갚겠다고 다짐하고, 나는 홀로 상황을 지켜보았다.

그런 나에게 리퍼가 울분에 차서 말을 걸었다. 그 표정으로 보아, 그녀가 『연결고리』를 통해 내 사정을 알아챘다는 것을 알 수 있었다.

"미안해, 내가 아무 도움이 못 되는 바람에……. 그러는 바람에, 또 그게……."

"아니, 리퍼는 잘 해 줬어. 리퍼 덕분에 전력을 다해서 빙결마법을 구축할 수 있었으니까."

"……알았어. 하지만, 다음부터는 보스몬스터를 상대할 땐 방심하지 않도록 조심하자."

"그래. 이번에는 다들 너무 방심했어."

둘이서 이번 싸움에 대한 반성을 주고받았다.

가벼운 기분으로 보스와 싸운 게 가장 큰 잘못이었으리라. 순도 높은 마석을 모으고 싶을 때는, 더 여유를 갖고 낮은 층의 보스몬스터부터 공략하는 게 좋을 것 같다.

그 후, 라스티아라의 우격다짐 설득에 가까스로 납득한 세라 씨에게서 "다음엔 용서 없을 줄 알아!"라는 협박을 듣고—— 미궁 탐색이 재개되었다.

"그럼, 가자. 카나미."

라스티아라는 이미 평소 같은 모습으로 돌아와 있었다.

"그래, 가자."

나도 스킬 『???』 덕분에 원래대로 돌아와 있었다.

물에 젖은 옷의 옷자락을 짜면서 다 함께 웃고, 우리는 동시에 걸음을 내디뎠다.

단, 이제 여력이 얼마 남지 않았기에 적을 피해 가면서 이동했다. 그 방침 변경 덕분인지, 탐색은 척척 진행되었다.

——그리고, 수십 분을 걸어간 후.

우리는 손쉽게 35층 계단을 발견했다.

그러나, 발견한 것까지는 좋았지만, 그 계단을 보고 발걸음을 멈출 수밖에 없었다.

먼저 라스티아라가 머리를 싸쥐었고── 그러면서도 밝은 얼굴로 뇌까렸다.

"드디어 35층에 도착……, 하긴 했지만 역시 이렇게 돼 있었구나. 이 얕은 물을 봤을 때부터 대충 예상은 했었지만 말야."

세라 씨도 마찬가지로 머리를 싸쥐었다. 그런 세라 씨의 표정은 어두웠다.

"곤란하게 됐네요……. 이러면 앞으로 나아갈 수가 없겠는데요."

계단 쪽으로 손을 뻗어서, 찰방찰방 물을 만지작거렸다.

"나 혼자라면 어떻게든 갈 수는 있지만……."

물에 완전히 잠겨 있는 계단 앞에서, 우리는 작전회의를 벌이고 있었다.

"라스티아라는 헤엄 못 치지?"

"민망하지만, 맞아."

"그리고 리퍼도 헤엄 못 치고."

"응, 나도 헤엄 못 쳐."

"둘 다 명랑한 대답 고마워. 그리고 세라 씨는 개 레벨이라……."

"한 번만 더 나를 개라고 부르면 죽이겠다."

"딱히 개라고 한 건 아니었는데……."

라스티아라와의 스킨십 덕분에 좋아졌던 세라 씨의 기분이 단숨에 악화되었다. 사실을 확인해 본 것뿐이었는데, 아무래도 표현의 선택이 잘못됐던 모양이다.

그나저나, 정말이지 체육 수업의 고마움을 실감하게 되는 상황이었다.

발군의 운동신경을 가진 라스티아라마저 헤엄을 못 친다는 건 뜻밖이었다. 하지만 바다나 호수가 없는 지역에서 자란 사람이라면 보통 다 그런 건지도 모른다. 배에서 대기하고 있는 사람도 비슷한 상황일 가능성이 높았다.

"오늘은 이만 돌아가자. 아까 그 싸움 때문에 다들 피곤하잖아? 일단 수영 연습을 하고 나서 재도전하자."

아까 보스와의 싸움을 겪으며, 다시는 방심하지 않겠다고 결심하지 않았던가. 오늘 탐색은 참 험난했다고 생각하면서, 나는 계단에서 등을 돌리고 회랑 구석에 〈커넥션〉을 만들려 했다.

차원속성 마력을 굳혀서 문을 형성한—— 바로 그 때였다.

첨벙 하고, 뒤에서 물 튀는 소리가 들렸다.

현재 동료 세 사람은 모두 내 시야 안에 모여 있는 상태다.

그럼에도, 소리는 분명 뒤쪽에서 들려온 것이다.

재빨리 고개를 돌려서, 그 소리의 원인을 발견하고 뇌까렸다.

"사, 사람——?"

그곳에 있던 것은 낯선 소녀였다.

실오라기 하나 걸치지 않은 모습으로, 지금 막 물 위로 몸을 일으키는 소녀를 목격했다.

우선 이 층수에 사람이 있다는 사실에 놀라고, 뒤이어 소녀의 모습에 놀랐다.

뒤로 묶어서 늘어뜨린 새하얀 머리칼이 꼬리처럼 살랑거렸다. 피부도 투명하리만치 새하얘서, 머리와 살갗의 구분이 잘 가지 않았다. 옅은 녹색의 두 눈에 연분홍색 입술. 일종의 예술작품처럼, 소녀는 온통 하얗게 물들어 있었다.

그 나체는 한겨울 아침에 펼쳐져 있는, 발자국 하나 없는 눈밭을 연상시켰고, 동시에 언젠가 발자국에 더럽혀질 수밖에 없는 운명에 처해진 것 같은 위태로움도 느껴졌다.

나체 상태이기에, 그녀가 얼마나 비정상적인지를 잘 알 수 있었다. 살집이 없어도 너무 없었다. 환자와도 같이 깡말라서, 보기에 따라서는 뼈와 가죽밖에 없는 것처럼 보였다. 하지만 그 아름다움에는 흠집이 생기지 않았다. 오히려 퇴폐적인 아름다움이 한층 더 보태진 것처럼 느껴질 정도였다.

나는 그 아름다움에 놀란 게 아니었다.

내가 놀란 것은, 그 얼굴.

그 사지에 어울리는 가지런한 이목구비에 눈길을 빼앗기고——더불어 데자뷔를 느꼈다.

갑작스럽게 덮쳐든 데자뷔에, 내 심장 박동이 빨라졌다.

하얀 소녀와 눈이 마주쳤다. 나를 본 소녀는, 내가 그랬던 것처럼 놀라며—— 중얼거렸다.

"어……? 호, 혹시 『소년』……? 그리고 『소녀』도……."

다정한 목소리였다.

놀란 와중에도, 목소리는 날 선 구석 하나 없이 부드러웠다. 그 말투로 보아, 그녀가 좋은 교육을 받고 자랐음을 알 수 있었다. 그 목소리에서도 데자뷔가 느껴졌다.

정체불명의 그리움이 머릿속에 달라붙는 것만 같았다.

그 이유가 궁금해서 견딜 수가 없었다. 그래서 나는 물었다.

"저, 저기, 혹시 어디서 만난 적 있었나요?"

"어디서……? 그건……."

소녀는 갑작스런 내 질문에 당황해서 말끝을 흐렸다.

그 반응을 보고, 나는 그제야 스스로의 행동이 얼마나 어리석었는지를 깨달았다.

미궁 심층에서 만난 상대에게 할 말이 아니었던 것이다. 이건 마치 헌팅이라도 하는 것 같은 대사 아닌가. 더 적절한 말이 있을 법도 하건만, 나는 왜 하필 이런 질문을 한 걸까.

마음속 깊은 곳에서 솟아오르는 정체불명의 충동에, 나는 당황했다.

다음에 할 말을 잃는 바람에 그저 서로를 바라만 보고 있으려니—— 별안간 소녀가 코와 입에서 피를 뚝뚝 흘리기 시작했다.

"어——?"

내 눈앞에서 소녀는 무릎을 꿇고 양손으로 바닥을 짚은 채 숨을 헐떡이기 시작했다.

"하악, 하악, 하악……!"

분위기가 심상치 않았다. 나는 재빨리 회복마법을 영창할 줄 아는 동료의 이름을 불렀다.

"라, 라스티아라!!"

"나만 믿어!"

너무나도 수상쩍은 상황이었지만, 라스티아라는 주저 없이 다가와서 소녀에게 회복마법을 걸려고 시도했다. 1분 1초를 다투는 상황에서, 그녀의 시원시원한 성격은 큰 도움이 되었다. 하지만 그러는 동안에도 소녀의 상태는 점점 더 악화되어 갔다.

"아, 아악, 커헉! 쿨럭쿨럭——!!"

격하게 기침을 하더니, 대량의 피를 토하며 쓰러졌다.

그 섬뜩할 정도의 출혈량에, 내 얼굴에서 핏기가 가셨다.

"잠깐 비켜 봐, 카나미. ——신성마법 〈큐어풀〉."

당장이라도 죽어 버릴 것 같은 소녀에게, 라스티아라의 마법이 침투해 갔다.

따스한 흰색 빛이 회랑을 채워 나갔다. 그 빛의 양이 늘어남에 따라, 소녀의 얼굴은 조금씩 평온해져 갔다. 입과 코에서 출혈이 멎고, 가쁘던 숨소리가 규칙적이고 조용해져 갔다.

하지만 화복마법을 걸고 있는 라스티아라의 표정은 여전히 심각했다.

"라스티아라, 괜찮을 것 같아……?"

라스티아라는 비지땀을 흘리며 대답했다.

"일단은 괜찮을 거야. 이 증상을 고치는 건 제법 익숙하니까."

나는 익숙하다는 라스티아라의 말을 좀처럼 이해할 수 없었다.

내가 살짝 어리둥절한 표정으로 쳐다보자, 라스티아라는 소녀 옆에서 심각한 표정으로 중얼거렸다.

"카나미, 스킬을 자세히 봐……. 이 아이, 『주얼크루스(마석인형)』이야……."

라스티아라의 재촉에, 나는 소녀를 『주시』해서 스테이터스를 확인했다.

[스테이터스]

이름 : 와이스 하이리프로페 HP289/352 MP172/512-200 클래스 : 없음

레벨31

근력15.46 체력15.77 기량15.72 속도16.93

지능16.77 마력29.72 소질3.25

선천 스킬 : 차원마법1.79 물마법1.03 바람마법1.77

　　　　　　신성마법1.24 혈술1.01 검술2.52 최적행동1.02

후천 스킬 : 소체0.49

"——!!"

이름은 와이스 하이리프로페. 먼저 레벨이 우리들 중 누구보다도 높다는 것에 놀랐다. 뒤이어 라스티아라와 같은『소체』라는 스킬을 갖고 있다는 것을 확인했다.

내가 소녀의 스테이터스를 살펴본 다음, 라스티아라는 소녀의 증상에 대해 자세히 설명하기 시작했다.

"아마, 방금 그건『주얼크루스』특유의 증상일 거야. 예전에 나도 걸렸던 적이 있었으니까, 이걸 고치는 건 익숙해."

"일단, 이제 안심해도 되는 거야?"

"아니, 안심해도 되느냐 하면, 그건 좀 아니긴 한데……."

라스티아라는 평소의 그녀답지 않게 시원치 않게 말끝을 흐렸다.

스테이터스의 HP로 보아, 위험상황은 벗어났을 터였다. 출혈량이 많다 보니, 예전에 디아가 발병했던 마력결핍증 같은 것에 걸릴 염려는 있지만, 생명에 지장은 없을 것이다.

"라스티아라, 좀 확실하게 가르쳐줘."

"만약에 완쾌된다고 해도, 아마 수명은 얼마 남지 않았을 거야. 원래부터 몸이 약했던 거라는 말로는 설명할 수 없을 만큼, 몸속이 완전 넝마가 돼 있어. 길어 봤자 반년 정도? 안 그래도『주얼크루스』는 수명이 짧은데, 어쩌다가 이 지경이 된 건지……. 실패작인 것 같지는 않지만, 이건 마치……."

라스티아라는 고요한 눈길로 소녀를 노려보고 있었다. 하지만 나는 소녀의 용태보다 다른 점이 더 마음에 걸렸다.

"아니, 잠깐만. 라스티아라도 『주얼크루스』라는 거 맞지?"

그 말인즉슨, 단명하다는 건 잠들어 있는 소녀에게만 해당하는 얘기가 아니라는 뜻이 된다. 무시무시한 방정식이 눈에 들어와서 절로 목소리가 떨렸다. 하지만 라스티아라는 바로 고개를 가로저었다.

"아니, 나는 『최고걸작』이니까 괜찮아. ……응, 나는 괜찮아."

"저, 정말 그런 거 맞지?"

의심이 깊어진 나는, 라스티아라의 말을 좀처럼 믿을 수 없었다. 허세 부리고 있는 게 아닐까 싶어서 재확인했다.

"다른 사람들과는 달리, 나는 이런 때 거짓말 같은 거 안해. 정직이 내 좌우명이니까."

라스티아라는 별일 아니라는 듯 웃었다.

그 태연한 기색에 거짓은 없어 보였다. 라스티아라라는 동료를 믿기로 하자.

"알았어, 다시는 안 물어볼게. 그건 그렇고, 이 아이 말인데……."

라스티아라의 품속에 잠들어 있는 소녀의 장래에 대해서 고민했다.

솔직히 말해서, 그녀는 수상하기 짝이 없었다. 아까부터 계속 느껴지는 데자뷔와 방금 본 스테이터스 정보를 통해, 나는 한 가지 가능성을 생각해 냈다. 모종의 함정이 아닐까 하고 의심하고 있으려니, 상황을 지켜보고 있던 다른 동료들이 입을 열었다.

"저기, 오빠. 빨리 안 움직이면 그 사람 감기 걸리겠어. 일단 돌아가자."

리퍼는 아무런 의심도 없이 소녀를 배에 불러들이려 했다. 그 옆에 서 있던 세라 씨도 고개를 끄덕여서 그 제안에 동의를 표했다. 이런 상황에서 미궁 탐색의 라이벌이라는 이유로 소녀를 외면한다는 선택지는, 우리 파티에는 존재하지 않았다.

"그래……. 어차피 안 그래도 돌아갈 생각이었으니까. 애를 데리고 돌아가서, 배에서 간병해 주자. 그 애한테 이것저것 물어보고 싶은 것도 있으니까……."

『소지품』 속에서 담요를 꺼내서, 잠들어있는 소녀에게 덮어 주었다. 라스티아라는 소녀를 안은 채로 일어서서, 귀환에 동의했다.

"그러는 게 좋겠어. 카나미, 빨리 문을 만들어."

"응. ——마법 〈커넥션〉."

구축 도중이었던 마법의 문을 완성시키고, 우리는 거점인 『리빙 레전드호』로 귀환했다.

이렇게 우리는 두 번째 미궁 탐색을 마쳤다.

솔직히 말해서, 두 번째와는 달리 대성공이라고 말하기는 힘든 탐색이었다. 다수와 함께 탐색하는 과정에서 방심이 발생했고, 그 탓에 스킬『???』의 발동을 막지 못했다.

35층까지 도달하는 데 성공하긴 했지만, 반성할 점이 한둘이 아니었다.

얻어낸 성과는, 경험치와 미궁의 아이템 약간. 그리고 새하얀 소녀 한 명.

우리는 와이스라는 이름의 소녀를 데리고 배로 돌아왔다.

잠들어 있는 소녀는 라스티아라의 방에 있는 침대로 후송되어, 빈틈없는 회복마법에 의한 치료를 받았다. 어지간한 의사의 능력쯤은 거뜬하게 뛰어넘는 라스티아라의 치료 덕분에, 소녀는 완전히 회복되어, 평온한 표정으로 잠에 빠져 있었다.

우리가 할 수 있는 조치는 이제 다 한 셈이었다. 나와 라스티아라는 소녀를 두고 배 갑판으로 나왔다. 그러자 리퍼가 가장 먼저 걱정스런 표정으로 다가왔다.

"오빠. 그 사람, 괜찮아?"

"라스티아라가 치료해 줬어. 지금은 편안하게 잠들어 있고."

"그렇구나. 다행이다……."

리퍼는 가슴을 쓸어내리며 안도했다.

그런 리퍼의 몸은 어째선지 물에 빠진 생쥐 꼴이 되어 있었다. 입고 있는 외투는 수분을 듬뿍 머금고 있었고, 바닷물 냄새가 감돌았다.

"그나저나 리퍼. 나랑 라스티아라가 아까 그 애를 간병하는 동안 뭘 하고 있었던 거야……?"

"응? 그야, 해수욕이랄까?"

무슨 당연한 걸 묻느냐는 듯이, 리퍼는 갑판 가장자리에 있는 난간을 향해 걸어갔다. 그 난간 위에는 얇은 옷차림의 마리아가 앉아있었다.

"수영 연습이라나 봐요, 카나미 씨."

"아아, 그런 거였구나……."

몸을 쑥 내밀어 배 밑을 내려다보니, 세라 씨가 개헤엄으로 바다 속을 헤엄치고 있었다. 늑대 형태일 때와는 달리, 인간 형태일 때의 개헤엄은 보기에 약간 우스웠다. 뒤이어 리퍼가 바다에 뛰어들어, 세라 씨의 등에 매달렸다.

세라 씨는 약간 기쁜 기색으로 리퍼와 함께 헤엄쳤다. 잠깐 안 본 사이에, 리퍼도 어설프게나마 물속에서 행동할 수 있게 된 모양이었다. 성장속도가 빠른 녀석이다.

"그나저나, 카나미 씨. 미궁에서 여성분을 데려오셨다고 들었는데……."

내가 바다를 내려다보고 있으려니, 옆에서 마리아의 냉랭한 목소리가 날아들었다.

그 냉랭함의 의미를 스킬 『감응』 등으로 이해하고, 나는 그 즉시 변명을 개시했다.

"워낙 긴급사태여서……, 아니, 정말이야, 진짜 정말이라니까."

엉큼한 이유는 조금도 없었다고 필사적으로 주장하자, 마리아는 살짝 황당해하며 한숨을 지었다. 하루 이틀 일도 아닌데 일일이 화를 내 봤자 소용없다고 체념한 것처럼 보이기도 했다.

"하아. 화난 거 아니니까, 그런 표정 짓지 마세요. 자세한 얘기는 그분이 깨어나신 뒤에 들어보도록 하죠. 그보다, 미궁 속에 바다가 있었다는 얘기를 들었는데, 사실인가요?"

화제가 미궁 공략 쪽으로 옮겨 갔기에, 나는 진지하게 대답했다.

"그래, 사실이야. 35층은 완전히 물속이었어. 헤엄칠 줄 모르면 도저히 앞으로 나아갈 수 없을 것 같아."

"그거 곤란하게 됐네요……."

"역시 마리아도 헤엄 칠 줄 모르는 거야?"

"네. 고향인 파니아는 바다는 고사하고, 강이나 호수도 얼마 없는 곳이라서……."

마리아는 면목 없어 하며 고개를 끄덕였다.

머리카락에 맺혀 있던 물방울이 뚝뚝 떨어졌다. 아마, 리퍼와 함께 수영에 도전해 본 것이리라. 하지만 리퍼와는 달리, 그리 쉽게 수영을 익히지는 못했던 모양이다.

"그럼 수영 못 하는 게 당연하지. 누구나 처음부터 헤엄칠 수는 없으니까, 신경 쓸 것 없어. 다 같이 배우면 분명 즐거울 테니까, 마음 편하게 생각하자."

"네……. 자상하게 가르쳐주셔야 해요, 카나미 씨."

마리아는 온화하게 웃었다. 보아하니, 나에게 배우는 건 기정사실화되어 있는 모양이었다.

그 때, 뒤에서 스노우가 슬금슬금 나타났다.

"즐거운 놀이라는 얘기가 들리기에 와 봤어……! 참고로 나도 헤엄 못 쳐! 산에서 나서 도시에서 자랐으니까!"

화기애애한 목소리에 이끌려서 배 안에서 나온 모양이었다.

"이럴 때는 안 빠지고 나오네, 스노우."

"에헤헤—."

"이건 수줍어할 대목이 아니라고……. 굳이 따지자면, 나는 화나 있는 상태인데……."

"응? 어, 어째서?"

정말로 아무것도 이해 못 하는 스노우는 무시해 두고, 뒤에서 우리의 분위기를 살피고 있던 라스티아라를 쳐다보았다.

아까 그 소녀를 치료하느라 피곤한 건지, 라스티아라는 그녀답지 않게 조용했다. 푹 쉬는 게 좋지 않겠느냐고 말을 걸려고 했을 때, 그녀 쪽에서 먼저 밝은 목소리가 날아왔다.

"그래……! 기왕 이렇게 된 거, 기분전환이라도 해야지!

좋─아, 나도 헤엄쳐 보실까!!"

라스티아라는 내 도움 따위 없이도 혼자서 기운을 되찾았다. 그 굳센 모습에 약간 쓸쓸함을 느끼면서도, 나는 그녀의 생각에 고개를 끄덕였다.

두 번째 미궁 탐색은 실수투성이였지만, 그렇다고 계속 침울한 기분으로 지내 봤자 아무런 도움도 되지 않는다. 나도 라스티아라와 같이 기분을 전환하기로 했다.

하지만 라스티아라가 그 자리에서 옷을 훌렁훌렁 벗어 던지는 걸 보고, 허겁지겁 말렸다.

"자, 잠깐, 너 다짜고짜 뭐 하는 거야, 이 멍청아! 벗지 마, 여기서 벗지 마! 벗지 말라니까! 잔말 말고 멈춰!!"

아무리 내가 제지해도 들을 기색이 없었기에, 마지막에는 고함을 치고 말았다.

"응? 알몸으로 헤엄치면 되잖아. 자, 마리아, 같이 헤엄치자!"

"죽어도 싫어요."

"어라? 요즘 마리아랑도 러브러브해졌는 줄 알았는데, 벌써 피버 타임이 끝나 버린 거야?!"

"아뇨, 카나미 씨가 있으니까, 아무래도 속살을 내보이는 건……."

옷을 벗기려 드는 라스티아라를, 마리아가 양손으로 힘껏 떠밀어 밀어내고 있었다.

선상의 맨살 노출도가 높아져 가자, 바다에 있던 세라 씨가 흥분하기 시작했다.

"아, 알몸이라고요?! 그건 안 됩니다! 아가씨!!"

"그만둬, 라스티아라. 봐, 세라 씨의 얼굴이 점점 범죄자처럼 변해 가잖아……."

"누가 범죄자라는 거냐! 범죄자는 네놈일 텐데! 나한테 무슨 원한이 있어서 그런 망언을! 그러다가 아가씨가 오해라도 하시면 어쩌려는 거냐!"

"아니, 그렇게 나를 잡아먹을 기세로 화를 내니까, 나도 그렇게 말할 수밖에 없잖아. 마리아나 리퍼를 쳐다보는 눈빛이, 어떨 때는 진짜 장난이 아니라고……."

"넘쳐나는 모성으로 지켜보는 것뿐이다!"

나는 오히려 넘쳐나는 욕정밖에 느껴지지 않았지만, 그걸 곧이곧대로 언급해 봤자 얘기는 평행선만 달리게 될 것 같았다. 라스티아라나 세라 씨를 말로 설득하는 것보다, 더 근본적인 해결을 도모하는 게 나을 것이다.

"그럼, 간단한 수영복을 만들어 올 테니까, 다들 잠깐 기다려 봐."

"수영복? ……아아, 수영할 때 입는 거 말이지! 그러고 보니까 그런 것도 있었네!"

그런 생각은 미처 못 했다는 듯, 라스티아라는 손뼉을 치며 말했다.

역시 이세계 간의 문화적 차이는 남아있는 모양이었다. 내 세계에서는, 수영복이 없으면 어지간해서는 바다에 뛰

281

어들지 않는다. 하지만 이쪽 세계에서는 그냥 얇은 옷이나 알몸이라는 선택지밖에 없는 모양이었다.

"카나미 씨, 만드실 수 있나요……?"

"간단한 것 정도라면."

마리아의 놀란 표정에, 나는 태연한 얼굴로 대답했다.

원래 세계에서도 해 본 적이 있었기에,『뜨개질』이나『봉제』같은 가사 스킬에 대한 조예는 깊은 편이었다. 그럭저럭 좋아하는 취미이기도 하니, 기분전환에는 안성맞춤이리라.

덧붙여, 지금의 나라면 그 스킬을 한층 더 향상시킬 자신도 있었다.

〈디멘션〉만 있으면 치수 측정도 제도도 식은 죽 먹기다. 굳이 자를 들고 잴 필요도, 분필로 표시를 할 필요도 없이, 입체적인 이미지를 손쉽게 떠올릴 수 있다. 이쪽 세계에 온 뒤로 날붙이를 다루는 솜씨도 늘었으니, 재단도 아무 문제 없을 것이었다.

"그럼, 잠깐 가서 착착 만들어 올게."

발걸음을 돌려서 배 안으로 이동하려 했다.

대장장이 스킬을 습득하는 과정에서, 나는 물건을 만드는 기쁨에 눈을 떴다. 가능하면 이 기회에 새로운 스킬을 손에 넣고 싶었다.

스킬이 늘어나면 자신이 강해졌다는 게 실감 나서 참 즐거웠다.

"어라, 우리 몸치수는 안 재도 돼?"

하지만 라스티아라의 소박한 질문에 가로막혀서, 그 자리에 발이 묶이고 말았다.

확실히 이대로 수영복을 만들러 가는 건 부자연스럽다. 이미 전원의 스리 사이즈를 다 알고 있다고 자백하는 거나 마찬가지다.

"아, 그래……. 그래, 하는 게 좋을 것 같──."

"필요 없지 않을까? 오빠는 〈디멘션〉이 있으니까 밀리미터 단위로 다 알고 있잖아?"

어째선지 리퍼가 내 비법을 순식간에 다 까발려 버렸다.

"자, 잠깐 조용히 있는 게 어때, 리퍼……?"

"히힛, 빨리 만들어 와! 오빠가 만든 수영복, 엄청 기대되는걸!"

순수하게 새 옷을 한 시라도 빨리 입고 싶었던 것뿐이었던 모양이었다. 하지만 그 섣부른 한 마디가 나에게는 치명적으로 작용했다.

"나도 빨리 만들고 싶지만……, 너 때문에 모두의 눈총이 따가워졌잖아."

리퍼의 발언을 계기로, 전원의 시선이 나에게로 집중되어 있었다.

하지만 부끄러워하는 건 스노우뿐이었다. 마리아와 세라 씨의 눈은 그저 싸늘하기만 할 뿐. 라스티아라는 딱히 개의치 않고 얘기를 확장시키려 했다.

"흠흠, 그렇구나. 그래서 스노우와 세라 중에 누구 가슴이 더 큰데?"

최악의 확장법이었다. 상처에 손을 쑤셔 넣어서 살점을 잡아 뜯는 것 같은 확장법이었다. 나는 지원을 기대했었건만, 라스티아라는 악마 같은 웃음을 지으며 즐기고 있을 뿐이었다.

"저 둘이라면, 네가 부탁하면 재게 해 줄 거 아냐? 자기 힘으로 알아서 해."

"응? 그렇지만 카나미한테 부탁하면 단번에 알 수 있잖아? 다른 사람들 것도 알고 싶고. 마리아와 디아의 차이도 궁금한걸. 혹시 그 둘은 리퍼보다 더 작은가?"

"너 때문에 등골이 오싹해졌잖아."

호기심 가득한 표정으로 말하는 라스티아라 뒤에서, 마리아가 토라져 있었다.

그 정도라면 귀여운 편이지만, 그녀의 마력은 귀여운 수준이 아니었다. 고온의 마력이 꿈틀거려서, 당장이라도 배에 불이 붙을 것만 같았다.

내 다리가 진짜로 후들거리는 걸 보고, 라스티아라도 뒤에 있는 마리아의 언짢음을 알아챘다.

"앗, 마, 마리아? 화났어? 괜찮아. 나는 마리아의 그 몸이 진짜 좋아! 무지 귀엽다니까! 그렇지, 카나미?"

"그, 그래……! 물론이지! 마리아는 귀여워!"

긍정 이외의 선택지는 없었다.

내가 고개를 끄덕이자, 마리아는 토라진 얼굴을 획 돌렸다.

그녀의 얼굴이 살짝 빨갛게 물들어있다는 것을 〈디멘션〉을 통해 알 수 있었다. 아무래도 수줍어하는 것 같았다.

그러나 그 살벌한 마력이 잠잠해진 것은 아니었다. 내 다리가 계속 후들거리니까, 그 마력부터 좀 어떻게 해결해 줬으면 좋겠다.

"──그럼, 바로 만들어 올 테니까 여기서 기다려!"

나는 압박감을 견디지 못하고 쏜살같이 배 안으로 도망쳤다. 어쩐지 있기 껄끄러워진 갑판에는 도저히 더 이상 있을 수 없었다.

내 방을 향해 걸어가는 길에, 라스티아라와 디아의 방 앞을 지났다.

라스티아라의 방에서 잠들어있는 소녀와 마찬가지로, 디아도 자기 방에서 곤히 잠들어 있었다. 두 사람의 잠든 얼굴을 〈디멘션〉으로 살짝 확인해 보니, 두 사람 모두 조그맣게 잠꼬대를 하고 있는 걸 알 수 있었다.

두 사람 모두, 마치 꿈속에서 누군가와 수다라도 떠는 것처럼 연신 웅얼거리고 있었다.

잠들어있는 여자아이의 모습을 계속 쳐다보는 건 썩 바람직하지 못한 일일 것 같다고 생각한 나는, 이내 〈디멘션〉을 중단했다. 지금은 그것보다 수영 연습이 먼저였다.

디아가 깨기 전까지는 수영복 제작을 마쳐 두고 싶었다.

전원이 다 함께 해수욕을 하면, 미궁 일로 침울해졌던 기분도 좀 달라질지도 모른다.

그런 기대를 품고, 나는 발걸음을 빨리 해서 내 방으로 들어갔다.

◆ ◆ ◆ ◆ ◆

"다 됐다……!"

그리고 해가 지기 전에 수영복 여덟 벌의 제작에 성공했다.

만든 장본인인 내가 생각해도, 그 속도는 그야말로 비정상적인 수준이었다. 평소 생활에서는 알아채기 힘들지만, 원래 세계와 비교하면 그 속도의 차이가 눈에 띄었다.

일반적으로, 고작 몇 시간 만에 옷을 몇 벌이나 만들어낸다는 것부터가 말이 안 된다.

모든 것은 스테이터스와 스킬이라는 반칙적인 요소의 영향 덕분이었다.

내 방에 널려 있는 바늘이며 실 등의 도구를 『소지품』속에 집어넣었다. 원래는 미궁에서 필요할 것 같아서 산 물건들이었는데, 엉뚱한 곳에서 도움이 되어 주었다.

뒤이어, 완성된 수영복도 『소지품』 안에 집어넣었다.

장식이 적은 간소한 수영복이지만, 완성도에는 자신이 있었다.

그도 그럴 것이, 지금의 나에게는 실수라는 것이 존재하지 않는 것이다.

검술에 있어 달인의 경지에 다다라서, 그 집중력과 사고

능력은 초인적인 수준에 이르렀다고 해도 과언이 아니었다. 이제 내 양 손은 기계보다도 빠르고 정확하게 움직일 수 있다.

더불어서 검의 사정거리를 밀리미터 이하의 단위까지 계측하는 〈디멘션〉은, 천의 면적 역시 정교하게 측정해 주었다. 그렇기에 자 같은 도구는 필요 없었다. 머릿속에서 입체적인 구상까지 다 해 놓을 수 있으니, 사전에 굳이 도면을 그릴 필요도 없어졌다. 『병렬사고』를 이용해서, 손을 쉬지 않은 채 여덟 벌을 동시에 작업할 수 있다 보니, 어마어마한 시간 단축을 이룰 수 있었던 것이다.

단, 재료에는 약간 문제가 있었다. 내가 가진 현대적 복장 지식에 따르면 수영복에는 고무 소재가 필수였는데, 이 이세계에는 그런 재료가 없었다. 찾아보면 비슷한 게 있을지도 모르지만, 적어도 지금 내 『소지품』 안에는 들어 있지 않았다.

머릿속으로 이것저것 고민을 거친 끝에, 결국은 고풍스러운 구조의 수영복으로 만들 수밖에 없었고, 끈으로 수영복을 고정하는 형태가 되었다. 어쨌거나 사이즈가 딱 맞으리라는 건 의심의 여지가 없으니, 그 점에서 문제 될 일은 없을 터였다.

기능성을 중시해서 튼튼하게 만들었으니, 헤엄치는 도중에 벗겨질 일은 절대로 없을 것이다. 목숨을 걸고, 절대로.

"후우. 좀 피곤하긴 하지만, 그래도 고생한 보람이 있네."

『소지품』에 물건들을 다 집어넣은 후, 스테이터스를 확인해 보았다.

[스킬]
후천 스킬 : 체술1.56 차원마법5.25+0.10 감응3.56
    병렬사고1.57 마법전투0.72 속임수1.34
    뜨개질1.07 봉제0.68 대장장이0.69

스킬『봉제』가 추가되어 있었다.

이제 떳떳하게 옷 만들기가 특기라고 말할 수 있게 되었다. 원래부터 물건 만드는 걸 좋아하는 성격이었던 만큼, 이렇게『표시』가 재능을 보증해 주니 기쁘기 그지없었다.

나중에 모든 일이 다 끝나면, 옷에 관련된 직업을 갖는 것도 나쁘지 않을 것 같았다.

조금씩 늘어 가는 스킬을 보니, 절로 웃음이 흘러나왔다. 마치 게임 속에서 아이템 수집을 완료한 것 같은, 컬렉션으로서의 성취감이 충족되어 갔다.

나는 바로 성과를 과시하기 위해 갑판으로 나왔다.

내가 배 안에서 나오는 동시에, 수영복을 기다리며 시간 때우기용 낚시 대회를 벌이고 있던 동료들이 이쪽으로 다가왔다. 아마 대회의 제한시간은 내가 옷 제작을 마칠 때까지였던 모양이다. 가장 많은 물고기를 낚은 스노우가, 일동의 중심에서 손을 하늘로 치켜들며 기뻐하고 있었다.

일동은 모두 스노우를 방치하고, 내가 갑판에 펼쳐 둔 작품들을 훑어보기 시작했다.

"드디어 완성됐나 보네. 그나저나, 카나미의 취향이 다 나오는데…… 수수해……."

곧바로 라스티아라의 지적이 시작되었다.

살짝 울컥해서 반론해 보려 했다. 하지만 주위를 둘러보니, 대부분이 떨떠름한 표정이었다. 세라 씨는 수영복을 집어 들고 절레절레 고개를 저었다.

"카나미. 내 건 그렇다 쳐도, 다른 건 다시 만들어라."

"어…… 뭐, 뭐가 문제인데?"

"너무 조잡해. 아가씨나 디아 님에게는 더 고귀한 걸 준비해라. 마리아와 리퍼에게는 더 귀여운 걸 준비하고."

터무니없는 주문을 던져 왔다.

이 짧은 시간 안에 여덟 벌이나 만들어 온 것 자체만 해도 이미 한계의 수준이건만, 거기에 디자인까지 요구하는 것이다.

"아니, 헤엄칠 수만 있으면 되잖아…… 애초에 이게 뭐가 문제라는 건데……?"

천의 면적은 넓지만, 비키니 타입의 수영복이었다. 내 생각에는, 그 점만 해도 상당히 멋을 부린 것이었다. 하지만 세라 씨는 그런 내 반론에, 바보를 쳐다보는 것 같은 눈길로 논박하기 시작했다.

"안 돼. 이렇게 귀여운 소녀들이 모여 있는 흔치 않은 기회다. 그에 걸맞은 물건을 준비하는 게 예의일 텐데."

"뭐, 뭐어……."

복식 관련 일을 해서 먹고 살 수도 있겠다는 자신감이 순식간에 박살 나 버렸다. 당연한 일이었다. 천을 제봉하는 실력이 뛰어나다고 해서, 디자인 실력까지 늘어나는 건 아니다.

"기본도 안 돼 있어. 실력은 있지만, 센스가 없어. 왜 전부 갈색 수영복으로 통일한 거냐. 이 자식, 지금 장난하자는 거냐?"

"아니, 갈색 천이 잔뜩 남아있어서……."

"한 마디로, 네놈은 아가씨들에게 남아도는 물건을 대충 배분했다는 거군."

이렇게 된 이상 무슨 수를 써도 소용없다. 라스티아라를 제일로 생각하는 세라 씨가 내 얘기를 들어줄 리가 없다. 하는 수 없이, 나는 다른 동료들의 도움을 청했다.

가장 먼저 내 구조신호를 알아챈 라스티아라가 구원의 손길을 내밀어 주었다.

"자, 자, 진정해, 세라. 이번에는 그냥 이걸 입자. 귀여운 수영복은 다음에 입어도 되잖아?"

"하지만, 이딴 물건은 아가씨께 어울리지 않습니다……! 큭, 여기가 대성당이었다면, 지금 당장 최상급 비단을 준비할 수 있었을 텐데……."

"여기는 후즈야즈가 아니라『리빙 레전드호』야. 우리는 이제 탐색가가 됐으니까, 지금 갖고 있는 걸로 만족해야지."

"그럴지도 모르지만……!"

"으―음, 그럼 다음에는 세라가 도와주면 되지 않겠어?"

라스티아라는 묘안이라도 떠오른 듯, 세라 씨의 협조를 제안했다.

"그래. 『무투대회』 때 세라 씨의 코디는 완벽했으니까. 다음 기회가 있으면 디자인은 세라 씨한테 맡길게."

"끄응……. 그럼 이번에는 이걸로 참아 주마. 카나미, 약속 절대 잊지 마라."

"응, 절대로 안 잊을게."

한바탕 실랑이를 넘어서서, 각자 갑판에 펼쳐진 자신들의 수영복을 집어 들었다.

그중에는, 오늘 줄곧 잠들어 있던 디아도 있었다. 내가 수영복을 만드는 동안에 깬 모양이었다. 그런데 디아는 자기 수영복을 든 채 얼어붙어 있었다.

"아, 디아. 이제야 일어났구나."

"그래, 방금 전에 일어났어……. 일어나서 갑판에 와 봤더니――."

여성 멤버들이 옷을 갈아입으러 배 안으로 들어가는 가운데, 디아만은 한 발짝도 떼지 못하고 있었다.

"그건 디아 주려고 만든 거니까 사양 말고 입어도 돼."

"아니, 이건……."

수영복을 든 채 부들부들 떨고 있는 디아.

"카나미……. 이건 여성용 아냐……?"

"뭐, 그야 당연히 그렇지."

"나, 나는 남성용 아니면 안 입어……!"

부들부들 떨면서 고개를 가로젓고 수영복을 움켜쥐는 디아. 그 모습을 보고, 나는 그녀가 의식하고 있는 게 무엇인지를 깨달았다. 하지만 그건 이미 한참 전에 해결됐다고 생각했던 문제였다. 나는 머뭇머뭇 확인을 취했다.

"이봐, 디아. 그 남장, 앞으로도 계속할 거야? 이제 그만해도 되는 거 아냐?"

"무, 무슨 소릴 하는 거냐, 카나미! 나는 남자니까, 이런 복장을 하는 게 당연한 거잖아?!"

디아가 새빨개진 얼굴로 내뱉은 그 말에, 나는 옛 기억을 떠올리며 감회에 젖었다.

"아니, 그 변명은 이제 안 통해……. 아무리 그래도……."

여기서 그 변명을 인정하면, 디아는 조금도 성장하지 못한다.

나는 찬찬히 디아를 설득하기 시작했다.

"대성당에서 드레스 입은 모습도 봤고, 라우라비아에서 여자 옷을 입은 것도 이미 봤어. 그러니까 디아가 여자라는 건 이미──."

"그건 오해야! 그건 여장이었어! 여장했던 것뿐이야!"

"여, 여장……?"

하지만 디아는 고집스럽게 자신의 주장을 고수했다.

"라우라비아에서는 변장이 필요했었으니까! 대성당 때는, 그러니까, 그건……, 신관들의 취향이야! 그 자식들, 완전 쓰레기들이라니까! 나한테 여장을 시키면서 즐기기나 하고!!"

"아니, 무슨 말도 안 되는 소리를……."

엉뚱하게도, 후즈야즈의 어른들이 여장소년에 환장한 변태집단으로 매도당하고 말았다.

"나는 죽어도 싫다고 했는데, 억지로 여자 옷을 입혔어! 그때는 내가 불리한 입장이어서 마지못해 입게 된 거였고……!"

"그게 사실이라면 신관들이 변태적인 취향을 갖고 있다는 얘기가 되니까, 그 말은 철회해 주도록 해……."

디아의 얘기가 이대로 더 진행되면, 후즈야즈의 명예가 엄청나게 실추되고 말 것이다.

그렇게 생각했을 때, 수영복 차림의 마리아가 배 안에서 나왔다. 그녀는 늘 그렇듯 행동 하나하나가 재빨랐다.

마리아는 노출도 높은 비키니 타입 수영복 차림으로, 그 호리호리하고 날렵한 다리를 쭉 뻗고 있었다. 약간 말라서 갈비뼈가 살짝 드러나 보이긴 했지만, 최근에는 건강한 식생활을 해 온 덕분에 여성스러운 곡선을 지닌 몸으로 변모해 가고 있었다. 처음 만났을 때에 비하면 하늘과 땅 차이였다.

다만 내 디자인이 너무 수수해서, 그 아름다운 마리아의 매력이 제대로 발휘되지 못하고 있었다. 세라 씨의 말마따나, 여성에게 입히기에는 좀 미안한 물건이긴 했다. 조금만 더 공을 들여서 자수로 꽃무늬라도 새겨 둘걸 그랬다.

"디아는 여자아이에요, 카나미 씨. 틀림없어요. 같이 목욕하면서 확인해 봤는걸요."

갑판에 나타난 마리아는, 입을 열자마자 디아를 배반했다.

"──아니, 뭐 하는 거야! 마리아아!!"

디아는 새빨개진 얼굴로 마리아를 다그쳤다. 두 사람은 얼굴만 마주치면 싸우는 것 같은 느낌이 들었다. 하지만 반면에, 같이 목욕을 했다는 걸 보면, 사이가 좋은 건지 나쁜 건지 영 애매모호했다.

나는 곧바로 디아와 마리아 사이로 끼어들어서 중재에 나섰다.

"디아, 이제 그만 하자. 거짓말 하는 디아는 보고 싶지 않아. 혹시 그렇게 남장을 하는 데 이유가 있다면 나한테 얘기해 줘. 내가 힘을 보태줄 테니까."

"카나미……"

디아는 어쩔 줄 몰라 하면서, 속닥속닥 중얼거리기 시작했다.

"그, 그야, 카나미는 내가 남자인 줄 알고 동료가 되기를 권했던 거였잖아? 카나미가 동성의 또래 동료를 찾고 있을지도 모른다고 생각하니, 성별을 속였다는 걸 차마 털어놓을 수가 없어서……. 카나미를 위해서라도 계속 남자로 지내지 않으면 카나미도 난감해할 것 같아서……. 그래서……!"

"아니, 나는 처음부터 디아가 남자라는 말은 믿지도 않았었는데?"

하지만 나는 그녀의 고뇌를 싹둑 잘라 버렸다.

"어, 어어?! 난 분명히 남자 검사라고 말했는데?!"

"애초에 우리가 처음 만났을 때, 디아는 머리가 길었잖아……."

"그날 밤 말이야?! 하지만 그 때 머리는 분명히 후드 속에 넣어서 감췄었잖아?!"

"난 〈디멘션〉이 있잖아."

"그러고 보니 그랬었지!"

순진한 디아는 지금까지 계속 내가 속고 있다고 생각했던 모양이다. 하지만 그 착각에는 내 잘못도 있었다. 디아가 떠나는 걸 막기 위해서, 계속 그 문제를 질질 끌어 왔던 탓이었다.

"나는 이제 아무것도 숨기지 않겠다고 다짐했으니까, 솔직하게 말할게. 나는 처음부터 지금까지 쭉 디아를 '여자인데 남자라고 우기다니 참 별난 애네'라고 생각했었어. 미안, 디아."

"으, 으으아아아아아——!! 라스티아라아아아아아아——!!"

눈가에 눈물이 그렁그렁한 채 절규하는 디아.

갑작스런 통곡에 내 몸이 경직되었다. 간단히 말하자면, 트라우마를 자극 받는 바람에, 상태이상에 대한 가벼운 공포에 빠진 것뿐이었다. 하지만 나는 정신을 단단히 다잡고 공포를 떨쳐냈다.

그런 디아의 울음소리에 반응해서, 배 내부와 통하는 문이 덜컥 열렸다.

"얘기 다 들었어! 디아를 괴롭히지 마!"

"남들 얘기하는 거 훔쳐듣지 마!"

이 때가 오기만을 기다리고 있었던 티를 풀풀 풍기며 라스티아라가 나타났다.

라스티아라도 마리아와 같은 수영복을 입고 있었다. 하지만 그 차림에서 느껴지는 인상은 전혀 달랐다. 윤기 흐르는 몸을 감싼 보잘것없는 수영복. 그것은 마치 예술적인 그림을 조잡한 액자에 넣어 놓은 것처럼 모독적으로 느껴졌다.

눈에 들어오는 것은 수영복이 아닌, 라스티아라의 몸 그 자체였다.

울화가 치미는 일이지만, 여성적인 매력의 집대성이라 할 수 있는 라스티아라 앞에서, 내 혼신의 역작 따위는 존재감을 전혀 찾아볼 수 없었다.

"오오−, 자, 착하지. 디아는 참 귀엽다니까. 이렇게 귀여운 애를 괴롭히는 카나미는 확 불타 버렸으면 좋겠는데 말이야."

라스티아라는 디아를 품에 안고 그 머리를 쓰다듬어 주

었다.

"라, 라스티아라아······. 카나미는 내가 남자라는 걸 안 믿었었데애······."

"아아, 카나미도 참, 어쩜 그렇게 지독한 짓을······. 이렇게 귀여운 애의 말을 안 믿다니, 남자 축에도 못 낄 놈이라니까. ······뭐, 나도 같은 상황이었더라도 카나미랑 같은 식으로 생각했었겠지만."

"여, 역시나아아아아!"

콩콩 라스티아라의 가슴을 쳐 대는 디아.

그러나 레벨업에 의해 급상승한 능력 때문에, 그 깜직한 어리광은 흉악한 공격으로 진화했다. 라스티아라는 허파를 얻어맞고 거센 기침을 해댔다.

날뛰어대는 디아를 말리려고, 마리아가 차분한 목소리로 끼어들었다.

"솔직히, 디아를 남자라고 우기는 건 무리가 있다고 생각하는데요······."

"무리가 있기는 무슨?! 누가 봐도 딱 남자잖아?!"

"아뇨, 누가 봐도 여자아이예요."

마리아의 냉정한 말에, 나도 말을 보탰다.

"맞아. 벌써 몇 번째 하는 말이지만, 너는 귀여운 여자애로밖에 안 보여, 디아."

"마, 말도 안 돼애애애애!!"

마음을 독하게 먹고 디아의 성별 문제를 확실히 매듭지어

나갔다. 여기서 타협했다가는 언젠가 후환이 남으리라는 걸 잘 알고 있었던 것이다.

"카, 카나미 씨? 그런 식으로 말씀하시는 건 좀……. 하아, 지금의 카나미 씨는 조금 더 속내를 포장하는 표현을 익힐 필요가 있겠네요……. 하여간 디아, 모두의 의견을 들어보세요. 그렇게 하면, 당신이 얼마나 억지를 부리고 있었는지 이해가 갈 테니까요."

마리아의 한숨 섞인 발언에 맞추어, 배 안에서 다른 동료들이 속속들이 올라왔다. 전원이 수영복 차림이라, 같은 자리에 있기가 좀 불편해지기 시작했다.

더불어 전원이 수수한 갈색 수영복을 입고 있다는 걸 보니 허무하게 느껴지기도 했다. 이제야 세라 씨가 한 말을 언어가 아닌 마음으로 이해할 수 있었다.

먼저 리퍼가 활기차게 디아의 이름을 불렀다.

"디아 '언니'!"

그리고 세라 씨와 스노우가 주위의 분위기를 살피며 덧붙였다.

"디아 님은 누가 봐도 여성으로만 보여요."

"내가 알기로도 사도 시스 님은 여성……, 맞지?"

연속적인 여자 취급에, 디아는 입을 떡 벌린 채 후들후들 떨었다.

자기 나름대로는 지금까지 남자로서 동료들을 대해 왔건만, 아무에게도 통하지 않은 것이다. 그 냉엄한 현실에 어마어마한 타격을 입은 것 같았다.

풀썩 그 자리에 무릎을 꿇고 주저앉는 디아.

그런 디아에게, 라스티아라가 환한 웃음을 머금은 채 수영복을 들고 다가갔다.

"좋아, 디아! 이 수영복 입자. 우리들이랑 한 세트야!"

"제, 젠자아앙……."

힘이 빠진 디아는, 비틀거리며 내 쪽으로 시선을 옮겼다.

살짝 시선을 외면하며, 고민에 잠긴 표정으로 말을 자아냈다.

"있잖아, 카나미. 만약에 **내가 내가 아니게 되더라도**, 카나미는 지금까지 대했던 것처럼 나를 대해 줄 수 있어?"

"응? 그야 당연하지……."

애초에 디아를 남자로 본 시간은 얼마 되지도 않았다. 디아가 소녀답게 행동한다고 해도, 나는 아무런 위화감 없이 받아들일 수 있을 것이다.

"정말? 디아라는 소년이 가짜였다고 해도, 그래도 카나미는 나를 디아라고 불러줄 거야?"

호칭에 대해 의식하고 있었던 걸까.

다른 모두에게는 사소한 일이지만, 디아에게 있어서는 중요한 일인 모양이다. 절박한 표정으로 확인하려 들었다. 그 불안이 조금이나마 누그러지도록, 나는 미소를 지으며 고개를 끄덕였다.

"디아는 디아야. 나에게 있어서는, 디아만이 진짜야."

"아니, 그렇다면……, 됐어."

디아가 안심할 수 있는 표현을 선택하려 애쓴 것이었지만, 디아의 안색은 여전히 어두웠다.

"디아, 괜찮아. 여기에 있는 사람들은 모두 카나미와 같은 심정이니까!"

보다 못한 라스티아라가 말을 거들었다. 디아는 주위를 둘러보고, 동료들의 다정한 눈매를 확인한 뒤에야 고개를 끄덕였다.

"고마워, 모두들……."

"좋아, 쇠뿔도 단김에 빼랬다고, 당장 갈아입자! 이런 건 빨랑빨랑 팍팍 끝내 버리는 게 나아! 어두운 얘기는 이제 끝!"

디아도 그 명료한 사고방식에 고개를 끄덕이고, 엷은 미소로 대답했다. 그리고 디아는 곧바로 라스티아라에게 붙잡혀서 배 안으로 끌려갔다. 나는 마지막으로 확인해 보았다.

"아, 그런데 디아는 헤엄칠 줄 알아……?"

"……못 쳐."

디아는 눈가에 맺힌 눈물을 훔치면서 고개를 가로저었다.

"그럼, 다른 동료들이랑 같이 연습하자. 분명 재미있을 거야."

"그래, 그렇게 할게. 아마 재미있겠지. ……아마."

그 말을 끝으로 디아는 배 안으로 사라졌다.

그리고 라스티아라와 디아를 제외한 다른 사람들은 갑판에 남겨졌다.

애기가 끝난 것을 확인한 스노우가 내 손을 잡아끌었다.

"저기, 애기 끝난 거지? 그렇지? ⋯⋯그럼, 먼저 나한테 헤엄치는 법을 가르쳐줬으면 좋겠는데. 카나미, 괜찮아? 괜찮겠지?"

"어이, 바다로 끌고 들어가려고 하지 마. 나는 아직 수영복으로 갈아입지도 않았어."

"그럼, 갈아입고 나서 나한테──."

"처음은 마리아야. 그렇게 약속했으니까."

"뭐, 뭐어?!"

스노우는 비틀비틀 뒷걸음질 쳐서는, 버려진 강아지 같은 눈으로 마리아를 쳐다보았다.

"그, 그런 눈으로 쳐다보셔도 안 되는 건 안 돼요. 순서를 지켜야죠, 스노우 씨."

마리아는 스노우에게서 멀찍이 물러서서, 도움을 청하는 그 눈을 회피했다. 아무리 아부를 떨어도 마리아가 양보해주지 않을 것임을 깨닫고, 스노우는 풀이 죽어서 갑판 구석으로 물러났다.

⋯⋯평소의 행실이 낳은 결과였다.

그 후, 나는 디아가 수영복으로 갈아입고 나오기를 기다려서 배 안으로 들어갔다.

배 안 구석에서 수영복으로 갈아입고, 일곱 동료에 대한 수영 강습을 시작했다.

◆ ◆ ◆ ◆ ◆

바다에서의 수영 방법을 가르치기 시작한 지 한 시간쯤 지났을 무렵, 내 체력은 한계를 맞이했다.

다른 모두는 틈틈이 휴식을 취할 수 있었지만, 나는 바다 속에서 계속 동료들을 가르쳐야 했다. 이제 슬슬 지쳐서 다리에 쥐가 날 것 같았다.

갑판에 있는 의자 하나에 앉아서 혼자 휴식을 취하기 시작했다. 몸이 식지 않도록 수영복 위에 따뜻한 외투를 걸쳤다. 솔직히, 오늘은 더 이상 물에 들어가고 싶지 않았다.

그래도 열심히 연습시킨 보람이 있었는지, 전원이 물속에 가라앉는 레벨에서는 벗어났다.

가장 절망적이었던 마리아도 물에 뜨는 것 정도는 할 수 있게 되었다.

걱정했던 대로, 후위 2인조는 수영 능력 획득이 쉽지 않았다.

디아는 팔이 한쪽밖에 없는 데다, 몸을 움직이는 게 어설 프기 짝이 없었다. 빈말로라도 그걸 제대로 된 헤엄이라고 할 수는 없었다. 필사적으로 두 발을 움직여서 가까스로 물 위에 물을 내밀고 있는 상태였다.

마리아는 단순히 물을 무서워하는 모양이었다. 육지에서 는 기민하게 움직이지만, 물속에서는 어떻게 몸을 움직여 야 할지 잘 모르겠다고 했다. 화염마법으로 감각기관을 보조하고 있기에, 물속의 상황을 파악할 수 없는 것도 한 이유였다.

라스티아라, 스노우, 리퍼는 운동신경이 뛰어난 건지, 수월하게 수영을 익혔다. 다만 세라 씨의 경우는, 수영에 제법 통달한 상태에서도 어째선지 개헤엄일 때가 가장 빠르다는, 묘한 상황에 빠져 있었다.

그리고 지금은 라스티아라와 세라 씨가, 수영 실력 면에서 불안감이 있는 디아와 마리아에게 수영을 가르쳐주고 있다. 정 많은 두 사람이 가르쳐주고 있는 덕분에, 디아도 마리아도 즐겁게 물놀이를 즐기고 있는 것 같았다.

바다 속에서 한결 더 아름다움이 돋보이는 소녀들이 놀고 있는 모습은, 그냥 보고만 있어도 눈이 호강하는 느낌이었다.

그런 만큼 더더욱 분했다. 이렇게 되니, 세라 씨의 주장이 새삼 더 뼈저리게 이해가 갔다.

모처럼 다 같이 해수욕을 하면서 전원이 수수한 수영복을 착용하고 있는 건 일종의 모욕이었다. 최고의 재료를 마련해 놓고, 조잡한 조리로 재료를 망쳐 놓은 것 같은 느낌이었다.

기회가 있다면, 이 세계의 디자인을 파악해서 최고의 수영복을 마련해 줘야겠다고 마음속으로 다짐했다.

──내가 그렇게 시시하고도 평온한 생각에 잠겨 있을 때였다.

바다에서 헤엄치고 있는 여섯 명. 그리고 갑판에서 쉬는 나. 그 이외의 여덟 번째 사람이 움직이고 있는 것을 〈디멘션〉이 포착했다.

라스티아라의 방에서 잠들어 있던 하얀 소녀였다.

그녀는 상반신을 일으켜서 주위를 두리번거리고 있었다.

상황을 파악하고, 곧바로 마력을 사용해서 복잡한 마법을 구축하려 했다. 그러나 이내 머리를 싸쥔 채 그 마법 발동을 단념하고, 비교적 적은 마력으로 간단한 마법을 발동시켰다. 그 몸속에 흐르는 마력의 움직임을 통해, 그녀가 모종의 마법을 단념하고, 다른 마법을 쓰는 걸로 타협을 보았다는 걸 알 수 있었다. 〈디멘션〉을 통해 얻은 정보에 의하면, 선내의 공기가 크게 요동치고 있었다. 아마 바람속성의 마법이리라. 스테이터스에 나온 표기대로, 그녀는 바람마법을 쓸 줄 아는 모양이었다.

그 마법을 사용한 후, 그녀는 주저 없이 행동을 시작했다. 무거운 몸을 움직여서, 침대에서 내려와 방을 나서더니, 우리가 있는 갑판을 향해 똑바로 걸음을 내딛었다.

그 거침없는 움직임으로 보아, 그녀가 우리를 만나려 하고 있다는 것을 알 수 있었다.

나는 자리에서 일어서서 임전태세에 들어갔다.

그녀의 몸에 힘이 없는 건 명백했지만, 스테이터스로 보면 우리에 필적할 만한 강자였다.

교전이 벌어질 가능성을 염두에 두고, 나는 〈디멘션〉을 강화했다.

그리고 가벼운 긴장감 속에서, 소녀가 갑판에 나타났다.

미궁에서 봤을 때와는 달리, 라스티아라의 옷을 입고 있었다. 실오라기 하나 걸치지 않은 모습도 아름다웠지만, 그하얀 피부와 대조되는 감색 옷을 입고 있는 모습 역시 다른종류의 아름다움이 있었다.

소녀는 시선을 집중해서 갑판의 상황을 살펴보고는, 웃었다. 진심으로 기쁜 얼굴로.

"아아, 즐거워 보이네요……. 모두……."

그 첫 번째 말로 보아, 소녀에게 우리에 대한 적의가 없다는 걸 알 수 있었다.

더불어 그 표정으로 보아, 우리에 대해 호의를 품고 있다는 것도 알 수 있었다. 뭔가 감회에 젖어있는 것 같은 얼굴로, 바다에 있는 모두를 바라보는 모습에서……, 나는 또 데자뷔를 느꼈다.

나는 최대한 자연스럽게 의자에서 일어서서 말을 건넸다. 얘기의 주제는 그녀와 처음 만난 미궁에 대한 것이었다.

"안녕하세요. 다 함께 수영 연습을 하던 참이었어요. 35층은 완전히 물속에 잠겨 있으니까."

소녀는 내 말에 맞추어 가볍게 대답했다.

"네, 안녕하세요. 수영 능력은 확실히 필요하긴 하죠. 미숙하면 체력이 끔찍하게 소모되니까요. 그 탓에, 저는 35층에서 실수를 하고 말았죠."

차분했다. 그녀 입장에서는 미궁에서 의식을 잃었다가 낯선 배 위에서 눈을 뜬 상황이건만, 이상하리만치 차분했다. 마치 우리가 그녀를 구해서 이『리빙 레전드호』로 데려오리라는 것을 처음부터 확신이라도 하고 있었던 것처럼.

그 확신의 이유를 확실히 밝히기 위해, 나는 얘기를 계속했다.

"만나서 반가워요. 내 이름은 아이카와 카나미. 직업은, 일단 미궁 탐색가라고 해야 하려나?"

"만나서 반가워요, 제 이름은 와이스 하이리프로페. 저도, 직업은 미궁 탐색가라고 할 수 있을까요?"

둘이서 똑같이 의문형으로 자기소개를 마쳤다. 그 대화에서는 기묘한 일체감이 느껴져서, 우리는 동시에 훗 하고 살짝 웃었다. 처음에 품고 있었던 경계심은, 이미 거의 사라진 상태였다.

"미궁 최심부를 향하고 있다면, 아마 미궁 탐색가라고 해도 될 거예요. 와이스 씨도 최심부를 향하고 있는 것 맞죠?"

최심부까지 가려는 게 아니라면 35층 같은 깊은 곳에 있었을 리가 없다.

그런 내 질문에, 그녀는 잠시 망설이다가 느릿하게 대답했다.

"최심부는……, 그럭저럭 노리고 있어요. 그러니까, 저는 소년들의 미궁 탐색 라이벌이라고 할 수 있겠죠."

와이스 씨는 나를『소년』이라 부르며, 다정하기 그지없는 눈길로 바라보았다. 라이벌이라는 표현을 쓰고 있지만, 그 눈에서는 어쩐지 경의나 동경 같은 게 깃들어 있었다.

나 역시 그녀를 보고 있자니 뭔가 그리운 느낌이 들었다. 나는 그 이유를 확인하고 싶었다.

"와이스 씨, 몇 가지 더 여쭤 봐도 될까요?"

"물론, 얼마든지요."

"실례지만, 당신이 잠들어 있는 동안에 스테이터스를 살펴봤어요. 당신의 이름, 스킬, 마법……. 그리고 그 말투와, 나에 대한 호칭……. 모든 게 제가 아는 사람과 똑같아요. 아무 관계없는 사람이라고는 생각도 할 수 없을 만큼, 당신은 그 사람과 쏙 닮았어요."

"알고 있어요. 후즈야즈의 기사 하인 헤르빌샤인 말이죠?"

내가 이름을 꺼내기도 전에, 와이스 씨가 먼저 대답했다.

"……네."

긍정했다. 그녀가 하인 씨……, 얼마 전에 후즈야즈의 대성당에서 라스티아라 구출에 협조해 주었던, 바람마법을 주로 쓰던 기사. 그리고 나와 라스티아라를 구하기 위해서 목숨을 잃은 사람──그와 닮았다는 것을 인정했다.

데자뷔의 정체를 분명히 드러내고, 나는 그녀의 다음 말을 기다렸다.

와이스 씨는 앞머리를 손가락으로 붙잡고, 한참동안 생각에 잠긴 끝에 말했다.

"──당신도 이미 알아채지 않았나요? 비슷한 건 당연한 거예요. 저를 구성하는 재료로『하인 헤르빌샤인의 몸』이 사용됐으니까요. 저는 하인 헤르빌샤인이라는 존재를『재탄생』시키려다가 실패해서 생겨난 존재──『주얼크루스』의 실패작이죠. 그러니까, 당신에 대해서도 어느 정도는 알고 있답니다."

소녀는 담담하게 말했다. 어렴풋이 예상하고 있던 그대로였다.

내가 알고 있는 정보들로 보아, 충분히 가능성 있는 얘기였다.

그리고 그녀를 만들어낸 남자가 누구일지도 짐작이 갔다. 내가 하인 씨와 마지막으로 헤어진 것은, 대성당에서 벌어진 싸움에 패배했을 때였다.

그 때, 그 녀석은 하인 씨의 목을 들고 '재료'라고 말했었다. 그걸 떠올려 보면 결론은 명백하다. 최악 중에서도 최악의 가정이지만, 그런 결론을 내릴 수밖에 없는 것이다.

"그 자식……!"

팰린크론 녀석이다.

그 녀석이 하인 씨의 유해에 장난질을 쳤다. 그 사실을 확인하고, 내 머릿속은 분노로 가득 물들었다.

"네. 짐작하시다시피, 저는 몇 주 전에 팰린크론의 손에 의해 태어났어요. 다만, 실패작이었죠. 하인 헤르빌샤인이라는 남자는 결국 되살아나지 못하고, 그 기억만 갖고 있을 뿐인『주얼크루스』와이스 하이리프로페만 태어나게 된 거죠. 모든 게 다 실패한 결과, 제가 존재하게 된 거예요."

"와이스 씨! 팰린크론 녀석은 지금 어디 있죠?! 나는 그 녀석에게 할 말이 산더미처럼 쌓여 있어요! 지금 당장 만나서 해야 할 일이 있어요! 아니, 같이 가요! 하인 씨의 기억을 이어받았다면, 당신도 팰린크론에게 하고 싶은 말이 한둘이 아닐 테니까⋯⋯!"

나는 당장 멱살이라도 잡을 것 같은 기세로 몸을 쑥 내밀었다. 내가 워낙 갑작스럽게 다그치는 바람에, 아직 제 컨디션을 되찾지 못한 와이스 씨는 뒤쪽으로 비틀거렸다. 자칫 뒤로 자빠질 뻔한 그 몸을 부축한 것은, 어느 샌가 근처에 와 있던 라스티아라였다.

"자, 스톱."

라스티아라는 내 쪽으로 손바닥을 향하며 나를 제지했다.

나는 이성을 되찾고 주위를 둘러보았다. 오랫동안 대화에 심취해 있는 사이에, 바다에서 헤엄치고 있던 동료들이 갑판에 올라와 있었다. 그리고 라스티아라가 흥분한 내 어깨를 붙잡아서 억지로 의자에 앉혔다. 라스티아라는 그때까지 부축하고 있던 와이스 씨도 자리에 앉히고, 자기 자신도 가까이에 앉았다.

"라스티아라⋯⋯."

"카나미, 지금 너무 감정적이야. 얘가 곤란해 하잖아. ⋯⋯그러니까 지금부터 교대. 나도 물어보고 싶은 게 있으니까."

그 적절한 지적에 나는 아무런 반론도 할 수 없었다.

원수인 팰린크론의 그림자만 보고도 이성을 잃고 말았다. 이 얘기에 있어서는,『주얼크루스』에 대해 잘 알면서 차분하게 얘기를 나눌 수 있는 라스티아라에게 양보하는 게 좋을지도 모른다. 나는 의자에 등을 기대고, 힘을 뺐다.

그 등 뒤에서 마리아가 걱정스런 목소리로 말했다.

"카나미 씨, 이 분이 바로 그……?"

"응……. 하지만 싸울 생각은 없으니까, 될 수 있으면 따스한 눈길로 지켜봐 줘. 이 아이는 손님이니까."

"네, 알겠습니다."

임전태세를 취하고 있던 마리아가 마력을 풀었다.

그 마력으로 마리아가 뭘 하려는 작정이었는지는 생각하고 싶지 않았다. 그리고 눈앞에 있는 소녀에게만 집중하고 있을 상황이 아니라는 것도 깨달았다. 약간 시야를 넓혀 두고 라스티아라와 와이스 씨의 대화를 지켜보기로 했다.

"선수교체-. 나는 라스티아라. 부르고 싶은 대로 불러, 와이스."

"당신은……, 그때 그『소녀』……."

와이스 씨의 입에서 조용한 목소리가 흘러나왔다. 어렴풋이 애정이 묻어나는 눈길로 라스티아라를 바라보고 있었다.

"그 반응을 보니, 실패작이면서도 하인 씨의 기억은 갖고 있는 거야? 보아하니『특별주문품』인 것 같으니, 하인 씨의 피를 통째로 사용한 것 같긴 한데……. 대충 어느 정도야?"

"네, 『특별주문품』이에요. 덕분에 재료의 기억도 상당히 많이 남아있죠. 물론 구멍투성이라 완전한 기억이라고 하기는 힘들지만……."

두 사람은 전문적인 용어를 써 가며 얘기하기 시작했다. 『주얼크루스』에 대한 지식이 별로 없는 나로서는 대화를 제대로 이해할 수가 없었다.

"티아라 님의 『재탄생』을 흉내 내서 특별 주문했는데 실패……. 그 팰린크론이 실패……. 게다가 구멍투성이……."

"라스티아라 님의 추측대로, 저를 생산하는 도중에 전혀 예상치 못한 일이 일어났습니다. 그건 바로, 시체의 부족한 부분을 『지크프리트 비지터의 피』로 충당하려 했던 것. 거기서부터 모든 계산이 어그러지게 되었죠."

"흐음. 『재탄생』을 흉내 낸 거라면, 여기에 있는 너는 여자가 아니라 남자여야 했을 테니까."

"하인 헤르빌샤인의 시체는 피를 너무 많이 잃은 상태였습니다. 그걸 보충하기 위해 『지크프리트 비지터의 피』를 약간 섞는 순간, 어째서인지, 저는 **여성의 몸으로 끌려가기 시작했어요.** 그 순간부터 이미 제대로 된 『재탄생』이라고 할 수 없게 된 거죠."

"남자에서 여자로……? 확실히 그 정도면 아예 다른 사람이라고 해야겠지……. 그러니까 지금의 너는 하인 씨의 기억을 갖고 있긴 하지만, 자기가 하인 헤르빌샤인이라고 생각하지는 않는다. 그런 식으로 인식하고 있으면 될까?"

"네, **저는 저예요**. 하인의 친구였던 팰린크론도, 전혀 다른 사람이라고 한탄했어요. 그리고 그는 금새 저에 대한 관심을 잃고, 버렸죠. 그 이후로, 저는 제 의지로 행동하고 있습니다. 그 결과가 미궁 탐색이었죠."

"흠흠, 그렇게 된 거였구나. 뭐, 그쪽도 이런저런 일들을 겪었을 테니, 그만큼 말 못할 감정이 많다는 건 나도 이해해. 나로서는 신경 쓰지 말라는 말밖에 해줄 게 없겠는걸."

"네, 정말 많은 일들을 겪었어요. 정말 많은 일들을……. 하지만 이제 신경 쓰지 않아요. 저는 저답게, 저 자신의 인생을 거침없이 살아갈 생각이에요."

"호오-, 아주 산뜻한 마음가짐인걸. 실패작이라고는 생각하기 힘들 만큼 안정돼 있어. 보통은 훨씬 더 불안정한 상태가 돼서, 이것저것 고생이 심해지는 게 보통인데……."

"바탕이 된 『기사』와 『소년』이 뛰어난 덕분이겠죠. 저는 그렇게 믿고 있어요."

두 사람의 차분한 정보교환 덕분에, 와이스 씨의 출생과 인간성을 어느 정도 알 수 있었다.

이런 기본적인 정보도 확인하지 않은 채 단번에 팰린크론 얘기부터 시작한 내 행동은 반성의 여지가 많을 것이다.

단, 방금 그 얘기에서는 약간 위화감이 느껴졌다. 이유는 모르겠지만, 미소를 머금은 채 얘기하는 와이스 씨가 조금……, 정말 아주 조금, 뭔가 이상하게 느껴졌다.

거짓말을 하는 건 아니지만, 중요한 걸 감추고 있는 것 같다. 그런 느낌을 지울 수가 없었다.

내가 스킬을 총동원해서 위화감의 정체를 살피는 동안에도, 두 사람의 대화는 이어졌다.

"응, 죽은 하인과 와이스에 대한 정보는 이제 대충 알겠어. 그런데 와이스는 왜 미궁에 도전하고 있는 거야?"

"'친구를 위해서'에요. 솔직히, 저는 실패한 『주얼크루스』라서 수명이 짧아요. 하지만 그 짧은 시간을, 친구를 위해 모두 사용하기로 다짐했어요."

와이스 씨는 자신의 수명이 짧다는 사실을 담담하게 털어놓고, 그러면서도 자기 인생의 존재 방식을 우리에게 가감 없이 드러내 주었다.

그 결연한 의지가 내 눈에는 더없이 눈부셔 보였다.

실패작이라 불리고 버려진 『주얼크루스』── 다른 사람에게는 당연히 존재하는 수명과 건강이 와이스 씨에게는 없었다. 그것은 마치, 태어난 순간부터 삶을 부정당한 것이나 마찬가지였다. 나는 그렇게 생각했다. 만약에 내가 그녀와 같은 처지에 빠졌더라도 똑바로 나아갈 수 있었으리라는 자신은, 솔직히 없었다.

"호오, 태어난 지 얼마 되지도 않았는데, 벌써부터 친구가 있다는 거네. 나로 따지면 『셀레스티얼 나이츠』 같은 거야?"

"친구는 팰린크론의 조카딸인 시아에요. 버려진 몸인 나를 친근하게 걱정해 준 아이……. 시아 덕분에 저는 저로 있을 수 있게 됐어요. 시아가 소원을 이루는 데 협조할 생각으로 미궁에 도전하고 있는 셈이죠. 참고로, 시아가 제 미궁 탐색 파티의 리더에요."

필린크론의 조카딸……?

그 이름을 듣자마자, 하마터면 나는 의자에서 벌떡 일어날 뻔했다.

종족이나 혈족이라는 틀 때문에 차별 같은 걸 하기는 싫었지만, 현실은 쉽지 않았다. 팰린크론의 친족이라는 얘기만 들어도 내 표정은 험악해졌다.

"걱정하실 것 없어요. 이상한 건 팰린크론 한 사람일 뿐, 나머지 레거시 일족은 평범하니까요. 시아는 배려심 있는 착한 아이에요. 지금으로서는, 만나 보면 알게 될 거라는 말씀밖에는 드릴 수 없네요."

와이스 씨는 내 표정을 보고 약간 더 설명을 더했다.

라스티아라도 그 의견을 보충해 주었다.

"예전에 잠깐 만나 본 적이 있었는데, 와이스 말마따나 그냥 평범한 애였어. 그 애를 리더로 한 파티라. 파티라면, 둘 말고 다른 사람도 더 있는 거야?"

"네. 듣고 놀라시면 안 돼요. 제 파티원 중에는, 무려……, 40층의 가디언 『나무의 이치를 훔치는 자』도 있답니다."

"뭐? 가디언이? 혹시 와이스는 우리보다 먼저……?!"

"소년 일행이 『무투대회』와 로웬 아레이스에게 집중하고 있는 동안에, 약간 무리해서 앞질러 나갔어요. 참고로 『나무의 이치를 훔치는 자』의 이름은 아이드. 우리는 아이드 선생님이라고 부르고 있죠."

이 얘기도 놀라웠다. 하지만 이번에는 의자에서 엉덩이가 떨어질 정도는 아니었다.

딱히 이상한 얘기는 아니었다.

『땅의 이치를 훔치는 자』 로웬도 한때는 내 파티에 들어와 있었던 셈이었다. 그녀가 정말로 미궁 공략에서 우리를 앞서 나갔다면, 먼저 40층에 도착해서 40층의 가디언과 친분을 쌓아 파티를 맺는 것도 충분히 가능할 것이다.

"나머지 파티 멤버들은, 저와 마찬가지로 『주얼크루스』로 태어난 소녀 둘……, 아, 그리고 얼마 전에 라이너 헤르빌샤인도 들어왔어요."

라이너의 이름이 나올 줄은 예상도 못 했었다. 그는 형 하인의 원수인 나와 라스티아라를 노리는 소년 기사였다.

"우와아, 라이너도? 이상한 사람들 천지잖아."

와이스 씨 파티의 멤버들을 하나하나 알아 나갔다. 나는 끝까지 두 사람의 얘기를 듣고만 있을 작정이지만, 라이너에 대해서는 한 마디 거들지 않을 수 없었다.

"──잠깐. 라이너가 파티에 들어갔다고? 어디서 들어갔지?"

『무투대회』가 끝날 때쯤, 나는 그에게 "본토에서 만나자"라고 말했었다. 그 도발을 그냥 넘길 녀석은 절대 아니었다.

아마, 지금의 라이너는——

"역시 소년. 제 스킬과 마법을 제대로 확인했나 보네요."

와이스 씨는 한층 더 짙은 미소를 머금고 나를 칭찬했다.

그리고 딱히 숨기려는 기색도 없이 그 질문에 대답했다.

"라이너와 만난 건 연합국이 아니라 본토 쪽이었습니다. 라이너는 느긋하게 배 여행을 해서 온 게 아니라, 최단거리 항로로 본토까지 찾아온 거였죠. 그리고 소년이 짐작하다시피, 저는 차원마법 〈커넥션〉을 쓸 줄 알아요. 여러분이 미궁 탐색의 거점을 배에 두고 있는 것처럼, 우리들은 본토의 한 저택을 거점으로 삼고 있답니다."

와이스 씨의 스테이터스를 『표시』시켰을 때, 그녀의 스킬 가운데 『차원마법』이라는 글자가 보였었다. 내 피를 재료로 해서 만들어진 덕분에, 그녀는 나와 같은 마법을 쓸 수 있는 모양이었다.

"본토에 〈커넥션〉이……?! 그럼, 여기서 본토까지 손쉽게 이동할 수 있다는 거죠……?!"

"그렇게 할 수만 있다면야 얘기도 간단하겠지만……. 지금 저는 너무 많은 피를 잃어서 마력결핍증에 걸린 상태라서 말이에요. 원래부터 갖고 있던 지병까지 있다 보니, 〈커넥션〉만큼 큰 마법은 성공시키기 힘들 것 같아요."

와이스 씨는 〈커넥션〉을 큰 마법이라고 표현했다. 나에게 있어서는 그렇게까지 대단한 마법은 아니었다. 그건 아마 『차원마법』의 수치에서 비롯된 차이일 것이다. 5.00에 달한 나와 2.00도 되지 않는 와이스 씨의 감각이 서로 차이가 나는 건 딱히 이상할 것도 없는 일이다.

그리고 컨디션 악화 때문에 마법을 쓸 수 없다는 와이스 씨 말의 진위 판단은 라스티아라에게 부탁하기로 했다

"솔직히……, 내가 보기에는, 와이스가 태연한 얼굴로 움직이는 게 놀라울 정도야. 의학 지식을 갖고 있는 내 진단으로는, 와이스는 이미 마력결핍증에 걸린 상태야. 아니, 그뿐만이 아니라 그보다 더 심각한 질병도 있어. 정말로 와이스 몸속은 완전히 넝마나 다름없으니까……."

내가 시선을 보내자, 라스티아라는 거짓말이 아니라고 고개를 끄덕였다.

『표시』로 그녀의 『상태』를 보아도, 『마력고갈』『내출혈』『빈혈』 등의 처음 보는 증상들이 무수히 나열되어 있었다. 와이스 씨의 말은 거짓이 아닌 게 분명했다.

우리가 자신의 말을 신뢰한다는 것을 확인하고, 그녀는 제안했다.

"지금 제게는 거점으로 돌아갈 힘이 없어요. 솔직히, 현기증 때문에 당장이라도 쓰러질 것 같아요. 그래서 그런데, 여러분께 의뢰를 좀 해도 될까요? 동업자 간의 정을 봐서라도, 부탁 좀 드릴게요."

그렇게 마음 약한 소리를 했을 때, 와이스 씨의 얼굴이 살짝 일그러졌다. 걱정을 끼치지 않으려고 미소를 유지하고 있긴 하지만, 이미 한계에 다다른 모양이었다.

"부디, 저를 본토 거점에 있는 아이드 선생님께 데려다주세요. 그 분을 만나면, 『나무의 이치를 훔치는 자』의 힘으로, 의사도 고칠 수 없는 제 몸을 회복시켜주실 거예요. ……이 의뢰에 대한 보상은 소년이 바라 마지않는 것으로 하면 어떨까요?"

"내가 바라 마지않는 것……? 그건, 한 마디로——."

"제가 팰린크론이 있는 곳으로 안내해 드리겠다고 약속할 게요."

와이스 씨는 안내자가 되겠다고 자처했다.

내가 대답하기도 전에, 그녀는 제안을 계속했다.

"솔직히, 지금 저는 그가 어디 있는지 모릅니다. 하지만 우리의 리더인 시아는 틀림없이 알고 있을 거예요. 시아는 숙부와 교류하고 있으니, 물어보면 바로 알아낼 수 있겠죠. 제가 그 다리를 놓아 드리겠다는 거예요."

기대도 하지 않았던 반가운 제안이었다.

애초부터 와이스 씨를 외면할 생각은 없었다. 남을 도울 수 있는 데다, 팰린크론의 정확한 위치까지 알 수 있다면 그야말로 일석이조였다.

가볍게 주위를 둘러보고 동료들의 반응을 살폈다. 고개를 가로젓는 동료가 없는 것을 확인하고, 나는 와이스 씨에게 고개를 끄덕여 대답했다.

"알았어요. 의뢰를 받아들이죠. 실은 본토에 도착한 후에 어디를 어떻게 찾아야 할지 좋아서 고민하고 있던 참이었거든요."

"후후, 잘됐네요. 혹시라도 여기서 쫓겨나면 객사하는 신세가 됐을 테니까요."

"아니, 그런 짓을 할 리가 없잖아요——."

와이스 씨가 이마에 비지땀을 흘리며 농담을 던졌기에, 나는 떨떠름한 얼굴로 고개를 가로저었다.

그런 내 반응에 그녀는 미소를 짓고, 비틀거리며 의자에서 일어섰다.

"그럼 이제 마음도 놓였으니 좀 쉬어야겠어요. 비어 있는 방의 침대에서 한숨 잘게요."

특유의 말투와 표정 때문에 알아보기는 힘들었지만, 와이스 씨의 몸 상태로 보아 지금은 절대안정이 필요한 것이리라. 와이스 씨는 최대한 빨리 휴식을 취하려고, 배 안으로 돌아가기 위해 발걸음을 돌렸다.

말리기는 미안했다.

하지만 나는, 마지막으로 한 마디 꼭 해 주고 싶은 말이 있었다.

"잠깐만요, 와이스 씨. 무례한 말이라는 걸 알고 여쭤보는 건데……, 뭔가 중요한 걸 숨기고 계신 거 아닌가요?"

와이스 씨의 움직임이 뚝 멈추었다.

그리고는 약간 곤혹스러운 표정으로 이쪽을 돌아보았다.

"숨기고 있는 것이라……. 글쎄요. 굳이 말씀드릴 게 있다면, 저는 여러분만큼 팰린크론을 미워하고 있지 않다는

것 정도일까요? 저는 버려지기는 했지만 험한 취급을 받은
건 아니니까요."

그녀는 우리의 최종적인 목적과는 공존할 수 없다는 사실
을 명확히 밝혔다.

그녀가 밝힌 내용에 대용을 들으니 또 하나의 의문이 느
껴졌다. 우리가 팰린크론을 증오하고 있다는 걸 알고 있다
면, 왜 이렇게 쉽게 안내를 약속한 걸까.

"내가 팰린크론과 만나면……, 목숨을 건 싸움을 벌이게
될지도 몰라요. 와이스 씨는 그래도 상관없나요?"

와이스 씨가 정직하게 자기 생각을 밝혀 준 이상, 나도 팰
린크론에 대한 살의가 있다는 사실을 그녀에게 털어놓았
다. 그녀가 팰린크론을 진심으로 증오하고 있는 게 아니라
면, 그런 싸움을 허용할 리가 없을 것이다.

"상관없어요. 오히려 그건 제 바람이기도 하니까요."

그러나 그녀는 주저 없이 받아들였다. 받아들이기만 하는
정도가 아니라, 추천까지 해 주었다.

와이스 씨가 무슨 생각을 하고 있는 건지 전혀 알 수가 없
어서, 나는 미간을 찌푸릴 뿐, 아무런 말도 할 수 없었다. 그
런 나를 본 그녀는 곤혹스러운 얼굴로 말을 이었다.

"그저, 저는 여러분이 넘어서 주시기를 바라는 것뿐이에
요. 자신의『출신』과『운명』을──."

그것은 더없이 추상적이고 애매한 발언이었다.

지금까지 현실적이고 알기 쉬운 얘기만 해 왔건만, 갑

자기 이해하기 힘든 얘기가 나온 것이다.

『출신』……?

『운명』……?

하지만 그 말은 내 마음속을 마구 헤집어 놓았다.

헛소리라고 웃어넘기기도 못하고, 그 말을 곱씹었다.

아예 침묵에 잠긴 나를 보고, 와이스 씨는 웃었다.

"어쩌면 **그냥 이대로**──라는 선택지도 있을 거예요. 방금 그 말의 의미를 이해할 수 있을 때까지는 비밀로 할게요. 부탁드려요."

그렇게 말하고, 그녀는 몸을 돌려 떠나려 했다.

나는 그 뒷모습을 향해 손을 뻗으려 했다. 하지만 그녀에게서 흘러나오는 미세한 마력에 손이 닿는 순간, 몸이 경직되었다.

"──?!"

마치 영혼을 잘라낸 것 같은 묵직한 마력.

그리고 묘한 **그리움**이 느껴지고, 그녀의 뒷모습이 일그러지고, 순간적으로 다른 사람처럼 보였다. 지난날, 등을 맞대고 함께 싸웠던 바람의 기사가 떠올랐다──

현기증과도 같은 현상에 휩싸여서, 나는 와이스 씨를 보내줄 수밖에 없었다.

대놓고 뭔가를 숨기겠다는 부탁에, 나는 더 이상 아무런 추궁도 하지 못했다. 갑판에 멍하니 선 채 넋을 잃고 있던 나는, 마지막 문답과 현상을 마음속으로 도저히 정리할 수가 없어서, 가장 가까이 있던 라스티아라에게 말을 건넸다.

"라스티아라는 어떻게 생각해?"

"이상한 애야. 하인 씨의 기억이 있는 탓인지, 약간 설교하려고 드는 구석이 있는 것 같아."

질문을 받은 라스티아라는 와이스 씨의 인상에 대해 가볍게 대답했다.

하지만 지금 내가 궁금한 건 그런 게 아니었다.

"아니, 저 사람……, 정말 와이스 씨라고 생각해도 되는 거야? 솔직히 내가 보기에는……."

감춰져 있는 것은 그녀의 근간이 있는 것 같았다. 그것이 무엇인지가 궁금했다.

"혹시, 카나미 눈에는 저 애가 하인 씨로 보였어? 아무리 그래도 그건 아닐 거야. 누가 봐도 『재탄생』은 실패한 게 분명하니까. 물론 기억에 이끌려서 그런 건지 말투도 좀 비슷하긴 한 것 같지만, 생긴 것도 분위기도 전혀 달라. 애초에, 생각해 보면 성인 티아라 님의 『재탄생』 마법을 그렇게 손쉽게 따라할 수 있을 리가 없어."

라스티아라는 아니라고 단언했지만, 나는 그래도 물고 늘어졌다.

"아니, 그래도……."

라스티아라가 얘기한 것만큼 달라 보이지가 않았다.

별개의 인물일 가능성도 물론 있긴 하지만, 하인 씨의 흔적이 있었다.

무엇보다, 아까부터 그녀에 대한 존댓말을 거둘 수가 없었다. 얘기가 사실이라면 나이는 가장 젊을 텐데도, 어째선지 이름 뒤에 '씨'를 붙여서 부를 수밖에 없었다.

"저 애는 하인 씨의 기억을 갖고 있는 탓에 고생하고 있는 『주얼크루스』소녀. 다른 사람이야. 틀림없이."

"하지만 와이스 씨는 하인 씨의 기억을 거의 온전하게 갖고 있다고 했어. 그 정도 기억이 있다면, 그건 그 사람이 거기에 있다는 증명이 되는 거 아냐……?"

"응? 아니, 기억만 있다고 해서 증명이 될 수는 없잖아?"

나 나름대로 이론을 제시해 보려 했지만, 그건 라스티아라 입장에서는 일고의 가치도 없는 얘기인 모양이었다. 라스티아라는 『주얼크루스』의 『최고 걸작』이며, 마법 전문가이기도 하다. 그런 그녀의 견해로 미루어보면, 내가 의식하고 있는 건 사소한 문제인 모양이었다.

"그런 거야……?"

내 세계의 가치관으로는, 『기억』은 아주 중요한 것이다. 사람에 따라서는, 기억이야말로 살아있는 증거라고 생각하는 사람도 있을 터였다. 흔히 볼 수 있는 SF소설에서는, 기억이나 인격을 통째로 옮기기만 하면 불로불사가 될 수 있다는 식의 사고방식도 등장한다.

하지만 이 세계에는 그런 발상이 없는 모양이었다.

"보통은 그게 맞아요, 카나미 씨. 사람이 사람으로 성립되는 데 필요한 건 『피』와 『혼』이니까요."

옆에서 듣고 있던 마리아도 라스티아라와 같은 생각인 모양이었다.

전근대적이게도, 『혼』이라는 말을 예로 들고 나왔다.

아니, 아마 이쪽 세계에서는 이게 오히려 근대적인 것이리라. 마법 같은 게 존재하는 세계이니, 『혼』이라는 것도 당연히 존재하고. 이쪽 세계에서의 자아 증명에는 『혼』이 필수불가결인 건지도 모른다.

"그래그래, 그래서 우리 성인 티아라 씨는 『피』와 『혼』의 이동에 그렇게 세심하게 주의를 기울였었던 거지. ……하지만, 저 와이스라는 애는 『피』도 『혼』도 너무 달라."

이세계 특유의 감성과 논리에 따라갈 수가 없었기에, 반론도 할 수 없었다.

최후의 발악으로 디아의 의견을 묻기로 했다. 그녀도 라스티아라 못지않은 마법 전문가다.

"디아 생각도 그래?"

멀찌감치 서 있던 디아는 자신의 이름이 튀어나온 것에 퍼뜩 놀라 고개를 들었다.

"──어? 으음……, 얘기를 제대로 안 듣고 있었어. 미안, 좀 졸려서……."

디아는 눈을 비비면서 쓴웃음을 지었다.

"졸려……? 하긴, 안색이 좀 안 좋긴 하네. 이제 그만 가서 쉬는 게 좋겠어."

자세히 보니 얼굴이 파랗게 질려 있었다. 익숙지 않은 해수욕을 하느라 지친 건지도 모른다.

『표시』에 나오는 HP는 변함이 없지만, 체력이 대폭 손실된 상태인 것 같았다.

"그래. 가서 좀 잘게. ……미안, 카나미."

"굳이 사과할 거 없어. 수영 연습은 내가 억지로 시킨 거나 마찬가지니까."

"그래…… '내'가 사과할 필요는 없겠지……."

디아는 살짝 웃고 배 안으로 들어갔다.

그 뒷모습이 작아 보였다. 안 그래도 아담한 덩치인 디아가 한층 더 작아 보였다. 수영복 차림이라, 등에 달린 하얀 날개를 볼 수 있었다. 귀여운 흰색 날개였다. 주의 깊게 관찰하지 않으면 그게 날개라는 걸 알아챌 수 없을 만큼 작았다.

나는 평소에 잡담을 하면서 디아에게서 『사도』에 대한 얘기도 살짝 들은 적이 있었다. 그 날개를 갖고 태어난 탓에, 레반교로부터 『사도』의 재림으로 취급받고 있다고 했다.

본인 말로는, 자기는 마력이 약간 높을 뿐 다른 사람과 다른 건 전혀 없고, 날개가 있다 해도 날 수 있는 건 아니라고 했다. 나는 디아가 원하는 대로 그녀를 같은 인간으로 대하기로 마음먹고 있다. 등에 달린 그 날개는, 좀 특이한 액세서리일 뿐이다.

다만, 디아가 배 안으로 사라질 때, 장식이라고만 생각했던 그 날개가 약간 떨리는 것처럼 보인 게 마음에 걸렸다.

디아가 휴식을 취하러 들어간 것을 계기로, 다른 동료들도 각자 자유행동을 시작했다.

원래는 와이스 씨에 대해 더 많은 얘기를 나눠 보고 싶었지만, 라스티아라와 마리아는 이미 그 문제에 대해 완전히 결론을 내린 상태인 것 같았다. 두 사람은 아무런 미련도 없이 바다로 들어가서, 다른 동료들과 함께 수영 연습을 재개했다.

나는 갑판에 홀로 남아 와이스 씨에 대해 생각해 보려 했다.

"아니, 그만 됐어."

하지만 그건 내 나쁜 버릇이라고 생각하고, 고개를 가로저어 생각을 떨쳐냈다.

스테이터스 상승과 『병렬사고』 때문인지, 최근 들어 무의식중에 쓸데없는 생각을 하는 경우가 늘어난 것 같았다. 사고능력과 감각이 지나치게 우수해지는 것도 꼭 좋은 일만은 아니었다.

이 문제는 고민해 봤자 해답이 나오지 않을 것이다.

그리고 그녀가 와이스 씨건 하인 씨건, 우리의 적이 아니라는 건 틀림없었다. 어쨌든 우리에게 협조해 줄 아군인 건 분명하니 계속 의심을 품어 봤자 득 될 게 없다.

그렇게 마음먹고, 나는 바다에서 헤엄치는 동료들과 합류해서 현실적인 미궁 공략을 위해 수영을 가르쳐 나갔다. 물론 그리 손쉽게 익힐 수 있는 건 아니었기에, 그 연습은 해가 질 때까지 이어졌다.

──이렇게 하루가 끝나 갔다.

오늘은 여러모로 고된 하루였던 것 같다.

사소한 방심 때문에 라스티아라의 거리가 좁혀지고, 곧이어 순식간에 멀어졌다. 스킬 『???』을 사용한 건 통한의 실수였다.

게다가 연이어서 와이스 씨 등장이라는 사건까지 벌어졌다. 그녀의 존재는 내 마음을 헤집어 놓았다.

수영 연습을 마치고, 나는 혼자 방으로 돌아와서 지친 몸을 침대에 던졌다.

오늘 하루 동안 쌓인 피로가 단번에 몰려왔다. 그와 동시에, 피할 수 없는 졸음이 머릿속을 채워 나갔다. 배 여행이 내게 생각보다 많은 피로를 안겨주고 있는 것이리라. 나는 최대한 빨리, 집중적으로 그 피로를 해소하려 했다.

시야가 조금씩 어둠에 물들어 갔다.

의식이 아득해져 갔다. 더 이상 저항하지 못하고, 나는 졸음을 받아들였다.

잠 속으로 떨어지고, 떨어지고, 또 떨어졌다.

──깊은 바다의 바닥까지 떨어졌다.

이윽고 잠이 들었고, 거기서 나는 꿈을 꾸었다.

더없이 그리운 꿈을.

소중한 가족의 꿈을──

◆ ◆ ◆ ◆ ◆

그것은 검은 흙탕물 속에 떠 있는 것 같은 감각.

어디를 둘러봐도 탁하고 시커먼 세계.

나는 아무것도 없는 세계를 떠돌고 있었다.

그러다가 어디선지 흐릿한 목소리가 들려왔다.

──**다 채워지고 말았어.**

그것은 후회 섞인 목소리였다.

목소리는 피를 토하듯 떨리고, 쉬어 있었다.

──두 사람의 정해진 경계선을 넘고 말았어──인간의 한계 영역에 발을 딛고 말았어──아아, 이대로 가면 또 시작되고 말 거야──또 그 비극을 되풀이하게 될 거야──안 돼──그런 끔찍한 결말──절대로 안 돼──아니, 그게 아냐──두 번 다시 일어나지 못하게 할 거야──그것만큼은 용납 못해──절대로──절대로절대로절대로──절대로──

──…….

…….

그 목소리는 이내 어둠 속으로 빨려들어 사라졌다.

방금 그 말이 어떤 의미였는지, 누구의 목소리였는지, 나는 이해할 수 없었다.

그 말을 반추해 보며 의미를 생각하려다가──그 행동의 덧없음을 깨달았다.

지금 나는 어둠 속에 있다. 어디인지도 모르는 어둠.

이곳이 꿈속이라는 걸 나는 알고 있었다.

꿈속의 말이라면 잠꼬대나 마찬가지다. 의미 없는 말들을 대충 짜 맞춘 것일 가능성이 높았다. 꿈이라는 걸 깨달은 나는, 온몸의 힘을 빼고, 흙탕물 범벅의 세계에 몸을 맡겼다.

진지하게 임해 봤자 아무 의미도 없다. 몸의 피로를 푸는 게 더 중요하다고 냉정하게 판단했다.

하지만, 꿈은 내가 조용히 쉴 수 있도록 내버려 두지 않았다.

목소리가 사라진 다음에는, 어둠 속에 하나의 광경이 나타났다.

『리빙 레전드호』안, 라스티아라의 방이었다.

그 침대에 하얀 소녀 와이스 하이리프로페가 잠들어 있었다. 그 곁에서는 라스티아라와 내가 얘기를 나누고 있었다. 심각한 표정으로 와이스 씨를 간호하면서, 증세를 확인하고 있었다.

찾이 익은 광경이었다. 아마 이건 오늘 내가 경험한 일일 것이다.

문득 원래 세계의 지식을 떠올렸다. 꿈이라는 건 기억을 정리하는 과정이라는 얘기를 누군가에게서 들은 적이 있었던 것 같다. 그러니까 이건 내 기억의 정리일지도 모른다.

그것을 확신한 순간, 시대와 장소를 넘어 갖가지 기억이 나열되어 갔다.

오늘 와이스 씨와 처음 만났을 때의 기억. 연합국에서『무투대회』에 출전했을 때의 기억. 대성당에서 라스티아라를 탈환했을 때의 기억. 하인 씨와 함께 싸웠던 때의 기억. 처음 이세계 속을 헤매던 때의 기억. 그리고, 원래 세계에서의 기억.

흘러가는 광경들을 평온하게 지켜보았다 이것을 보아서 조금이라도 머릿속이 가벼워질 수만 한다면 반가운 일이다. 아예 더 정리해 달라고 바랄 정도였다.

하지만 나는 이내 후회할 수밖에 없었다. 그 정리의 끝에서 생각지도 못한 것을 보게 된 것이다.

분명 꿈속이건만, 심장이 욱신거리고 아파 왔다.

그것은 와이스 씨와 비슷한 처지에 있는 소녀의 모습. 와이스 씨와 마찬가지로 병적으로 보일 만큼 하얀 팔다리. 처연한 표정과 건강치 못한 몸집. 하지만 그 긴 머리칼은, 와이스 씨와는 달리 어둠보다도 짙은 검정.

──내 여동생, 아이카와 히타키였다.

어느 병실에서 나와 히타키가 얘기를 나누는 광경이 보였다.

그것은 원래 세계의 기억. 현대 일본에서 살던 시절의 추억. 아이카와 카나미의 인생이었다.

그 기억은 여동생이 병실에서 고통받는 광경에서 시작되었다.

나 때문에, 여동생은 병약해져 있었다.

여동생이 그 병에 걸린 책임은 나에게 있었다.

그것은 과학적으로는 증명할 수 없는 관련성이었지만, 나는 그게 내 탓이라 믿고 있었다. 아니, 그렇게 믿을 수 없을 만큼, 나는 여동생에게 못된 짓을 했다.

그렇기에 나는 앞으로 속죄를 위해 살기로 다짐했다.

그 후 우리는 부모님과 헤어지게 되었고, 나와 여동생은 둘이서 생활을 재개했다.

집안일은 전부 다 내가 맡아 했다. 익숙지 않은 아르바이트를 시작했다. 생각할 수 있는 모든 방법을 다 시도해서, 여동생이 행복하게 살 수 있는 환경을 만들려 애썼다. 하지만 내가 아무리 절박하게 노력해 봤자, 그건 어린애 한 명의 노력일 뿐이었다. 당연하다는 듯, 금세 구멍이 생겼다.

여동생의 병세는 점점 더 악화되었다.

나는 그 이유를 알 수 없었다.

소개와 중개를 통해 이런저런 병원을 전전하다 보니, 나까지 쇠약해져 갔다.

정말로 바쁘고도 고된 나날이었다. 그랬건만, 나는 마음 속 한 구석으로 만족감을 느끼고 있었다. 동생을 위해 고생하고 있다는 사실이, 어쩐지 내 마음을 편하게 만들어주고 있었던 것이리라.

그렇기에, 나는 나 자신을 위해서도 그 고생을 결코 멈추지 않았다.

어른들에게 도움을 청했다가 수없이 거절당하고도, 여동

생을 구할 방법을 끝없이 찾아 헤맸다.

『아이카와 히타키』를 구해주겠다고 고개를 끄덕여줄 누군가를 찾고——

찾고, 찾고, 찾고——

찾고, 찾고, 찾고, 찾고 또 찾아서——

그런 끝에 다다른 곳은——

——시야에 하나의 광경이 펼쳐졌다.

그곳은 성의 대형 홀.

너무나 높은 천장에는 촛불 샹들리에가 수없이 매달려 있고, 옆쪽에는 탁 트인 커다란 창문들이 무수히 늘어서 있었다. 서양의 역사적 건축물을 연상케 했지만, 역사적이라고 부르기에는 너무나도 깔끔한 홀이었다. 사방에 그려져 있는 화려한 장식 무늬에는 흠집 하나도 없었고, 가구들 역시 하나같이 새 제품으로 보였다. 그곳이 현대 일본이 아닌 이 세계라는 걸 바로 직감할 수 있었다.

대형 홀에 있는 것은 세 명의 남녀.

나는 그 남녀를 공중에서 내려다보는 것 같은 시점에서 지켜보고 있었다.

세 명 중 한 사람이 고개를 끄덕였다.

짙은 금색 머리칼을 나부끼는 중성적 이목구비의 어른이 고개를 끄덕였다.

"나라면 히타키를 구할 수 있어. 아니, 그 방법을 알고 있다고 하는 편이 정확하려나?"

하얀 천을 몸에 두른 여인이, 맞은편에 있는 기묘한 가면을 쓴 남자에게 말했다.

……누, 누구지?

아니, 그 이전에 여긴 어디지?

분명 의사를 찾아다니고 있었는데, 어쩌다가 이런 낡은 성 같은 곳에 다다른 거야?

아무리 꿈이라도 이건 너무 이상하다…….

너무 고뇌한 나머지 꿈속에서 기억의 날조라도 시작한 걸까? 그렇게 생각하면, 이 기묘한 상황도 납득할 수 있었다.

마치 중세 유럽의 성에 있을 법한 홀. 낡은 외투에 가면을 쓴 남자가, 환상적인 미모를 지닌 여성에게 여동생 치료를 부탁하고 있었다. 그야말로 꿈이라고 할 수밖에 없는 광경이었다.

그러나 나는 눈을 뗄 수 없었다.

뒤죽박죽인 이 기억을 부정할 수 없었다.

이 광경의 전부. 성, 여인, 가면. 그 모든 것이, 어딘가에서 본 적이 있었던 것 같다는 느낌이 들었다. 꿈속에서 여인은 말을 이었다.

"하지만 그 방법은 너무나도 어려운 방법이야. 우선, 최소한 이 세계의 독에 대한 완전한 이해가 필요해."

여인은 남자를 시험하듯 말했고, 남자는 대답했다.

"독──? 아아, 이 세계의 『마력』이라면 우리가 그 누구보다도 잘 다룰 수 있어! 안 그래, **티아라**?!"

남자의 목소리가 힘차게 대답했다. 그리고 그들과 함께 있던 세 번째 등장인물인 소녀를 티아라라고 불렀다.

레반교의 『성인』과 같은 이름으로 불린 소녀는, 양손을 허리에 짚고 가슴을 쫙 폈다.

"맞아! 이 나라를 구한 게 누구인지 알기나 해? 나와 스승님보다 『마력』을 더 잘 다룰 수 있는 사람은 세상에 아무도 없다니까!"

티아라라 불린 소녀는 라스티아라와 아주 비슷했다.

그리고 나는 깨달았다. 닮은 건 소녀뿐만이 아니다.

아름다운 얼굴의 어른 여인은 마치 성장한 디아를 연상케 했다. 그리고 가면 쓴 남자의 말투와 몸짓은 나를 빼다 박은 수준이었다.

"아아, 그러고 보니 너희들은 이게 『마력』이라는 걸 알고 있었던가? 우후후, 『마력』⋯⋯. 그리고 『마력변환』이라. 아주 좋은 센스야. 나도 다음부터는 그렇게 말해 볼까?"

"나는 네가 말하는 계획을 성공시킬 자신이 있어. 그러니까 내 여동생을 구해줘!"

디아와 닮은 여인의 말에 대꾸하는 가면 쓴 남자. 그 얼굴은 보이지 않았다. 하지만 여동생을 위해 절박하게 애쓰는 그 모습을 보고, 나는 한 가지 확신을 얻었다.

"그 대답, 마음에 들어. 하지만 그렇게 가볍게 대답해도 괜찮을지 몰라⋯⋯. 이건 계약. 그것도 보통 계약이 아냐. 사도와의 약속이란 말이지."

"계약이든 뭐든 다 하면 될 거 아냐……. 히타키를 위해서라면, 나는 더 이상 망설이지 않아! 두 번 다시 틀리지 않아!"

여인은 스스로를 『사도』라 일컬었다. 그리고 남자는 히타키의 이름을 언급했다.

즉, 여기 있는 것은 레반교의 『성인』『사도』, 그리고 『아이카와 카나미』라는 뜻이 되는 걸까.

그 마구잡이 등장인물 조합에, 나는 현실감이 사라지는 것을 느꼈다.

틀림없이, 이건 기억의 정리 따위가 아니다.

아마 지금까지 들은 얘기들이 뒤죽박죽으로 뒤섞여서 재생되고 있는 것이리라. 그리고 가까운 동료들이 위인의 배역으로 꿈에 출현하고 있는 것이다. 그렇게 생각하는 게 가장 자연스러웠다. 꿈에서라면 흔히 있을 법한 일이다. 꿈속의 등장인물들은 의기양양하게 얘기를 이어갔다.

"좋아! 그럼 지금 이 자리에서 『사도 시스』와 『시조 카나미』의 계약을 인정할게! 오늘부터 우리는 친구야! 그냥 말로만 하는 얘기가 아니라, 『혼』과 『혼』이 운명의 끈으로 맺어진 거지. 아무리 멀리 떨어져 있더라도, 몇 번을 다시 태어나더라도, 우리는 『저주』에 의해 다시 만나게 될 거야. 그리고 이제부터 너희들에게는 영광이 약속되어 있어. 『사도』와 계약한다는 건 『성인』이 된다는 것. 나라를 구하는 수준이 아니라, 세상을 구하는 영웅── 아니, 영웅을 넘어서 성스러운 존재로서 이름을 남기게 되는 거야! 그리고『성인』을 얻음으로서, 나는 다른 두 사도보다 한 발짝 앞서갈 수 있게 됐어! 아아, 근사해! 이건 정말로 근사한 역사적 순간이야!!"

사도는 빛을 짊어지고 있었다. 아니, 그 표현은 정확하지 않았다.

등에 달린 빛의 날개를 펼쳐서, 후광처럼 남자를 비추고 있었다. 그 빛은 보통 빛이 아니었다. 빛의 밀도가 높아도 너무 높아서, 마치 하얀 벽과도 같았다. 그 빛이 마력을 동반한 것──마법에 가까운 것이라는 점을 한눈에 알아볼 수 있었다. 하지만 그 범상치 않은 빛을 마주하고도, 남자는 한 발짝도 물러서지 않았다.

"그런 건 어찌 되건 상관없어! 그보다, 반드시 히타키를 구하겠다고 맹세해!"

"그래, 네 여동생의 질병은 신의 사도가 가진 힘을 총동원해서 치료하도록 할게. 응, 적절한 치료를 말이지……. 반드시 네 여동생을 구하겠다고 맹세할게……."

남자와 여자의 시선이 뒤엉키고, 서서히 거리가 좁혀져 갔다.

하지만 그 뒤에 있는 디아만은 사도가 두려운 듯, 남자의 옷자락을 꼭 붙잡고 있었다. 그 사도의 빛에 휘감기지 않도록── 아니, 남자를 누구에게도 넘기지 않겠다는 듯, 힘껏 남자를 제지하려 하고 있었다.

남자는 끝까지 그 노력을 알아채지 못했다.

소녀의 눈이 포착한 사도 시스의 악의를 알아채지 못하고, 그 빛에 휩싸여 갔다.

남자는 찬란하게 빛나는 사도의 손을 잡았다.

사도가 그 손을 맞잡고, 계약이 채결되었다.

채결되고, 그 후에 세 사람은, 세 사람은——?

그 순간, 팟 하고.

시야가 검게 물들었다.

꿈이 끝나고, 아무것도 없던 원래의 세계로 되돌아온 것이다.

새까만 어둠 속, 나는 멍하니 표류했다. 커다랗게 입을 벌린 채 떠돌 수밖에 없었다.

너무나도 기괴하고 비현실적인 꿈에, 기가 막혀서 말도 나오지 않았다.

나에게는 이런 장면도, 이런 기억도 없었다.

즉, 방금 그건 내 구미에 맞게 짜깁기로 만들어진 기억이라는 얘기다.

꿈이 분명하다. 왜냐하면, 나는 기억하고 있기 때문이다.

결국 나는 동생을 구해줄 의사를 찾고, 찾고, 찾고——또 찾아 헤맨 끝에, 아무도 찾아내지 못했던 것이다.

그러니까 방금 그 기억은 가짜. 단순한 꿈일 수밖에 없다.

반드시 꿈이어야만 한다.

천 년 전의 성인 티아라가 아이카와 카나미의 제자?

시조로서 사도와 계약했다?

셋이서 히타키의 병을 고치려고 했다?

말도 안 된다.

하지만 만약에……. 이건 어디까지나 만약의 얘기지만, 만에 하나 그게 사실이라면…….

천 년 전의 아이카와 카나미와 아이카와 히타키는 어떻게 된 거지?

지금 여기 혼자 살아가는 나는 누구라는 얘기지?

정말 남매가 천 년 전에 있었더라면, 이미 한참 전에 수명이 다해 죽었을 터였다.

나의 소중한 동생, 아이카와 히타키는 천 년 전에 벌써 죽었다는 건가?

이 이세계에서 아무리 애써 봤자, 그 미래에서 여동생이 기다리고 있지는 않다는 건가?

──아니다.

그럴 리가 없다. 방금 그건 꿈이다.

꿈이다. 꿈이다꿈이다꿈이다꿈이다꿈이다.

되뇌었다. 어둠 속에서, 같은 말을 몇 번이고 거듭 되뇌었다.

당장이라도 울음을 터뜨릴 것 같은 얼굴로 신음하며, 방금 본 기억을 통째로 부정해 나갔다.

꿈인 게 틀림없다. 꿈, 꿈꿈꿈꿈꿈──

"──일어나세요!!"

거듭 되뇌고 있을 대, 머리를 후려치는 것 같은 고함소리가 들려왔다.

그 목소리를 듣고 나자, 어둠이 찢어발겨진 것처럼 붕괴되어 갔다. 빛이 비쳐들기 시작했다.

나는 냉정하게 이해했다. 눈을 뜬 것이라는 것을.

이제 의식이 각성되고, 꿈에서 벗어날 수 있다.

이 악몽으로부터, 드디어——

"——일어나세요!"

"……윽!!"

덮고 있던 담요를 내팽개치고, 눈을 뜨는 동시에 몸을 벌떡 일으켰다.

그리고 곧바로 마법 〈디멘션〉을 최대 출력으로 발동시켜서 주위의 정보를 수집했다.

내가 일어난 곳은 침대 위. 『리빙 레전드호』의 내 방에서 눈을 뜬 것이다. 창문을 통해 들어오는 빛으로 보아 시간은 아침. 방 안에 있는 것은 나와 한 소녀뿐. 내 침대 옆에 와이스 씨가 서 있었다. 아마 나를 깨워준 게 바로 그녀였을 것이다.

대강의 상황은 이해가 갔다. 우선 악몽으로부터 나를 구해준 와이스 씨에게 감사를 표했다.

"고, 고마워요, 와이스 씨. 깨워 주신 덕분에 살았어요."

"폐가 될까 싶어 고민했는데, 깨우길 잘한 것 같네요. 가위에 눌리셨던데요?"

어제와 마찬가지로 부드러운 미소를 지으며 말했다.

잠에서 막 깼을 때 그녀가 곁에 있어 준 것에 대해 감사하면서, 나도 미소를 지었다.

"흔히 있는 일이에요. 잠에서 깨면 꿈 내용은 거의 기억이 안 나지만…… 이유도 없이 무섭고, 어쩐지 불안해지는……."

"그 기분, 저도 잘 이해해요."

와이스 씨는 내가 말을 다 마치기도 전에 내 손을 잡고 말했다.

불안에 떠는 나를 똑바로 응시하며, 주저 없이 '이해한다'고 말해 주었다.

딱히 근거가 있어서 한 말은 아니련만, 어쩐지 안심이 되는 기분이었다.

"이건 제 경험이지만, **내가 나 자신이 아니게 될 것 같아서** 불안해질 때는 다른 사람에게 의지하는 게 좋아요. 제 경우, 악몽을 꿀 때마다 친구인 시아의 도움을 받았어요."

와이스 씨의 그 말은, 스펀지가 물을 빨아들이듯 내 마음속에 스며들었다.

그녀는 내가 어떤 악몽을 꾸었는지 알고 있는 것 같은 느낌이 들었다.

"소년, 당신은 혼자가 아니에요. 무슨 일이 있든지, 당신은 이제 혼자가 아니에요. 자, 배 갑판으로 가세요. 혼자가 아니라는 걸 똑똑히 알 수 있을 테니까요."

내 손을 쥔 손에 힘을 꼭 주고, 와이스 씨는 억지로 나를 침대에서 끌어냈다.

그리고 침대에서 일어난 나를 보고는 "됐어"라며 고개를 끄덕이고, 자느라 이리저리 삐친 내 머리카락을 쓰다듬었다. 잠에서 막 깨어 멍한 상태인 나는 그냥 가만히 있을 뿐이었다.

"그럼, 저는 다시 자 볼게요. 아이드 선생님의 치료를 받을 때까지 안정을 취할 생각이니까, 용건이 있으면 방으로 와 주세요."

와이스 씨는 내 옷매무새를 가다듬어 주고, 바로 방에서 나갔다.

말릴 틈도 없었다. 어느 틈엔가 곁에 와서, 어느 틈엔가 내 불안을 떨쳐내 주고, 어느 틈엔가 떠나 버렸다.

신비로운 사람이라는 생각이 드는 한편……, 동시에, 그 지나치게 넓은 오지랖이 하인 씨와 비슷하다는 생각도 들었다. 그 점에 대해 추궁할 생각은 없었지만, 다시 한 번 감사의 말을 전하기 위해 쫓아가려 했다. 하지만 이제부터 자겠다는 사람의 방까지 쫓아가는 건 좀 내키지 않았다.

언젠가, 다른 형태로 다시 감사를 전해야겠다.

그렇게 마음먹은 나는, 음울한 기분을 떨쳐내고, 기분전환을 시도하기로 했다.

웃옷을 입고, 뺨을 탁탁 세게 치고 방을 나섰다. 오늘도 미궁 탐색이다. 어제는 실책을 저질렀던 만큼, 오늘 탐색에서 그것을 만회해야 한다.

배의 복도를 걸어, 계단을 올라, 갑판에 다다랐다.

아침 햇살이 살짝 눈부셨다. 찡그렸던 두 눈을 뜨니, 바로 근처에 마리아와 디아가 보였다.

"안녕히 주무셨어요, 카나미 씨."

"안녕, 카나미."

동료들의 인사에 나도 "좋은 아침"이라 화답하고, 갑판 전체를 둘러보았다.

아직 이른 시간인데도 다들 모여 있었다. 라스티아라가 스노우를 놀리고 있었고, 세라 씨가 리퍼와 즐겁게 수다를 나누고 있었다.

와이스 씨의 말마따나, 나는 혼자가 아니라고 말할 수 있는 광경이 갑판에 펼쳐져 있었다.

가슴속에 있던 불안이 사라져 가는 것을 느끼며, 나는 동료들을 불렀다.

"모두들 이리 모여 봐. 미궁 탐색 준비를 해 보자."

오늘의 예정을 세우기 위해, 전원이 갑판 중앙 테이블에 모여들었다.

세 번째 미궁 탐색 시간이다. 과제는 35층의 수중 에어리어. 각자가 수영에 얼마나 자신이 있는지를 물어보고 나서,

갈 수 있는 멤버가 누구인지를 확인하자.

아직 시간은 충분하다. 방심하지도, 조바심 내지도 말고, 천천히 정해 나가면 된다.

불안과 후회를 계속 안고 가는 게 아니라, 다 함께 힘을 모아 긍정적으로 나아가자.

계속 앞으로 나아가기만 하면, 내 소원은 언젠가 이루어진다. 언젠가는 여동생 히타키도 만날 수 있다.

그렇다.

앞으로 나아가기만 하면, 언젠가는——

4. 휴일의 끝

　오늘의 탐색 계획을 정하는 데는 그리 오랜 시간이 걸리지 않았다.
　그 후, 전원의 경험치를 소화해서 레벨업을 실시했다. 내가 손에 넣은 레벨 보너스는 전부 마력에 쏟아 부어서 전투 지속 능력을 강화했다.

[스테이터스]
이름 : 아이카와 카나미　HP369/370　MP520/920-400 클래
스 : 탐색가
레벨20
근력11.55　체력13.12　기량17.11　속도20.86
지능17.12　마력46.44　소질7.00

　드디어 레벨이 20대에 진입했다.
　처음 이세계에 소환된 당시의 스테이터스와 비교하면 그야말로 천지차이다. 처음에는 인류 최약 레벨이었는데, 이제는 인간의 한계 영역이라 불리는 레벨 20대에 들어선 것이다.
　물론, 이 정도로 만족할 생각은 없었다.
　나는 레벨20 너머―― 인간의 한계 너머를 향해야만 하는

위치에 있다. 100층이나 되는 미궁을 제패해야 하는 상황인 이상, 지금부터가 진짜 시작이라 해야 할 것이다.

"좋아, 잘되고 있어……."

손에 넣은 힘을 확인하듯이 주먹을 꽉 쥐어 보았다.

아마, 이 갑판에 있는 모든 동료들이 언젠가는 레벨30을 넘어설 것이다.

우리는 강해지고 있다. 성장하고 있다는 확신이 있다. 앞으로 나아가고 있다.

그렇게 스스로를 타이르고 있으려니, 리퍼가 바다를 바라보며 보고했다.

"항해도 순조로워! 단, 본토에 가까워져서 그런지, 마주치는 배들도 늘어난 것 같아!"

갑판의 테이블에 지도를 펼쳐 놓고, 본토까지 남은 거리를 확인하고 있는 모양이었다.

그 말마따나, 바다의 질이 달라졌다는 건 나도 인식하고 있었다. 기후가 안정되어 가고, 상선으로 보이는 배를 목격하는 경우도 있었다.

"알았어, 리퍼. 다만, 우리와 접촉하려고 드는 배들도 나타나고 있으니까, 잔류조들은 주의를 기울여 줘."

마리아에게 주의를 촉구하고, 오늘의 미궁 탐색 멤버들을 소집했다.

이번에는 35층의 수중 에어리어 돌파에 주안점을 두고 있다. 그렇기에, 물과 상성이 안 좋은 마리아는 배에 남겨두기로 했다. 배를 맡게 된 마리아는 온몸에 기운이 넘쳐나는 듯 힘차게 대답했다.

"걱정 마세요, 카나미 씨. 이 배는 제가 반드시 지킬 테니까요. 어떤 적이 나타나건, 이번에는 절대 놓치지 않겠어요——!"

"아, 아니……, 그런 뜻이 아니잖아. 이 배에 대한 걱정만 하지 말고, 접근해 온 상대를 원만하게 돌려보내는 것도 좀 생각해 줘."

마리아가 있는 한 해전에서 밀릴 거라는 걱정은 전혀 하지 않는다. 이 『리빙 레전드호』가 손실되는 상황은, 우리 동료들 중 누군가가 폭주했을 때뿐일 것이다. 솔직히 말하자면, 『리빙 레전드호』의 적은 오히려 마리아 쪽이었다.

내가 걱정하는 것은, 우리 배에 접촉해 온 상대방의 배 쪽이었다. 만약에 상대방이 우호적인 상선이라 해도, 마리아의 기분에 따라서는 안전을 보장할 수 없다.

"하지만 카나미 씨, 전장도 이제 머지않았으니, 이 부근에서는 도적들의 배가 출몰할 수도 있어요. 그런 배를 만나면 전력을 다해 상대하겠어요. 다짜고짜 불살라 버릴 거예요."

"아니, 아무리 상대가 해적이라 해도 적당히 해 둬. 되도록이면 사망자는 나오지 않도록 해 주고……."

"너무 안이하신 말씀이에요. 악인을 관대하게 대해서 어쩌자는 거죠?"

나는 될 수 있으면 마리아가 손을 더럽히지 않기를 바랐지만, 이세계에서 태어나 거친 환경에서 자란 그녀에게는 살인에 대한 거부감이 적었다.

여기서 물고 늘어졌다가는, 또 안이하다는 타박을 주구장창 듣게 될 게 뻔하다.

하는 수 없이, 나는 반론을 멈추고 〈커넥션〉 앞에 섰다.

"알았어. 그럼, 오늘은 나와 스노우와 리퍼와 디아, 이 넷이서 갈 수 있는 데까지 가 볼게."

"네. 다녀오세요."

마리아는 웃으며 나를 배웅해 주었다.

그리고 우리는 꽁꽁 묶은 스노우를 질질 끌고 〈커넥션〉을 통과했다.

스노우는 끝까지 "난 가기 싫어!"라며 반항했지만, 아무도 그녀를 도와주지 않았다.

수중전투에서는 그녀가 가장 강하니 어쩔 수 없는 일이었다.

전원에게 수영을 가르친 다음에 찬찬히 관찰해 본 결과, 스노우 혼자만 빼어난 수영실력을 발휘하고 있는 게 발각된 것이다. 그녀에게서 자세한 얘기를 들어 보니 "수룡의 피가 섞여 있어서 그런지도 몰라"라는 대답까지 돌아왔다.

그런 경위도 있고 해서, 수중 에어리어는 스노우가 담당할 것이 만장일치로 결정되었다.

자신의 수영실력을 끝까지 숨기려 하던 스노우에게 정상참작의 여지 따위는 없었다.

〈커넥션〉을 지나 30층으로 나왔다.

이번 탐색도 불필요한 전투는 피하는 방침으로 진행되었다.

일반적인 몬스터쯤은 식은 죽 먹기로 처치할 수 있으니 굳이 레벨업에 힘쓸 필요는 없었다. 굳이 레벨업을 해야 한다면, 가장 경험치가 높을 것으로 추측되는 39층에서 만만한 적을 상대로 경험치를 버는 게 가장 효과적일 것이다.

리퍼의 어둠마법을 이용해서 몬스터 조우 횟수를 줄여 가며, 우리는 물에 잠긴 계단 앞에 도착했다.

거기서 예정대로 웃옷을 벗어던지고, 최소한의 무기와 수영복 차림으로 채비를 갖추었다.

물이 탁해지거나, 소형 수생생물이 출몰할 때까지는 이 스타일로 도전할 생각이었다.

35층 돌입 전, 최종 확인을 취했다.

"──좋아, 준비 완료. 기본적으로는 내가 선두에 서고, 리퍼가 최후미. 디아는 항상 스노우의 손을 붙잡고 있도록. 스노우, 네가 디아를 보호할 수 있느냐 하는 게 핵심이야. 농땡이피울 생각은 꿈도 꾸지 마."

스노우는 어두운 표정으로 디아의 의수를 붙잡았다.

"농땡이피우고 싶어도, 이 포지션에서는 도저히 빠져나갈 길이 없잖아……."

손을 놓으면 디아의 목숨이 위험해진다.

그것을 알고 있기에 스노우는 진심으로 싫어하고 있었다. 그래도 스노우는 일단 임무를 맡으면 해내려고 노력하는 타입이기도 했다. 나도 그걸 알고 있었기에 이런 식의 배치를 한 것이었다. 무슨 수를 써서라도 스노우에게 일을 시킬 작정이었다.

한편 디아는 보호 받는 입장이어서 그런지, 면목 없어 하는 표정이었다.

"미안, 스노우……. 내 수영 실력이 조금만 더 괜찮았더라면……."

"아, 아아아, 아니, 괜찮아! 디아를 위해서라면 한번 열심히 해 볼게!"

"고맙다, 스노우."

스노우는 디아에게 아부를 떨기 시작했다.

보아하니, 디아에게 빚을 지우는 방향으로 사고방식을 전환한 모양이었다.

역시 스노우는, 일단 데려오기만 하면 일은 확실하게 한다. 워낙 게으른 성격이라 데려오는 게 고역이긴 하지만, 책임감 하나는 누구 못지않다. 그렇지 않았더라면 그렇게까지 귀족의 굴레에 얽매일 일도 없었을 것이다.

"좋아, 가 볼까."

넷이서 최종 확인을 마친 후, 숨을 한껏 들이쉬고 물속으로 뛰어들었다.

아래로, 아래로 잠수해 들어가서, 35층에 진입했다.

먼저 서서히 〈디멘션〉을 물속에 침투시켜서 주위 상황을 파악했다. 물론 물속에서는 마력이 잘 통하지 않았다. 적을 탐지할 수 있는 범위는 평소의 10분의 1도 되지 않았다.

〈디멘션〉으로 주위의 안전을 확인하고, 이어서 눈을 떴다. 차원마법의 효력이 약한 이상, 시각에 의존해야 하는 상황이 많아질 것이다.

35층은 물속이라는 악조건이긴 했지만, 그 이상의 특별한 점은 없었다.

익숙한 석조 회랑에 물이 차 있는 것 정도로만 보였다. 특별히 넓지도 좁지도 않고, 3차원적인 길이 복잡하게 얽혀 있는 것도 아니었다. 그렇기에, 헤엄만 치는 게 아니라, 무중력 공간 속을 나아가듯이 바닥을 박차면서 나아갈 수도 있었다.

끊임없이 〈디멘션〉으로 길을 파악해 가면서 안쪽으로 나아갔다.

수중 탐색에서는 동료의 상태 파악이 무엇보다 중요했다. 한 명이라도 숨을 유지할 수 없게 되면 진형이 무너지고 마는 것이다. 〈디멘션〉을 통해 모든 파티원들이 흐트러짐 없이 따라오고 있는 걸 항상 파악해야만 했다.

그리고 정기적으로 『소지품』에서 공기를 채운 가죽 주머니를 꺼내 숨을 채웠다. 전투가 벌어지면 그럴 시간이 없어지니, 여유를 갖고 꼼꼼하게 숨을 채웠다.

숨을 채우는 과정을 거듭하며 탐색을 진행해 가다 보니, 스노우의 범상치 않은 폐활량이 눈에 들어왔다. 우리가 세 번은 숨을 채워야 할 정도의 거리를, 스노우는 한 번으로 해결했다. 표정으로 보아 딱히 무리하는 것 같지도 않았다. 내가 꼼꼼하게 숨을 채울 것을 추천하니까, 일단 시키는 대로 하고 있는 것 같은 느낌이었다.

현재 우리가 호흡 없이 활동할 수 있는 한계시간은 10분 전후였다. 호흡 없이 헤엄치면서 10분을 활동할 수 있는 셈이니, 이것만 해도 초인적인 수준이라 해도 과언이 아닐 정도다.

하지만 스노우는 차원이 달랐다.

어쩌면 몇 시간이라도 헤엄칠 수 있는 게 아닐까 싶을 만큼 여유가 있었다.

용암지대에서도 통감했었지만, 역시 드래고뉴트라는 종족은 근본적인 구조부터가 인간과는 다른 것 같았다.

우리 인간들은 물속에 적응할 수 없지만, 스노우라면 화산이건 빙산이건── 극단적으로 말하자면, 공중에서건 물속에서건 충분히 살아갈 수 있을 게 아닐까 싶을 정도였다.

역시 스노우가 수중전의 핵심이라는 사실이 확정된 셈이었다.

오늘 열심히 일하면 내일은 농땡이를 피울 수 있으리라 믿고 있는 가엾은 스노우를 중심으로, 미궁 안을 쑥쑥 나아갔다. 그러다 보니, 드디어 더 이상은 몬스터를 피해 갈 수 없게 되었다.

곧바로 주위를 둘러봐서 우회 가능한 길을 찾아보았다. 하지만 진로를 바꾸어도 다른 몬스터와 전투가 발생할 것 같았다. 하는 수 없이, 우리는 임전태세에 들어갔다.

물속인 만큼 말로 설명할 수는 없었다.

손짓 발짓을 동원해서 적의 수효를 후방에 전달했다.

동시에 회랑 안쪽에서 괴이한 형태의 물고기들이 접근해 왔다.

어제 싸웠던 갤프래드 젤리의 권속과는 달리, 마치 가오리처럼 넓적하게 생긴 물고기였다. 단, 옆지느러미가 흉기처럼 날카롭게 생겼다. 혹시라도 그 공격을 직격으로 얻어맞으면 서로 교차하는 동시에 몸이 두 동강이 나 버릴 것임을 손쉽게 예상할 수 있었다.

〈디멘션〉이 아닌 시간으로 적을 확인하는 동시에 전투가 시작되었다.

적의 수는 넷. 숫자로 따지면 동등하지만, 물속인 만큼 우리에게 불리한 상황이었다.

절대로 뒤로 통과시키지 않겠다고 다짐하고 검을 움켜쥐었을 때——

"——마법 〈임펄스〉."

물속인데도 불구하고, 굉음이 고막을 때렸다.

뒤이어 진동이 온몸을 후려쳤다. 곧바로 〈디멘션〉을 확장시켜서, 후방에 있는 스노우의 마법이 진동의 원인임을 확인했다.

처음 만났을 때, 스노우는 진동마법이 주특기라고 했다. 하지만 규격을 초월한 마법사인 디아와 마리아가 있기 때문에, 그녀를 전문적인 마법사로 인식하지 않았었다.

그러나 그런 평가를 재고하게 만드는 광경이 망막에 펼쳐졌다.

미궁이 떨리고 있었다. 초점이 어긋난 사진처럼, 시야가 일그러졌다.

그리고 위세 좋게 헤엄치던 물고기들의 움직임이 흐트러졌다.

대지진 속을 걷는 사람처럼 균형감각과 속도를 상실한 것이다.

하지만 어째선지 그 바로 근처에 있는 내게는 아무런 영향도 없었다. 약간 시계가 흐려지긴 했지만, 그뿐이었다. 스노우가 사용한 진동마법의 높은 정확도에 감탄하지 않을 수 없었다.

나는 그 즉시 검을 휘둘러서, 움직임이 둔해진 네 마리를 모조리 도륙했다.

뜻대로 움직이지 못하는 상대를 절단하는 건 식은 죽 먹기였다.

몬스터들은 각각 두 쪽으로 저며져서, 빛이 되어 사라져갔다.

예상보다 훨씬 쉬운 전투 과정에 놀라면서, 떨어진 마석을 주워 모았다.

후방의 스노우를 칭찬하려 했을 때, 〈디멘션〉이 또 다른 적을 감지했다. 이곳의 몬스터도 지원군을 부르는 타입의 적이었던 건지도 모르겠다. 사방에서 이쪽을 향해 몰려들고 있었다.

나는 뒤에 있는 스노우에게 또 다른 적의 접근을 알리려 했는데,

『──응, 알아. 저쪽에서 세 마리지?』

스노우가 앞서서 대답했다. 물속인데도 스노우는 태연하게 말을 하고 있었다. 물론 말을 하는 건 입이 아니었다. 진동마법을 통해 소리를 직접 고막에 전달하는 방법을 사용하고 있었다.

나는 황당함에 입을 벌렸다.

"움, 우움……? 아, 저기, 이유는 잘 모르겠지만……, 물속에서는 진동의 반향 때문에 어디에 적이 있는지를 알 수 있는 것 같아. 그리고 마법도 엄청 잘 투과되는 것 같고."

아니, 내가 묻고 싶은 건 그 점이 아니었다.

물속에서라도 말을 할 수 있다면, 미리 좀 말해줬어야 할 것 아닌가.

갑자기 혼자 말을 하는 바람에 괜히 깜짝 놀랐단 말이다.

『아까랑 같은 녀석인 것 같으니까, 이번에도 진동마법으로 방해할게.』

하지만 스노우는 내 불만을 알아채지 못했다. 그 불만을 알아챈 것은 『연결고리』로 이어져 있는 리퍼뿐이었다. 리퍼는 스노우 뒤에서 쓴웃음을 짓고 있었다.

하는 수 없이, 나는 스노우의 마법 지원을 중심으로 적 원

군을 요격해 나갔다.

스노우가 자기 입으로 말했다시피, 물속에서 진동마법이 가진 지원효과는 막대했다.

닥쳐드는 각양각색의 어류형 몬스터들이 잇따라 두 쪽으로 저며져 나갔다.

이건 싸움이라 할 수도 없었다. 거의 한순간에 처치할 수 있었기에, 진행에 아무런 방해도 되지 않았다. 손쉽게 적의 포위를 돌파하는 데 성공했다.

이따금씩 뒤에서도 적이 나타나곤 했지만, 그건 리퍼와 디아의 마법으로 대처할 수 있었다. 리퍼의 어둠으로 적을 현혹시키고, 디아의 신성마법 결계로 적을 멀찍이 떼어놓았다. 이렇게 적과의 조우를 회피하는 데 있어서, 이 둘에 맞먹을 수 있는 자는 없었다.

35층 안을 거침없이 쑥쑥 나아갔다.

그러는 동안에 뒤쪽에서 기묘한 웃음소리가 들려왔다.

『에헤, 에헤헤……. 처음 알았어. 혹시 나, 수중 전투가 주특기인 건가……?!』

스노우였다.

마치 인어처럼 날렵한 움직임으로 헤엄치며 히죽히죽 웃고 있었다. 그녀의 용꼬리가 물고기의 지느러미와 같은 역할을 수행하고 있었다. 그 덕분에 수영의 수준이 우리와는 현격히 달랐다.

확실히 수중전에 있어서 스노우는 그 누구보다도 뛰어난

전력이었다. 단순히 수영 실력이 뛰어난 것뿐만이 아니라, 진동마법에 의한 응용능력도 강점이었다. 나는 뒤를 돌아보고, 스노우의 말에 고개를 끄덕여 보였다.

『에헤헤……. 역시 그런가?』

스노우는 의기양양하게 가슴을 쫙 폈다.

게으른 그녀가 신이 나 있는 모습을 보니 나도 기뻤다. 나는 "그래, 그래"라고 연신 고개를 끄덕이고, 쑥스러워하는 스노우를 계속 치켜세웠다.

그리고 마지막으로, "그럼 네가 선두에 서"라는 제스처를 보냈다.

그러자마자 스노우는 약한 모습을 보였다.

『아, 아니, 물속은 역시 힘든 것 같아. 움직임도 무겁고, 숨도 차는 것 같다니까. 응, 도저히 못 싸우겠어. 난 못해, 못해』

치켜세워서 움직이게 만드는 작전은 실패했다.

그렇게 변명할 여유가 있는 걸 보면 괜찮은 거 아니냐고 따지고 싶었지만, 고집스럽게 우겨대는 스노우를 제스처만 가지고 설득할 자신은 없었다. 그리고 무엇보다 노력이 아까웠기에 단념하기로 했다.

얌전해진 스노우를 데리고 계속 안쪽으로 나아갔다.

이번 멤버들은 다들 의사소통 능력이 뛰어났기에, 수중 탐색은 순조로웠다.

그리고 35층 중심부쯤까지 다다랐을 때, 우리는 수중 회랑 옆으로 나 있는 묘한 동굴을 발견했다. 〈디멘션〉으로 확인해 보니, 그 공간 너머에는 물이 차 있지 않은 것을 알 수 있었다.

보스가 서식하는 특수한 공간이라고 생각했지만, 〈디멘션〉으로 아무리 찾아 봐도 위험요소를 발견할 수 없었기에, 그 동굴로 들어가 보기로 했다.

그 동굴은 막다른 골목이었다. 그런데도 보이지 않는 벽이 막고 있는 것처럼 물이 들어가지 않고 있었다. 우리는 별 어려움 없이 그 안에 들어갈 수 있었다.

"이거 대체 어떤 구조로 된 거야……."

어린 시절의 그리운 기억이 떠올랐다. 욕조에 통을 거꾸로 해서 가라앉혀도 공기가 흘러나오지 않는 현상을 배운 적이 있었다. 지금 이 공간은 그것과 같은 상황이었다.

하지만 이렇게 적절한 위치에 숨 쉴 수 있는 공간이 있다는 것에 위화감이 느껴졌다. 이런 특수한 공간에서 수압과 기압이 균형을 이루다니, 마치 『누군가』의 개입이 있었던 것 같다는 생각밖에 들지 않았다. 『누군가』가 35층에 도전하는 탐색가를 위해서 일부러 공간을── 아니, 그 예측대로 『누군가』가 고의적으로 만든 게 분명했다.

『병렬사고』가 내 추리를 긍정했다.

이곳이 이세계의 미궁이라는 근거 하나만으로 납득하고 넘어갈 수도 있다. 하지만 과거에 로웬과 나눈 대화 때문에 『누군가』의 존재를 확신할 수 있었다. 그 때, 로웬은 "인간에 대해 다정한 『누군가』가 미궁을 만들었다"고 했었다.

결국 규칙상 그 『누군가』의 정체는 가르쳐줄 수 없다고 했지만, 그 말투로 보아, 누군가가 의도적으로 미궁을 만들었다는 건 틀림없을 것이다.

그 『누군가』가, 이 35층을 쉽게 클리어할 수 있도록 『휴식 거점』을 만든 것이다. 그렇게 생각하면 이 공간이 존재하는 이유를 설명할 수 있다. 조금씩 정보의 조각들이 갖추어져 가는 것을 느꼈다.

"──있잖아, 카나미. 여기서 쉴 거라면 모닥불이라도 피울까?"

생각에 몰두하고 있으려니, 옆에서 디아가 말을 걸었다.

미궁 탐색 중에 딴청을 피우고 말았다. 이 틈에 적에게 기습이라도 당했더라면 제때 대응하지 못할 뻔했다.

바로 어제 방심했다가 처절하게 후회했으면서, 내가 지금 무슨 짓을 한 건가.

나는 서둘러 의식을 미궁 공략 쪽으로 집중시켰다.

"아니, 이런 곳에서 불을 피우는 건 위험해. 잠깐 숨을 고르고, 주머니에 공기를 재충전하고, 바로 출발하자. 여기서 몬스터에게 습격당하면 도망칠 곳이 없으니까."

"알았어. 그럼 휴식은 일찌감치 끝낼게."

디아는 고개를 끄덕여 대답하고, 『소지품』에서 꺼낸 가죽 주머니에 공기를 채우는 작업을 거들어주었다. 그리고 우리는 곧바로 휴식을 마치고 다시 물속으로 뛰어들었다.

그러면서 진형을 살짝 변경했다. 리퍼와 내가 위치를 바꾸어, 적 탐색의 부담을 분산시켰다. 한 명만 MP를 극단적으로 소모하는 상황을 회피하기 위해서였다.

솔직히 말해서, 적을 회피하는 것만 따지자면 리퍼가 선두에 서는 편이 더 나은 것이다.

리퍼의 우수한 어둠마법을 교묘하게 이용해서, 우리는 엉뚱한 곳에 시간을 끌리지 않고 다음 층을 향해 똑바로 나아갈 수 있었다.

물론 모든 적을 다 회피할 수는 없었으므로, 때로는 전투가 벌어졌다. 하지만 예상 이상으로 수중전에 강한 면모를 선보인 스노우 덕분에, 딱히 애를 먹을 일은 없었다. 물고기 몬스터에게 있어서 진동마법은 약점이라 해도 과언이 아니었다. 그녀의 전투 모습을 보고 있자면, 원래 내가 살던 세계에서는 금지되어 있는, 바위를 물에 던져서 물고기를 잡는 어획 방법이 떠올랐다. 어쩌면 어제의 갤프래드 젤리와의 전투도 스노우가 있었다면 식은 죽 먹기였을지도 모르겠다.

하지만 아무리 뛰어난 전력이 있다 해도, 이제 보스와의 전투는 절대로 하지 않을 생각이었다. 어제 본 쓴맛이 너무나도 지독했다. 어지간히 불가피한 상황이 아니라면, 내가 처음 가는 층에서 보스전을 치르는 일은 없을 것이다.

이렇게 해서 끝까지 방심하지 않고 35층을 탐색한 결과, 우리는 36층으로 가는 계단을 발견할 수 있었다.

35층에서 36층으로 내려가는 계단은, 그야말로 소용돌이와도 같은 상태였다.

35층의 물이 중력을 거스르지 못해 36층으로 빨려 들어가고 있는 것이었다.

우리는 소용돌이에 휩쓸려서 계단을 내려갔다. 그 너머의 36층에서 기다리고 있던 것은, 회랑을 가득 채운 물이 아니었다. 수위는 절반 이하로 내려가고, 호수와 같은 공간이 펼쳐져 있었다.

폭포처럼 되어 있는 계단을 빠져나와 주위를 둘러보았다. 연속으로 수중이 아니어서 천만다행이었다. 주위를 둘러보니 풍경이 달라져 있었다. 옆쪽의 벽에서 샘이 흐르기도 하고, 여기저기 수초 같은 것도 돋아 있었다.

"물속보다는 낫지만, 여기도 움직이기가 영 불편한데."

우리는 허리춤까지 차오른 물을 헤치며 회랑 안을 나아가기 시작했다.

특히 디아와 리퍼가 힘들어하는 것 같았다. 기본적으로 키가 작다 보니, 거의 헤엄쳐 가야 하는 상황이었다. 그런 와중에도 스노우는 태연자약해 보였다.

"뭐, 움직이기가 불편해……?"

스노우는 지상에서 걷는 것과 별반 다르지 않은 걸음걸이로 성큼성큼 걷고 있었다.

"이봐, 스노우. 혹시 여유가 있으면 디아나 리퍼 둘 중에 하나를 좀 짊어지고 가 주면 안 될까?"

그녀의 완력이라면 그 정도는 식은 죽 먹기일 것이다.

"응? 지, 짊어지고……?"

하지만 스노우는 곤혹스러운 표정이었다. 그녀의 성격상, 순순히 고개를 끄덕여 줄 리가 없었다. 어떻게 그녀를 설득하면 좋을지 내가 고민하고 있는 사이에, 리퍼가 먼저 교섭에 나섰다.

"부탁이야, 언니. 나는 헤엄칠 줄 알지만, 디아 언니는 더 힘들 테니까……."

"으, 으으으……."

"언니가 귀찮아한다는 건 잘 알아. 그러니까, 잠깐 귀 좀 대 봐──."

그렇게 말하고, 리퍼는 스노우의 귀에 뭔가를 속삭이려 했다. 나는 황급히 〈디멘션〉에 구멍을 만들어서, 그녀들의 비밀 얘기가 들리지 않도록 했다. 내가 의식할 수 있는 범위 안에서는 그녀들의 사생활을 최대한 존중해 주기로 방침을 정해 둔 이상, 그 밀담을 들을 수는 없었다.

더불어 그런 자세를 스노우에게 보여주려는 의도도 있었다. 나와 리퍼가 타인을 배려하는 자세를 지속적으로 보여주면, 언젠가 그녀도 자신의 행동을 반성하고 도청행위를 중단해 줄지도 모른다. 그런 아련한 기대를 품고 있었다.

두 사람은 속닥속닥 밀담을 주고받았다.

그리고 그 결과, 스노우는 해맑은 얼굴로 힘차게 고개를 끄덕였다.

"응, 알았어. 나만 믿어, 리퍼!"

"후우, 다행이다……."

"그럼, 둘을 양 어깨에 태우고 갈게. 밸런스가 안 맞으니까, 둘이서 잘 균형을 맞춰야 돼."

"응, 부탁할게!"

스노우는 쌀가마니를 짊어지듯이 두 사람을 양 어깨에 짊어지고 걷기 시작했다.

옆에서 보고 있자면 굉장한 광경이었다.

스노우는 키는 크지만 호리호리하다. 그 가녀린 몸으로 여자아이 둘을 태우고 가는 광경은, 원래 내가 살던 세계에서는 물리적으로 불가능한 모습이었다.

게다가 그 걷는 속도도 보통이 아니었다.

걷기 불편한 물속인데도, 산책이라도 하듯 나아가고 있었다. 인간이 아니라 가벼운 발포 스티로폼이라도 짊어지고 있는 게 아닐까 싶을 만큼, 그 발놀림은 경쾌했다.

드래고뉴트의 압도적인 스펙을 뼈저리게 실감하게 되는 순간이었다.

무엇보다, 덕분에 우리 두 꼬마의 피로를 경감시킬 수 있게 되었다.

디아가 스노우에게 감사인사를 하는 동안, 나는 눈짓으로 리퍼에게 감사를 표했다. 나와 이심전심 상태인 리퍼는 그것을 오해 없이 알아듣고, 약간 쑥스러운 듯 수줍어했다.

"이제 안심이야. 앞으로 나아가자."

나를 선두로 해서 36층을 나아갔다. 이 층을 탐색하는 건 피로가 좀 쌓이긴 했지만, 평소와 별반 다를 건 없었다. 적의 레벨이 오르긴 했지만, 우리의 레벨도 올랐다.

이렇다 할 문제없이 계단을 발견했지만——

"서, 설마……."

37층으로 이어지는 계단은, 또 물에 잠겨 있었다.

"어쩌지, 오빠……? 아직 다들 여유가 남아있긴 한데……."

리퍼가 내게 판단을 부탁했다.

동료들의 상태를 보아하니, 스노우 덕분에 다들 한참 더 헤엄칠 수 있을 것 같긴 했다.

나는 계단 앞에서 전원의 스테이터스를 확인하고 심사숙고했다.

"아니, 오늘은 그만 돌아가자. 35층과 36층의 길을 파악한 것만 해도 충분한 성과야."

이 수중층이 위층과 같은 구조라고 낙관할 수는 없었다.

이번에는 최단거리의 경로를 이용해서, 더 피로가 적은 상태로 37층에 도전하는 게 최선일 것이다. 공기가 든 가죽 주머니를 더 늘려야 한다는 것도 깨달았다. 그리고 어제의 교훈이 있었던 만큼, 더 여유를 갖고 행동하고 싶기도 했다.

종합적으로 판단해서 퇴각을 선택했다.

디아는 약간 불만스러운 기색이었지만, 스노우의 어깨에 얹혀 있는 상태인지라 강하게 반발하지는 못했다.

반면에, 스노우는 생각보다 빨리 돌아갈 수 있게 됐다는 사실에 희희낙락이었다.

"아자─! 오늘은 일찍 돌아갈 수 있다─!!"

나는 슬쩍 스노우를 쏘아보아서 입을 다물게 만들고, 근처에 〈커넥션〉을 만들었다.

이렇게 우리는 세 번째 탐색을 마치고, 마법의 문을 지나 배로 돌아왔다.

그리고 배로 돌아온 우리를 기다리고 있던 것은──불바다였다. 바다 한가운데서 타오르는 배의 모습에, 나는 넋이 나가 버렸다.

"어……? 어, 뭐야…….."

잿빛 연기를 뿜어내며, 배가 장작이 되어 타오르고 있었다. 돛이 불타서 찢어지고, 돛대는 당장이라도 쓰러질 것 같았다. 이대로 계속 타면 침몰할 것이다. 그런 확신이 들 만큼 거센 불길이었다.

"뭐, 뭐 하는 거야……?"

내가 가까스로 이성을 유지할 수 있었던 것은, 불타고 있는 것이 『리빙 레전드호』가 아닌 낯선 배였기 때문이었다. 낯선 배가 앞쪽에서 화르륵화르륵 불타고 있었다. 트라우마 중 하나인 광경이 눈앞에서 재현되는 바람에, 심장이 쿵쾅쿵쾅 불안하게 요동치기 시작했다.

"후후후후후훗!"

"아하하하하핫!"

내 목소리는 들리지도 않는 듯, 두 사람, 마리아와 라스티

아라가 갑판에서 소리 높이 웃어대고 있었다.

불에 타서 가라앉는 배를 신이 난 얼굴로 지켜보는 모습에서는 광기가 느껴졌다.

나는 용기를 쥐어짜서, 목청을 높여 두 사람에게 소리쳤다.

"잠깐! 거기 둘! 지금 뭐 하는 거야?!"

"아, 카나미 씨, 어서 오세요."

"어서와─, 카나미─."

별 일 아니라는 듯 웃으며 나를 맞이하는 두 사람. 하지만 그 미소가 오히려 더 무서웠다.

"원만하게 해결하라고 했잖아?! 왜 처음 보는 배가 거기서 불타고 있는 건데?!"

"후후훗, 하필 내가 배를 지키고 있을 때 오다니 운도 없는 녀석들이라니까!"

라스티아라가 연극적인 말투로 자신의 성과를 자랑했다.

이 녀석과는 말이 안 통하리라는 것을 순식간에 간파하고, 나와 같이 어두운 표정으로 한쪽에 서 있던 메이드복 차림의 수인 여인에게 소리쳤다.

"세라 씨! 왜 안 말린 거예요?!"

"아니, 방화는 말렸어⋯⋯. 하지만 상대가 상대이다 보니까⋯⋯. 아가씨를 완강하게 제지할 수가 없어서, 저기, 이해하지⋯⋯?"

이 사람은 라스티아라와 세트로 둔 게 잘못이었어! 쓸모가 없다니까!

나는 머리를 싸쥐고, 붕괴되어 가는 낯선 배 쪽으로 시선을 옮겼다.

　최악이었다. 말썽도 너무 큰 말썽이다. 나는 연합국에서는 불가피하게 범죄자가 됐지만, 다른 곳에서는 청렴결백한 모험가로 살고 싶었다. 그 야망이 불타는 배와 함께 무너지고 있었다.

　그런 내 모습을 보고, 마리아가 부랴부랴 변명을 시작했다.

　"아, 아뇨, 카나미 씨! 일단 사정이 있었어요! 사정이!"

　"사정이라니? 어떤 사정……?"

　"저 배는 처음에는 상선인 척 위장하고 우리에게 교섭을 시도했었지만……, 어린 제가 선원 대표로 나선 걸 보고는 태도가 돌변해서 공격해 왔어요."

　"정말……?"

　"정말이에요!"

　마리아가 언성을 높였다. 그녀에 대한 나의 신뢰도가 낮은 것에 대해 적잖이 충격을 받은 모양이었다. 그때 라스티아라가 끼어들었다.

　"이른바 해적이라는 녀석들이야. 전장에 가까워지다 보니, 자연스럽게 그런 놈들도 늘어나는 것 같아. 일단 마리아는 카나미와 한 약속을 지켰어. 아침에 공격해 온 자들은 불꽃으로 위협해서 쫓아 보냈으니까. 그런데 낮이 되니까 다른 해적선이 이쪽으로 다가오지 뭐야. 아마 아침에 쫓아

낸 배가, 우리 배의 위치를 자기 패거리에게 알려준 거 아닐까? 게다가 습격에 실패하더라도 '원만하게 돌아갈 수' 있으니까, 몇 번이고 공격하지 않을 이유가 없겠지. 게다가 선원이라고는 여자애 셋뿐이기까지 하고. 누가 들어도 먹음직스러운 먹잇감 아니겠어?"

라스티아라는 야유를 곁들여서 설명했다.

마리아를 보호하면서, 내 판단이 그릇되었다는 것을 지적했다.

"카나미의 지시를 지키느라 마리아가 어쩔 줄 몰라 하기에, 내가 독단으로 허가한 거야. 앞으로 더 나타나는 놈들이 있으면 배를 불살라 버리자고! 그러면 다른 패거리들에게도 좋은 본보기가 될 테니까! 욕구불만이 쌓여 있던 마리아도 대찬성! 그 결과, 이런 상황이 된 거지──!"

"아무리 그렇다고 해도 즉결로 배를 불살라 버리는 너희들의 태도는 좀 무섭지만……, 사정이 있었다는 건 알겠어."

굳이 『병렬사고』를 쓰지 않더라도, 원인은 알 수 있었다. 내가 안이했던 게 원인이었다.

마리아는 그런 내 안이한 지시를 지키려고 최대한 애써 주었다. 그 모습을 보다 못한 라스티아라가 그녀를 감싸주었다. 세라 씨도 내 지시보다 라스티아라의 지시가 더 바람직하다고 판단했다. 도덕적으로는 내가 옳았을지도 모르지만, 모두의 안전을 고려한다면 내 판단은 그릇된 것이었다. 그것뿐이었다.

"소리쳐서 미안, 마리아, 라스티아라. 오히려 잘못한 건 나였는데."

마치 자기는 절대로 그릇된 판단을 하지 않는다는 식으로 지껄인 게 잘못이었다.

스스로의 어리석음을 통감하고, 저절로 고개가 숙여졌다.

"라스티아라 씨! 말씀이 지나치세요. 좀 더 완곡하게 말씀하셔야죠! 카나미 씨는 모든 걸 다 자기 탓으로 생각하는 버릇이 있다구요!"

"그래도 사실은 사실이니까……. 방금 그것도 나름대로 완곡하게 말한 건데?"

"아뇨, 저는 똑똑히 들었어요. 카나미 씨의 말꼬리를 잡아서, 굳이 '원만하게' 돌아간다는 표현을 써서 비꼬았어요. 그러면 타격에 약한 카나미 씨의 마음이 상처를 입게 되잖아요."

"아니, 자기 잘못을 깨닫게 하려면 그 정도는 말해 줘야지. 특히 카나미는——."

내가 너무 한심하게 굴어서인지, 마리아에게 걱정을 끼친 것이다.

그나저나, 마리아가 나를 그런 식으로 생각했다는 게 더 충격인데…….

마리아는 내 자학적인 성격을 걱정하고 있는 것 같았다.

이제라도 그녀의 걱정을 덜어주기 위해서, 약간 목소리에 힘을 주어서 대답해.

"고마워, 마리아. 이제 됐어. 내가 실수한 건 사실이니까, 그 점에 대해서는 제대로 반성할 생각이야. 물론 그렇다고 필요 이상으로 전전긍긍할 생각은 없으니까 걱정 마."

라스티아라와 마리아 사이에 끼어들어서 말다툼을 말렸다.

다만, 균형을 잡기 위해 두 사람에게도 반성을 촉구하며 타일렀다.

"하지만 배를 불사른 것에 대해서는 너희들도 반성하도록 해. 배로 돌아왔는데 눈앞에서 배가 불타고 있으나 누구나 당황할 수밖에 없잖아."

"아, 네. 역시 불태워 버리는 건 좀 지나쳤던 것 같아요……. 항해를 계속하지 못하게 하는 방법은 그것 말고도 얼마든지 더 있었는데……."

마리아는 얌전해졌다. 그러나 라스티아라의 태도는 평소 그대로였다.

그녀는 분위기가 약간 누그러진 것을 확인하고, 이 자리의 분위기를 한층 더 띄우기 위해 즐거운 목소리로 말했다.

"좋─아, 그럼 이 일은 정리된 거지? 나도 좀 반성하고 있다니까……. 그나저나, 미궁 쪽 진행상황은 어때?"

"아아, 37층까지 갔었는데, 또 물속이라서 여유를 좀 갖고 도전하려고 일단 돌아왔어."

"그랬구나. 그럼 내일이면 39층까지 갈 수 있겠네……."

"아마 갈 수 있을 거야."

조금만 더 있으면 레벨업 예정지인 39층에 도착한다.

항해도 순탄하게 진행되어, 제법 본토에 가까워진 상태다. 이르면 내일이나 모레쯤 도착할 수 있을 것이다. 그 경과보고를, 라스티아라는 얌전히 듣고 있었다.

"순조롭게 풀리고 있네. 그럼, 내일은 나도 미궁 파티에 낄 거야. 피니시는 내가 먹이겠어!"

라스티아라는 여전히 적극적이었다.

나도 그런 태도를 본뜨려고 노력하고 있지만, 아무래도 원조에는 당해낼 수 없을 것 같았다. 사소한 일 하나에 소극적이 돼 버리곤 한다.

나는 한숨을 쉬며, 라스티아라가 한 것처럼 생각의 방향을 전환시켰다.

순조롭다.

나는 순조롭게 앞으로 나아가고 있다──

마음속으로 그렇게 거듭 되뇌었다.

그리고 오늘은 일찌감치 모두 휴식을 취하면서 내일의 미궁 탐색에 대비하기로 했다.

스노우는 낚시에 푹 빠졌는지, 리퍼와 함께 느긋하게 낚싯줄을 늘어뜨리고 있었다. 라스티아라는 마리아와 세라 씨의 집안일을 거들었다. 마지막으로 디아는, **또** 해가 저물기도 전부터 잠들었다. 가까운 방에서 잠든 와이스 씨처럼, 고요히 잠들어 있었다.

익숙지 않은 배 여행을 하느라 피로가 쌓인 건지도 모른다. 나도 연속된 미궁 탐색 때문에 피곤했기에, 그 날은 일찌감치 침상에 들었다.

졸음이 몰려와서 잠의 늪에 빠져드는 가운데── 또 그 꿈을 꾸었다.

오늘도 나는 꿈을 꾸었다. 지난밤처럼 기억의 정리가 이루어졌다. 순조롭기 그지없었다.

해적선이 불탄 이튿날.

아직 해도 뜨지 않은 이른 아침. 배의 갑판에 라스티아라의 절규가 메아리쳤다.

"아아, 진짜! 귀찮아 미치겠네!"

라스티아라는 뺨이 뾰로통해져서, 어린애처럼 화내고 있었다.

그리고 갑판에 설치되어 있는 의자에 앉은 채, 뺨을 테이블에 꽉 짓눌렀다. 그 모습에서는, 이제 두 번 다시 일어나지 않겠다는 결연한 의지가 느껴졌다.

무리도 아니었다. 아침에 푹 자고 있다가 강제로 일어났으니, 짜증이 날 만도 하겠지. 나 역시, 피로는 풀렸지만, 졸음 때문에 몸이 좀 무거웠다.

아직 하늘도 어둠침침한 이 시간에 우리가 깨어있는 이유── 그것은 해적들이 다가와서 포탄을 쏘아댔기 때문이었다.

그래서 할 수 없이 나와 라스티아라가 졸린 눈을 비비며 일어나서, 접근해 오는 해적선을 격퇴해야 하는 신세가 되었다.

"수고하셨어요, 라스티아라 씨……."

테이블에 엎어져 있는 라스티아라에게 마리아가 홍차를 대접했다. 테이블 위에는 근사한 티세트가 놓여 있었다. 나도 모르는 사이에, 이 배에는 처음 보는 고급품들이 상비되어 있었다. 내 추측이지만, 아마 어제 우리를 습격해 온 해적선에서 강탈한 것이리라.

라스티아라는 홍차 향기에 이끌려 고개를 들었다. 그 거친 말투와는 딴판인, 우아하기 그지없는 동작으로 찻잔을 입에 가져가며, 마리아와 얘기를 나누기 시작했다.

"젠장……. 이거, 전장이 가까워져서 이런 건가……?"

"그럴 거예요. 본토에 가까워지면 가까워질수록, 이런 패거리들도 늘어나겠죠."

"이것보다 더 숙면을 방해받게 된다면, 차라리 항로를 변경하는 게 나을지도 모르겠네."

"아니면, 앞으로는 제가 불침번을 서면서 경계할까요?"

"으─음. 마리아 피부에 안 좋으니까, 그 방법은 피하고 싶은데."

두 사람은 진지한 표정으로 야습 관련 대책을 강구하기 시작했다.

그러나 나는 근본적인 점에서 걸리는 게 있었기에, 그 대화에 참여할 수 없었다.

"저기, 지금 우리의 목적지인 본토는 전쟁 중이었어? 그래서 해적이 많은 거야?"

이세계인인 나로서는, 이런 초보적인 질문부터 할 수밖에 없었다.

"카나미 씨……. 불가피한 면도 있다는 건 알지만, 너무 한심하네요……."

마리아는 나의 무지함을 한탄했다. 아마도 나는 어린애들도 알 법한 일조차 모르고 있는 모양이었다.

"미, 미안. 웬만하면 얽히고 싶지 않아서, 전쟁에 관한 얘기는 의도적으로 최대한 피해 왔거든. 그래서 거의 몰라……."

"거의가 아니죠. 아무것도 모른다고 해야 할 상태예요."

마리아는 유난히 독한 말로, 한쪽에만 편중된 내 지식을 나무랐다.

"아니, 원래는 계속 연합국에서 지낼 생각이었으니까, 그런 것까지 알 필요는 없지 않을까 해서……."

"카나미 씨는 전쟁을 진짜 싫어하시나 보네요. 하지만 이제부터는 본토를 돌아다녀야 해요. 앞으로는 싫어도 귀에 들어오게 될 거예요. 그러니까 차라리 미리 차근차근 설명을 들으시는 게 좋지 않을까요?"

"그럼 부탁 좀 해도 될까? 으음……, 우선, 어디서 어느 정도의 전쟁이 벌어지고 있지? 솔직히, 그 점부터 모르겠어…….”

“지금부터 가게 될『본토』. 정식 명칭『발렌시스(조상이 태어난 땅)』는 세계 최대의 대륙이에요. 그곳은 지금 남과 북으로 나뉘어서, 세계 최대 규모의 전쟁을 벌이고 있어요. 발트 본국은 그 전장의 최전선에 있죠.”

황당해하면서도, 마리아는 차근차근 설명해 주었다. 그 전쟁은 세계 최대 규모라 할 만큼 큰 전쟁인 모양이었다. 그런 전쟁에 대해서도 모르고 있었으니, 무시를 당할 만도 했다.

“그 전쟁의 이유는? 역시 종족의 차이 같은 것 때문에, 인간과 마물이 싸우고 있는 거야?”

일반적인 판타지 세계의 전쟁 원인을 언급해 보았다. 그러나 마리아는 고개를 가로저었다.

“아뇨, 종족은 별 관계없어요. 이건 인간들끼리의 영토 다툼── 레반교를 주로 믿는 연합국군과, 그 밖의 동맹국들 사이에 벌어진 전쟁이죠. 지금은 단순히 연합국군의『남연맹』과 동맹국군의『북연맹』이라고 부르고 있어요. 항간에는 그냥 간단하게『경계전쟁』이라 불리고 있죠.”

“레반교도와 그 밖에 나라들 간의 전쟁이라면, 종교적인 분쟁이야……?”

인간과 인간의 전쟁이라는 얘기를 들으니, 약간 서글퍼졌다. 내 세계에서는 흔히 있는 일이건만, 이 이세계에서는 달랐으면 좋겠다는 어렴풋한 바람을 갖고 있었던 것이다.

"아뇨, 종교가 원인이 된 건 아니에요. 정말이지 언제부턴가 시작돼서, 언제부턴가 서로에게 증오를 퍼붓게 됐어요. 그러니까 실제로는 각 나라들이 저마다의 권익을 다투는 것……, 이라고 할 수 있겠죠."

권익. 생각해 보면 그런 이유가 더 공허한 것 같기도 했다.

"──일반적인 상식으로는 그렇게 알려져 있지."

마리아가 간단한 개요에 대한 설명을 마치자, 다음에는 후즈야즈의 요직에 앉아있던 라스티아라가 말을 이었다. 방금 들은 얘기는 어디까지나 일반시민의 상식일 뿐이라는 것이었다.

"연합국의 상층부는 아주 오래 전부터 『북연맹』에 있는 일부 영지를 원하고 있었다나 봐. 그곳을 손에 넣기 위해서, 천 년 전부터 『북연맹』 방면에 싸움을 걸고 있다고 해."

라스티아라는 태연하게 『남연맹』 연합국군의 전략적 목표를 얘기했다. 지위가 지위이니만큼, 그녀는 상층부와 대화를 나눠 볼 기회도 많았을 것이다. 알면 목숨이 위험해질 수준의 국가기밀이 아닐까 싶었다. 하지만 나는 다른 대목이 더 마음에 걸렸다.

"천 년 전?"

내 입장에서 연합국이나 전쟁의 속사정 같은 건 남의 일이나 마찬가지다.

그보다 천 년이라는 단어에 더 관심이 갈 수밖에 없었다. 아마 그 말은 미궁을 지키는 가디언의 탄생과 관련이 있을 것이었다.

"응. 천 년 전에도 『경계전쟁』과 비슷한 싸움이 있었다고 해. 그 싸움이 모든 일의 발단이었다는 거야. 경건한 레반 교도들은 그 전쟁에 대해 뿌리 깊은 앙심을 품고 있으니까 말이지. 지금 벌어지고 있는 전쟁은 그 연장선상에 있는 것일지도 몰라. 하지만 천 년이나 지난 일이다 보니, 이제 상세한 내용은 전승── 신화에 가까운 형태로만 전해지고 있어. 정말이지, 천 년 전의 문헌을 읽어 보면 진짜 장난 아냐. 손가락 한 번 튕기면 대지가 쪼개져 버리는 수준이니까."

"천 년이나 지난 일이다 보니까 정확한 문헌은 안 남아 있다는 거구나……."

리퍼의 『사신』에 대해 조사했을 때도 그랬다. 이야기가 너무 황당무계해서 신뢰할 수가 없었다.

"아니, 천 년이라는 세월의 벽보다, 싸움의 결말이 문제였던 모양이야. 천 년 전의 전쟁을 끝낸 결정타가 된 건, 적의 『사도』가 사용한 **마법진**. 이게 대륙 전체의 생물들을 모조리 집어삼키는 바람에, 전쟁에 대해 상세히 아는 사람이 얼마 안 남게 됐다나 봐. 내가 알기로……, 최종적인 전사자는 적과 아군을 가리지 않고 전체 인구의 9할이었대."

"구, 9할……?"

9할의 전사자. 일반적인 전쟁이라면 그런 터무니없는 숫자가 나올 리가 없다. 9할이나 죽기 전에 전쟁이 끝나는 게 정상이었다.

"9할이라면 그야말로 세계 붕괴의 위기 아니겠어? 그리고 세계 붕괴를 노리던 적측의『사도』는, 정의의『사도』시스와 성인 티아라에 의해 징벌 받았다는 거야. 전쟁도 끝났고. 모두 행복하게 살았답니다── 이런 식이지."

이것이 현대에 전해지는, 천 년 전 전쟁의 결말.

도저히 곧이곧대로 믿을 수가 없었다.

그 얘기가 사실이라면, 사도 시스와 성인 티아라라는 녀석들의 완승이다. 그 뒤로 성인 티아라는 종교까지 만들어서『재탄생』을 시도했다. 그렇게 집념 가득한 녀석이 제대로 된 역사를 남길 것 같지는 않았다.

오히려 그들이 가장 사악한 짓을 저질러서 9할에 이르는 전사자를 내고, 우격다짐으로 승자 행세를 한 게 아닐까 하는 생각이 들었다. 그렇게 생각하니, 9할이라는 전사자의 수도 수상하게 느껴졌다. 어쩌면 그것도 축소해서 전해진 것 아닐까?

천 년 전 전쟁의 진짜 결말. 그것은 9할이 아니라 10할──전부 다 죽어버린 것 아닐까? 살아남은 성인 티아라 등이 그 전쟁의 역사를 마음대로 왜곡한 것 아닐까?

나는 심각한 표정으로 천 년 전 전쟁을 의심했다.

그런 내 의심을 알아챈 라스티아라는 쓴웃음을 지으며 덧붙였다.

"아니, 카나미가 그렇게 생각하는 것도 이해는 가. 하지만 레반교의 신자들은 이 역사를 뼛속까지 믿고 있으니까,

너무 심하게 비판하지는 마. 어쨌거나, 지금 살아 있는 사람들에게 있어서『레반교』는『제대로 된 종교』니까."

라스티아라는 레반교의 가르침 때문에 죽을 뻔했다. 그런데도 그 편을 드는 걸 보면, 레반교는 정말로『제대로 된 종교』인 것이리라.

라스티아라 일만 아니었다면 나도 그렇게 생각했을지도 모른다.

그도 그럴 만한 것이, 처음 미궁에서 죽을 뻔했을 때 나를 구해준 것이 레반교 기사였던 것이다.

그리고 하인 씨나 세라 씨만 보아도, 그 가르침 자체가 나쁜 것 같지는 않았다. 이야기로 전해들은 교리 역시 뭔가를 강요하는 것이 아니라, 사람들을 올바른 길로 이끄는 내용뿐이었다.

"하긴 그럴지도 모르지만……."

비판할 재료가 없었기에, 마지못해 고개를 끄덕였다.

"그리고 보통은 이 대목에서, 레반교의 성립 과정이나 천 년 전의 진상은 어둠 속에……, 라는 전개가 될 테지만, 그러나! 놀랍게도 오늘은 천 년 전의 상황을 아는 대선생님을 모셔왔습니다! 말씀하시죠, 리퍼 선생님!"

근처 의자에서 꾸벅꾸벅 졸고 있던 리퍼가 갑작스런 부름에 소스라치게 놀랐다.

하지만 이내 고개를 가로저으며 웃었다.

"으−응, 계속 로웬이랑 놀다 보니까 어느새 대지가 집어

삼켜져 있는 식이어서, 나도 자세한 건 몰라. 애초에 나는 그게 전쟁이라는 것도 몰랐어. 지금 생각해 보고, 지금 깨달았는걸. 이상!"

"아쉬워라! 선생님, 좋은 말씀 감사합니다—!!"

리퍼의 명쾌한 대답에, 라스티아라는 웃으며 인사하고 얘기를 마무리하려 했다.

하지만 나는 끈질기게 물고 늘어졌다. 더 많은 내용을 들을 수 있을 거라 생각한 것이다. 얘기가 한층 더 곁길로 새는 셈이지만, 이 기회에 한 번 물어보고 싶었다.

"아니, 잠깐잠깐. 있잖아, 리퍼.『티다』『아르티』『티아라』『시스』, 이 네 가지 이름, 들어본 적 있어?"

"으—응, 다 처음 들어 봤어."

"아무도? 천 년 전이면, 티아라는 유명했을 거 아냐……?"

"북쪽도 남쪽도, 둘 다 처음 들어보는 사람이 임금님이었는걸. 적어도『티아라』라는 이름은 들어 본 적 없었어."

벌써부터 레반교의 전승과 어긋나는 부분이 발각되었다. 티다와 아르티는 몰라도, 레반교의 위인인 티아라와 시스를 들어본 적이 없다는 건 말이 안 된다.

"그럼 누군가 로웬 이외에 강해 보이는 녀석은 없었어? 어쩌면 앞으로 가디언으로서 만나게 될지도 모르잖아."

"나는 태어나자마자 로웬 쪽으로 보내졌으니까. 정말로 아무것도 몰라. 미안해, 오빠."

"아니, 내가 괜히 무리한 부탁을 한 것 같네. 나야말로 미안."

리퍼는 면목 없다는 듯 양손을 모으며 사과했다. 그녀도 천 년 전의 기억이 있으면 미궁 탐색에 도움이 된다는 걸 알고 있는 것 같았다. 그리고 어떻게든 기억을 떠올려 보려고 얼굴을 찌푸렸다가, 손뼉을 쳤다.

"앗, 그렇지만 나를 만든 술사는 분명 강한 사람일 거야. 가디언으로 나타난다면, 아마 곧『차원의 이치를 훔치는 자』 같은 걸로 나타나지 않을까 싶은데."

리퍼라는『저주』를 만들어낸 차원마법사.

그것은 즉 리퍼의 운명──로웬과 목숨을 건 싸움을 벌이게 되는 운명을 결정한 술사이기도 하다. 그 술사에 대해 썩 좋은 이미지는 없다.

"그 녀석은 어떤 녀석이었지?"

"성격 급하고 살벌했던 것 같아. 그밖에 내가 아는 건, 오빠랑 같은 차원속성 마법사였다는 것 정도밖에 없어. 가면에 뻣뻣한 옷을 입고 있어서, 외모적인 특징은 전혀 몰라."

가면이라는 말을 들으니 피가 달아오르는 느낌이었다.

바로 며칠 전에 꿈에서 그것과 비슷한 인물을 본 적이 있었던 것 같았다.

"가면……. 하다못해 그 녀석의 이름이라도 몰라……?"

"으-응, 물어보기도 전에 로웬에게 보내져서 몰라."

가장 중요한 걸 알아내지 못한 실망감에, 나는 어깨를 축 늘어뜨렸다.

입을 다문 나를 대신해서 라스티아라가 말했다.

"후즈야즈의 전승 중에 가면 쓴 등장인물은 없었던 것 같은데 말야. 리퍼가 강하다고 한 걸 보면 분명히 뛰어난 인물이었을 텐데……. 역시 천 년이나 지나다 보면, 역사란 권력자에 의해 자기들한테 유리하게 왜곡돼 버리는 건가?"

하지만 그 왜곡된 역사가 지금 이 이세계에서는 일반교양으로 받아들여지고 있는 것 같았다.

본토에 들어가기 전에 그 점을 확실히 알아둬야 할 것이다.

"라스티아라, 그 전승이 어떤 건지 자세히 좀 가르쳐줘. 천 년 전의 전쟁이 지금의 전쟁과 이어져 있다면 미리 알아두고 싶어."

"가르쳐주는 건 좋지만, 방금 리퍼가 한 애기랑 비교해 보면 신뢰도는 0에 가까운데?"

"그냥 일반상식 수준으로 알아 두려는 것뿐이니까 상관없어."

"흐응. 그럼 간결하게 착착 설명해 줄게——."

하는 수 없다는 듯, 라스티아라는 헛기침을 한 번 하고 나서 책을 낭독하듯이 얘기하기 시작했다.

"——이 이야기는, 우선 하늘에서 사도님이라는 수상쩍은 존재가 두 명 강림해서, 세계를 평화롭게 이끌려 하는 대목에서 시작된답니다. 두 사도 덕분에 대륙은 번영을 이루었지만, 어째선지 두 사도 중 한 명이 배반하고, 북쪽의 미친 왕과 협조해서 세계를 엉망진창으로 만들려고 했지요.

그러자 다른 한 명, 정의의 사도 시스 님은 성인 티아라와 함께 남쪽 인류를 통일하고, 힘을 합쳐서『북연맹』과 싸우려 했습니다── 이게 전승의 기본 줄거리야."

첫 구절부터 '하늘'이라는 단어가 튀어나온 것만 봐도, 신화라는 생각밖에 들지 않았다.

하지만 그래도 나는 끈기 있게 이야기에 귀를 기울였다.

"『북연맹』에는 괴물들이 우글거렸습니다. 나라 하나쯤 통째로 짓밟아버릴 수 있을 만큼 거대한 트리 포크(움직이는 나무), 대륙을 뒤덮는 먹구름 전체가 곧 몸인 언데드(불사인, 不死人), 접촉한 모든 이들을 얼려 버리는 아이스 스네이크(대빙사, 大氷蛇) 등이 등장하지요. 하지만 성인 티아라는 엄청나게 강해서, 손가락 하나만 까딱해도 그 녀석들은 녹다운. 게다가, 어쩐지 티아라에게 당한 뒤에는 전부 다 동료가 되는 재수 없는 인덕을 발휘한답니다──."

적의 스케일이 너무 거대해서 그저 황당하게만 들렸다.

그리고 그것을 처치하는 성인도 인간이 아니었다. 만약에 이세계에 온 직후에 들었더라면 코웃음을 쳤겠지. 그러나 지금의 나는 다르다. 남의 일이라고 대충 들어 넘길 수는 없었다.

몬스터화한 로웬이나 아르티, 혹은 지금의 마리아나 디아라면 이 이야기 속에 등장한다 해도 위화감이 없는 것이다.

"이렇게 길을 가로막던 적들을 아군으로 끌어들인 성인 티아라는『북연맹』의 군대를 궁지에 내몰았습니다. 그리고

미친 왕을 처치하고, 배신자 사도 디프라클라를 설득하려
했지요. 하지만 배신자 사도는 미련을 버리지 못하고, 자기
몸을 바쳐서 대륙 전체를 멸망시키는 흉악한『마법진』을 발
동시키고 말았답니다.”

　모든 것을 집어삼키는『마법진』.

　로웬과 리퍼가 둘이서 이 시대로 보내진 원인이 아마 그
것이었을 것이다.

　이 이야기가 거짓말이 아니라고 주장하듯, 여기저기에 리
퍼의 얘기와 겹치는 부분이 있었다.

　“그『마법진』에 의해 전쟁은 종결. 숭고한 생명들이 무수
히 희생되었지만, 위대한 성인 티아라와 사도 시스는 대륙
의 문명을 재건하기 위해 열심히 노력했습니다. 성인 티아
라는 마법의 기초를 구축하고, 레반교를 일으켰습니다. 사
도 시스는 함께 싸우던 영웅들을 이끌고 각지를 돌며 기적
을 일으켰습니다. 고마워요, 정말 고마워요, 성인 티아라와
사도 시스. 만세~!”

　라스티아라의 설명은 비록 조잡하긴 했지만, 요점은 놓치
지 않고 있었다.

　내가 감상을 표현하기 전에, 라스티아라가 농담처럼 덧붙
였다.

　“어때? 무지 웃기는 얘기지? 이래봬도 비교적 알아듣기
쉽게 요약한 거야. 더 진지하게 세세한 얘기까지 하다 보면,
하늘까지 꿰뚫을 만큼 거대한 나무가 성인 티아라의 손가락

하나에 세로 방향으로 쪼개져 버리는 식의 얘기가 나오니까."

그래도 라스티아라는 즐거워 보였다.

이 천 년 전의 전승이 그녀의 취향에는 딱 들어맞는 모양이었다.

"확실히 우스운 얘기이긴 하네……."

성인 티아라에게는 초인적인 일화가 잔뜩 있는 모양이었다.

안 그러면 천 년 전의 『괴물』들을 처치할 수 없을 테니, 그런 내용이 나오는 것도 이해가 갔다. 하지만 그렇게 따지면 적들뿐만이 아니라 성인 티아라와 사도 시스도, 그밖에 등장하는 다른 영웅들도, 모두 『괴물』이 아닐까 싶었다. 그것에 내 솔직한 감상이었다.

더불어 그건 우리와 무관한 얘기가 아닐 거라는 생각도 들었다. 이대로 계속 강해져 가면, 우리도 그런 존재가 될 가능성이 있는 것이다.

강해지는 건 나쁜 일이 아니다.

하지만 미궁에서 싸우기만 해도 『레벨업』이 가능하다는 건 너무나도──

"남 얘기가 아니다, 라고 생각하는 표정이네요, 소년."

내가 한 가지 가능성에 대해 의심하고 있을 때, 뒤에서 목소리가 날아들었다.

뒤를 돌아보니, 거기에는 배 안에서 나온 와이스 씨와 디아가 있었다.

희한한 조합이구나 싶어서 두 사람을 번갈아 쳐다보고 있으려니, 디아가 설명해 주었다.

"나도 신성마법에 의한 회복을 할 줄 아니까, 마음 내킬 때마다 와이스 씨를 진찰해 주고 있어. 더불어 이런저런 상담도 부탁하고 있고."

이 『리빙 레전드호』에서 회복 능력을 가진 건 라스티아라뿐만이 아니다. 디아도 마법에 대해서는 전문가 수준이었다. 어쩌면 어제 라스티아라에게서 부탁을 받은 건지도 모른다. 그리고 상담을 부탁하곤 했다는 얘기도 이해가 갔다. 와이스 씨에게는 신비로운 설득력과, 상대를 안심시키는 든든함이 있었다.

한참 더 연상인 어엿한 기사와 상담을 하는 것 같은 든든함이.

내가 두 사람의 관계성을 이해했을 때, 와이스 씨는 아까 하던 얘기를 이어갔다.

"방금 라스티아라 씨가 한 얘기를 듣고, 소년은 어떻게 느꼈죠?"

"어떻게? 그야, 너무 황당한 얘기라서 좀 믿기지가 않는다고나 할까……."

"그렇겠죠. 저도 믿지 않지만, 소년은 특히 더 믿고 싶지 않겠죠."

와이스 씨는 내가 한 '믿기지 않는다'는 말을 '믿고 싶지 않다'라고 정정하고, 의미심장하게 살짝 웃었다. 내가 품고 있는 불안을 간파하고 있다고 느낄 수밖에 없는 발언이었다.

이대로 순조롭게 강해져 가면, 언젠가 우리도 천 년 전 이야기의 등장인물들 같은 『괴물』이 되어버리는 것 아닐까 하는 불안──그 불안을 씻어주듯이, 와이스 씨는 미소를 지었다.

"걱정 마세요, 소년. 천 년 전은 천 년 전, 지금은 지금이에요. 결코 같지 않아요."

한 점의 악의도 없는, 나를 배려하기 위한 발언이라는 건, 그 표정을 보면 알 수 있었다.

──하지만, 내 생각을 너무나도 정확하게 짚은 게 마음에 걸렸다.

마치 와이스 씨는 지금에 대한 것도, 천 년 전에 대한 것도, 모조리 다 알고 있는 것처럼 보였다.

순간 그녀가 숨기고 있는 무언가가 궁금해져서, 나는 살짝 눈을 찌푸리고 그녀를 노려보았다.

"그나저나 소년. 오늘도 미궁 탐색에 가는 것 같네요. 이제 슬슬 40층에 도달할 때가 됐겠죠?"

와이스 씨는 그런 내 시선을 가볍게 회피하고, 화제를 변경했다.

처음에 말했던 대로, 때가 될 때까지는 절대로 얘기하지 않으려는 것이리라. 나는 막무가내로 추궁하는 대신, 그녀가 제시한 화제에 응했다.

"네. 어쩌면 오늘쯤 도착할 수 있을지도 몰라요."

"그럼 제가 알고 있는 정보를 최대한 가르쳐드릴게요. 여러모로 시간을 단축시킬 수 있을 거예요."

"일단 우리는 미궁 탐색의 라이벌인 셈인데, 그래도 괜찮은 건가요?"

"네, 상관없어요. 세상일이란 서로 돕는 게 중요하니까요."

그렇게 말하고, 와이스 씨는 어디서 가져온 건지 붓과 잉크와 양피지를 꺼내서 39층까지의 정보를 알기 쉽게 우리에게 가르쳐주었다. 그 정보들은 하나같이 실제 체험에 의한 것이어서, 돈으로도 바꿀 수 없을 만큼 귀중한 것이었다.

"──그러니까, 적을 사냥하기에 가장 적합한 곳은 틀림없이 39층일 거예요. 더불어 아이드 선생님이 안 계신 덕분에 40층을 휴식 구역으로 활용할 수 있는 것도 큰 도움이 되겠죠. 상쾌한 초원이이라서 피크닉도 즐길 수 있답니다──."

우리의 목적인 레벨업에 가장 좋은 장소까지 제안해 주었다.

게다가 뒤이은 41층에 대한 설명까지 해 주고, 마지막으로 "제가 본 건 여기까지였어요"라며 이야기를 매듭지었다.

"제가 가르쳐줄 수 있는 정보는 이 정도에요. 탐색 멤버로는 헤엄을 잘 치는 사람이 좋을 거예요. ……아, 물론 저는 안 돼요. 하루를 통째로 쉬고서야 겨우 일어서고 걸어 다니고 얘기할 수 있는 정도까지 회복된 거니까요."

와이스 씨의 분위기상, 만약에 컨디션이 정상이었다면 도와줄 것 같은 느낌이 들었다.

그런 그녀의 조언에 따라, 오늘의 멤버를 생각했다. 그때 디아가 손을 들었다.

"카나미. 미안하지만 나는 오늘 탐색에 참가 못해. 요즘 여러모로 피곤했는지, 어째 졸음이 쏟아져서……. 그리고 혹시 모를 비상사태에 대비해서 와이스 씨를 치료할 수 있는 녀석이 남아있어야 할 테니까."

"응. 물론 괜찮아. 오늘은 배에서 푹 쉬도록 해."

어제의 멤버들 중에서 수영에 가장 문제가 있었던 건 디아였다. 한 손으로 수중 탐색을 하느라 상당히 피로가 쌓인 게 분명했다. 나는 주저 없이 고개를 끄덕였다."

"그럼 카나미 씨. 저도 헤엄을 못 치니까 남을게요. 해적선의 공격에 대해서는 걱정 마세요. 다음부터는 정중하게 쫓아 보내도록 할 테니까요."

"그래. 수중 에어리어를 지나는 동안에는, 마리아는 무리하지 말고 남아 있는 게 좋을 것 같아."

이어서 마리아도 빠지게 되어서, 선택지에 제한이 생겼다.

지금 당장이라도 참가하려고 의욕을 불태우는 라스티아라를 제외하고, 두 명은 더 데려가고 싶었다.

나는 〈디멘션〉을 배 전체에 전개해서, 배가 습격을 당하는데도 코빼기도 안 비치는 드래고뉴트, 즉 일 안 하는 드래곤 니트를 찾아보았다.

탐색을 시작하기도 전에 불필요한 MP소모가 발생하는 셈이었지만, 수중전에 강한 스노우의 협조는 필수불가결이었다. 그런 다음, 아침 해가 뜰 때까지 도망쳐 다니던 스노우를 붙잡고, 최후의 한 사람으로는 상냥한 일꾼 리퍼를 가담시킨 후, 미궁으로 이어지는 〈커넥션〉을 발동시켰다.

배 여행이 시작된 이후 네 번째 미궁 탐색이 시작되었다. 배의 갑판에서 마리아와 와이스 씨의 배웅을 받으며, 우리 네 사람은 〈커넥션〉을 통과했다.

◆ ◆ ◆ ◆ ◆

이제 우리도 미궁의 경향에 어느 정도 익숙해졌기에, 탐색의 효율도 점점 높아졌다.

그것은 물에 잠긴 층도 예외가 아니었다. 기본전법은 단순했다. 수중전에 강한 스노우를 중심으로 싸우고, 리퍼의 마법을 통해 적을 회피해 가며 나아가는 것이었다.

그리고 오전 중에 지난번 탐색 때 귀환했던 위치까지 도달한 우리는, 37층으로 가는 수중계단으로 들어갔다.

이번에는 준비도 만전을 기했다. 피로는 적었고, 『소지품』에는 지난번보다 두 배는 많은 공기를 준비해 두었다.

더불어 와이스 씨의 정보 덕분에 길도 알고 있다.

그렇게 꼼꼼히 준비한 보람이 있었는지, 우리는 이렇다 할 위기도 없이 37층의 물속을 수영으로 돌파했다. 35층과의 차이는 수생식물에 의한 방해가 많았다는 점 정도였다.

곤두박질치듯 38층에 내려온 우리는, 먼저 회랑의 변화에 몰랐다.

회랑에 얕은 물이 고여 있는 것은 위층과 같았지만, 주위의 석벽에는 마치 열대우림처럼 식물들이 우거져 있었다. 물속이라는 임팩트 때문에 미처 의식하지 못하고 있었지만, 그리고 보면 몇 층 전부터 식물의 수가 늘어나고 있었다. 그리고 이제 그 특징이 전면적으로 드러난 것이다.

이렇게 신록이 풍부한 구역은 1층 이후로 처음이었다.

라스티아라는 새로운 세계가 펼쳐진 것에 흥분을 감추지 못했다.

"끝내줘! 처음 보는 식물이 가득해! 어떤 몬스터가 있을까?!"

"라스티아라, 식물은 건드리지 마. 어슬렁거리지 좀 말고. 그리고 곁길로 샐 계획도 없으니까 그런 줄 알아. 와이스 씨가 가르쳐준 길 그대로 갈 거야."

잠시라도 눈을 떼었다가는 미아가 될 것 같은 라스티아라에게 단단히 못을 박아 두고 앞으로 나아갔다.

"알았어. 39층에서 수련할 예정이니까. 한 층 정도는 참을 수 있어."

라스티아라가 바로 고개를 끄덕이며 대답하는 걸 보고, 일단 한 시름 덜 수 있었다.

"좋아, 그럼 이 층도 평소에 쓰는 전법으로 돌파하자."

〈디멘션〉을 통해 대충 살펴본 결과, 수생 몬스터는 줄어들고 식물 몬스터가 늘어났음을 알 수 있었다. 식물 몬스터들은 대개 이동능력이 떨어졌다. 적을 피해서 가는 것만 고려한다면, 38층은 손쉬운 층이라 할 수 있을 것이다.

예기치 못한 조우가 있더라도, 리퍼의 어둠마법이 있으니 손쉽게 도주할 수 있었다.

그 결과, 우리는 이렇다 할 문제없이 39층에 도착했다.

39층에서는 신록의 특성이 한층 더 전면적으로 드러나서, 숲과도 같은 공간이 펼쳐져 있었다.

발치의 물기는 그대로인 채로 식물은 배로 늘어났다.

시야는 온통 짙은 녹색으로 뒤덮이고, 어디를 둘러봐도 담쟁이덩굴 등의 덩굴들이 뻗어 있었다.

"──후우, 드디어 도착했네……. 좋아, 여기서 몬스터를 사냥해 보자."

"좋아, 됐어!"

드디어 마음껏 날뛸 수 있게 됐다는 걸 알고, 라스티아라는 힘차게 검을 뽑았다.

그녀가 내달리기 전에 나와 리퍼가 주위의 적을 찾아보았다. 39층의 구조는 정말로 1층의 특수 구역과 비슷했다. 하지만 생각했던 것보다 곤충계 몬스터가 적었다. 그 대신 식물 형태를 한 몬스터들이 많았다.

섬뜩한 꽃가루를 흩뿌리는 꽃. 파리지옥처럼 입을 쩍 벌리고 있는 풀. 점도가 높아 보이는 점액을 흘리는 나무. 각양각색의 실물들이 꿈틀거리며——걸어 다니고 있었다.

해괴한 광경이었다.

물론 움직이지 않는 녀석도 있었다. 무해해 보이는 식물로 위장한 채 적을 기다리는 타입의 몬스터이리라.

〈디멘션〉에 의한 관찰력으로도 그것을 간파해 내는 건 쉽지 않은 일이었다. 제법 성가셔 보이는 몬스터들이다. 하지만 나는 모습을 감추는 타입의 몬스터는 상성이 좋다. 『주시』와 『표시』가 있는 한, 내가 몬스터와 식물을 헷갈릴 일은 없는 셈이니, 수고를 아끼지 않으면 위험도는 0에 가까웠다.

"그럼, 예정대로 한 종류씩 위력과 취득 경험치를 조사해 보자. 몬스터는 너희들이 처치하도록 해. 적 탐색과 집계는 내가 담당할 테니까."

"좋-아, 섬멸이다아!"

"오, 오-!"

"오-!!"

라스티아라와 스노우와 리퍼가 잇따라 구호를 외치고, 적들과의 전투에 들어갔다.

가장 처음으로 만난 것은 라플레시아 같은 빨갛고 거대한 꽃. 몬스터명은 스툴루.

"모두들, 숨을 참고 싸워!"

스툴루는 적을 보자마자 꽃가루를 흩뿌렸다. 24층의 보스 몬스터를 연상케 하는 그 움직임에, 나는 전원에게 지시를 내려서 꽃가루 흡입을 방지했다.

이어서 스툴루는 식물의 덩굴을 휘둘러 응전했다. 하지만 상대를 잘못 만났다.

지금 스툴루와 맞서고 있는 세 사람은 근접전에 특화된 멤버들이었다.

덩굴은 눈 깜짝할 사이에 잘려 나가고, 적의 접근을 허용하고 말았다. 세 방향에서 날아드는 칼부림에 대처하는 건 불가능한 일이었기에, 스툴루는 꽃잎이 잘려 나가고, 줄기는 밑동부터 절단되었다.

지금까지 만났던 몬스터들은 머리나 심장을 파괴하면 빛이 되어 사라졌다. 하지만 식물계 몬스터는 어떻게 처치해야 할지를 알기가 힘들었다. 더 이상 식물의 형태를 유지하지 못하는 지경이 된 상황에서도, 아직 살아서 꽃가루를 뿌려댔다.

100조각 이상으로 갈기갈기 찢어발긴 뒤에야, 스툴루는 빛이 되어 사라졌다.

적도 그럭저럭 고군분투했지만, 최후는 허망했다.

이 스툴루라는 몬스터는, 아마 싸우기 전에 꽃가루를 이용해서 상대를 약화시키는 몬스터였던 것 같았다. 그러나 『주시』를 사용한 나에게 먼저 발각되는 바람에 그 장점을 살리지 못한 것이다.

와이스 씨가 알려준 정보대로, 39층이 짭짤한 사냥터라는 사실을 확인했다.

깊은 층인 만큼 강한 몬스터들만 나오는 것 같았지만, 그

대부분이 위장과 기습에 특화된 것들이었다. 그리고 내가
있으면 그 장점을 무효화시킬 수 있다.

"응, 나쁘지 않은데. 이대로 계속 39층의 몬스터를 사냥
하자. 그중에서도 제일 만만한 녀석을 찾아서, 그 녀석들을
마음껏 처치하는 거야."

다른 동료들의 의견도 같았던 듯, 아무런 반론도 나오지
않았다.

그렇게 잇따라 식물 몬스터들을 처치해 나갔다. 이 층의
좋은 점은, 적을 처치해도 다른 적들이 몰려오지 않는다는
점이었다. 속도가 좀 떨어지긴 하지만, 위협에 노출되지 않
고 담담하게 적들을 해치울 수 있었다.

40층으로 내려가는 계단은 이미 발견한 상태다. 하지만
우리는 계속 39층의 지도를 채워 가면서, 이상적인 사냥터
를 찾아다녔다. 물론 〈디멘션〉을 이용해서 보스와의 전투
는 피하고 있다. 호전적인 라스티아라도 보스몬스터인 갤
프래드 젤리와의 싸움에서 범한 실수가 뼈저리게 남아있는
듯, 이렇다 할 일탈행동은 보이지 않았다.

이런 식으로 몬스터를 처치해 나가기를 몇 시간.

계속된 전투에 체력과 마력을 상당히 소모한 우리는, 예
정대로 휴식을 취하기 위해 40층에 가기로 했다. 사냥 과정
에서 지형을 거의 다 파악한 덕분에, 금방 계단 앞까지 도
착할 수 있었다.

"──와이스 씨는 안전할 거라고 얘기했지만, 방심하지

말고 내려가자"

　세심한 주의를 기울여 가며, 우리는 신중하게 40층으로 내려갔다.

　계단을 내려가면 내려갈수록 벽의 진녹색이 점점 옅어져 가는 걸 느낄 수 있었다.

　진녹색에서 녹색, 녹색에서 연두색으로. 울창하던 숲이 밝은 색으로 물들어 갔다.

　그 너머에 펼쳐져있는 세계── 그것은 『대초원』이었다.

　단 하나의 장애물도 없고, 발치에는 수십 센티미터 높이의 풀이 돋아있었다. 약간 습도가 높게 느껴지기는 했지만, 그뿐이었다. 아무런 위협도 없는 세계였다.

　위협은 고사하고, 뺨을 어루만지는 시원한 바람에 마음이 평온해질 정도였다.

　예전의 불지옥이나 보석 꽃밭에 비하면, 상당한 온도차가 느껴졌다.

　정말 아무것도 없었다. 그리고, 아무도 없었다.

　사방을 둘러보면 이쪽 끝부터 저쪽 끝까지 단번에 파악할 수 있었다.

　40층의 어디에도 가디언은 없었다. 탈피하고 난 뱀 껍질 같았다.

　그 모습을 보고, 라스티아라는 애석한 듯 말했다.

　"으─음. 와이스가 먼저 가디언을 깨웠다는 건 사실인가 보네. 아─, 정말로 추월당했잖아─. 좀 분한걸."

"내 입장에서는 다행스러운데. 최심부로 가는 과정에서 꼭 가디언을 전부 다 물리칠 필요는 없어. 그쪽 파티에게『나무의 이치를 훔치는 자』를 떠맡긴 덕분에, 우리는 편하게 갈 수 있잖아."

진심으로 그렇게 생각했다. 아르티 때도 로웬 때도, 나는 가디언의 미련에 휘둘렸었다. 지금은 팰린크론에게 집중하고 싶으니까, 이 상황은 오히려 반가웠다.

"확실히 편해지기는 했지만……."

라스티아라는 떨떠름한 얼굴로 동의했다.

물론 불이익도 많이 있을 것이다.

예를 들자면 가디언의 마석을 들 수 있으리라. 『나무의 이치를 훔치는 자』의 마석을 손에 넣으면, 세계를 뒤흔들 만큼의 힘을 얻을 수 있다.

하지만 가디언의 시련을 넘어서 그것을 손에 넣는 것은 여간 힘든 일이 아니다.

……막연하게나마, 괜찮을 것 같다는 생각이 들었다.

이유는 모르겠지만, 『가디언의 미련을 끊는 것은 나의 역할』이다── 그런 느낌이 들었다.

그리고 동시에 생각했다. 이 대초원의 주인은 내가 맞이했어야 했다. 내가 가장 먼저 소원을 들었어야 했다. 그런 생각이 뇌리에 달라붙어서 떨어지지를 않았다.

"걱정 마, 라스티아라. 예정대로 풀리고 있는 거야. 지금은 휴식에만 집중하자."

그 이상한 생각을 뿌리치고, 나는 동료들에게 휴식을 권했다.

와이스 씨의 조언에 따라, 피크닉 기분의 식사 타임을 갖기로 했다. 마리아가 만들어준 음식을 『소지품』에서 꺼내어, 다 함께 대초원에 둘러앉아서 나누어 먹었다.

그러는 동안에 리퍼가 질문했다.

"아, 오빠. 방금 생각난 건데, 나랑 오빠가 없으면 배가 항로에서 벗어나는 거 아냐?"

미궁이 아닌 항해에 관한 얘기였다. 배의 관리는 기본적으로 나와 리퍼가 맡고 있다 보니, 그녀 안에도 약간의 책임감이 싹튼 것 같았다.

"아침에 확인했으니까 괜찮아. 만약에 항로에서 벗어났다고 해도 수정할 수 있어. 우리 둘이 배를 비운 동안의 일에 대해서는 마리아에게 살짝 부탁해 뒀으니까……. 순조롭게 풀린다면, 아마 내일은 본토에 도착할 수 있을 거야."

"내일이라-. 어찌 됐건 미궁 탐색도 40층까지 진행했고, 진짜 순조롭네."

"그래, 예정대로……, 순조로워."

우리는 같은 말을 되풀이했다. 라스티아라와 스노우 역시 "순조롭다"고 말하며, 항해와 탐색이 뜻대로 되고 있는 것을 기뻐했다. 덩달아서 내 표정도 누그러졌다.

하지만 나는 곧 다시 마음을 다잡았다. 이렇게 모든 게 순탄하게 풀릴 때일수록 긴장을 늦추면 안 된다는 것을, 지금까지 여러 번 통감하지 않았던가.

경계를 늦추지 않은 채 식사를 마친 우리는, 시간 낭비 없이 39층으로 이동했다.

오늘은 시간이 허락하는 한 레벨업에 힘쓸 생각이었다. 회랑에 〈디멘션〉을 가득 전개하고, 움직임이 둔한 식물 몬스터를 찾아서 한 마리씩 신중하게 처치해 나갔다.

상태이상 효과를 가진 공격에 몇 번 당하긴 했지만, 어지간히 지독한 수준이 아니라면 라스티아라의 신성마법으로 치료할 수 있다.

그렇기에 39층의 사냥에서 사용하는 것은 약간의 〈디멘션〉과 신성마법. 그리고 『표시』와 스킬 『검술』. 이 네 가지뿐이었다.

마력 소비를 최소화하면서, 안정적으로 장기간 사냥을 지속할 수 있었다. 지친다 싶으면 아무도 없는 40층에 가서 휴식을 취할 수 있다는 점도 크게 작용했다.

우리 파티는 몬스터를 사냥하고, 사냥하고, 또 사냥했다.

종료의 신호가 된 것은, 가벼운 졸음이었다. 리퍼가 깜찍하게 하품을 하는 것을 본 나는, 전원의 집중력이 저하되기 시작했다는 판단을 내리고 미궁 탐색을 중단했다.

"——오늘은 여기까지만 하자. 내일은 일찍 일어나야 하니까."

전원에게 말하고, 적당한 위치에 〈커넥션〉을 설치해서 문을 통과했다.

배의 갑판으로 돌아오니, 하늘은 밝고, 조명이라고는 달빛과 별빛밖에 없었다. 이미 밤이었다.

배에 있는 전원과 함께 정답게 식사를 한 후, 나는 방으로 돌아왔다.

그리고 늘 지내 왔던 방에서 늘 그랬듯 침대에 누웠다.

평소와 다른 것은 내일이나 찾아올 예정이었다. 자고, 꿈을 꾸고, 눈을 뜨면 『본토』다.

새로운 싸움터가 기다리고 있다. 익숙한 연합국과는 방식이 전혀 다를 것이다. 그래도 나는 안심하고 잠들 수 있었다. 이 항해 기간을 활용해서, 우리는 미궁을 충분히 탐색하고, 만반의 준비를 갖추었다. 실감을 동반한 그 성장이 내 불안을 씻어내 주었다. ──모든 게 다 순조로웠다.

이렇게, 나는 내가 생각할 수 있는 최고의 형태로 운명의 날을 맞이해 나갔다.

◆ ◆ ◆ ◆ ◆

그리고 이튿날 아침. 일찌감치 눈을 뜬 나는, 홀로 배의 갑판으로 나갔다.

기상시간이 빨랐지만 그렇다고 잠을 이루지 못한 건 아니었다. 오히려 숙면을 한 덕분에 컨디션은 최상이라 해도 좋을 정도였다. 기분 좋게 깨어난 덕분에, 나른하기는커녕 몸이 가볍게 느껴질 정도였다.

"——보인다."

동이 터 오기 시작한 하늘 아래, 나는 갑판 가장자리로 이동해서, 저 멀리 보이는 『본토』의 대륙을 육안으로 확인했다.

잔잔하고 푸른 바다와 고요하고 하얀 하늘 사이의 수평선에, 불규칙적으로 요동치는 희미한 선이 가로 방향으로 그어져 있었다. 우뚝 선 『본토』의 산맥이 저 멀리 보이기 시작한 것이다. 배가 나아가면 나아갈수록 그 가로 선은 점점 더 두터워져 갔다. 서서히 선이 아니라 대륙이라는 이름에 걸맞은 우람한 형태로 변모해 나갔다.

——드디어 도착했다.

이른 아침 특유의 산뜻한 공기를 들이마시며, 나는 주먹을 움켜쥐었다.

저 대륙에 적이 있다는 생각만으로도, 저절로 힘이 들어갔다.

적—— 팰린크론과의 재회가 머지않았다. 저 앞에 기다리고 있을 싸움을 생각하면서, 나는 수평선에 떠 있는 대륙을 노려보았다.

절대로 지지 않겠다고 마음속에 다짐하며, 허리춤에 찬 검의 칼자루를 힘껏 움켜쥐었다——

작가후기

오랜만입니다. 드디어 찾아온 7권입니다. 그리고 죄송합니다. 6권의 작가후기에서, 7권에서는 본토에 들어갈 거라고 적었습니다만—— 주인공 일행은 아직 신대륙에는 한 발짝도 들여놓지 않았네요. 7권은 배 여행과 미궁 탐색을 중심으로, 히로인들과의 교류 이벤트로 채워지게 되었습니다. 지금까지의 무거운 스토리에서 벗어나서, 마치 외전소설 같은 가벼운 분위기였지요. 물론 메인스토리에 연관된 중요한 이벤트도 있었습니다만, 대부분은 히로인들과 노닥거리는 내용……. 쓰기 전에는 충분히 본토 내용까지 다룰 수 있을 줄 알았는데, 제가 미력한 탓에 이렇게 되어 버려 죄송합니다…….

첫머리에 사과하는 것도 이제 관례가 되다시피 했지만, 그렇다고 여기에 익숙해지면 안 될 테니, 다음에는 꼭 산뜻한 후기를 쓸 수 있도록 하겠습니다. 다음에는 반드시, 꼭.

주인공 일행의 휴식기는 이 7권에서 끝나고, 8권부터는 본격적으로 본토 이야기가 전개될 예정입니다. 새로운『도리를 훔치는 자』및 팰린크론과의 승부. 그리고 카나미의 과거와『주얼크루스』하인. 이『이세계 미궁의 최심부로 향하자』의 근간이라 할 수 있는 이야기가 펼쳐지게 될 것입니다 (단, 미궁이 중심이라는 보장은 없음).

그럼 끝으로, 이번에도 7권을 출간하는 데 있어서 협력,

응원해 주신 분들에 대한 감사말씀으로 작별인사를 대신하도록 하겠습니다. 항상 너무 공을 들여 주셔서 오히려 제가 죄송할 지경인 일러스트, 감사합니다. WEB으로 보내주시는 수많은 감상, 항상 참고로 삼고 있습니다. 편집자님과 출판사 관계자 여러분, 이 책의 출간에 관여해 주신 모든 분들, 항상 진심으로 감사드립니다. 그럼 이만!

Aim the deepest part of the different world labyrinth 7
©2016 Tarisa Warinai
First published in Japan in 2016 by OVERLAP, Inc.
Korean translation rights reserved by Somy Media, Inc.
Under the license from OVERLAP, Inc., Tokyo JAPAN

이세계 미궁의 최심부로 향하자 7

2017년 11월 15일 1판 1쇄 발행
2019년 3월 30일 1판 3쇄 발행

저 자	와리나이 타리사
일 러 스 트	우카이 사키
옮 긴 이	박용국
발 행 인	유재옥
본 부 장	조병권
담당편집자	정영길
편 집 부	김다솜 김민지 박상섭 이성호 이문영 정영길 조찬희
미 술	강혜린 박은정
라이츠담당	박선희 오유진
디 지 털	최민성 박지혜
발 행 처	㈜소미미디어
제 작 처	코리아피앤피
등 록	제2012-000365호
주 소	서울시 마포구 토정로 222, 403호(신수동, 한국출판콘텐츠센터)
판 매	㈜소미미디어
마 케 팅	한민지 한주원
전 화	편집부 (070)4164-3962, 3963 기획실 (02)567-3388
	판매 및 마케팅 (070)4165-6688, Fax (02)322-7665

ISBN 979-11-6190-174-9 04830
ISBN 979-11-5710-166-5 (세트)